임화의 문학론 연구

이 훈

Publishing Company

머리말

임화의 문학론을 살핀 글을 모았다. 어색한 문장을 손봤지만 내용은 그대로 두었다.

임화의 문학론을 논의하면서 늘 염두에 두었던 것은 임화의 글과 객관적인 거리를 두는 것과 그의 문학론이 소설 창작에 대하여 어떤 의미를 갖는가 하는 것이었다. 전자와 관련해서는 그를 식민지 시대 최고의 리얼리즘 이론가라고 평가하면서도 무조건 그의 편을 들지 않으려고 애썼다. 그래서 그의 과도한 정치 편향을 비판하고, 1940년대 문학론을 다루면서는 그가 기본적으로 양심적인 태도를 견지하기는 했지만 극단적인 경우 파시즘 체제를 현실로서 수용하고 거기에 순응하는 태도를 드러내기도 했다고 주장했다.

그의 리얼리즘 이론이 소설 창작에 어떻게 이바지했는가 하는 점이 이 책의 가장 중요한 관심사인데 해방 직후의 문학론을 다루지 않은 것은 이런 점과 관계가 있다. 해방 직후에 나온 글들은 이른바 거대서사여서 소설에 대한 구체적인 논의가 없기 때문에 내 구미를 돋우지 못했다. 문학작품으로 구현되지 못한 정치성은 지속적인 영향력을 지니지 못하고 따라서 참다운 의미의 대중성을 획득하지 못한다고 생각하기 때문이다.

올해는 임화가 태어난 지 100년이 된다. 이런 때에 이 책을 내게 되어서 기쁘다. 그를 살피는 데 조금이라도 도움이 된다면 좋겠다.

2008년 12월

목 차

임화의 문학론 연구

 제1장

임화의
초기 문학론 연구
프로문학으로의 전환 과정을 중심으로

1
서론

  카프의 대표적인 비평가인 임화의 문학론에 대한 연구는 1980년대 말부터 본격화되는데 그 논의의 대상은 거의 30년대와 미군정 시대에 집중되어 있다. 그 이유는 30년대에 들어와서야 그의 본격적인 면모를 드러내고 있기 때문이다. 그와 함께 연구자들이 이 시기의 임화 문학론을 탐구의 대상으로 삼게 된 배경에는 30년대의 임화의 문제의식이 연구자들의 관심과 직접적으로 연결되는 측면을 가지고 있다는 점도 지적할 수 있겠다. 구체적으로, 그가 주목하고 해명하려고 노력을 기울였던 예술방법으로서의 리얼리즘의 원리, 리얼리즘을 통한 사상의 주체화 방법, 문학사의 방법, 근대의 성격 등은 문제 자체로서도 연구자들에게 절실한 관심의 대상이기도 했던 것이다.

그런데 임화의 초기 문학론에 대한 연구는 김윤식의 업적[1]을 제외하고는 거의 이루어지지 않았다. 그 가장 큰 이유는 그 시기의 글들이 문학청년기의 미숙한 면모를 보이기 때문이다. 가령 그의 초기 시에 대한 언급이기는 하지만, 한 연구자의 발언에서 이러한 일반적인 인식을 읽을 수 있다.

> 임화는 1926년부터 시를 발표한 것으로 조사된다. 그렇지만 이후 두 해 동안 발표된 시들은 습작기를 미처 벗어나지 못한 것들이었다. (중략) 겨우 예닐곱 편의 시를 두고 원숙 여부를 따지는 것부터가 허망한 일일 것이다. 1926년에는 김억 투의 서정시를 쓰고 1927년에는 다다이즘 시를 쓰고 1928년부터 단편서사시를 쓴다는 것은 당시가 이것저것 가능성을 시험해 보는 임화의 습작기라는 명백한 증거인 셈이다.[2]

이러한 단정을 전적으로 부인할 수는 없지만, 그렇다고 해서 이 시기 임화의 문학론에 대한 연구가 의의를 지니지 못하는 것은 아니다. 무엇보다도, 정신적인 자양분을 전통 속에서 찾지 못하고 외국, 그 가운데서도 일본을 통하여 받아들인 지식인의 사유 방식을 살피는 데 유용한 자료가 되기 때문이다. 특히 "신문학사란 이식문화의 역사"[3]라는 명제를 내세운 임화인 만큼 이런 문제를 해명하는 것은 중요한 의미를 지닌다고 하겠다. 더 나아가서 근대적인 것을 지향했던 지식인들의 성향을 성찰하는 데도 참조의 자료가 될 수 있을 것이다.

김윤식의 연구는 카프와 일본 프로문학계의 동향을 폭넓게 참고하여

---

1) 김윤식, 『임화연구』, 문학사상사, 1989.
2) 최두석, 「임화의 시세계」, 『사회비평』, 1989 여름, 291쪽.
3) 임화, 「신문학사의 방법」(1940. 1), 『문학의 논리』, 학예사, 1940, 827쪽.

임화의 계급문학으로의 전환이 전위주의의 연장선상에서 이루어졌다는 점을 밝히면서, 임화의 (문학적) 생애의 밑바탕을 이루는 것으로 '가출 모티브'(또 이것과 바로 연결되는 '아비 찾기')와 '현해탄 컴플렉스'를 들고 있다. 그런데 '현해탄 컴플렉스' 같은 범주가 역사적 의미를 담고 있어서 그만큼 특정 부류의 지식인들에게 한정하여 적용할 수 있는 것과는 달리, '가출 모티브'나 '아비 찾기'는 임화 개인의 특수성을 드러내기에는 너무 포괄적인 범주라고 할 수 있다. 예컨대, 임화의 일생을 '가출 모티브'로 설명한다거나,[4] "돈키호테는 아미다스를, 기독교인은 기독을, 아들은 아비를 모방한다"[5]고 할 때, 이런 것들은 대부분의 인간에게도 해당되는 것이다. 이런 방식으로 임화 문학의 변모를 설명하면 그 과정에 마땅히 매개되었을 당대의 현실을 고려한다고 하더라도 그것은 부차적인 의미밖에 지닐 수 없게 된다.

이 글에서는 임화의 초기 문학론, 즉 아나키즘 문학론을 비판하기 전까지의 문학론의 성격을 주로 전위주의에서 계급문학으로의 전환 과정에 초점을 맞추어 살펴보려고 하는데, 그가 발표한 글을 순서대로 개괄하면서 그 맥락에 유의하려고 한다. 순서대로 살피는 것은 무엇보다 이 시기는 문학론이 정립되지 못한 결과로 관점의 변화의 폭이 크기 때문이다. 그런데 이러한 내재적인 해석 방법의 한계는 분명하다. 초기의 임화 문학론의 성격이 주로 독서체험, 더 구체적으로 말하면 일본에서 발간된 매체의 수용에 의하여 이루어져 있으며 그만큼 그의 주체적인 목소리가 담겨 있지 않다고 하더라도 그 배경에는 간접적으로나마 그가 처한 현실이 작용하였을 것임은 분명하기 때문이다. 그러므로 당대의

---

4) 김윤식, 앞의 책, 15쪽.
5) 위의 책, 71쪽.

사회현실과 문학의 동향, 또 일본문학에 대한 비교문학적인 연구가 종합
적으로 이루어져야 임화 문학론의 성격을 좀더 정합적이고 객관적으로
규명할 수 있을 것이다. 이 글은 이러한 점을 폭넓게 살피지 못한 한계
를 갖고 있다.

2
새로운 것에 대한 지향- 전위주의의 수용

임화 문학론의 출발점을 이루는 것은 한마디로 새로운 것에 대한 지
향으로 요약할 수 있을 것이다. 후에 자신의 문학적 생애를 회고하면서
쓴 글을 읽으면 이 점이 뚜렷하다.

> 열아홉 살 때 가정의 파탄과 더불어 그의 평화한 감상시대는 끝이 났습
> 니다. 그는 전혀 입학시험 준비를 위하여 독실히 공부하던 영어와 물리학
> 과 더불어 중학교를 졸업 직전에 이별했습니다. 허나 그는 학업의 폐지를
> 조금도 슬퍼도 섭섭히도 생각하지 않았습니다. 그는 무모하게도 교과서를
> 팔아 그때 유행하던 조타모를 사 쓰고 본정에 가서 『개조』라는 잡지 一
> 冊과 크로포트킨의 저서 일책을 사 가지고 의기헌앙히 집으로 돌아와 양
> 친께 그 뜻을 말했습니다. 그뒤로 그는 크로포트킨의 『청년에게 고함』이
> 란 소책자를 읽고 몹시 감동되었습니다. 『개조』와 『중앙공론』의 고본을
> 자꾸 사들여 福田德三이란 이의 논문 속에서 리카아도란 이름과 더불어
> 마르크스와 엥겔스란 이름을 알았습니다. (중략-인용자) 그 동안 高橋
> 新吉이란 이의 시집을 사 읽고 어느 틈에 다다이즘이란 말을 배웠습니다.
> 一氏義良이란 이의 『미래파 연구』란 책, 外의 알렉쎄이 깡이란 이의 『구

성주의 예술론』, 표현파 작가, 『카레의 시민』과 더불어 로만 롤랑을 특히 민중극장론과 『愛와 死의 희롱』을 통하여 알았습니다. 한 일년 전부터 공부하던 洋畵에서 그의 이런 신흥예술의 양식을 시험할 만하다가 우연히 村山知義란 사람의 『금일의 예술과 명일의 예술』이란 책을 구경하고 열광했습니다. 그때부터 낡은 감상풍의 시를 버리고 다다풍의 시작을 시험했습니다. 그 동안에 조선에서 고한승, 김화산, 김니콜라이라는 이름을 발견하고 반가워했습니다.[6]

새것에 대한 관심이 인용문의 전체를 지배하고 있다. 구체적으로 이 관심은 먼저 기존의 권위나 관습, 제도에 대한 강한 부정으로 나타나고 있다. 위에서 보는 것처럼 중학교를 중퇴하고 교과서를 팔아 버렸다는 것을 자랑스럽게 얘기하고 있는 데서뿐만 아니라, 그를 아는 사람들의 언급에서도 이러한 점을 확인할 수 있다.[7] 이러한 태도와 함께 신흥예술에 대한 왕성한 호기심을 지적할 수 있다. 이 당시의 임화에게는 일본에서 나온 잡지를 통하여 접하게 된 마르크스나 엥겔스도 새로운 것의 하나였을 뿐이다.

그런데 임화의 신흥예술, 더 구체적으로 말하면 전위주의에 대한 관심이 처음부터 분명한 방향을 보인 것은 아니었다. 문학 활동을 시작하였을 때 임화에게 새로운 것으로 비친 것은 근대적인 것이었다. 그의 최초의 비평적인 글이라고 할 수 있는 「근대문학상에 나타난 연애-연애와 문예의 新舊」(1926.1.1)는 근대적인 성격을 문제 삼고 있는데, 극에서 연애를 다루는 방식이 시대에 따라 어떻게 변화하고 있는지를 소개

---

6) 임화, 「어떤 청년의 참회」, 『문장』, 1940. 2, 22-3쪽.
7) 김남천, 「임화에 관하여-그에 대한 隨感의 이토막 저토막」, 『조선일보』, 1933. 7. 22. 또 보성고보 동기생인 이헌구의 회고는 고은, 『이상평전』, 민음사, 1974. 70쪽을 볼 것.

하고 있다. 그의 설명에 따르면 입센을 기준으로 하여 그 전에는 외적인
사건에 초점을 맞추었으나, 그 이후의 근대극에서는 인간의 내면에 초점
을 맞추어 연애를 취급했다.

> 즉 과거에는 연인 사이에 일어나는 내적 번뇌나 갈등을 피하고 그들 이
> 외에 외부의 조건이 사랑하는 그들을 방해한다는 것으로 주제를 삼았고,
> 근대극에 있어서는 연인간의 내심의 번뇌와 의혹 등 내적 조건이 주제가
> 되어 있는 것이다.8)

이와 같이 입센 이후의 근대극이 시각상의 전환을 가져온 것은 근대
의 개인주의적 경향의 반영이기 때문에 임화는 "적어도 셰익스피어의 민
중예술이 일어날 가능성이 없고 미래에 일어날 민중예술은 그 기조를
각인의 내부생활에 구해야" 한다면서 이 점을 "민중예술을 제창하는 이
들이 특히 유념"9)해야 할 것이라고 충고하고 있다. 이러한 주장의 문제
점은 쉽게 지적할 수 있다. 먼저, 인간의 외부 즉 사회현실과 내면을 이
분법적으로 나누어 근대극의 기준을 설정하는 소박한 문제의식이 눈에
띤다. 조금 후에 전위주의, 그 가운데서도 초현실주의를 수용하게 된 것
도 현실에서 분리된 내면을 일방적으로 강조하는 사고방식에서 나온 결
과라고 할 수 있겠다. 또 이 글에서 문제점으로 지적할 수 있는 것은 입
센의 근대극과 "계급문학의 전단계로 알려진 민중극장론"10)을 동일한
것으로 이해하고 있다는 점이다. 그리고 이후의 문학론에서 드러낸 입
장과는 대조적으로 제삼자적인 처지에서 민중예술을 거론하고 있다는

---

8) 임화, 「근대문학상에 나타난 연애」, 『매일신보』, 1926. 1. 1.
9) 위의 글.
10) 김윤식, 앞의 책, 36쪽.

점도 주목할 만하다.

여기서 한 가지 지적해 둘 것은 근대적인 것에 대한 관심이 전위주의 단계를 통과하면서 근대사회에 대한 적대자의 위치로 전환하여 정반대의 극으로 바뀌는데도 근대적인 것이야말로 그의 지속적인 관심의 대상이었다는 점이다. 그가 참여한 프로문학운동은 "조선의 근대문학이 理想하던 모든 것"[11]을 완성함과 동시에 근대성을 초극한다는 목표를 가지고 있는 것이었다. 근대적인 것이란 임화의 말을 빌리면 "서구적 의미의 완미한 개성"[12] 또는 "시민적 의미의 개성"[13]으로 요약할 수 있는데, 그가 지속적으로 탐구한 소설의 세계도 이 근대적인 개성을 전제해야만 성립할 수 있었던 것이다. "개인으로서의 성격과 환경과 그 운명을 그리는" 것이 소설 장르[14]의 핵심적인 성격을 이루기 때문이다. 물론 초기의 문학청년적인 관심과 성숙한 시기의 인식을 직접적으로 연결시키는 것은 문제가 있다. 그러니까 이 시기의 근대에 대한 인식에서는 앞에서 말한 대로 인간의 내면과 외부의 사회현실을 이분법적으로 나눈 다음에 전자만을 일면적으로 강조하고 있는 데 비해서 1930년대 후반에는 주객변증법에 기초하여 근대적인 것을 파악하고 있다는 차이점을 보이고 있는 것이다.

그런데 초기의 근대적인 것에 대한 관심은 식민지 현실에 대한 진지한 고민의 산물이기보다는 다분히 자신의 주위의 것과 다른 것에 대한 일종의 호기심의 차원에 머물고 있다고 해야 옳을 것이다. 위에서 민중예술에 대한 이해가 피상적이라는 점을 지적했지만 「문학상의 2월 25일」

11) 임화, 「역사적 반성에의 요망」, 『조선중앙일보』, 1935. 7. 10.
12) 임화, 「본격소설론」 (1938. 5), 『문학의 논리』, 375쪽.
13) 임화, 「소설문학의 20년」, 『동아일보』, 1940. 4. 12.
14) 임화, 「본격소설론」, 375쪽.

(1926. 3)에서도 이러한 점을 분명하게 볼 수 있다. 여기서 2월 25일이란 빅토르 위고가 고전극의 삼일치의 법칙을 파괴한 연극을 상연한 1830년 2월 25일을 말하는 것인데, 이 새로운 연극을 상연했을 때 일어난 여러 에피소드를 소개함으로써 전통을 파괴하는 일이 어렵다는 점을 강조하고 있다. 그런데 이 글의 끝에서 임화는 "혼돈과 침체 속에 잠긴 조선의 극단에도 과거의 매너리즘을 파괴할" 사람이 나와야 한다는 주장을 첨부하고 있는데,[15] 이러한 주장이 지니고 있는 추상성 내지 상식적인 차원을 염두에 둔다면 요식적인 발언에 지나지 않는다고 해야 할 것이다. 이러한 주장이 구체성을 지니려면 적어도 '과거의 매너리즘'이 어떤 것인지에 대한 논의가 선행되었어야 할 것이다.

이와 같이 새로운 것에 대한 지향이 현실에 바탕을 두고 이루어진 탐구의 결과에서 나온 것이 아니었기 때문에 더 극단적인 방향으로 나가는 일이 쉬워진다. 전위주의로의 전환이 그러하다. 「풀테스파의 선언」(1926. 4)에서 임화는 "세계 예술사상 가장 신경향을 가지고 가장 격렬하게 혁명적으로 뛰어나온" 미래파의 성격을 『리터라리 다이제스트』의 기자의 요약을 빌어 소개하면서 이 '혁명적'인 예술의 특징을 "모든 현재와 이전의 것을 사갈시해 버리려 한" 것이라고 설명하고 있다.[16] 즉 미래파의 운동을 예술의 혁명이라는 시각에서 파악하고 있는 것이다. 소개 차원에 지나지 않는 글이어서 그 자체로는 별 의미가 없지만, 임화의 새것 지향을 선명하게 보여주는 자료로서 의의가 있다고 하겠다.

전위주의에 대한 그의 시각이 어느 정도 정리되어 나온 글이 「근대문예잡감」(1926. 5)이다. 이 글에서 임화는 예술과 생활을 직접적으로 — 무

---

15) 임화, 「문학상의 2월 25일」, 『매일신보』, 1926. 3. 27.
16) 임화, 「풀테스파의 선언」, 『매일신보』, 1926. 4. 4.

매개적으로 대립시키면서 전자를 후자보다 우위에 두고 있다. 이 예술의 우위성을 지칭하는 용어가 '제4의 점령'이다. 여기서 '점령'이란 dimension 의 번역어로서 자연과학에서 보통 '차원'이라는 개념으로 사용하고 있는 말이다. 그러니까 점, 선, 면, 즉 '제3의 점령'까지가 직접 경험할 수 있는 현실의 세계이고 동물의 생활인 데 비해서 '제4의 점령' 곧 시간의 차원은 예술만이 도달할 수 있는 세계라는 것이다. 결국 예술은 현실적인 세계를 초월한 곳에 존재하는 가치 있는 세계인 셈이다.

> 인간의 욕망은 그칠 바를 몰랐다. 이 제4의 점령에다 자유, 해방을 구하여 결국 예술을 낳아 놓고 말았다. 예술의 세계는 제4의 점령의 세계이다. 제3의 점령까지는 현실의 생활, 즉 동물의 생활이고 제4의 점령에 있어서는 전연히 예술의 세계가 전개되는 것이다.[17]

초현실주의 역사를 개관하면서 모리스 나도가 그 성격을 "물질에 대한 정신의 절대적 우위라는 아주 신비적인 관념론"이라고 했는데,[18] 이러한 설명은 임화의 '제4의 점령'론에도 어김없이 적용된다. 이와 같은 성격은 현실과 예술―초현실 사이를 매개할 수 있는 계기를 전적으로 결여하기 때문에 나온 결과이다.[19] 이 짤막한 글을 발표한 이후 곧 계급문학을 옹호하는 글을 쓰고 있어 더 이상 전위주의에 대한 소개나 주장은 볼 수가 없다.

---

17) 임화, 「근대문예잡감」, 『매일신보』, 1926. 5. 23.
18) 모리스 나도, 민희식 역, 『초현실주의의 역사』, 고려원, 1985, 31쪽.
19) 참고로 초현실주의가 매개를 결여함으로써 "꿈과 현실을 새로운 형태 속에 담아서, 꿈의 요소들과 현실의 요소들을 변형시키며 극복해 놓은 통일"을 이루지 못한다는 비판은 Jean-Paul Sartre, *Qu'est-ce que la littérature?*, Collection Idees, pp.365-6.(오생근, 「앙드레 브르통과 초현실주의적 혁명의 의미」, 『세계의 문학』, 1983년 가을, 152쪽에서 재인용)을 볼 것.

3
프로문학으로의 전환

「정신분석학을 기초로 한 계급문학의 비판」(1926. 11)은 제목과는 달리 프로이트의 이론을 근거로 하여 계급문학의 정당성을 옹호하고 있다. 그런데 이 글에서 주목할 만한 사실은 임화가 관점상의 단절, 즉 전위주의에서 계급문학으로의 변화를 자각하고 있는 것처럼 보이지 않는다는 사실이다. 그러니까 그는 전위주의의 연장선상에서 계급문학을 받아들이고 있는 것이다.[20] 이 글은 "프로이트와 마르크스의 부자연스러운 결합"[21]에 기초하고 있는데 전반부에서는 프로이트의 꿈 이론을 소박하게 설명하고 후반부에서 그 꿈 이론을 프롤레타리아계급과 연결하고 있다.

인간의 일상생활에서는 본능이 억압을 당하는데, 이것이 "의식할 사이도 없이 무의식적으로 절대한 힘을 가지고 그 사람의 심적 생활의 전부를 지배하여 가지고 개성이 진수가 되고 중핵이 되어 그 후엔 외부에 이르기까지의 전 생활을 좌우할 수가 능히 있는 가공할 동력이 되어 잠재가 된"다.[22] 그런데 일상의 업무 동안에는 잠재되어 있던 것이 잠을

---

20) 김윤식, 앞의 책, 45쪽.
21) Martin Jay, *The Dialectical Imagination*, Little, Brown and Company, Boston, 1973, p.86. 이 책에서 저자는 마르크스와 프로이트의 통합에 대한 프랑크푸르트학파의 관심을 설명하면서, 1923년 파블로프의 행태주의가 정통으로 자리 잡게 됨으로써 공산주의 써클에서 프로이트주의는 금기가 되었다고 한다. 한편 프로이트 이론에 대한 마르크스주의자의 관점의 대강은 『철학대사전』(동녘, 1989)의 '프로이트' 항목을 참고할 수 있다.
22) 임화, 「정신분석학을 기초로 한 계급문학의 비판」, 『조선일보』, 1926. 11. 23. 참고로 이 글서부터 발표 지면이 『매일신보』에서 『조선일보』로 바뀌고 있다.

자거나 문예를 감상하고 창작할 때 밖으로 표출된다. 따라서 꿈과 문예
는 같은 성질, 즉 "정신적으로 억압된 情意의 누설"[23]이라는 성격을 지
닌다. 이러한 설명에 따르면 예술에 대한 이해 방식이 앞에서 살펴본
'제4의 점령'론과 동일한 선상에 있음을 알 수 있다. 즉 일상생활과, 꿈=
예술=초현실이 각각 다른 차원에 위치하는 세계로서 대립하고 있는데,
그 가운데서 후자의 세계를 더 가치 있는 것으로 파악하고 있는 것이다.
그러나 앞 단계와 다른 면모도 아울러 드러내고 있다.

> 그리하여 이 상징화한 몽환적 견지에서 꿈의 생활 속에서 우리는 일상
> 의 외면적 표피적 생활보다 일층 너 심각한 沈滯的 내면적인 참사아의
> 생활을 비로소 체험하는 것이다.
> 이와 같이 문예는 결코 도락적 기분에서 나오는 오락의 일종이 아니고
> 현실생활을 초월한 유리된 幽仙的 존재가 아니다. 그것은 절실한 현실생
> 활의 결과인 것이고 반영인 것이다.
> 이 점에 있어서 문예작품은 작가 자신의 참된 내면적 창조생활의 일부
> 분인 것이요, 다시 말하면 그 작가의 진생활의 전부라고도 할 수가 있는
> 것이다.[24]

위의 인용문의 후반부에서 예술을 현실생활과 밀접하게 관련을 가진
것으로 이해하고 있다. 다시 말하면, 예술의 세계가 일상의 현실세계보
다 더 가치가 있지만, 그 가치는 직접적으로 현실을 초월하기 때문이 아
니라 오히려 현실의 진수를 반영하기 때문이라는 것이다. 물론 여기서
현실의 진수라고 하는 것은 위의 인용문에서 나타나는 바와 같이 객관
적인 현실이라기보다는 자아의 내면적인 세계이다. 관념적이나마 임화

---

23) 위의 글, 1926. 11. 22.
24) 위의 글, 1926. 11. 23.

가 현실에서 그것을 극복할 수 있는 매개를 설정할 수 있었던 것은 '제4
의 점령'론에서 현실과 예술을 이분법적으로 대립시켰던 것과 견주어보
면 커다란 진전이라고 할 만하다. 이 매개를 고려하게 됨으로써 이제 곧
현실을 통해서만 현실의 극복이 가능하다는 관점을 지니게 되는 것이다.
물론 이때 매개의 구체적인 내용을 이루는 것은 프롤레타리아라는 사회
적 집단이다. 그러므로 부자연스럽기는 하지만[25] 임화는 꿈 이론을 통
하여 프롤레타리아의 처지를 설명하고 나아가 프로문학의 정당성을 주
장하게 되는 것이다.

> 그리고 프로문학의 출현은 결코 우연이 아니다. 시대의 고민을 집단적
> 으로 받는 억압은 반드시 문학, 즉 부르문학을 가지고 일시적이나마도 지
> 내갈 수가 없고 또한 그들의 양심은 그것을 도무지 허락지 않았다. 그럴
> 뿐더러 그들의 잠재의식은 적극적으로 새로운 무엇을 요구했던 것이다.
> 즉 여기에 프로문학의 존재이유가 있고 그의 발생한 필연성이 있는 것
> 이다. 그러므로 그들의 작품은 그렇게 몹시 받은 수많은 억압의 폭발이므
> 로 따라서 격렬하고 위험성을 띠는 동시에 위대한 현실감을 가진 것이
> 다.[26]

결론적으로 「정신분석학을 기초로 한 계급문학의 비판」은 '제4의 점
령'론에 바탕을 둔, 예술의 초현실주의적 성격에다 프롤레타리아를 매개
함으로써 예술관을 급격하게 전환하고 있다.[27] 물론 이러한 전환은 앞

---

25) 여기서 부자연스럽다는 것은 프로이트의 학설이 그 이데올로기적 본질이 어떻든
    인간 일반을 상정한 것인데 비해 임화가 이 이론을 근거로 하여 특정한 계급의
    문학을 옹호하고 있기 때문에 하는 말이다.
26) 임화, 「정신분석학을 기초로 한 계급문학의 비판」, 1926. 11. 24.
27) 참고로 초현실주의가 프로이트 이론과 마르크스주의를 수용한 것에 대해서는 이
    본느 뒤플레시스, 조한경 역, 『초현실주의』, 탐구당, 1983. 122-139쪽을 볼 것.

에서도 언급한 것과 같이 임화의 의식에서는 인식론적인 단절로 자각된 것은 아니었다. 이 계급의 자연발생적인 행태에 토대를 둔 것이어서 이것과 전위주의의 초현실적인 성격을 분명하게 구별하는 것이 어려웠기 때문일 것이다. 실제로 임화가 목적의식론을 내세워서 아나키즘 문학론을 비판할 때 전위주의와 자연발생적인 단계의 프로문학을 뚜렷하게 구분하지 않고, 그 둘이 혼재해 있는 것으로 파악했다.

> 마르크스주의자의 문예운동의 진영 내에서도 초기적인 일체 현실에 대한 반항과 또는 현실의 부정으로부터 출발하였던 성질상 같은 부정주의자이고 反抗群인 신경병적 허무감에 함입한 니힐리스트, 광적이고 절망적인 다다, 기타의 매너리즘의 파괴를 일삼고 시공적이고 혹은 동적 묘사의 강조를 주장하는 미래파, 겔만종족 특유의 음침한 기분 표현과 기괴로써 매너리즘의 파괴를 주장하는 표현파 등 일체의 근대 특유의 소산인 반항군의 자연결합으로써 파괴에로! 파괴에로! 그 戰策을 세워 투쟁한 것은 사실이었으며 또한 얼마쯤은 효과적이었다.[28]

이 글에서 전위주의는 자본주의 현실에 대한 자연발생적인 반항의 일환으로 인식되고 있어서 계급문학과 분명하게 구별되는 독자적인 범주를 이루고 있지 않는 것이다. 그러니까 역으로 말하면 목적의식론을 도입하기 전 시기에는 계급문학을 전위주의의 일종으로 간주하고 있는 것이라고도 말할 수 있다. 예술의 혁명과 혁명의 예술, 루카치의 표현을 빌리면 "현실 자체를 변화시키는 문제(현실적인 혁명)"와 "현실에 대한 관념을 변화시키는 일"[29]을 아직 구분하지 못하고 있었던 것이다.

---

28) 임화, 「분화와 전개-목적의식 문예론의 서론적 도입」, 『조선일보』, 1927. 5. 17.
29) 루카치, 「표현주의의 위대성과 몰락」, 루카치 외, 홍승용 역, 『문제는 리얼리즘이다』, 실천문학사, 1985, 24쪽.

　초현실주의자들은 부르주아적인 일체의 것을 부정하면서 시적 혁명을
주장했다. 그런데 그 혁명이 "인간의 내면적인 혁명을 통해서 그리고 인
간과 세계와의 관계에 대한 혁명을 통해서 가능해진다는 논리는 점차로
심각한 문제에 부딪히게 된다." 그것은 "사회적 조건의 해방이 없이 진
정한 내면의 혁명이 어떻게 성취될 수 있는가" 하는 문제였다.[30] 이러한
문제를 해결하는 한 가지의 길이 바로 노동자계급의 혁명성을 통하여
현실을 변혁한다는 세계관을 수용하는 것이었다. 임화도 이와 비슷한
길을 걸었다고 할 수 있겠다. 전위주의가 목표로 삼고 있는 혁명이라는
것이 소시민 지식인의 주관적인 환상에 지나지 않는다는 것을 자각함으
로써 현실 자체의 변혁을 기획하는 관점으로 들어서게 된 것이다. 후일
에 임화는 전위주의의 관념적인 성격을 분명하게 지적해 놓고 있다.

　　전후의 시단, 미술계를 장식한 입체파, 표현적 미래파, 다다 등의 주관
적 환상을 상기하라!
　　이곳에서 인텔리겐차적 환상이라 함은 근본적으로 지식이나 관념상의
변혁이 현실생활을 좌우할 수 있다는 인텔리겐차의 자기에 대한 과신이
며, 전후의 신흥예술이 가지고 있던 예술상의 환상이란 이 환상의 예술상
반영으로 신시대의 예술적 창조자는 인텔리겐차 자기이며 그들의 급진적
인 예술이 곧 혁명의 예술이라고 오인하는 그것을 말함이다.
　　이러한 경향은 구라파의 전후적 혼란, 러시아의 내란시대의 무질서 가
운데서 역사과정의 합법칙성을 인식지 못하는 급진적 소시민의 주관적 환
상의 산물이었다.[31]

---

30) 오생근, 「초현실주의의 현실인식－1920년대 앙드레 브르통을 중심으로」, 『문학
　　과 지성』, 1976년 봄, 145쪽.
31) 임화, 「담천하의 시단 일년」(1935. 12), 『문학의 논리』, 624쪽. 참고로 표현주의
　　에 대한 루카치의 비슷한 비판은 루카치, 앞의 글, 24-5쪽을 볼 것.

그렇다고 해서 그가 이 전위주의의 문학사적 의의를 완전히 부인하는 것은 아니다. 무엇보다도 전위주의의 "그 급진적 정열로 말미암아 프로문학에까지 도달"[32]할 수 있었기 때문이다. 그러나 그 '정열'의 구체적인 내용은 분명히 다르다. 이 '급진적인 정열'이 프로문학으로 구체화되어 나타날 수 있었던 것은 프롤레타리아라는 사회계급의 존재와 그에 기반을 둔 문학운동단체인 카프, 그리고 무엇보다도 일본문단의 동향이 그 배경에 있었기 때문이라고 해야 더 올바른 설명일 것이다.

일본의 프로문학계의 동향이라든가 일본의 현실이 임화에게 미친 영향에 대해서는 약간의 언급이 필요할 듯하다. 임화는 아나키즘 문학론을 비판할 때 일본에서 반동 경향의 대표적인 것이 아나키즘이라고 하면서 "여기에서 나도 편의상 또 현실에 대한 편리로 반동의 주류를 아나로 취급하"겠다고 전제하고 있다.[33] 프로문학운동의 국제적인 성격을 당연한 것으로 받아들인다고 하더라도 논의의 편의를 위하여 일본의 예를 따르는 것은 그 논의의 정당성 여부에 관계없이 비판받아 마땅하다. 이보다 2년 후에 발표된 「김기진군에게 답함」(1929. 11)도 마찬가지의 경향을 보이고 있다. 대중화의 문제를 논의하면서 "극도로 재미 없는 정세에 있어서의 우리들의 '연장으로서의 문학'은 그 정도를 수그려야 한다"[34]고 김기진이 주장한 것에 대해, 임화는 마르크스주의적 원칙을 폐기하는 것이라고 하면서 복자로 처리되어 분명치는 않으나 문맥으로 보면 일본에서 나온 책의 "맹렬한 문구"를 그 반대의 예로 들고 있다.[35] 결국 임화는 1927년 11월에 예술동맹의 기관지인 『예술운동』과 1929년

32) 임화, 「담천하의 시단 일년」, 『문학의 논리』, 625쪽.
33) 임화, 「분화와 전개」, 1927. 5. 21.
34) 김기진, 「변증적 사실주의」, 『동아일보』, 1929. 2. 25.
35) 임화, 「김기진군에게 답함」, 『조선지광』, 1929. 11, 69쪽.

에 동경지부의 기관지 『무산자』를 발간할 수 있었던 일본의 현실을 들어, 조선의 현실과 민중의 동향을 문제 삼아 ― 그 현실관의 타당성 여부를 가리는 것은 다음의 문제이다 ― 대중화론을 제출하고 있는 김기진을 비판하고 있는 것이다. 그러니까 카프의 기관지도 마련하지 못하는 조선의 현실에 일본의 현실을 곧바로 대입시켜 놓고서 마르크스주의적 원칙을 추상적으로 제시하고 있는 셈이다. 현실의 객관적인 조건을 무시한 채 일방적으로 원칙만을 내세우는 것은 마르크스주의와는 거리가 먼 주관주의에 불과하다. 물론 이런 예들은 이 논문이 다루고 있는 시기 이후에 나온 것이지만 이 시기의 임화의 사유방식에 적용되어도 무리는 없을 것이다. 이런 사실을 염두에 둔다면 한국의 근대문학을 이식문학의 역사라고 하는 그의 이식문학론은, 문학사 연구 방법으로서 지니고 있는 합리적인 핵심이 존중되어야 하겠으나 그것에 대한 평가36)가 어떠하든지 그에게는 논리 이전의 구체적인 실감이었다 하겠다.

「정신분석학을 기초로 한 계급문학의 비판」 이후에 발표한 두 편의 글, 즉 「무산계급문학의 장래와 문예작가의 행정 ― 행동·선전·기타」 (1926. 12)와 「자본주의 사회에 在한 문학운동의 전개 경향」(1927. 3-4)에 와서는 완전히 프로문학으로 전환하고 있다.

먼저 「무산계급문학의 장래와 문예작가의 행정」은 프로문학운동에 관련된 기본적인 사항을 점검하고 있는 글인데, 과거의 문학운동과 새로운 문학운동을 구별하는 데서 논의를 출발시키고 있다. 이들은 각각 예술을 위한 예술과 인생을 위한 예술이라는 관점에 기초하고 있다고 설

---

36) 김윤식, 「이식문학론 비판」, 『한국문학의근대성과 이데올로기 비판』, 서울대출판부, 1987.
  신승엽, 「이식과 창조의 변증법」, 『창작과 비평』, 1991 가을.
  이 훈, 「1930년대 임화의 문학론 연구」, 서울대 박사논문, 1993, 179-185쪽.

명한다. 즉 전자는 예술의 한계 속에서만 갇혀서 예술계 밖의 것에 대해서는 관심을 기울이지 않았으나, 후자는 생활을 위한 예술이고, 따라서 행동과 선전을 지향하는 것이기 때문에 "예술 자체를 위한 운동이 될 뿐만 아니라 프롤레타리아의 장래를 위하여 그 생존권의 확립을 요구하는 사회운동과 병행되지 않을 수 없"다.[37] 따라서 생존권의 확립을 위하여 투쟁하는 예술이 선전·선동성을 갖는 것은 당연한 요구사항이 된다. 사회의 개조를 위해서는 그에 참여할 동지를 늘려야 하기 때문이다.

그런데 이후의 문학론의 전개와 비교하여 주목할 것은 예술운동이 사회운동과 결합하는 것을 당연하다고 하면서 기본적으로는 서로를 각각 독립적인 것으로 인식하고 있다는 점이다. 그러니까 예술성의 독자적인 가치를 인정하고, 그 기반 위에서 사회운동과 결합할 수 있고, 따라서 문학이 선전·선동성을 갖는 것은 당연하다는 것이다. 그래서 문학은 선전을 통해 노동자에게 혁명의 의식을 불어넣어 주어야 한다면서 선전을 문예의 타락이라고 주장하는 견해를 다음과 같이 반박하고 있다.

> 그러나 선전을 문학으로 하는 것은 결코 아니다. 문학으로 우리는 선전하게 되는 것이다. 다시 말하면 문학을 가지고 선전용의 포스터로 사용하는 게 아니라 사회운동의 실제 투졸이 아닌 우리는 문예작품으로 새 시대의 의의와 존재 가치를 대중에게 알리는 동시에 그들의 진로를 暗暗히 보여주는 것이다. 이것이 무슨 그들(선전을 예술의 타락이라고 하는 사람들—인용자)의 소위 예술의 생명을 다치는 것이 될 것인가. 거기에 오히려 더 큰 예술의 가치가 잠재해 있음이 아닌가.[38]

---

37) 임화, 「무산계급문학의 장래와 문예작가의 행정」, 『조선일보』, 1926. 12. 27.
38) 위의 글, 1926. 12. 28.

이러한 주장은 아나키즘문학론을 비판할 때부터 나타나는 정치우위
론, 즉 "우리의 낳는 작품이 비본격적이요 포스터적이요, 선전적이라도
하등의 관계도 없다"[39]는 주장에서 보이는 것과 같이 예술을 정치의 수
단으로 간주하는 관점과 뚜렷하게 구별된다.

임화는 효과적인 선전·선동을 위하여 갖추어야 할 몇 가지 사항을
언급하고 있다. 먼저 무산계급의 작가는 무산계급의 세계관을 가져야
한다는 점을 강조하고 있다. 특히 초기에는 무산계급이 스스로 문화를
건설하는 것이 어렵기 때문에 무산계급의 세계관을 지닌 인텔리겐차가
큰 역할을 하게 된다.그러므로 중요한 것은 작가가 어느 계급에서 충원
되는가 하는 것이 아니라 그가 어떠한 세계관을 갖고 있는가 하는 것
이다.

> 다만 작가는 무엇보다도 무산계급 인생관을 가지고 모든 현상을 통찰
> 하는 데서 벌써 그 작가는 훌륭한 무산계급 작가인 것이다. 그리고 그 문
> 예작가 자신이 사회운동 투사이면 더욱 좋을 것이다. 그리고 누구를 물론
> 하고 그저 무산계급의 생존권 탈취를 위하여 또는 무산계급 문화의 장래
> 를 위하여 싸우는 사람이면 누구든지 좋다.[40]

이 세계관을 지닌 작가는 "언제나 군중 속에서 군중과 같이 보조를
맞추어 걸어가야 한다는 근본의식" 즉 민중연대성을 의식해야 한다. 그
리고 문학이 갖추어야 할 요건으로서 "심오한 생활의식과 생존에 대한
환희의 원천이 움직이고 있지 않으면 안 되"고 "전투적 기분을 가지고
강렬한 형식으로 표현되"어야 한다는 점을 지적하고 있다.[41]

---

39) 임화, 「분화와 전개」, 1927. 5. 21.
40) 임화, 「무산계급문학의 장래와 문예작가의 행정」, 1926. 12. 28.

그러나, 예를 들어 '심오한 생활의식'이나 '강렬한 형식'이 구체적으로 어떤 내용을 갖는 것인가 하는 점을 자세하게 논의하지 않고 있어서 원론적인 주장이라는 인상을 준다. 그만큼 추상적이었기 때문에 자기비판의 과정도 거치지 않은 채 위에서 본 대로 곧바로 소박한 정치주의로 탈바꿈하기도 쉬웠던 것이다.

「자본주의 사회에 재한 문학운동의 전개 경향」은 위의 글에서 지적한 민중연대성을 구체화하려는 노력을 보여주는 글인데, 자본주의 사회의 양극화된 계급적 상황을 분석하여 프로문학운동 필연성을 옹호하면서, 목적의식적 단계로의 전환을 예비하고 있다. 자본주의 사회에서 프롤레타리아는 "이 자본계급의 사회를 위하여 직접 혹은 간접으로 그 생장을 조성할 뿐만 아니라 그 근본 정력을 함양·부여"하는데도 문화생활을 영위할 경제적, 시간적 여유를 갖지 못한다. "그러므로 일체의 문화는 자본가 자체의 옹호문화이며 그들의 편의와 이익을 위하여 이용적 존재가 되어 있게 되었다." 그렇기 때문에 프롤레타리아의 문화운동은 현실적으로 필연성을 지니게 된다는 것이다. 그런데 사회운동의 차원에서 보면 "아직도 투쟁기, 즉 혁명 전기"이기 때문에 문화운동의 효과는 이 투쟁의 "방법, 계획, 다시 말하면 투쟁 국면의 전개 경향과 같이 결정된"다. 그러므로 문화운동도 사회운동과 결합하여 목적의식적으로 전개되어야 한다는 것이다.

> 요컨대 결국 이것은 마르크스주의를 作한 사회혁명, 즉 노작계급을 중심으로 한 문화, 사회의 건설을 전제로 한 과도기적 현상에 대한 과학적 관찰인 것이요, 그리하여 자본주의가 그 세력을 지지하고 있는 동안에 노

---

41) 위의 글.

> 동계급을 중심으로 한 문학운동을 해부하여 그 방법론적 연구로부터 목적
> 의식적 귀결에 이르는 것이다.[42]

이 글의 결론인 셈인데 '목적의식적 귀결'의 구체적 내용을 논의하고 있지는 않다.

그런데 이 글에서 주목할 것은 농민문학에 대한 임화의 관점이다. 그는 소작농도 무산계급에 속하기 때문에 무산계급문학운동과 농민문학운동을 분리할 수 없다고 강조하면서 분리론을 주장하는 "조선의 농민문학자군"을 비판하고 있다. 이름을 거론하고 있지 않아서 확실한 것은 아니나 농민문학론에 대한 무정부주의 계통의 이응수와 양숙아의 논쟁(1927. 2)[43]에 대한 비판으로 보인다. 그러나 이러한 비판은, 예컨대 "마르크스주의 조직과 계급의식의 발전이란 역시 농촌에도 실현되어 가고 있"다[44]는 추상적인 주장에 바탕을 둔 것이다. 그리고 이러한 주장을 뒷받침하는 것은 "현대와 같은 시대의 사회, 즉 자본주의 문명이 완벽한 절정에 달한 난숙기" 다시 말하면 "혁명 전기"[45]라는 낙관적인 현실관이다. 여기서도 봉건적인 성격이 잔존해 있는 자신의 현실에 발을 딛지 못하고 추상적으로 사고하는 경향을 읽을 수 있다. 식민지 자본주의의 반봉건적인 성격이나 현실의 변혁에 대한 농민의 이중적인 태도 같은 것을 전혀 고려하고 있지 못하다. 요컨대 구체적인 현실인식을 결여하고

---

42) 임화, 「자본주의 사회에 재한 문학운동의 전개 경향」, 『조선일보』, 1927. 3. 30.
43) 이 논쟁에 대해서는 최원식, 「농민문학론을 위하여」, 백낙청, 염무웅 편, 『민족문학론의 현단계 III』, 창작과비평사, 1984. 50-2쪽을 볼 것. 참고로 이 논쟁과 거의 동일한 것으로 일본프로문학계의 농민문예에 대한 비판을 소개하는 글로서 이북만, 「최근 일본문단 조감」(『조선일보』, 1927. 9. 11-15)과 임화의 극히 간략한 언급은 「분화와 전개」(『조선일보』, 1927. 5. 20)를 볼 것.
44) 임화, 「자본주의 사회에 재한 문학운동의 전개 경향」, 1927. 4. 2.
45) 위의 글, 1927. 3. 30.

있는 것이다. 식민지 현실을 살아가는 당대 농민의 사회적인 조건을 좀
더 진지하게 고려했더라면 농민문학론에 대한 매우 중요한 기여였을 텐
데 이것은 이기영의 「서화」(1933. 4-7)에 대한 비평을 발표하면서 어느
정도 이루어진다.[46]

4

결론

　이상과 같이 아나키즘문학론에 대해 비판하기 전까지의 임화의 초기
문학론의 전개과정을 살펴보았는데 문학론 그 자체보다는 전개과정에서
나타나는 사유방식의 성격에 초점을 맞추었다. 그 이유는 이 시기의 문
학론은 무엇보다도 소개 차원의 것이어서 원론적이고 추상적인 성격을
보였고, 또 그만큼 변화의 폭이 크기 때문이다.

　초기 문학론의 성격은 새로운 것에 대한 강렬한 관심으로 규정할 수
있다. 그런데 이러한 관심은 자신의 현실에 대한 탐구의 과정과 결부된
것이 아니어서 대체로 외국의 것에 대한 호기심의 차원에서 이루어진
것이었다. 그 결과로 더 새로운 것으로 관심이 이동하는 것은 필연적이
었다고 하겠다. 임화가 처음 문제 삼은 것은 문학의 근대적인 성격이었
다. 그 기준으로서 인간의 외부와 분리된 내면을 내세웠다. 그런데 이러
한 근대적인 성격이 당대의 현실과 어떤 관련이 있으며, 또 어떻게 이루

---

46) 임화, 「6월 중의 창작」, 『조선일보』, 1933. 7. 19.

어질 수 있는가에 대해서는 의미 있는 발언을 하지 않고 있다. 그 다음
으로 전위주의에 대해 소개하고 나름대로 그 성격을 밝히고 있는데, 현
실에 대한 예술의 우위성, 예술의 초현실적인 성격을 주장하는 '제4의
점령'론이 그것이다. 그러나 현실과 예술의 초현실 사이에는 매개를 결
여하고 있어서 관념론적인 성격을 드러내고 말았다.

그 이후로 임화는 계급문학으로 전환하고 있다. 이러한 전환을 가능
하게 한 것은 프롤레타리아계급이라는 존재였다. 즉 이 프롤레타리아는
'제4의 점령'론에서 주장한 예술의 초현실적인 성격에서 예술과 현실을
매개할 수 있는 요소가 된 것이다. 그런데 임화는 전위주의에서 계급문
학론으로의 전환을 단절로서 인식하지 않고 오히려 전위주의의 연장이
라고 생각했다. 그것은 초현실주의문학에 깊은 영향을 미친 프로이트의
꿈 이론을 통해서 계급문학을 옹호하는 데서 잘 드러난다. 그리고 이 전
환은 당대 식민지 현실 속의 프롤레타리아에 대한 관심보다는 일본 프
로문학계의 논의를 수용한 데서 이루어진 것이었다. 다시 말하면 현실
에 대한 진지한 탐구가 아니라 독서체험에 의해서 프롤레타리아를 발견
했다고 할 수 있다. 이 글이 다루는 범위를 벗어나지만 조금 후에 예술
을 정치의 수단으로 간주하는 소박한 정치우위론을 내세우게 된 배경에
도 이러한 태도가 작용했다.

전환 후에 발표한 글들에서는 계급문학의 기본적인 성격을 논의하고
있는데 극히 원론적인 차원의 것이다. 문학운동의 사회운동과의 상호보
완적인 성격, 문학의 선전·선동성, 예술성과 정치성의 결합, 민중연대성
을 주장하고 있지만 그것을 당시의 식민지 현실에서 구체적으로 어떻게
실천할 수 있을지에 대해서는 자세한 논의를 하지 않고 있다. 또 프로문
학과 농민문학을 분리하는 관점을 비판하고 있지만 '자본주의의 난숙기'

라는 낙관적인 현실관에 근거한 것이어서 봉건적인 성격이 여전히 힘을 발휘하는 당대의 현실에 발 딛지 못하고 있다는 느낌을 준다. 이처럼 현실인식에서 드러나는 추상적인 성격 때문에, 예술성과 정치성을 다같이 존중하는 타당한 관점에서, 아무런 자기비판도 거치지 않은 채 바로 다음 단계에서 예술성을 무시하는 정치주의로 전환할 수 있었고, 그 과정에서 발생한 문제점을 의식할 수 없었던 것이다.

결론적으로 임화의 초기문학론은 새로운 것에 대한 관심에 의해 지탱된 것이었는데, 자신의 현실에 바탕을 둔 것이 아니었기 때문에 원론적이거나 추상적인 차원에 머물렀다. 또 그렇기 때문에 전환의 과정에 마땅히 있어야 할 자기비판을 결여할 수밖에 없었고 그만큼 쉽게 가장 급진적인 태도를 보이게 된 것이라고 할 수 있다.

『국어국문학』 111호, 1994. 5.

제2장
임화의 1920년대 중반 ~1930년대 초 문학론 연구
정치주의를 중심으로

1
서론

임화의 문학적 생애의 출발은 전위주의였으나 곧 프롤레타리아문학으로 방향을 바꾸었다.[1] 임화는 이 전환 과정에서 인식론적인 단절을 자각하지 않은 것 같은데 그 이유는 전위주의나 마르크스주의에 바탕을 둔 프롤레타리아문학이나 그 대상은 다르지만 기존의 것을 거부한다는 공통적인 태도 때문이었을 것이다. 그런데 방향을 전환한 다음의 임화 문학론의 성격은 극단적인 양상을 보이고 있다. 한마디로 말하면 예술을 정치의 수단으로 인식하는 정치주의가 그의 문학론을 성격 짓고 있

---

1) 임화의 전위주의와 방향 전환에 대해서는 김윤식, 『임화연구』(문학사상사, 1989, 35-63쪽), 이훈, 「임화의 초기 문학론 연구」(『국어국문학』 111호, 1994. 5)를 볼 것.

는 것이다. 이 글에서는 임화가 프롤레타리아문학으로 방향을 전환하고 정치주의적인 성격을 점차로 강화시켜 나가는 시기, 즉 1920년대 중반부터 1930년대 초까지의 그의 문학론을 대상으로 하여 그 성격을 정치주의를 중심으로 하여 살펴보고자 한다. 대체로 시간적인 순서를 따라가면서 각각의 시기에 부각되었던 중요한 문제, 다시 말하면 김화산이 제출한 아나키즘문학론, 김기진이 내세운 예술대중화의 방법, 예술운동의 볼셰비키화 등에 대한 임화의 비판 혹은 논의에서 정치주의의 구체적인 양상을 자세하게 규명하고자 하는 것이다.

물론 이 당시를 휩쓸었던 정치주의는 임화에게만 한정된 성격은 아니다. 카프에 참여했던 대부분의 문학가들이 공통적으로 드러냈던 문제점이기도 한 것이다. 그렇다면 정치주의를 강화함으로써 카프의 우이를 잡게 된 임화의 문학론을 검토하는 것은 당시의 카프문학론의 일반적인 성격을 해명하는 것이기도 하다. 그러므로 이 글은 임화의 문학론에 대한 연구이면서 동시에 카프의 문학론에 대한 검토라고도 할 수 있겠다. 임화의 문학론을 다루면서도, 그와 논쟁을 벌였던 이론가들을 자세히 살핀 것은 이 때문이다.

그런데 이러한 정치주의는 당시의 지식인들의 일반적인 사유 경향, 즉 관념성의 필연적인 산물이면서 한편으로는 일본의 논의에서 영향을 받은 바가 적지 않은 것이다. 따라서 당시의 임화나 카프 문학론의 전체적인 성격을 제대로 해명하자면 전자, 즉 관념적인 성격을 드러내 주는 기준으로서의 당대 현실의 성격을 규명하여 현실과 관념의 낙차를 살피는 작업과 함께 후자, 즉 일본 문학론의 동향에 대한 비교문학적인 연구가 필수적으로 요구될 수밖에 없다. 그러나 이러한 광대한 작업은 후일로 미루고 우선 여기서는 이러한 점을 문제의식으로 염두에 두면서 내재적인 방식으로 임화 문학론의 성격을 밝히는 것을 그 목표로 했다.

2
아나키즘문학론 비판

아나키즘[2]문학론에 대한 비판은 자연발생적인 반항에서 목적의식적인 정치투쟁으로 방향전환한다는 점을 분명히 하는 표지라고 할 수 있다. 아나키즘(문예론)에 대한 공격의 포문을 연 임화의 글 제목, 「분화와 전개-목적의식 문예론의 서론적 도입」(1927.5)만 봐도 이러한 전환의 움직임을 한눈에 읽을 수 있다. 이 글은 목적의식적 문예를 주장하면서, 자연발생적인 반항의식에 근거하는 문예의 하나로서 아나키즘을 들고 그것을 비판하고 있다. "사회주의적 정치투쟁의 戰野로 방향전환"[3]을 수행하기 위해서 "진영 내부에 그 자연발생적 행태를 보전하고 있는 운동선상의 정리," 다시 말하면 "무산계급운동의 미명하에 성장하던 범사회주의적 분자"[4]와 분리하는 것이 요구되는데, 그 대표적인 분리 대상이 아나키즘이라는 것이다. 그의 주장에 따르면, "소부르주아의 최악의 경향인 아나"는 "이상의 사회라는 것은 각 자유인이 그 자유의식 아래서 자연적으로 결합"하는 데서 실현된다고 생각하기 때문에 단결을 부정할

---

2) 식민지 시대 한국문학과 아나키즘과의 관련 양상에 대한 폭넓은 논의는 조남현, 「한국근대문학의 아나키즘 체험 연구」(『한국문화』 12호, 서울대 한국문화연구소, 1992. 12.)를 볼 것.
3) 임화, 「분화와 전개」, 『조선일보』, 1927. 5. 19.
4) 위의 글, 1927. 5. 20.

뿐만 아니라, 또 현실에 대한 태도도 "감정적"이고 "귀족적 기분이 과다"
해서 무산계급 운동자가 될 수 없다.

> 그들은 의론할 少毫의 여지조차 없는 광적 개인주의자요, 소부르주아
> 의 개체적 자유, 향락에 탐닉한 무리면서도 무산계급의 해방의 일부문을
> 분담하고 그 문화를 지지하겠다는 것은 이렇게 귀족적이고 부르주아적인
> 이론가가 감히 取치 못할 잠꼬대이다.5)

이 글에서는 다음의 세 가지가 주목된다. 먼저, 한국이 아니라 일본을
준거로 하여 논의를 진행하고 있다는 점이다.6)

> 그리하여 전번 『朝文』 지상에 나타났던 某君의 이론7)과 같이 무산
> 계급 문예전선에서 아나의 部領을 割與하라는 허구적 放論까지 나게
> 되었다.
> 허나 일본 문단의 현상은 반동 경향의 일체 중에서 가장 강한 것은
> 아나인 것이다. 그리고 반동과 분화에 대한 대부분의 토의가 아나를 상
> 대로 행한 것이다. 여기에서 나도 편의상 또는 현실에 대한 편리로 반
> 동의 주류를 아나로 취급하는 것이다.8)

"일본 문단의 계급문학 진영에서, 아나키스트를 제일 먼저 숙청의 대

---

5) 위의 글, 1927. 5. 21.
6) 참고로, 이보다 2년 후에 발표된 임화의 글 「김기진군에게 답함」(『조선지광』,
   1929. 11)도 이러한 태도를 드러내고 있다. 이런 성격과 연관되는 것으로, 당시
   의 아나키즘문학론을 둘러싼 논쟁이 일본 문단의 것을 번안하거나 번역한 것이라
   는 설명은 김윤식, 「아나키즘문학론」, 『한국근대문학사상사』, 한길사, 1984,
   132-3쪽을 볼 것.
7) 김화산의 「계급예술론의 신전개」,(『조선문단』, 1927. 3)를 가리킨다.
8) 임화, 「분화와 전개」, 1927.5.21.

상으로 삼고 있기 때문에 카프도 그래야 한다는 논법"[9]인 셈이다. 프로
문학의 국제적인 성격은 당연한 것이지만, 논의의 편의를 위해서 자신이
발 딛고 있는 현실을 무시하는 듯한 태도는 비판받아 마땅하다. 이러한
문제는 카프가 해체되고 나서 가장 중요한 문제로 떠오른 사상의 주체
화, 다시 말하면 관념으로 받아들인 사상을 주체화함으로써 주체를 재건
하는 과제[10]와 바로 연결되는 것이다.

둘째로 예술을 정치에 종속시키는 태도이다. "우리의 낳은 작품이 비
본질적이요, 포스터적이요, 선전적이라도 하등 관계가 없다"[11]는 주장에
서 볼 수 있는 바와 같이 예술은 정치의 한 수단에 지나지 않는다.[12] 그
런데 이와 같은 도구주의적 관점마저도 당위적이고 일반론적인 명제를
주장하는 데서 더 나아가지 못해, 예술의 선전·선동적 효과를 획득할
수 있는 방법에 대한 고민의 흔적을 보여주지 않는다.[13]

마지막으로 문예론으로서의 아나키즘과 정치사상으로서의 그것을 구

---

9) 김윤식, 『임화연구』, 78쪽.
10) 주체 재건에 대한 임화와 김남천의 논의와 논쟁에 대해서는 이훈, 「1930년대 임
    화의 문학론 연구」, 서울대 박사논문, 1993. 8, 55-94쪽을 볼 것.
11) 임화, 앞의 글.
12) 김화산과 논쟁을 벌였던 윤기정(「계급예술의 신전개를 읽고」, 『조선일보』, 1927.
    3. 25-30), 조중곤(「비마르크스주의 문예론의 배격」, 『중외일보』, 1927. 6. 23)도
    동일한 인식을 보이고 있다.
13) 이 점에서 주 12)에서 든 윤기정의 글의 오류를 지적하고 있는 한설야의 다음과
    같은 발언은 일반론에서 한걸음 나아가 구체적으로 사고하려는 태도를 보여주고
    있어서 인용해 둘 만하다. 물론 해명에는 이르지 못한 문제의식의 제출에 불과하
    지만, 이런 것마저도 당시에는 매우 드문 현상이었다.
    "선전만 하면 그만이다. 하지만 어떻게 잘 선전할까를 망각한 말이다. 우리에게
    문제되는 것은 결론이어서는 안 된다. 그 결론에 이르기까지의 철저한 이론과 내
    포가 있어야 하는 것이다. 혁명 전기의 예술은 선전, 폭로, 선동만이면 그만이라
    고 하지만 우선 어떻게 해야 그것이 가능할지를 규명하여야 한다."(한설야, 「무산
    문예가의 입장에서 김화산군의 허구 문예론, 관념적 당위론을 駁함」, 『조선일보』,
    1927. 4. 26.)

별하지 않고 있다. 물론 그것은 아나키즘문학론이 구체적으로 제시되지 못한 데 그 일차적 원인이 있지만, 한편으로는 정치에 예술을 종속시키는 임화의 관점이 그러한 구별을 필요로 하지 않았기 때문이기도 하다.

임화의 또 다른 글 「착각적 문예이론－김화산씨의 愚論 검토」(1927. 9)는 부제 그대로 김화산의 아나키즘문학론에 대한 비판이므로 먼저 김화산의 주장을 간략히 살핀 후에 다루는 것이 좋겠다. 김화산은 넓은 의미의 프로문학에 속하는, 따라서 볼셰비즘문예와 대등한 위치를 차지하는 아나키즘문학론을 내세우고 있지만, 글의 의도는 아나키즘에 입각한 문학론을 제시한다기보다는[14] 마르크스주의를 비판하는 데 있다. 그 비판의 요점은 마르크스주의 문예가 예술과 정치를 일원화함으로써 예술의 독자성을 무시한다는 것이다.

> 정치, 법률, 예술, 철학 등이 다 같이 경제조직을 기초로 한 의식형태라 하여 각자의 특수한 독립적인 체계(경제조직과의 독립이 아니다)를 무시하고 이것을 혼동하여서는 안 된다. 예술에는 예술로의 독자적 특수체계가 있으며 정치에는 정치로의 독자적 특수체계가 있다. 양자 간의 구별은 엄밀히 존재한다. 예술이론으로써 정치를 규율할 수 없는 것과 같이 정치이론으로써 예술을 규율할 수 없는 것은 명약관화의 사실이 아닌가.[15]

---

14) 논쟁 당시에도 이러한 점이 지적되었다. 윤기정은 "아나키즘문예의 이론이 무엇인지" 모르겠다고 했다(윤기정, 「계급예술의 신전개를 읽고」, 『조선일보』, 1927. 3. 25). 물론 김화산은 「續, 뇌동성 문예론의 극복」,(『조선일보』, 1927. 7. 19-23) 에서 자신의 예술관을 몇 가지로 나누어 피력하고 있으나 일반론에 지나지 않아 －예를 하나 들자면, "프롤레타리아 예술도 예술인 이상 반드시 예술적 조건을 구비하여야 한다." (1927. 7. 21)고 하면서도 '예술적 조건'이 무엇인지를 논의하지 않는다－본격적인 아나키즘문학론이라 하기는 어려운 것이다.
15) 김화산, 「속, 뇌동성 문예론의 극복」, 『조선일보』, 1927. 7. 20.

위와 같은 관점에 서서 김화산은 예술의 선전·선동성은 "제 2의적, 또는 비본질적 요소"[16]일 뿐만 아니라, "선전 효과를 고려에 둔 예술은 실제 선전상에서는 아무런 효과도 나타내지 못한다"[17])는 점을 내세우고 있다. 그러므로 "예술로서의 성립 요건과 완성을 무시하고 오직 사회××의 선전으로 목적을 삼는다 하면 그것은 한 선전포스터며 노방연설이며 정견발표문"[18]에 지나지 않으며, 또 당문학을 제창하며 당파성의 견지를 강조한 "레닌은 공산파의 정략가"[19]로 간주되는 것은 논리의 필연적인 귀결이라 할 것이다. 레닌을 정략가에 불과하다고 한 데서 잘 드러나듯이, 문학의 선전·선동성을 부인하는 논리는 곧 당파성이나 목적의식성을 거부하고 자생성을 옹호하는 데로 귀착한다.

> 아나키스트는 자연의 법칙에 순응하는 개성의 자유를 고조한다. 볼셰비키처럼 무산계급을 의식적으로 외재의 강권에 의하여 볼셰비즘 범주 내에 도입고자 하지 않는다. 가장 자연적인 내재적인 법칙에 의하여 자유연합의 사회—집단성을 통한 개성의 자유로운 발양은 이곳에서만 비로소 취득할 수 있다—를 형성코자 함이 아나키스트의 최대 안목이다.[20]

독자적인 아나키즘문예론을 정립하지 못한 결정적인 요인은 바로 여기에 있을 것이다. '자연적 법칙' 즉 자발성만을 일방적으로 강조할 때 주체의 의도, 계획 등은 원칙적으로 불필요한 것이기 때문이다.

그렇다고 하여 소박한 도구주의에 대한 김화산의 비판까지 무시하는

---

16) 김화산, 「뇌동성 문예론의 극복」, 『현대평론』, 1927. 6, 9쪽.
17) 김화산, 「계급예술론의 신전개」, 『조선문단』, 1927. 3, 20쪽.
18) 위의 글, 18쪽.
19) 위의 글, 19쪽.
20) 김화산, 「뇌동성 문예론의 극복」, 5쪽.

것은 올바르지 못한 태도일 것이다. 박영희의 소설을 예로 들어, 그 소설이 선전적인 효과를 얻지 못한 것은 "예술적 조건을 구비하지 못한 때문"[21]이라고 한 것 — 이러한 지적은 "선전문학도 문학으로서의 요건 — 소설로서의 요건을 구비"해야 된다는 김기진의 주장[22])에 이어지는 것이다 — 은 '예술적 조건'을 분명하게 제시하지 못한 약점을 안고 있지만, 일방적으로 선전만을 당위론적으로 강조하고 그것을 효과적으로 실현할 수 있는 방법에 대해서 탐구하지 못했던 프로문학가에게는 그 합리적인 핵심이 마땅히 수용되어야 할 중요한 문제를 제기한 것이다. 그리고 다음과 같은 비판은 도구주의적인 관점이 지니는 근본적인 문제점을 지적한 것이라고 할 수 있다.

> 그것(선전예술론이 드러내고 있는 비프롤레타리아적 성격 — 인용자)은 씨(윤기정 — 인용자) 등이 프롤레타리아예술이 계급투쟁의 일수단이란 의식적 특수임무를 부여함으로써 프롤레타리아 실제 전선에서 기피하고 문화권내에 은닉하려는 소부르주아적 사념이다. 나는 씨 등과 같은 예술론을 주창하려면 구태여 예술이니 무엇이니 말하지 않고 일보를 進하여 직접 행동으로 나설 것이다.[23])

이것은 정치성과 절대적으로 분리된 예술의 독자성이라는 관점에서 행해진 것이기는 하지만, 정치와 예술의 관계에서 나타나는 예술의 특수성을 인식하지 못한 상대방들에 대한 정곡을 찌른 비판이 아닐 수 없는

---

21) 김화산, 「계급예술론의 신전개」, 20쪽.
22) 김기진, 「문예월평」(1926. 12), 홍정선편, 『김팔봉문학전집・1』, 문학과지성사, 1988, 271쪽. (참고로, 괄호 안의 수자는 원래 지면에 발표되었던 연, 월을 표시한 것이다. 앞으로는 일일이 언급하지 않고 이런 방식을 사용하기로 한다.)
23) 김화산, 「속, 뇌동성 문예론의 극복」, 1927. 7. 20.

데, 누구도 이러한 지적에 대해 정면으로 대응하지 못한 것은 당시의 수준으로 보아 어쩔 수 없는 일이었다고 생각된다.[24]

임화는 예술을 정치에 종속시키는 소박한 일원론의 처지에서 김화산의 "이원론적 입장"[25]에 비판의 초점을 모으고 있다. "프롤레타리아에게서 계급 해방 의지를 제외한 예술적 요구란 있을 수 없고" 인간의 보편적인 요구로서의 예술적 요구는 "지구상의 계급이 철폐되었을 때"나 거론할 수 있다는 견해를 지닌 사람에게 예술을 정치에 종속시키는 일원론은 의심할 필요도 없는 진리인 것이다.

> 아등은 예술 형태, 즉 예술의 특성에 있어서 그것이 본질적으로 예술상의 분파로서 발생하는 것이 아니고 근본적으로 계급해방운동의 일익으로 성장한 것이므로 프롤레타리아 생활의지, 즉 현존사회의 부정을 떠나서 프롤레타리아예술은 존재치 않을 것이다. 현계단에 처하여 이 문제에 집중된다는 것은 당연 이상의 당연이다. 더구나 오등의 운동은 이미 자연생장적 과정을 지내고 만다. 그리하여 현재 부르주아 예술이 의식적으로 그 발생적 기저인 부르주아사회의 계급적 지배의 무기의 역할을 맡은 이상 오등의 예술행동은 예술이란 협애한 범주를 완전히 지양해야 할 것이다. 그리하여 전 무산계급적 정치투쟁까지 전화하여서 프롤레타리아 예술행동이란 부분적 성질을 양기하고 전체성적으로 예술을 인식하고 파악지 아니치 못할 것이다.[26]

---

24) 참고로, 박영희의 경우 특수성을 강조한 바 있다. 예컨대, "문예는 문예의 특수성으로써, 문예는 그 자체와 분리할 수 없는 특수한 형태를 가지고 — 이 특수한 형태는 완전하면 완전할수록 — 문예운동의 효과를 고양케 하는 것"(박영희, 「문예운동의 목적의식론」, 『조선지광』, 1927. 7, 4쪽)이라고 주장한다. 그러나 여기서 '특수성'은 개별성의 다른 이름일 뿐이다. 따라서 그의 관점에서 문예운동은 개별성(='그 자체와 분리할 수 없는 특수한 형태')과 보편성(='문예운동의 효과' 즉 정치)의 절충으로 이해된다.

25) 임화, 「착각적 문예이론」, 『조선일보』, 1927. 9. 9.

26) 위의 글, 1927. 9. 5.

여기서 '전체성적으로 예술을 인식'하는 것은 다른 말로 하면 예술운동이 "무산계급의 정치적 일익으로 진출하는 것"[27]을 뜻한다. 이처럼 임화와 김화산은 대극적인 처지에 서 있지만, 정치와 예술의 관계를 바르게 이해하지 못한 것은 마찬가지였다.

그런데 임화가, 예술을 정치에 종속시키는 예술론을 말하려면 직접 행동으로 나서는 것이 논리적이라는 김화산의 지적을 의식하지 않은 것은 아니었다. 이러한 비판은 앞에서도 말했듯이 예술의 특수성을 인식할 수 없었던 당시의 논자들에게는 치명적인 것이어서 어떤 식으로든 대응 논리를 찾아내야 했기 때문이다.

> 오등은 어디까지든지 예술의 특수성 그것을 인식하고 행동한다. 그러므로 우리는 프롤레타리아 예술가로서의 투쟁 임무가 있는 것이다. 그러나 제3전선을 결성하고 무산계급의 실제전선에서 逃치 않는다.[28]

위의 문장에서 '특수성'이란 말은 실제적인 의미를 내포하는 것은 아니다. 공격에 대한 방어적인 태도에서 나온 미봉책일 뿐이라고 하는 것이 문제의 진상일 것이다. 예컨대 다음과 같은 주장을 보면 이러한 점이 분명하게 드러난다. "우수한 프롤레타리아 예술작품이라는 것은" "철저히 프롤레타리아의 생활의지에 봉사하는 작품," "다시 말하면 계급해방의 최량 무기가 될 수 있는 것"[29]이다. 이러한 논리를 따라가면 실상 예술작품은 부차적인 요소가 될 수밖에 없다. 작품이기 전에 계급 해방에 종사하기만 하면 훌륭한 예술이 되는 것이고, 기실 전제가 충족된다면

---

27) 위의 글, 1927. 9. 8.
28) 위의 글, 1927. 9. 5.
29) 위의 글.

굳이 예술작품이어야 할 까닭도 없는 것이다. 이처럼 "오직 예술이론이 ××이론의 일부분으로서 존재하고 일체의 행동은 정치적으로 규정되"[30] 어야 한다는 정치주의가 임화의 사고의 근저를 이루고 있다. 그리고 이 정치주의는 추상성을 동반하고 있다는, 또 하나의 중대한 문제점을 드러내고 있다. 위에서 인용한바 '생활의지에 봉사하는 작품'이 갖추어야 하는 조건이 무엇이며, '계급해방의 최량의 무기'는 어떤 방법을 통해서 얻어지는 것인지를 전혀 제시하지 못하고 있는 것이다.[31] 이러한 구체적인 조건과 방법에 대한 숙고가 있었더라면 필연적으로 예술성의 문제에 부딪치게 되고, 따라서 예술의 특수성도 그 사고의 대상이 되지 않을 수 없었을 것이다.

결론적으로 김화산과의 논쟁은 정치주의를 더욱 선명히 하는 과정이었다고 할 수 있다. 그가 몇 년 뒤에 이 논쟁을 방향 전환, 즉 "문학, 예술운동을 공연히 전 프롤레타리아운동의 한 개의 유기적 環"으로서 실천하는 과정에서 이루어진 것이라고 하면서, 프로문학을 "마르크스주의적 사상의 초석 위에 올려 놓"[32]은 것을 의의로 들고 있는데, 과장의 혐의는 있지만 그 지향점만은 바르게 지적한 것으로 보인다. 그 합리적인 핵심인 문예의 정치성을 분명히 했다는 점에서 그렇다. 물론 그것은 예술을 정치에 종속시킨 대가를 치르고 얻은 것이었다.

---

30) 임화, 「각서」, 『조선일보』, 1927. 10. 2.
31) 이런 점을 생각한다면 주 13)에서 주목했었던 한설야의 문제의식은 매우 귀중한 것이었다. 그리고 미리 말한다면 김기진의 대중화론이 분명한 한계가 있는데도 커다란 의의를 지니는 것은 바로 구체성을 지향하는 이러한 태도를 보여주고 있기 때문이다.
32) 임화, 「『예술운동』 전후」, 『조선일보』, 1933. 10. 7.

3
예술대중화 논쟁

　방향전환론은 예술대중화론을 그 핵심적인 사항으로서 포함하고 있
다. 자연발생적인 반항을 의식적인 정치투쟁으로 전환시키는 일은 다른
말로 하면 민중을 의식화하고 조직하는 것이기 때문에 그러한 과정에서
대중과 예술의 관계를 밀접하게 하는 예술의 대중화는 필연적으로 요구
될 수밖에 없다. 예를 들어 카프를 대중적인 조직으로 정비하면서 발표된
논강(본부초안)은 다음과 같이 동맹의 임무를 규정하고 있다.

　　　조선 프롤레타리아 예술동맹의 예술운동은 정치투쟁을 위한 투쟁예술
　　의 무기로서 실행된다.
　　　조선 프롤레타리아 예술동맹은 대중에게 투쟁의식을 고양하며 이것의
　　교화운동을 위하여 조직하며 그리하여 우리는 무산계급 예술운동의 역사
　　적 임무를 다할 것이다.[33]

　그러나 이렇게 규정하고는 있지만, 앞에서 본 바와 같이 추상성을 동
반한 정치주의 때문에 대중화에 대한 논의는 막연한 원칙론에 머물고
있었다. 이북만이나 장준석은 노동자, 농민의 예술이 되어야 하고, 따라
서 "예술운동은 그것이 조선의 (8자 복자)에 서 있는 노동자 또 그와 긴
절한 동[맹]군인 농민의 전(9자 복자)의 中으로 들어가 그들로 하여금 경

---

33) 「무산계급 예술운동에 대한 논강」(본부초안), 『예술운동』, 1927. 11, 3쪽.

제의식 더구나 ××××의식 (13자 복자)의식을 앙양하지 않으면 안 된다"[34]
고 하면서도 실천 방법으로서는 이외로 간단하게 "아지의 유일 최선의
방법은 언어와 일상적 표현－그것도 아주 알기 쉽게 해야 한다－을 빌
어서 할 수밖에 없을 것"이라고 하면서, 그 구체적인 예로서 "간단한 시
를 읽는다든지 ×××× 알기 쉬운 포스터를 그려 붙인다든지 간단한 연
극을 한다든지 할 수 있을 것"[35] 이라고 제시하고 있다. 이와는 다르게
한설야는 "의식화하지 않은 민중"이 요구하는 문예, 다시 말하면 "그들
이 일시 호감을 느낄 문예를 쓸 것이 아니라 그들이 장차 필연적으로
요구할 문예"[36]를 보내야 한다고 주장한다. 이북만 등이 노동자는 교양
이 없어서 소설 등을 읽을 수 없기 때문에 알기 쉽게 써야 한다고 주장
하는 반면에, 한설야는 일원적인 관점에 선 셈인데, 관점의 차이 이전에
막연한 원칙론에 멈추고 있다는 점에서는 마찬가지라고 할 수 있다. 이
러한 점을 고려하면 김기진의 대중화론은 분명한 한계가 있지만 대중에
게 읽힐 수 있는 작품을 어떻게 쓸까 하는 것을 구체적으로 고민했다는
점에서 새로운 길을 열었다고 할 수 있다.

그런데 팔봉의 대중화론에 대한 임화의 비판은 대중화를 실천하는 데
요구되는 구체적인 방법론에 대한 것이라기보다는 "팔봉의 대중화론 제
기의 근거, 즉 현실 대응 방식에 그 초점이 맞추어져 있"[37]기 때문에,
여기서는 팔봉이 대중화론을 제시하면서 견지하고 있는 기본적인 태도

---

34) 장준석, 「왜 우리는 작품을 쉽게 쓰지 않으면 안되는가?」, 『조선지광』, 1928. 5.
    78쪽. (참고로, [ ] 안의 글자는 원래 복자인 것을 인용자가 복원한 것인데, 앞으
    로는 일일이 언급하지 않고 이런 방식을 사용하기로 한다.)
35) 이북만, 「사이비 변증론의 배격」, 『조선지광』, 1928. 7, 71쪽.
36) 한설야, 「1928년의 대중간의 문예 관계는 어떻게 진전될까」, 『조선지광』, 1928.
    1, 3쪽.
37) 류보선, 「1920-30년대 예술대중화론 연구」, 서울대 석사논문, 1987, 57쪽.

를 먼저 살피고, 그 다음에 임화의 비판을 검토하기로 하겠다.

팔봉이 예술대중화를 제창하게 된 것은, 마르크스주의 문예의 임무가
"대중을 부르주아 문예 내지 프티부르주아 문예의 감염으로부터 격리하
고, 예술의 형식을 통하여 현실의 모든 기만과 불합리를 폭로하고, 그들
의 불평불만을 추출·응결하여, 진실 프롤레타리아의식의 전취에 인도
하며 나아가서는 조직 ××에까지 앙양하"는 것인데, "마르크스주의 문예
는 통속문학이 아니"38)라는 명제가 "작품행동을 다시없이 미약한 물건
으로 만들고"39) 그 당연한 결과로 문예의 임무를 다하지 못했다는 반성
때문이다. 물론 팔봉은 위 명제를 뒷받침하는 모든 논거가 잘못된 것은
아니라고 설명한다. 대중의 의식은 근본적으로 그가 처한 생활의 물질
적 조건에 의하여 규정받으며, 그러므로 작품의 효과를 과대평가해서는
안 되고, 자연발생적인 대중의 요구에 영합하는 것은 타락이라는 주장은
정당하다고 평가한다.40) 그러나 팔봉이 판단하기에 그때까지 마르크스주
의자 문예가는 다음과 같은 잘못을 저질렀다.

첫째, 예술의 과대평가에 대하여 조소를 던지는 동시에 자연의 勢로
(약-원문대로) 작품에 대한 인식이 불철저하였다. 그리하여 그 결과는
초보적 작가 및 시인으로 하여금 작품 창작을 곤란하게 만들었다. (중략
-인용자)
둘째로 그 이론은 "한 사람의 [투사를 전취하는 것이]" 중요한 목적이라
하여 부르주아적 내지 프티부르주아적 문예의 성과로부터 독서대중을 격
리하고, 현실의 모든 기만을 폭로하여야 할 초보적 사업을 무의미시하였
다. 적어도 작가 및 시인으로 하여금 그렇게 하는 것은 타락한 주의자의

---

38) 김기진, 「통속소설 소고」(1928. 11), 『김팔봉문학전집·1』, 120쪽.
39) 위의 글, 121쪽.
40) 위의 글, 120-1쪽.

할 일이요 대중에의 단순한 영합인 줄로 생각하게 하였다.

셋째로, 그 이론은 (필연의 勢로) 독서대중을 획득하기 위한 작품의 제작상 방법을 제시하지 아니하고 대중적 讀物의 제작은 현상추수라 하여 이것이 우리의 정도라 하는 작품과의 동일점과 상호관계를 분석하고 파악하지 못하였다. 그런 연고로 마르크스주의 문예가 통속소설을 쓰면 어떻게 써야 할 것이고 그것은 재래의 통속소설과 여하히 다른 것인가 함을 필경에 꿰뚫어 내다보지 못하고 말았다. 지금 우리들의 임무는 이 불철저를 치료함에 있다.[41]

예술을 계급투쟁의 무기라고 규정하면서도 소박한 정치주의 때문에 작품 창작에 내해서 별다른 구체적인 빙도를 마련하지 못한 닝시의 상태를 올바르게 지적해 놓고 있다. 팔봉의 대중화론은 이러한 문제의식에서 출발하고 있는 것이다.

대중화론의 구체적인 내용을 규정짓는 근본적인 태도는 다음의 몇 가지로 정리할 수 있을 것이다. 첫째로 "극도로 재미없는 정세"[42]라는 전제에서 드러나는 현실관이다. 이것은 조선공산당의 검거로 대표되는 상황의 반영일 것이다. 팔봉은, 1931년 카프 1차 피검 때 체포된 후 작성한 자술서에서 1928년 제3차 공산당 대검거와 함께 검열과 탄압이 심해지자 프로 예술가들이 "당면한 객관적 정세의 악화 속에 서서 어떻게 하면 좋은지 알지 못했다"고 쓰고 있다.

그 후에 또 3차 공산당의 검거, 송치에 이어서 제4차 공산당 사건이 폭로되어 또 다시 대검거의 폭동이 운동계를 강타하게 되었고, 이때 예술동맹의 간부 중 김복진, 조중곤 두 사람이 공산청년회원이라는 혐의로 경찰

---

41) 위의 글, 121쪽.
42) 김기진 「변증적 사실주의」(1929. 2-3), 『김팔봉문학전집·1』, 62쪽.

에 검거되자 일반 동맹원들의 불안과 공포는 절정에 달했다. 작가도, 비평가도 일시에 붓을 놓고서 무엇을 할 것인가를 알지 못하였다.[43]

이처럼 "극도의 곤란한 객관적 정세하에서"도 작품행동을 지속해야 하기 때문에 주어진 조건을 이용해야 한다는 취지에서 나온 것이 팔봉의 대중화론이다. 따라서 그의 대중화론은 합법적 영역에서의 작품행동의 구체화 방안인 것이다.

> 우리들은 소위 문학의 붓까지 꺾어버리고 말아야 옳을 것인가? 저들로부터 던져진 조건 안에서라도 우리들의 당면한 행동을 취하여야 옳을 것인가? 문제는 간단하지 않으나, 우리들 이외의 사람들은 이러한 정세 중에서도 그들의 반동적 표현을 하고 싶은 대로 하고 있다. 우리들은 대중을 저들의 의식감염으로부터 구출할 의무를 느끼지 않으면 안 된다.
> 전자(통속소설, 기타 통속적 일반 작품)로의 길은 이러한 용의 앞에 개척되어야 한다.[44]

> 이 특수적 방략(표현의 강도를 완화하는 것 - 인용자)을 거절하는 때에 우리의 작품 행동은 지하실 속으로 들어가고야 만다. 이렇게 하자고 하는 것은 표면단체로 하여금 ××××의 행동을 취하라고 강요하는 것과 똑같은 무지가 아니면 안 된다.[45]

둘째로, 노동자, 농민의 주체적인 능력을 과소평가하는 관점이 대중화론을 조건 짓고 있다.

---

43) 김기진, 「조선에 있어서의 프롤레타리아 예술운동의 과거와 현재」(1932. 10), 홍정선 편, 『김팔봉문학전집·2』, 문학과지성사, 1988, 59쪽.
44) 김기진, 「통속소설 소고」, 127쪽.
45) 김기진, 「예술운동에 대하여」(1929. 9), 『김팔봉문학전집·1』, 348쪽.

그들은 첫째, 무지하다. 둘째, 둔감하다. 셋째, 장구한 세월의 간난신고
의 경험은 그들로 하여금 장래의 희망과 용기를 마비케 하였다. 요약하여
말하면 그들은 의식의 상실자다. 넷째, 그들은 장구한 세월을 두고 지배
××의 계획적 수단으로 말미암아 저급한 향락과 노예적 봉사의 정신의 주
입을 받아서 근치하기 곤란한 중독자가 되어 있다.[46]

이와 같은 대중관은 분명히 문제가 있다. 현실 속에서 일어나고 있었
던 소작쟁의나 노동쟁의를 설명할 길이 없는 것이다. 따라서 이러한 대
중관이 그의 대중화론에도 부정적인 영향을 미치지 않을 수 없는 것이
다. 팔봉은 대중소설을 창작하는 데서 "가장 중대하고도 곤란한 문제"는
"대중의 흥미 문제"[47]라고 주장한다. 그런데 그가 들고 있는 흥미로운
소재를 요약하면 노동자와 농민의 일상견문, 빈부의 격차, 신구 도덕관
내지 인생관의 충돌 등이다.[48] 그러나 막연하게 민중의 일상견문에서
제재를 취하라고 할 뿐, 그들이 생활하는 과정에서 체험하게 되는 구체
적인 문제나 여기에서 필연적으로 나오게 되는 생활상의 요구를 거론하
고 있지 않다. 요컨대 민중의 이해, 염원, 희망을 대변함으로써 그들과
결속하는 민중연대성에 대해 고려하는 대신 '무지하고 둔감한' 일반 독
자[49]의 흥미에 영합하는 태도가 그 자리를 차지하고 있다. 극단적으로
말하면 민중연대성을 결여한 "사이비 민중성"[50]에 집착하고 있는 셈이

---

46) 김기진, 「대중소설론」(1929. 4), 『김팔봉문학전집·1』, 133쪽.
47) 위의 글, 134쪽.
48) 위의 글, 136-7쪽. 김기진, 「통속소설 소고」, 122-4쪽.
49) 안막은 팔봉의 대중화론을 사회민주주의적 대중론이라고 규정하고 그 이유의
   하나로 "우리들의 대상을 '노동대중'이란 일구로 캄프라치하여 그 대상을 명확히
   규정하지 못하였"다는 점을 지적하고 있다. (안막, 「조선 프로예술가의 당면의 긴
   급한 임무」, 『중외일보』, 1930. 8. 22.)
50) 에르하르트 욘, 임홍배 역, 『마르크스-레닌주의 미학입문』, 사계절, 1989, 142쪽.

다. 따라서 이러한 대중소설이 "그들로 하여금 자기들의 사회적 지위를 자각하게 하고 현실에 대한 정확한 인식을 갖게 하며 ×××의식을 배양하며 그들로 하여금 세계사의 현단계의 주인공의 임무를 다하도록 끌어올리고 결정하게 하는 작용"[51]을 할 수 있을지는 의문이다. 팔봉의 대중소설론이 "부르주아의 대중소설과 전혀 동질적"[52]이라든지 심지어는 "1910년대의 신소설에나 합당"[53]하다는 평가가 나오게 되는 것은 이처럼 대중의 주체적인 능력을 부정적으로 평가하는 팔봉의 관점 때문이다.

셋째로 작품 행동에 국한된 대중화는 한계를 지닌다는 점을 분명히 하고 있다.

> 이러한 통속소설은 다만 대중을 부르주아 내지 프티부르주아적 의식의 감염으로부터 격리케 하는 ……가 되는 동시에 그들의 예술적 요구를 충족시켜주는 자료가 됨에 그치는 것이라고 본다. 다만 이만한 존재이유에 의해서 우리의 통속소설은 대중으로 가야 한다.
> 소설이 혹은 그 외에 어떤 종류의 예술품이 미래 사회를 대중 속에 가져오게 하는 직접적인 위대한 무기가 된다고 믿는 사람이 있다 하면, 그 사람은 맹인이어야 한다. 예술은 다만 대중의 의식과정에 있어서 그 독특한 임무를 수행할 수 있는 ……임에 지나지 않는다.[54]

이러한 관점은 일반적으로 인간의 의식이 물질적인 조건에 의해서 규정받는다는 명제에 근거하면서도, 한편으로는 위에서 본 그의 대중관에서 나오는 것이기도 하다. "무지하고 둔감한 위에 의지를 상실한 중독자

---

51) 김기진, 「대중소설론」, 130쪽.
52) 김윤식, 「예술대중화론」, 『한국근대문학사상사』, 한길사, 1984, 164쪽.
53) 류보선, 앞의 글, 53쪽.
54) 김기진, 「통속소설소고」, 125쪽.

들"의 의식을 끌어올리는 데는 "장구한 시일을 두고서의 직접적 교양과 쉴 새 없는 훈련이 무엇보다 긴요하"[55]기 때문이다. 그런데 문제는 시종 작품행동의 일정한 한계를 강조해 마지않으면서도 작품행동 외의 대중화의 방안을 논외로 치는 데 있다. 이 점은 앞에서 말한 합법주의적인 태도와도 관련되는 것이다.

팔봉의 대중화론에 대한 임화의 비판은 그것이 내포하고 있는 마르크스주의적 "원칙의 치명적, 무장해제적 오류," 즉 "합법성의 추수"[56]에 향하고 있다. 임화가 주장하는 원칙이란 어떠한 상황에서도 공세를 멈추지 않는 것이다.

> 아무러한 더 재미없는 정세에서라도 현실을 솔직하게 파악하여 엄숙하고 정연하게 대오를 사수하는 것이 정당히 부여된 역사적 사명인 것이다.
> 그런 까닭으로 이러한 난국에 있어서 퇴각적 정책은 반 프롤레타리아적이며 결정적인 최대의 오류이다.
> 우리는 이러할수록 모든 이론적 실제적 일상투쟁에서 언제든지 그들을 향하여 ×세를 취하지 않으면 안 된다.[57]

혁명적 언사로 가득 채워져 있는 임화의 비판의 근거는 정치주의이다. 정치투쟁에 대한 원칙적인 입장을 전면에 내걸어, 팔봉의 지적처럼 "예술투쟁을 전혀 정치투쟁과 동일한 물건으로 사료"[58]하고 있는 것이다. 임화가 이와 같이 "모든 박해와 곤란을 무릅쓰고 나아가는 영웅적 투쟁"을 내세울 수 있었던 것은 무엇보다 일본의 현실을 준거로 하고 있

---

55) 김기진, 「대중소설론」, 133쪽.
56) 임화, 「탁류에 抗하여」, 『조선지광』, 1929. 8, 93쪽.
57) 위의 글, 94쪽.
58) 김기진, 「예술운동에 대하여」, 349쪽.

기 때문이다.

> 김군이 춘향전식으로 이 난국을 지내가며 호기도래를 꿈꾸는 대신 우리는 군이 한번 듣기만 해도 기절을 할 ×××× 해결한다.
> 이것은 군이 동아일보나 중외일보로 예술운동을 하는 대신, 우리는 견고한(일행 정도 삭제 – 인용자) 가졌다. 거기는 군이 기절할 맹렬한 문구로 (그러나 노동자 농민은 어떻게 좋아하는지) 가득 찼다. 그리하여 군이 언제나 타협해 가며 나아가려는 (4행 삭제 – 인용자)
> 그러면 군은 물을 것이다. 동경은 일본이 아니냐고? 옳다. 동경도 일본이다. 그러나 동경이 고정지가 아니다. 정세에 의하여 이것은 ×××× 갈 수 있고 대판으로도 갈 수 있다. (2행 삭제 – 인용자)
> 이것은 우리가 완전히 할 수 있는 사실이다. 그러나 모든 박해와 곤란을 무릅쓰고 나아가는 영웅적 투쟁에서만 가능할 것이다.[59]

그러니까 일본의 현실을, 기관지[60]도 마련하지 못하는 식민지 조선에 대입시켜 놓고서 '마르크스적 원칙'을 운위하고 있는 것이다. 객관적 현실과 주체의 역량을 고려하지 못하는 '마르크스적 원칙'이야말로 진정한 마르크스주의 정신에 정면으로 반하는 것이 아닐 수 없다.

그런데 「시인이여! 일보 전진하자! – 시에 대한 자기비판, 기타」(1930.6)에서는 자기 시의 관념적 태도를 비판하고 있어서 주목된다. 이 글에서 임화는 자신의 시가 드러내고 있는 소시민성과 "낭만적 개념"을 지적하면서 그 원인으로서 "자기의 예술을 직접 프롤레타리아의 성장과 결합하지 못한"[61] 것을 들고 있다. 이러한 자기비판이 자신의 시뿐만 아

---

59) 임화, 「김기진군에게 답함」, 『조선지광』, 1929. 11, 68-9쪽
60) 참고로 일본에서는 1927년 11월에 예술동맹의 기관지인 『예술운동』과 1929년에 동경지부의 기관지 『무산자』를 발간할 수 있었다.
61) 임화, 「시인이여! 일보 전진하자!」, 『조선지광』, 1930. 6, 67쪽.

니라 팔봉과 논쟁했던 글들에서 드러냈던 관념적 성격을 염두에 두었던 것인지는 확실하지는 않다. 그러나 이 글이 작가 또는 작품과 민중 사이의 관계에 초점을 맞추고 있다는 측면을 고려하면 어느 정도 구체성을 띠고 있다는 점은 인정할 수 있을 것이다.

> 일보 전진하는 것은 ××××××의 생활 속으로 들어가는 것과 노동자 농민의 생활감정을 자기의 생활감정으로 하는 것을 의미하는 이외에 아무것도 아니다.
> 여기에 우리는 일보 전진해야 한다.
> 그리하여 우리는 그 속에서 생활하고 ××하며 우리들 ××적 예술가의 조직을 확립하고 강철 같은 배포[맹]에 의하여 전류같이 ××적 예술을 프롤레타리아 ×××××의 조력을 위하여 수송해야 할 것이다.[62]

이와 같이 팔봉의 대중화론이 결여하고 있는 민중연대성을 강조하고 있는 것이다. 대중이 무지하다는 것을 이유로 작품의 계몽적인 측면에만 주목한 팔봉과 견주어볼 때, 임화가 "전에 누군가 말하던 의미에서보다도 별 의미의 시의 대중화"를 "시의 프롤레타리아화"[63]로 규정한 것은 대중화론의 일보 전진이라 할 수 있다.[64] 그리고 이 글이, 대중화 논쟁의 결말이라고 할 수 있는 예술운동의 볼셰비키화를 예비하고 있다는 점도 지적해야 할 것이다.

결론적으로 대중화 논쟁은 팔봉의 합법적인 작품행동에 맞서 비합법적인 정치투쟁을 내세움으로써 벌어진 것이지만, 임화는 대중화를 실천

---

62) 위의 글, 70쪽.
63) 위의 글, 65쪽.
64) 이 글 이전에 발표된 민중연대성에 대한 논의는 권윤환, 「무산예술운동의 瞥顧와 장래의 전개책」(『중외일보』, 1930. 1. 10-31)을 볼 것.

하기 위한 구체적인 방법에 대해서가 아니라 팔봉이 대중화론을 제출하면서 전제한 합법주의에 대해 추상적인 비판을 가했다. 그러나 임화는 자신의 시가 지니고 있는 관념적인 성격을 비판하면서 민중연대성이라는 대중화의 핵심적인 조건을 인식하게 된다. 이러한 과정을 통하여 대중화 논쟁은 예술운동의 볼셰비키화로 방향을 전환하고, 임화를 비롯한 동경의 소장파, 즉 무산자사의 조직원들이 카프의 우이를 잡게 되는 계기를 이루게 되는 것이다.

4
예술운동의 볼셰비키화와 그 지양

대중화 논쟁을 통하여 예술의 민중연대성을 인식하게 되었고 또 그 결과로 예술운동의 볼셰비키화가 제기되었다. 합법적인 작품행동에 한정된 김기진의 대중화론을 맹렬하게 비판했던 임화가 볼셰비키화의 선두에 섰던 것은 따라서 당연한 일이었다. 안막에 따르면 임화의 「조선 프로예술운동의 당면의 중심적 임무」(1930. 6)는 한국에서 최초로 볼셰비키화를 상정한 것이다.[65] 지금 이 글의 상세한 내용은 알 수 없지만 비슷한 시기에 발표된 임화의 「시인이여! 일보 전진하자!」(1930. 6)와, 안막의 「조선 프롤레타리아 예술운동 약사」(1932. 10)를 통하여 대강을 짐작할 수는 있다.

---

65) 안막, 「조선 프로예술가의 당면의 긴급한 임무」, 『중외일보』, 1930. 8. 17.

「시인이여! 일보 전진하자!」는 노농대중이 현저하게 진출했는데도 예술은 이러한 사실을 반영하지 못했는데, 그 이유는 예술운동 조직이 미약했기 때문이라고 진단하면서 그에 따른 과제를 제시하고 있다. 물론 조직적인 활동이 부진했던 것은 무엇보다도 프롤레타리아의 전반적인 역량이 미약한 탓이지만, 여기에다 카프 지도부의 기회주의적 경향이 가세했기 때문이다. 이 기회주의적 경향이란 김기진을 대표로 하는 합법주의를 가리키는 것이다. 그러므로 미약한 주체의 힘을 강화하기 위해서는 우선적으로 조직상의 문제를 해결하는 것이 필요하다. 즉 "예술운동의 주도적 세력인 예술동맹 자신을 여하한 희생과 곤란 속에서라도 강고한 지도부를 확립하고 그 밑에 규율정제한 각 기술별 분업조직"[66]을 만드는 것과 함께 지도부내의 기회주의적 경향과의 결연한 투쟁을 요구하는 것이다. 이러한 카프 조직상의 문제를 해결하는 것과 동시에 "예술상의 민족개량주의"와 확연히 구별되는 "프롤레타리아 시·예술의 엄연한 독자성"을 확립하는 것이 당면의 과제가 된다. 이러한 과제는 "예술가 그리고 시인은 이 대중의 앙등된 욕구를 자기의 예술로 할 수 있는 자기의 생활을 영위"[67]함으로써만 올바르게 해결된다. 그러므로 앞에서 살핀 대로 예술의 대중화는 예술의 프롤레타리아화에 의해서 가능한 것인데, 이것이 예술운동의 볼셰비키화에 직결되는 것이다.

임화는 「조선 프로예술의 당면의 중심적 임무」에서 예술운동의 볼셰비키화를 "노동자 농민에 대한 당의 사상적 정치적 영향을 확보·확대하고 당의 슬로건을 대중화하기 위한 광범한 아지, 프로 사업"[68]으로 규

---

66) 임화, 「시인이여! 일보 전진하자!」, 『조선지광』, 1930. 6, 63쪽.
67) 위의 글, 64쪽.
68) 안막, 「조선프롤레타리아예술운동 약사」(일본어), 『사상월보』, 1932. 10.

정하면서 그 구체적인 임무로 주로 조직상의 문제를 거론한다. 그러니까 앞에서 간단히 살폈던 「시인이여! 일보 전진하자!」에서 다루었던 문제를 구체화하고 있는 셈인데, 안막은 그 내용을 다음과 같이 요약해 놓고 있다.

> 예술운동의 볼셰비키화를 위한 전제로서 구체적인 임무로는 첫째로 예술동맹을 재조직하는 것. 즉 예술운동이 각 부문, 문학, 연극, 영화, 음악, 미술 등으로 확대된 전문적, 기술적 전국동맹을 만들어야 한다. 그러나 일시적으로는 불가능하므로 전국동맹재조직 준비위원회를 설치할 것. 둘째로 기관지를 확립하는 것. 셋째로 카프 중앙부 내의 기회주의를 극복함으로써 카프를 볼셰비키화할 것. 넷째로 노동자, 농민의 조직과 유기적 관계를 가질 것.[69]

이 글을 발표한 후 한동안 글을 쓰고 있지 않기 때문에 볼셰비키화 단계의 임화의 생각을 직접적으로 알 수는 없지만 신유인 등에 의하여 제창된 유물변증법적 창작방법의 청산적 경향,[70] 즉 볼셰비키화를 변증법적으로 지양하는 것이 아니라 그것을 "하나의 새로운 슬로건 '유물변증법적 예술의 건설에!'로 대치"[71]하는 것에 맞서 이 시기를 평가하고 있는 글에서 그의 관점을 읽을 수 있다.

임화가 볼셰비키화를 평가하는 관점은 그것의 한계를 분명히 인식하면서도 그것을 역사주의적인 시각으로, 다시 말하면 일정한 역사적 단계에서 필연적으로 산출될 수밖에 없는 것으로 이해해야 하며, 따라서 그

---

69) 위의 글.
70) 유문선, 「1930년대 초반 '유물변증법적 창작방법' 논의에 관하여」, 『관악어문연구』 15집, 1990. 200-1, 214쪽.
71) 신유인, 「문학창작의 고정화에 抗하여」, 『조선중앙일보』, 1931. 12. 3.

것을 변증법적으로 지양해야 마땅하다는 것이다.

> 현재 우리들의 문학적 실천상에 표시된 좌익적 일탈과 一樣的 고정화
> 의 위험은 (중략-인용자) 우리들의 문학이 진정한 '[콤뮤]니즘 문학'이 되
> 는 것에 의하여서만 해결될 문제이지 결코 이 사실의 부정상에서, 다시
> 말하면 예술운동의 [볼세비키화와 [콤뮤]니즘 문학의 건설을 과도하는 또
> 다른 한 개의 신계단에의 비약에 의하여 해결되는 문제가 아니라는 사실
> 이다.[72]

이와 같은 관점에 입각했을 때, 예술운동의 볼셰비키화는 어떤 성과
와 한계를 드러냈는가? 이 문제를 살피기 위해서는 먼저 볼셰비키화의
내용을 검토하는 일이 필요한데, 여기서는 창작의 측면에만 한정하여 살
피기로 한다.[73]

볼셰비키화는 한마디로 전위의 문학이라고 할 수 있다. 이 전위의 문
학은 그들의 주장에 의하면 "프롤레타리아 전위의, 바꾸어 말하면 ××주

---

72) 임화, 「1932년을 당하여 조선문학운동의 신계단-카프작가의 주요 위험에 대하
여」, 『조선중앙일보』, 1932. 1. 24.
　　참고로, 여기서 '또 다른 한 개의 신계단'은 물론 유물변증법적 창작방법이다.
임화는 유물변증법적 창작방법을 신유인의 청산주의적인 태도와는 질적으로 다르
게 볼셰비키화의 연장선상에 놓고 평가하고 있다. (임화가 「물」을 논의하면서 이
작품이 드러내고 있는 "당파적 견지의 결여"(임화, 「6월 중의 창작」, 『조선일보』,
1933. 7. 18)를 신유인의 영향 때문이라고 다소 감정에 치우친 듯한 인상을 주는
평가를 내린 것은 분명히 잘못된 것이지만, 위와 같은 맥락, 즉 신유인이 볼셰비
키화와 유물변증법적 창작방법을 대립적으로 평가하는 경향을 염두에 두면 이해
할 수는 있는 일이다.)
73) 볼셰비키화의 국제적, 정치적 배경, 즉 코민테른의 12월테제와 조선공산당 재건
운동과의 관계에 대해서는 류보선, 앞의 논문, 65-9쪽과 박성구, 「일제하(1920년
대 중반~1930년대 초) 프롤레타리아 예술운동에 관한 연구-카프 경성본부와
동경지부의 대립적 양상을 중심으로」, 한국사회사연구회편, 『일제하 한국의 사회
계급과 사회변동』, 문학과지성사, 1988, 340-7쪽을 볼 것.

의의 視眼을 가지고 사물을 관찰하고 그것을 프롤레타리아적 사실주의
의 방법을 가지고 구체화"74)하는 것이라고 하지만, 실상은 전위를 주인
공으로 그린 문학이다.

> 그러면 당의 정치적 사상적 영향을 확보, 확대하기 위하여 예술가는 무
> 엇을 하면 좋을 것이냐? (중략－인용자) 그것을 위하여는 우리나라의 전
> 위가 어떻게 싸우고 있는가를 현실적으로 그려낼 필요가 있다. 그들이 폭
> 염하에 공장에서 농촌에서 어떻게 싸우고 있는가를 현실적으로 그려낼 필
> 요가 있다. 어떻게 노동자와 농민들을 조직하고 어떻게 그 투쟁의 앞장을
> 서고 있는가를 대중에게 알려줌으로써 우리들의 예술가는 논문이나 통신
> 에서보다 더 생생하고 효과적으로 당의 정책을 선전하고 그에 대한 대중
> 의 신뢰를 확보할 수 있는 것이다.75)

볼셰비키화에 근거한 창작방법의 핵심적인 내용을 일목요연하게 설명
하고 있어서 인용할 만한 구절인데, 전위를 주인공으로 삼게 된 연유를
명쾌하게 제시하고 있다. 그런데 실제 창작에 있어서는 전위를 객관적
으로 형상화하기보다는 작가 자신의 주관적인 관념을 전위라는 형상을
빌어 '표현'하고 있다. 즉 현실에다 경향성76)을 주관적으로 삽입함으로
써 그 둘을 무매개적으로 결합하는 것이다. 이처럼 주관주의 또는 주관
적 당파성을 드러내게 된 것77)은 반영론이 확립되지 못한 당시의 사정

---

74) 임화, 「1932년을 당하여 조선문학운동의 신계단」, 1932. 1. 7.
75) 藏原惟人, 「나프예술가의 새로운 임무－공산주의 예술의 확립에로」(1930), 김영
    석 외 역, 『예술론』, 개척사, 1948, 62쪽.
76) 루카치, 「경향성이냐 당파성이냐?」, 김혜원 편역, 『루카치 문학이론』, 세계,
    1990.
77) 예를 들어, 김남천은 자신의 작품 「공우회」(1932. 2)가 1931년 여름에 열린 카프
    문학부 소설연구반 모임에서 다음과 같은 비판을 받았다고 말하고 있다.
    "나의 작품의 종말은 모두 성공과 승리로 차 있으며 그것은 저열한 미국영화의

에 기인하지만 한편으로는 조급한 계몽주의적 정열 때문이었다는 점도
부인할 수 없다. 즉 대중에게 모범을 보임으로써 정치적 영향을 미치는
일이 무엇보다도 급한 일이었고 또 그런 일이 현실적으로 가능하리라고
낙관적으로 생각한 것이다. 이 시기의 작품이 하나같이 낙관적인 결말
을 맺고 있는 것은 이러한 믿음에 바탕을 두고 있기 때문이었다.[78]

이와 같이 전위를 주인공으로 선택함으로써 전위가 당면하는 과제를
작품의 소재로서 미리 규정하게 되고[79] 거기에 따라 "산업별 생산"[80]도
나오게 된 것이다.

그리하여 카프문학의 전도에는 카프 작가는 구체적으로 무엇을 예술의
제재로 하는 것에 의하여 ××주의적 전위의 눈으로서 자기의 문학을 생산
할 수 있느냐 하는 데로 발전하였다. 여기에 두 번 다시 현시의 조선에
있어서의 프롤레타리아가 당면한 구체적 제과제를 자기의 과제로 할 것,
(중략 - 인용자)
그리하여 조선의 노동자계급이 당면하고 있는 구체적 과제를 해석하는
것에 의하여 우리들의 예술문학의 제재에 있어 전위의 활동, 개량주의 민
족주의와의 투쟁, 대중직공의 묘사, ××노동조합의 조직 과정과 공작 문제
등등에 이르기까지의 상당히 구체적인 문제에 이르기까지 남김없이 그것

해피 엔드와 흡사하다고까지 말하였다. 공장 내의 운동은 모두 실패에 가득 찼거
늘 어째서 작가의 작품 속에는 이것의 반영이 없느냐는 것이다." 김남천, 「문학시
평 - 문화적 공작에 관한 약간의 시감」, 『신계단』, 1933. 5, 80쪽.
78) 이것을 객관적인 현실과는 관계없는 주관주의로만, 다시 말해서 객관적인 계기를
전적으로 결여한 것으로 평가하는 것은 옳지 않다. 그러니까 이 단계의 주관주의
가, 대공황의 여파로 민중에 대한 착취가 가혹해지고 이에 대응하여 일어난 원산
총파업이나 평양 고무공장 총파업에서 보듯이 민중의 역량이 분출하고 있었던 당
시의 상황을 반영하고 있는 측면도 고려해야 할 것이다.
79) 제재의 구체적인 항목에 대해서는 권환, 「조선예술운동의 당면한 구체적 과정」
(『중외일보』, 1930. 9. 4)을 볼 것.
80) 임화, 「1931년간의 카프예술운동의 정황」, 『조선중앙일보』, 1931. 12. 7.

을 작품의 내용으로 할 것과 생산과정 속에서 노동자계급의 산업별적 생활의 다양성을 위하여 작품 생산을 산업별적으로 과제화할 것 동시에 창작 그것도 엄연한 조직적 통제하에 조직적 생산의 방법에 의거하게 되었다.[81]

실제로 농민소설의 성과가 『농민소설집』(1933)으로 묶여져 나왔을 뿐만 아니라 김남천의 「공장신문」(1931. 7)을 비롯한 노동자소설이 발표됐다. 이러한 성취의 배경에는 민중 역량의 성장과 더불어, 카프 문학부에 설치된 소설연구반이 특정한 주제를 정하여 소설의 창작을 명령하고 집단창작을 계획하고 실행에 옮기기도 하며, 제출된 작품을 놓고 연구회를 여는 등의 조직적 노력이 있었다.[82]

임화는 위에서 간단히 검토한 예술운동의 볼셰비키화의 실천을 "커다란 비약을 의미하는 전향이고 일대 약진"[83]이라고 평가하고 있는데, 그 이유로서 당파성을 분명히 한 점을 들고 있다.

그들은 명확히, 막연한 '무산계급의 철학'을 양기하고 ×××義의 조선의 ×××프롤레타리아의 정치적 입각점에 자기의 당파를 발견한 당파작가로 된 것이다.
다음에는 우리들 카프작가들은 자유주의적인 구락부적 조직의 일원으로서 자기의 예술작품에 종사한 것이 아니라 그들은 일정한 지도적 방침 밑에 움직이는 지도부에 소속된 일원으로서 귀중한 계급적 규율하에 생활하는 작가였다는 것이다.[84]

81) 임화, 「1932년을 당하여 조선문학운동의 신계단」, 1932. 1. 7.
82) 김남천, 「문학시평」, 80, 83쪽. 집단창작 작품은 평양총파업을 그리려고 한 『고무』인데 카프 맹원들의 제일차 피검으로 완성을 보지 못했다. 임화, 「1931년간의 카프 예술운동의 정황」, 1931. 12. 11.
83) 임화, 「1932년을 당하여 조선문학운동의 신계단」, 1932. 1. 7.
84) 임화, 「1931년간의 카프 예술운동의 정황」, 1931. 12. 7.

실제의 성과에 걸맞은 평가라고 할 수 있다. 1차 방향전환기의 소박한 정치주의가 내포한 당파성－사실상 당파성이라고 하기에는 미흡한－에 비하면 임화의 말 그대로 '커다란 비약'인 것이다. 그래서 일정한 성과를 산출할 수 있었던 것이다. 그러나 그것은 지양되지 않으면 안 되는 한계를 내포한 것임도 또한 사실이다. 임화도 이 점을 자각하고 있었다. 그는 이 한계를 "우리들의 마음속에 불타는 문학자적인 열정인 좌익적인 관념"[85]이라든지 "추상된 관념의 방법"[86] 또는 "구체적인 생활을 경시하는 내용의 무절조한 정치주의화"[87] 등으로 요약하고 있다. 앞에서 간단히 검토한 대로 객관적인 현실과 유리된 주관적인 당파성의 측면을 지적한 것이다. 임화가 보건대 소재주의와 작품의 유형화를 산출한 결정적인 요인은 바로 이러한 주관주의였다.

임화에 의하면 소재주의는 "우리들의 문학운동이 그 실천의 주요 방면인 ×××적 프롤레타리아가 전개하는 광범한 ××의 일익이 되려면 프로문학은 구체적으로 '무엇'을 그 내용으로 할 것인가" 하는 문제의 해답으로 나온 것이다. 그래서 "조선의 운동에 있어 표현되는 중요한 제 임무에 의하여 우리들의 문학의 제재를 설정한" 것은 "과거의 일반적인 무산계급문학에 비하여 비교할 수 없을 만큼 우월한 지점으로 우리의 운동이 비약"한 것이지만, 그 한계 또한 분명하다는 것이다.

> 그러나 현재의 조선의 노동계급이 그 실천의 도상에서 영위하고 있는 계급의 생활이라는 것은 이 위에 나열한 것과 같은 단순한 것이 아니라 더 한층 복잡하고 서로 교차되고 서로 투영하는 무한한 다양성과 복잡성

---

85) 임화, 「1932년을 당하여 조선문학운동의 신계단」, 1932. 1. 24.
86) 위의 글, 1932. 1. 28.
87) 임화, 「1931년간의 카프 예술운동의 정황」, 1931. 12. 11.

을 가지고 있는 것인 고로 이 모든 것을 우리가 문학적 제재로서 정식화
하여 일일이 나열해 놓는다 하면 무한대로 많은 삼라만상을 모두가 列記할
필요까지가 생기게 된다는 것도 또한 자명의 사실이 아니면 아니 된다.[88]

요컨대 소재를 정식화함으로써 복잡한 현실을 총체적으로 인식하지
못하고 단순화시키고 말았다는 것인데,[89] 정치적인 과제를 바로 문학의
그것으로 생각하여 문학의 즉각적인 효과를 성급하게 기대하는 실용주
의적인 관점[90]이 이러한 결과를 낳는 데 일정하게 작용했을 것이다. 여
기에다 "관념적 도식주의"[91]를 가지고 현실을 파악했기 때문에 이 관념
과 현실이 일치하지 않을 때 필연적으로 객관적인 현실을 관념에 맞게
왜곡할 수밖에 없었고, 따라서 작품의 고정화는 자연스러운 귀결이었다.
신유인의 지적대로 "일체의 모순을 초월한 非常的 템포를 가지고 모든
슬로건의 결론에 분주"[92]한 것이다.

결론적으로 임화는 볼셰비키화 단계의 실천을 변증법적으로 고찰하고
있다. 즉 앞 단계의 성과를 발전적으로 계승하면서 동시에 그 속에 내포
되어 있는 모순을 극복해야 한다는 관점에서 평가하고 있는 것이다.

---

88) 임화, 「1932년을 당하여 조선문학운동의 신계단」, 1932. 1. 24.
89) 자각적이었는지는 모르겠으나 이와 같은 발언에서 총체성, 다른 말로 하면 장편
   소설에 대한 지향성을 읽어볼 수 있겠다. 이런 점을 염두에 두면, 완결된 단편의
   구조로 이루어진 이기영의 「서화」(1933. 5-7)에 대해 "일 시대의 계급투쟁의 역
   사적 경험의 전면을 그리고 일정한 시대의 객관적 현상을 역사적으로 개괄하는
   기록적 로맨의 형식"(임화, 「6월 중의 창작」, 『조선일보』, 1933. 7. 19.)이라고
   평가하면서 "흥분"(김남천, 「임화적 창작평과 자기비판」, 『조선일보』, 1933. 7.
   29, 8. 3-4)하는 것을 이해할 만하다.
90) 이 단계에서 임화가 도구적인 관점의 폐해를 의식하였다는 것은 아니다. 이것에
   대한 최초의 자각적인 발언은 신유인, 「예술적 방법의 정당한 이해를 위하여」,
   『신계단』, 1932. 10, 44-5쪽을 볼 것.
91) 임화, 「1932년을 당하여 조선문학운동의 신계단」, 1932. 1. 28.
92) 신유인, 「문학창작의 고정화에 抗하여」, 『조선중앙일보』, 1931. 12. 7.

이 점에서 임화의 날카로움은 남다른 바가 있다. 「물」(1933. 6)과 「서화」
(1933. 5-7) 등을 둘러싸고 벌어진 김남천과의 논쟁―이른바 ''「물」 논
쟁'[93]에서 보인 임화의 이론적 깊이는 볼셰비키화를 발전적으로 지양하
고자 하는 문제의식의 심도를 반영하는 것일 터이다. 그 문제의식이란
정치성과 예술성을 올바르게 결합할 수 있는가 하는 것이었다. 주관주
의에 대한 비판이 정치적 무관심과 우경화로 결과하지 않도록 경계하는
것과 함께 현실에 대한 정확한 인식이 문학적 실천으로 나타나야 한다
는 점을 강조하는 것에서 이것을 볼 수 있다.

> 그러므로 이 위대한 전향을 진실한 전향으로 성공적으로 수행함에 있
> 어서는 (중략―인용자) 사물에 대한 정확한 인식으로부터 출발하여 현시
> 의 계급××의 구체적 다양성, 일층 복잡화하고 있는 계급관계와 그와 연관
> 되는 모든 현상을 관철하고 있는 법칙을 발견하고 그것을 구체적으로 문
> 학의 실천 위에다 표현하는 것에 의하여서만 가능한 것이다.[94]

반영론으로 발전할 수 있는 계기를 함축하고 있는 발언이다.[95] 따라
서 ''「물」 논쟁'에서 임화가 보여준 반영론의 원리에 대한 깊은 이해는
갑작스럽게 나온 것이 아님을 확인할 수 있다.

---

93) 이 논쟁에 대해서는 이훈, 「1930년대 임화의 문학론 연구」, 9-25쪽을 볼 것.
94) 임화, 「1932년을 당하여 조선문학운동의 신계단」, 1932. 1. 28.
95) 물론 이런 유의 발언을 이전에도 흔하게 들을 수 있는 마르크스주의자의 상투적
    인 언사로 넘길 수도 있을 것이다. 그러나 이러한 발언이 나오게 된 맥락―이 글
    이 주목하고자 했던―과 1930년대 그의 문학론의 전개 과정과 그 수준을 고려한
    다면 달리 받아들여야 할 것이다.

5
결론

지금까지 임화 문학론의 성격을, 목적의식론이 제창되기 시작할 때부터 예술운동의 볼셰비키화가 논의될 때까지를 한 시기로 설정하여 주로 정치주의의 양상에 초점을 맞추어 살펴본 셈이다. 그 결과로 당시의 임화의 문학론이 현실과 적절한 관련성을 갖는 구체적인 것이 아니라 일반적 원칙이나 당위론을 추상적으로 주장한 것이라는 점을 확인했다. 그리고 그 원칙이나 당위론도 철저한 사고를 거친 후에 나온 것이 아니라 다만 신념의 차원에서 받아들여진 것임을 알 수 있었다. 여기에는 역사에 대한 조급한 태도도 크게 작용을 했다. 그래서 문학이 당면의 시급한 정치적 과제를 넘어서서 인간을 근원적으로 형성하는 작용에 대한 인문학적 관점을 유연하게 적용시킬 수 없었음은 너무나 당연한 것이다.

그런데 임화가 전형적으로 드러내는 정치주의의 성격은 프롤레타리아 문학 운동의 초기 단계에서 불가피하게 나타날 수 있는 극단적인 요소라는 점을 충분하게 인정하더라도 그 배경에는 또 다른 측면이 놓여 있다는 점을 간과해서는 안 될 것이다. 계급 해방에 대한 주관적 의지를 무엇보다도 우선적인 것으로 생각하는 경향이 바로 그것이다. 문학작품의 내용과 형식을 둘러싸고 벌인 논쟁에서 한쪽 당사자인 김기진이 자기주장의 정당성을 부정하지 않으면서도 정치적인 배경 때문에 그것을 철회한 일화는 이러한 경향을 전형적으로 보여주는 예가 될 것이다. 따라서 문학은 지고의 목표, 즉 정치에 봉사하는 수단의 역할밖에 부여받지 못하는 것이다. 이런 사고 체계도 가능하다고 생각하는 관점도 존재할 것이다. 그런데 이러한 정치주의를 승인하더라도 지금까지 검토한 20년대 말의 정치주의에는 결정적인 문제점이 도사리고 있다. 그것은 수단으로서의 문학이 구체적으로 어떻게, 어떤 정도로 그 목표를 성취할 수 있는지에 대해서 고민한 흔적을 거의 남기지 않고 있다는 점이다. 심지어는 예술대중화 논의에서 보듯이 '마르크스적 원칙'이라는 구호로 구체적인 대중화론으로 발전시킬 계기마저를 봉쇄하기도 하는 결과를 가져왔다. 그래서 당시의 어느 누구도 김화산의 비판, 문학이 계급투쟁의 수단에 불과한 것이라면 굳이 예술을 거론할 필요가 있느냐는 것에 대해 올바른 대답을 내놓지 못한 것이다. 물론 김화산의 비판은 문학의 정치성과 예술성을 이원적으로 분리하는 관점을 전제하고 있어서, 정당한 질문이라 하기는 어렵다. 그러나 극단적인 정치주의에 대한 문제 제기로서는 유용하기도 한 것이다. 이러한 질문에 올바르게 대응할 수 있을 때 예술성과 정치성을 매개하는 문학, 예술의 특수성을 제대로 인식할 수 있는 것이다. 결국 정치주의의 해독은 이 특수성에 대한 이해를 가로막은 데 있는 것이다. 주지하다시피 이 문제는 1930년대 문학론의 핵심적인 과제를 이룬다. 리얼리즘에 대한 논의와 논쟁도 궁극적으로는 이 문제를 둘러싼 것이라고 할 수 있을 것이다.

그런데 이 시기의 정치주의, 즉 임화의 문학론에서 문제점만을 읽어내는 것은 그 후의 문학론의 전개 과정을 고려하지 않은 비역사적인 평가이고 따라서 일면적인 시각에서 나온 것일 것이다. 비록 추상적이고 당위적인 형태로 제시되고는 있지만 문학의 정치성을 분명하게 각인시켰다는 사실은 중요한 성과이다. 또 예술대중화에 대한 논의 과정에서, 문학이 민중의 생활에서 나오는 여러 요구를 다룸으로써 민중연대성을 획득해야 하며, 이러한 연대성이야말로 대중화의 관건이라는 점을 인식하게 된 것도 값진 것이다. 그리고 무엇보다 중요한 것은 볼셰비키화를 지양하는 과정에서 자신의 관점이 지닌 추상성과 주관주의를 반성하게 됨으로써 현실의 준엄함을 깨달아가는 모습을 보이고 있다는 점이다. 1930년대에 보여준 리얼리즘에 대한 높은 이해 수준은 이러한 깨달음의 결과라 할 것이다.

『국어국문학』 114호, 1995. 5.

 **제3장**

임화의
1930년대 문학론 연구

1
서론

임화가 문제적인 인물이라는 점은 연구자들에게 널리 인정되고 있는 사실이다. 예를 들어 임화에 대한 단행본을 낸 저자들은 그 책에서 각각 다음과 같이 그 문학적인 업적을 개괄하고 있다.

그는 시인이었지만 거기에 그치지 않았고 비평가였지만 또한 거기에 멈추지 않았고 또한 문학사가이지만 거기에 안주하지 않았다. 더욱 놀라운 것은 이러한 영역 이동이 항시 그 영역에 대한 개척적인 의미 및 심화를 현실적으로 가져왔다는 사실 (하략 - 인용자)[1]

그의 평생을 통해서 임화가 보여준 또 하나의 특징적 단면은 그가 문예

---

1) 김윤식, 『임화연구』, 문학사상사, 1989, 506쪽.

이론 내지 이념을 추구, 개발하고자 꾀한 자취를 드러내고 있는 점이다. 카프 소속 문학인이나 그 후의 시인, 작가들 역시 이론 지향성이 강한 편이기는 하다. (중략 - 인용자) 그러나 임화의 경우에 그런 현상은 특히 두드러진다. 대부분의 경우 그는 자신과 적대 세력, 또는 그 편의 활동을 이론으로 검토, 판단하고 그에 대한 평가, 판단을 했다. 또한 그 원리를 추출, 제시하려는 시도도 게을리 하지 않았다.[2]

이와 같이 임화는 우수한 시인이었고[3] 카프의 중심인물로서 그 진영의 최고의 이론가였다. 그러므로 식민지 시대 문학, 특히 카프 진영의 문학을 언급할 때 연구자들은 그를 의식하지 않을 수 없었고, 사실 많은 경우 임화의 논의 틀 속에서 연구가 진행되었다고 해도 과언이 아니다.

임화 연구에서 선편을 잡은 연구자는 김윤식이다. 그는 『한국근대문예비평사』[4]의 부록으로 실린 「임화 연구」에서 시작하여 1989년에 『임화연구』를 상재했다.[5] 이 책은 머리말에서 밝히고 있는 바와 같이 골드

---

2) 김용직, 『임화문학연구』, 세계사, 1991, 16쪽.
3) 시인으로서의 임화에 대해서는 앞에 든 김용직, 김윤식의 저서를 비롯하여 다음과 같은 논문들을 참고할 수 있다.
  김재홍, 「낭만과 프로 시인 임화」, 『한국문학』, 1987. 6-7.
  정재찬, 「1920-30년대 한국 경향시의 서사지향성 연구」, 서울대 석사논문, 1987.
  최두석, 임화의 시세계」, 『사회비평』, 1989년 여름.
  이태숙, 「임화 시의 변모 양상에 대한 고찰」, 서울대 석사 논문, 1991.
4) 이 책 자체가 임화 연구의 중요한 참고문헌이기도 하다. 그는 머리말의 첫 부분에서 "일제 시대의 합법적 문화 행위는 노예화에 귀착하게 된다"는 "단재의 명제"와 "한국신문학은 일본 명치, 대정 문학의 이식사"라는 "임화의 명제"의 모순에서 자유로울 수 없음을 말하고 있다. 김윤식, 『한국근대문예비평사연구』, 재판, 한얼문고, 1973, 9쪽.
5) 이것들 이외에도 김윤식은 임화에 대한 여러 연구 업적을 냈다. 그 가운데서 임화만을 대상으로 한 논문은 다음과 같다.
  「이식문학론 비판」, 『한국근대문학의 근대성과 이데올로기 비판』, 서울대 출판부, 1987.
  「임화를 위한 변론 - 정치적 진실과 문학적 진실」, 『실천문학』, 1988년 봄.
  「해방공간의 정신사 - 임화를 중심으로 한 내면풍경 연구」, 『해방공간의 문학사

만의 '두 사람의 함께 책상 들기'의 방법론에 입각하여 임화 개인의 운명
을 논리화하려는 목표로 쓰인 것인데[6] 본 연구가 목표로 하는 임화 문
학론의 전개 과정을 살피는 것과는 거리가 있다. 또 하나의 단행본으로
김용직의 『임화문학연구』가 있는데, 임화의 특징적인 단면으로서 평생
시를 썼으며, 집단적인 형태로 문학 활동을 전개했고, 문예 이론을 추구
했다는 점을 들면서, 「이데올로기와 시의 길」이라는 부제에서 드러나듯
이 주로 시와 이데올로기의 관계에 주목하고 있는데, 비평의 경우에는
시만큼 자세히 다루고 있지 않다. 이 두 편의 저서는 방대한 실증적 자
료를 구사하면서 임화의 전체상을 포괄하는 장점을 지니고 있다.

임화 비평의 특정한 측면에 대해서는 최근 들어서 상당한 수의 논문
이 발표됐다.[7] 이 글들은 주로 그의 리얼리즘론과 소설론, 문학사 서술

　　론』, 서울대 출판부, 1989.
 6) 김윤식, 『임화연구』, 머리말.
　　참고로 주체인 통개인적(transindividual) 성격에 대한 골드만의 설명은 L.
　　Goldmann, "Structure: Human Reality and Methodological Concept," R.
　　Macksey and E. Donato eds., *The Language of Criticism and the Sciences
　　of Man*, The Johns Hopkins Press, 1976, pp.101-2를 볼 것.
 7) 강진호, 「임화 낭만주의론의 성격과 의미」, 『우리문학』, 1991년 여름.
　　김외곤, 「'물' 논쟁의 미학적 연구」, 『외국문학』, 1990년 여름.
　　나병철, 「임화의 리얼리즘과 소설론」, 한국문학연구회편, 『1930년대 문학 연구』,
　　　　평민사, 1993.
　　민경희, 「임화의 소설론 연구」, 서울대 석사논문, 1990.
　　성진희, 「임화의 신문학사론 연구」, 서울대 석사논문, 1992.
　　신두원, 「임화의 현실주의론 연구」, 서울대 석사논문, 1991
　　신승엽, 「이식과 창조의 변증법－임화의 '이식문학론'의 정당한 이해를 위하여」,
　　　　『창작과 비평』, 1991년 가을.
　　오현주, 「임화의 문학사 서술에 대한 고찰」, 『현상과 인식』, 1991년 봄·여름.
　　오현주, 「임화의 문학사 서술의 추이에 관한 연구」, 『실천문학』, 1992년 봄.
　　이상경, 「임화의 소설사론과 그 미학적 근거에 대한 비판적 검토」, 『창작과 비평』,
　　　　1990년 가을.
　　이양숙, 「해방직후 임화의 민족문학론에 대하여」, 『문학과 논리』, 1992.
　　이현식, 「1930년대 후반 사실주의 문학론 연구－임화와 안함광을 중심으로」, 연

등을 비판적으로 검토하고 있는데, 어떤 것들은 극단적으로 대립적인 관점을 드러내고 있다. 그 하나는 임화 비평의 전개 과정을 이론의 심화, 확대로 해석하면서 이론의 정합성을 긍정적으로 평가하는 입장이고, 다른 하나는 임화를 상대화함으로써 — 특히 안함광을 부각시키면서 — 그의 비평을 소극적으로 평가하거나, 이론 자체의 한계를 강조하는 것이 그것이다.

전자의 경우 원칙적으로 올바른 문제의식이라고 할 수 있는데, 임화의 리얼리즘에 대한 높은 이해 수준이라든지 문학사 서술의 방법론적 선진성 등을 심도 있게 검토하고 있다. 그러나 예를 들어 그의 리얼리즘론이 "가치론적인 수준에 접근할 가능성"을 보였다는 평가를 내린다거나,[8] 리얼리즘론과 소설론의 관계를 올바르게 정립하지 못하고 후자를 전자의 구체화 작업이라고 전제하고 있는데,[9] 임화가 예술의 특수성으

세대 석사논문, 1990.

임규찬, 「임화의 '신문학사'에 대한 연구 (1)」, 『문학과 논리』, 1991.

임규찬, 「임화의 문학사를 바라보는 최근의 관점과 비판 — 임화 '신문학사'에 대한 연구 (2)」, 『한길문학』, 1991년 겨울.

전승주, 「임화의 신문학사 방법론에 관한 연구」, 서울대 석사논문, 1988.

조정환, 「1930년대 현실주의 논쟁과 프롤레타리아문학의 독자성 문제 — '미적 주체성' 개념을 중심으로」, 『민주주의 문학론과 자기비판』, 연구사, 1989.

하정일, 「30년대 후반 휴머니즘 논쟁과 민족문학의 구도」, 이선영편, 『1930년대 민족문학의 인식』, 한길사, 1990.

하정일, 「1930년대 후반 사회주의 리얼리즘론의 발전과 반파시즘 인민전선」, 『창작과 비평』, 1991년 봄.

한기형, 「임화의 문학사 서술에 대한 몇 가지 문제 — 신경향파 소설을 중심으로」, 김학성, 최원식 외, 『한국근대문학사의 쟁점』, 창작과비평사, 1990.

8) 신두원, 「임화의 현실주의론 연구」, 서울대 석사논문, 48-9쪽.

9) 민경희, 앞의 글이 이러한 문제의식을 가지고 쓰인 것인데, 임화의 소설론을 그의 리얼리즘의 구체화라고 전제하면서도 그 "이론에 근거한 소설 작품이 나오지 못한 것이 본격소설론의 한계"(61쪽)라고 주장한다. 창작에 도움을 주지 못하는 이론의 구체화란 무슨 의미일까? 본격소설론의 추상성 때문에 그런 결과가 나오지 않았는지 검토했어야 했다. 또 이 논문은, '성격과 환경의 조화'라는 본격소설의

로서의 가치정향적 계기를 의식한 흔적은 보이지 않으며, 그의 「본격소설론」(1938. 5)은 「사실주의의 재인식」(1937. 10)과는 상당한 거리가 있다.

또 다른 한 경향은 대체로 안함광을 적극적으로 평가하려는 의도에서 상대적으로 임화 문학론의 한계를 강조하고 있다. 예를 들어 임화가 낭만주의론을 주창한 시기를 다루면서 그의 주관주의를 지적하는 한편 안함광의 경우에는 조선적인 특수성을 고려하여 사회주의 리얼리즘을 구체화하려고 노력했다고 평가한다.[10] 그러나 주관주의라는 점에서 두 사람은 큰 차이를 보이지 않으며, 오히려 임화가 사회주의 리얼리즘의 구체화를 위하여 고민했다고 보는 것이 옳다. 그가 「조선신문학사론 서설」(1935. 10-11)을 쓴 이유 가운데 하나는 사회주의 리얼리즘을 둘러싼 논쟁의 추상성을 지양하기 위해서였다.

임화의 비평을 이해하는 데서 나타나는 이와 같은 해석상의 불일치 내지는 다양성은 연구자의 세계관에 따른 당연한 현상으로 볼 수도 있지만, 선입견이나 주관에 사로잡혀 실증적인 차원에서 오류를 보이거나, 원론적인 이해가 부족하여 제대로 자료를 해석하지 못한 점도 있다고 생각한다.

이 연구는 임화가 1930년대에 발표한 비평을 크게 세 분야, 즉 리얼

명제가 현실을 긍정하는 태도를 내포하고 있으며 결국 자연스러운 귀결로서 국책문학에 동참하게 되고 "내적인 발전성을 무시하고 문학사를 이식 문학사로 파악"(63쪽)한다고 주장하는데, 논리적인 비약이 심하다. 이러한 주장을 증명하기 위한 하나의 예로서 「언제나 지상은 아름답다」(『조선일보』, 1938. 3. 5)라는 글이 현실을 긍정하고 있음을 읽어 내고 있는데, 분명한 오독이다. 이글은 민경희의 해석과는 정반대로, 같은 시기에 발표된 「유치진론」(1938. 3)이나 「현대문학의 정신적 기축-주체의 재건과 현실의 의의」(1938. 3)와 함께 현실과의 대결의지를 강조하고 있는 글이다. 물론 그 대결이 구체성을 결여하고 있다는 점은 지적되어야 할 것이다.

10) 이현식, 앞의 글, 8-23쪽.

리즘론, 소설론, 문학사론으로 나누어서 각각의 전개 과정과 그 구조를 살펴보려고 한다. 그런데 임화 문학론의 변모를 검토하면서 그것을 단순히 객관적 상황의 변화에 따라서 제출된 단절적인 현상으로서가 아니라, 현실에 대한 대응을 포함하면서 동시에 이론 자체의 내재적인 연관성을 지니고 있다는 점에 유의하고자 한다. 이 내적 연관에서 중심을 이루는 범주가 리얼리즘임은 말할 필요가 없을 것이다. 그리고 그의 이론이 소설의 창작에 어떤 의미를 지니는가를 항상 문제의식으로 견지하고자 한다. 사실 지금까지의 연구들은 많은 경우 이론 자체의 정합성에만 관심을 기울였기 때문에 그것이 창작에 대한 기여 여부를 고려하지 않았다. 따라서 소설 창작에 대한 절망론을 피력하고 있는 「본격소설론」 같은 글을 두고 사회주의 리얼리즘 여부를 가린다든가[11] "반파시즘 인민전선의 이념에 조응하는 사회주의 리얼리즘의 조선적 구체화"[12]라고 하는 것은, 창작에 적용할 때에 그 결과가 어떻게 나타나느냐 하는 문제를 고려하지 않는다면, 주변적인 논의에 지나지 않는다.

　논의의 순서를 정리하면 다음과 같다.

　Ⅱ장에서는 리얼리즘론의 전개 과정과 그 구도를 밝히려고 한다. 먼

---

11) 이 문제에 대한 논의에 대해서는 이상경, 앞의 글, 307-8쪽의 주 10, 11을 볼 것.
12) 하정일(1991), 345쪽. 오현주도 "임화의 1930년대 후반 리얼리즘론은 반제 민족 통일전선이라는 식민지 국가에서의 운동 방침과 관련 속에서 구체화된 이론"(「임화의 문학사 서술에 대한 고찰」, 100쪽)이라고 하면서 「본격소설론」과 특히 이 글에서 이태준에 대한 언급ー"25년 이후의 비경향문학이 낳은 가장 큰 작가"(『문학의 논리』, 474쪽)ー을 그 논거로 들고 있는데ー「임화의 문학사 서술에 대한 추이에 관한 연구」에서는 여기에다 「방황하는 문학 정신」에서의 이태준에 대한 논의를 첨가하고 있다(283쪽)ー설득력을 갖춘 것은 아닌 것 같다. 그것은 위에서 언급한 근본적인 이유 이외에도 임화의 이태준에 대한 논의가, 오현주가 제시하는 통일전선의 전망, 다시 말하면 "파시즘에 대한 최소한의 휴머니즘적 요소를 포함한 리얼리즘 문학"(「임화의 문학사 서술에 대한 고찰」, 100쪽)이라는 관점에서 입각하여 이루어지는 것 같지가 않기 때문이다.

저 카프의 일차 방향전환에서 볼셰비키화까지의 소박한 정치주의를 반성하고 사회주의 리얼리즘을 수용하기 시작하는 시기의 비평을 다루려고 한다. 이 시기는 앞 단계의 합리적 핵심, 즉 정치성을 견지하면서 예술성을 획득할 수 있는가에 대해서 고민한 시기로 반영론을 어느 정도 이해함으로써 문제를 풀 수 있었다. 즉, 예술의 특수성으로서의 형상을 통한 인식이라는 점을 강조한다. 이때 인식의 주체에게 요구되는 것이 당파성인데, 이 시기의 당파성에 대한 이해는 유물론적 세계관의 '표현'으로서가 아니라 혁명적인 계급인 노동자 계급과의 결부로서 이것에 근거하여야만 현실에 대한 객관적인 파악이 가능하다는 것으로 심화되고 있다. 구체적으로 김남천과 벌인 「물」 논쟁이 촉발시킨 당파성, 객관성, 사회적 실천과 작품 사이의 관계 문제 등을 검토하며, 예술의 특수성의 핵심을 이루는 형상론을 논하고자 한다.

사회주의 리얼리즘론이라 제한 2절에서는 카프의 해산을 전후로 하여 1930년대 후반까지의 시기에 제출한 리얼리즘의 변모 과정과 이 이론적 성격을 밝히고자 한다. 여기에서는 먼저 현실의 악화에 대응하기 위하여 내세운 '낭만적 정신'과 그것의 변모를(2절의 1), 주체 재건의 방법으로 제출한 사회주의 리얼리즘론의 논리적인 전개 과정과(2절의 2), 그것에서 일탈한 김남천의 고발문학론과(2절의 3), 백철의 휴머니즘론에 대한 비판(2절의 4)을 검토하고자 한다.

Ⅲ장에서는 소설론을 다루고자 한다. 먼저 「물」논쟁에서 본격소설론을 제출하기 전까지 발표한 소설 비평을 리얼리즘론의 구체적인 적용이라는 관점에서 검토하고(1절), 사회주의 리얼리즘론을 모색한 다음에 임화의 중요한 관심의 대상을 이루는 일련의 소설론을 살펴보고자 한다(2절). 여기서는 리얼리즘의 문제의식이 소설론에 바르게 적용되고 있으

며, 당시의 상황에서 창작에 도움을 줄 만큼 현실성과 구체성을 지니고 있는지에 대해 주목하고자 한다.

Ⅳ장에서는 임화의 또 하나의 주요한 관심의 대상이었던 문학사를 다룬다. 먼저 예술성과 사상성을 분리하는 이원론을 비판하여 신경향파 문학의 역사적 정당성을 과학적으로 밝히는 것과 동시에 사회주의 리얼리즘의 추상적인 논의를 정정하면서 그것을 구체화하는 일환으로서 쓴 「조선신문학사론 서설」에 나타난 문학사 서술의 방법론과 그것의 문제점을(1절), 그 다음에는 이식문학론을 전면에 내세우고 발표한 미완의 신문학사와 그 방법론을 다루는데 무엇보다도 그가 제시한 방법론이 실제의 문학사 서술에서 어떤 양상으로 적용되는지를 주목하려고 한다(2절).

연구의 중심을 이루는 대상이 리얼리즘론이며 또 프로 문학의 국제적인 성격을 감안하면 소련과 일본의 문학론과의 비교문학적 연구가 필요하나 이것을 수행하지 못하였다. 또 임화가 시인이며 시에 대해 이론적으로 관심을 가졌지만 여기에서는 시론을 대상으로 삼지 못하였다. 주로 소설 장르와 관련된 것에 초점을 맞추었기 때문이다. 이 두 과제가 해결되어야 임화 문학론의 전모가 확실해질 것이다.

2

리얼리즘론

1. '「물」 논쟁'[13]과 형상론

임화는 예술 운동의 볼셰비키화를 평가하면서 그 합리적인 핵심인 정치성을 적극적으로 계승하면서 창작 실천상의 약점으로 나타났던 주관주의와 도식성을 어떻게 극복하느냐 하는 문제를 염두에 두었다. 요컨대 정치성과 예술성을 올바르게 결합하는 문제가 당면한 과제였던 셈인데, 이것은 결국 리얼리즘을 올바르게 구현하는 일에 직결되는 것이다. 「물」 논쟁은 바로 이러한 문제를 해결하는 과정에서 진행된 것이라 할 수 있다.[14]

그러므로 여기서는 이 논쟁이 촉발시킨 문예학의 원론적인 문제에 대한 임화의 관점에 초점을 맞춰 살펴보기로 하겠다. 그런데 이 원론적인

---

13) '「물」 논쟁'이라는 명칭은 논쟁의 전모를 드러내는 데는 적당하지 않으나, 널리 쓰고 있기 때문에 그대로 사용하기로 한다. 여기서는 임화와 김남천이 소설 「물」과 「서화」의 평가를 둘러싸고 주고받은 일체의 논의를 뜻하기로 한다.

　이 논쟁에 대해서는 이 시기의 경향소설이나 김남천, 이기영을 다룬 글들이 빠지지 않고 언급하고 있어서 일일이 거론할 필요는 없을 것 같고, 이것에만 전적으로 초점을 맞추어 포괄적으로 논의한 성과로서 김외곤, 「'물' 논쟁의 미학적 연구」(『외국문학』, 1990년 가을)가 있다.

14) 정호웅, 「1920-30년대 한국 경향소설의 변모 양상 연구」(서울대 석사 논문, 1983), 서경석, 「1920-30년대 한국 경향소설 연구」(서울대 석사논문, 1983), 류보선, 「1920-30년대 예술대중화론 연구」(서울대 석사논문, 1987) 등은 이 논쟁을 다루면서 임화와 김남천이 관점을 각각 볼셰비키적 창작 방법을 비판하는가 아니면 그것을 고수하고 있는가 하는 것을 기준으로 하여 무매개적으로 대립시키고 있다는 인상을 주는데, 이러한 시각은 볼셰비키화의 연장선상에서 유물변증법적 창작 방법을 수용하고 있는 임화의 문제의식에 못 미치는 것이 아닌가 한다.

문제는 구체적으로 말하면 주로 리얼리즘에 관련된 것이다.

이 논쟁을 검토하는 데 지금까지는 임화의 「6월 중의 창작」(1933. 7. 12-19) 가운데서 주로 김남천의 「물」과 이기영의 「서화」를 다룬 곳만 주목하였는데,15) 홍구의 「마차의 행렬」(1933. 5) 등을 비평의 대상으로 삼고 있지만 실제로는 비평의 방법론을 제시하고 있는 것으로 읽히는 부분도 마찬가지로 중요하다. 사실 임화의 이 글이, 김남천의 말을 빌리면 "1932년 신년호 조선일보에 「당면정세의 특질과 일반적 방향」을 쓴 이후 (중략 – 인용자) 수많은 문제의 산적에도 불구하고 (중략 – 인용자) 의연 침묵을 계속하고 있다"16)가 발표한 글이라는 점을 고려한다면 더욱 그렇다. 그러므로 이 방법론을 살펴보는 것으로 「물」 논쟁에 대한 검토를 시작하는 것이 올바른 순서일 것이다.

임화가 소설을 논의하는 관점을, 그 자신의 말을 빌려 요약하면 다음과 같다.

---

15) 예외적으로 류양선은 두 작품 외에 다른 작품에 대한 언급에 주목하여 임화 논리의 비일관성, 즉 「서화」와 「마차의 행렬」에 대한 평가가 동일한 기준에 의해서 이루어지지 못했다는 점을 비판했다(류양선, 「1930년 전후의 한국농민문학 연구」, 서울대 박사논문, 1990, 70-1쪽). 결과론적으로 보면 타당한 견해라고 생각한다. 그러나 후에 살펴보겠지만, 임화가 똑같은 기준을 적용하지 않은 것은 두 작품의 장르상의 차이, 즉 각각 장편과 단편이라는 점을 전제했기 때문이라는 점을 고려해야 할 것이다.

16) 김남천, 「임화에 관하여」, 『조선일보』, 1933. 7. 25.
    임화의 연보를 보면, 「당면정세의 특질과 일반적 방향」(1932. 1. 1-2. 10) 이후 몇 편의 글을 쓰기는 하지만 문학에 관련된 글을 아니며, 일년 반이 지난 1933년 6월에 평론가 백철의 우경화를 염려하는 글(「동지 백철군을 논함 – 그의 詩作과 평론에 대하여」, 『조선일보』, 1933. 6. 14-17)를 발표하고 있지만 그 자신이 인정하는 것처럼 본격적인 논의는 아니다(위의 글, 6. 17). 따라서 「6월 중의 창작」이야말로 1932년 이후의 최초의 문학론인 셈이다. 연보는 권영민, 『한국근대문학 대사전』, 아세아문화사, 1990, '임화' 항목 1040쪽을 참고할 것.

작가가 어떠한 방법을 가지고 다시 말하면 어떠한 계급의 세계관 위에
서 농민 생활을 자기의 예술 문학 가운데 예술적으로 형상화하였느냐 하
는 것이 중심 과제일 것이다.[17]

위의 구절에서 다음과 같은 몇 가지 점을 지적할 수 있겠다.

첫째로 세계관과 예술 방법을 동일시하고 있다. 세계관을 "현대에 인
류가 도달한 최고의 예술적 방법이고 인식의 안목인 변증법적 유물
론"[18]으로 규정하고 있는 데서도 이러한 점이 드러난다. 이것을 보면 이
단계에서 임화가 유물변증법적 창작 방법을 수용하고 있음을 알 수 있
는데, 글의 전체 맥락이 신유인의 「예술적 방법의 정당한 이해를 위하여」
(1932. 10)와 아주 흡사하다는 점도 이러한 독법의 타당성을 증명해 주
는 자료가 된다. 물론 임화의 경우, 신유인의 청산주의적 경향[19]과는 분
명히 구별되는 것으로서 볼세비키화를 지양하는 관점에서 이 창작 방법
을 수용하고 있다.[20] 그런데 이 세계관에 의하면 인간은 "단순한 감성적
지각 능력을 소유한 유기체"가 아니라 "사회 계급적 인간으로서" 규정되

---

17) 임화, 「6월 중의 창작」, 1933. 7. 12.
   앞으로 임화의 글일 때는 필자의 이름을 생략하기로 하겠다.
18) 위의 글, 같은 곳.
19) 유문선, 「1930년대 초반 '유물변증법적 창작 방법' 논의에 관하여」, 『관악어문연
   구』 15집, 1990, 200-1, 214쪽.
20) 그런데 김외곤, 앞의 글은 "과거의 창작 방법론인 프롤레타리아 리얼리즘이나 유
   물변증법적 창작 방법이 조선의 현실을 무시하고 소련이나 일본의 이론을 수입하
   여 번안한 차원에 머물"렀다고 하면서, 이 '과거의 창작 방법론'과, "조선적 현실
   을 문제 삼을 수 있는 사고의 틀을 갖춘"(148쪽) 「물」 논쟁에서 보인 임화의 관
   점을 배타적으로 대립시키고 있다. 그런데 임화가 창작 방법을 세계관 속에 해소
   시켜 버리는 유물변증법적 창작 방법을 올바르게 비판할 수 있는 틀을 마련한 것
   은 사회주의 리얼리즘을 수용하고 있는 1933년 말경인 것 같다. 「문학에 있어 형
   상의 성질 문제」(『조선일보』, 1933. 11. 25-12. 2)와 「비평에 있어 작가와 그 실
   천의 문제」(『동아일보』, 1933. 12. 19-21)를 참조할 것.

는데, 이러한 관점만이 작품의 예술성을 살릴 수 있다는 점을 강하게 내
세우고 있다.

둘째로 예술성을 강조하고 있다. 이 점은 앞에서 인용한 구절에서 '예
술 문학 가운데 예술적으로 형상화'라는 말뿐만 아니라 다른 곳에서 '예
술화', '예술이 아닌 것' '예술성'이란 말은 말을 반복하여 사용하고 있는
데서도 확연히 드러나고 있다. 그런데 이 예술성의 핵심을 이루고 있는
것이 형상이다. 앞에서 본 바대로 세계관과 예술 방법을 동일시함으로
써 예술의 특수성을 부인하는 결과에 이르렀다고 한다면, 이 형상을 통
하여 그것을 되살리고 있는 셈이다. 임화는 이러한 측면에 주의를 기울
임으로써 과거의 작품들이 안고 있던 약점을 극복할 수 있는 바탕을 마
련할 수 있었다.

> 작자는 생생한 현실 생활의 일루전을 통하여 우리들 독자에게 제시해
> 야 할 많은 주요한 것을 구체적 제형상을 비는 대신에 졸렬한 연설자로서
> 작품 위에 뛰어나와 문학을 예술이 아닌 것으로 만들어 버리고 있다.[21]

셋째로 당파성에 대한 심화된 인식을 보여주고 있다. 볼세비키화 단
계에서 당파성은 주체의 주관적인 신념의 표현에 지나지 않는 것이었지
만, 여기에서 그것은 반영론과 결합한, 다시 말하면 주체와 객체와의 관
계를 문제 삼는 당파성으로 발전하고 있음을 볼 수 있다.

> 요컨대 그가 동감을 표하고 자기 문학에서 善이라고 윤리화하는 ××적
> 계급의 입장에 서는 것으로 비로소 그의 문학이 단지 사물의 표면을 굴러
> 내리는 부박한 포말의 문학으로부터 可觀的, 可想的인 현상을 過하여

---

21) 「6월 중의 창작」, 1933. 7. 12.

그 본질에 투철할 수 있는, 객관과 주관과 모순되지 않고 통일되는 위대한 예술 문학이 창조자의 한 사람이 될 것을 가능케 할 것이다.[22)]

요컨대 객관적인 현실에 대한 올바른 인식은 진보적인 계급의 관점에 의해서만 가능하고 따라서 이 경우 주체의 관점으로서의 당파성은 현실의 객관성과 일치하는 객관적 당파성이 된다는 것이다.

논쟁의 당사자[23)]였던 임화와 김남천이 논쟁을 수행하면서 견지했던 기본적인 관점은, 전자가 창작에 대한 세계관 또는 이론의 규정성을, 후자가 작가의 정치적 실천의 규정성을 각각 그 핵심으로 하고 있다.

이러한 경향(당파적 견지를 결여하는 경향 - 인용자)은 우리들의 문학의 최대 위험인 우익적 日和見主義 - 그것은 정치적으로 문화주의 형태로 나타나는 - 의 명백한 현현의 하나이다. 이 문제는 他日 이러한 창작상의 편향을 낳은 일련의 창작 이론과 함께 체계적으로 비판받아야 하고 투쟁의 포화가 이곳에로 집중되어야 한다.[24)]

작품을 결정하는 것은 작가이며 작가를 결정하는 것은 어떤 혹자의 이론보다도 그 당자의 정치적 실천이다. 그러므로 작품을 논평하는 기준은 그의 실천에 두어야 하는 것이다. 이것에 대하여 무이해한 비평가는 그가 변증법적 유물론을 백만번 운운하여도 진실한 마르크스주의 評家는 될 수 없는 것이다.[25)]

---

22) 위의 글, 1933. 7. 15.
23) 이 논쟁에는 임화와 김남천 외에 박승극, 안함광, 이기영 등이 부분적으로 관여하고 있지만, 여기서는 참조 사항 정도로만 취급하기로 한다.
박승극, 「프로작가의 동향」, 『조선일보』, 1933. 9. 2-6. ; 안함광, 「최근 문단의 동향」, 『조선중앙일보』, 1933. 9. 26-27. ; 이기영, 「문예적 시감 數題」, 『조선일보』, 1933. 10. 29 등을 볼 것.
24) 「6월 중의 창작」, 1933. 7. 18.
25) 김남천, 「임화에게 주는 나의 항의」, 『조선일보』, 1933. 8. 1.

각각 두 사람의 결론이라고 해도 좋을 만큼 핵심적인 구절인데, '창작 상의 편향을 낳은 창작 이론'과 '작품을 결정하는 것은 어떤 혹자의 이론 보다도 그 당자의 실천'이라는 표현에서 그 대립의 정도가 선명하게 나 타나고 있다.

임화의 관점을 따르면 「물」의 실패는 신유인으로 대표되는, "정치와 당파성의 너무나 강한 중압에 의하여 공식화, 일양화된 문학을 풍부한 예술적 다양화의 포도 위로 이끌어야 한다"[26]는 이론의 영향 때문이다. 그리고 「서화」가 "우리들의 소설의 새로운 보다 높은 달성의 지점을 지 시하는 새로운 표지"가 된 것은, 극단적으로 말하면, 레닌의 이론 즉 "농 민의 갖는 바의 '두 개의 혼' 가운데의 소유자적 특성"[27]을 예술적으로 묘사했기 때문이다. 이처럼 이론 자체의 옳고 그름의 여부가 작품의 성 패에 결정적으로 작용하고 있는 것이다. 그런데 임화는 레닌의 이러한 이론을 반영론의 관점에서 적용하고 있지 못하다. 당대 현실을 해명하 고 있지 않은 것이다. 전형에 대한 논의의 근원지라고 할 수 있는, 마가 렛트 하크네스에게 보낸 편지에서 엥겔스는 반영론의 관점에서 입각하 여 『도시의 처녀』나 발자크 소설들의 리얼리즘적 성취를 따지고 있는 것이다.[28]

이와 같이 이론에 작품을 종속시키는 문제점을 차치하고서라도 「물」과

---

26) 「6월 중의 창작」, 1933. 7. 18.
27) 위의 글, 1933. 7. 19.
28) Engels, "Letter to Margaret Harkness"(1888.4), Marx and Engels, *Literature and Art*, New York, International Publishers, pp.41-2를 볼 것.
　참고로, 김남천은 「서화」에 대해 글을 썼으나 발표하지는 못했다고 하면서 그 목차를 소개하고 있다. 중요한 부분만 소개하면 "3. 「서화」를 보기 위한 기미년 전후의 내외 정세 4. 시대의 거울로서의 「서화」"로 되어 있다(김남천, 「지식계급 전형의 창조와 『고향』 주인공에 대한 감상」, 『조선중앙일보』. 1935. 6. 28). 목차 상으로 보면 반영론의 관점에 서 있음을 알 수 있다.

「서화」를 각각 신유인[29]과 레닌의 이론에 연결시키는 것은 자의적인 판단으로 보인다. 먼저 전자의 이론은, 임화의 주장을 따르면 "공식적 계급투쟁으로부터 산 인간을…… ××적 투쟁 대신에 철학연구를!이라는 슬로건"으로 요약된다.[30] 이것은 명백한 왜곡이다. 일일이 예증할 필요도 없이 「6월 중의 창작」의 앞부분의 주장이 신유인의 「예술적 방법의 정당한 이해를 위하여」(1932. 10)와 흡사하다는 점만을 간단하게 지적해 두기로 한다. 다만 신유인이 유물변증법적 창작 방법을 제창하고 있는 문제의식의 저변에는 프롤레타리아 리얼리즘 혹은 임화의 개념으로는 사회적 사실주의를 극복한다―지양하는 것이 아니라―는 의미가 깔려 있을 뿐만 아니라, 신유인이 비판의 대상으로서 예를 들고 있는 임화의 「탁류에 抗하여」(1929. 8)의 전체 맥락을 보면 부르주아 리얼리즘의 객관적 태도를 섭취하는 데 "계급의 독자성"[31]을 강조하고 있지만 그 점을 무시한 채 사회적 사실주의가 내포하고 있는 절충주의와 부르주아적인 세계관을 지적하여 비판하고 있는 것[32]을 근거로 하여 판단하건대 청산주의적 경향을 드러내고 있다는 점[33]은 강조할 필요가 있다. 따라서 신

---

29) 구체적으로 이론의 명칭을 적시하지는 않고 있다. 그런데 창작 방법 논쟁을 통하여 유물변증법적 창작 방법에 대한 비판이 행해지던 시기의 글에서는 1933년에 창작된 작품들의 실패를 "창작 슬로건으로서의 '유물변증법적 창작 방법'이 가진 제결함" 때문인 것으로 이해하고 있다(「현대문학의 제경향―프로 문학의 제성과」, 『우리들』, 1934.3. 11쪽). 그러나 1937년에 발표한 글에서는 사회주의 리얼리즘을 둘러싼 논쟁 과정에서 보인 유물변증법적 창작 방법에 대한 왜곡―마치 그것이 작가들을 지배한 것처럼 전제하면서 그것의 한계를 지적하는 일에서 나타나는―을 바로 잡으면서 이 창작 방법을 예술 운동의 볼세비키화의 연장으로서 파악해야 한다는 올바른 견해를 보이고 있다(「진보적 시가의 작금」, 『풍림』, 1937.1. 14쪽).

30) 「6월 중의 창작」, 1933. 7. 18.

31) 「탁류에 항하여」, 『조선지광』, 1929. 8, 88쪽.

32) 신유인, 「예술적 방법의 정당한 이해를 위하여」, 『신계단』, 1932. 10, 40쪽.

33) 추백, 「창작 방법 문제의 재토의를 위하여」, 『동아일보』, 1933. 11. 30. 앞의 주

유인의 이론이 지니고 있는 청산적 경향을 비판하는 것은 정당한 것이지만, 그것의 합리적인 핵심, 즉 현실 인식에서 세계관의 규정적 역할과 예술적 형상에 대한 강조 등[34]을 전적으로 부인하고 거기에다가 이 이론을 「물」의 우익적 편향의 원인으로서 거론하는 것은 감정적인 태도라고 할 수밖에 없다.[35]

「서화」에 대한 비평의 경우에도 레닌의 이론을 무역사적으로 적용시킨 나머지 오류를 드러내고 있다. 다시 말하면 반영론의 관점에 올바르게 서 있지 못한 것이다. 예컨대 단편 혹은 중편소설을 두고서 "일시대의 계급투쟁의 역사적 경험의 전모를 그렸"[36]다고 평가하는 것은 김남천이 비판한 것처럼 "정도를 넘쳐서 비평가로서 삼가야 될 惡한 흥분"[37] 때문이고, "장편소설에 대한 편벽된 연애같이 보여진다."[38] 이보다 더 중요한 것은 작품이 반영하고 있는 당대의 현실의 성격에 대한 탐구가 보이지 않는다는 점이다. 그렇기 때문에 농민의 이중성 자체가

6도 볼 것.

34) 신유인, 앞의 글. 또 추백, 앞의 글, 1933. 12. 1도 볼 것.

35) 참고로 임화는 신유인에 대한 비판과는 대조적으로 백철의 우경화에 대해서는 다음과 같이 조심스러운 태도를 보였다.
"그러나 지금 일부의 악의에 찬 자들에 의하여 수행되는 것과 같이 백군에 대한 단순한 비방으로부터 우리는 최대의 온정을 가지고 옹호해야 할 것은 군의 이러한 약점에 관하여 매도하는 것으로 간접으로 그들 소부르주아들의 우리들의 ×× 적 문화 운동에 대한 증오의 적의로서 표시되는 이 정세 가운데서는 더욱 그가 보다 정당한 노선 위에 자기의 길을 발견케 하는 것을 가능케 하기 위하여 필요한 것이다."(동지 백철군을 논함」, 『조선일보』, 1933. 6. 17)

36) 「6월 중의 창작」, 1933. 7. 19.

37) 김남천, 「임화적 창작평과 자기비판」, 『조선일보』, 1933. 7. 29. 이런 지적에 대한 임화의 반론─반론이라기보다는 비평의 객관성, 당파성에 대한 원론적인 문제 제기로 보는 것이 옳을 것이다─에 대해서는 조금 후에 다루려고 한다.

38) 김남천, 「임화에게 주는 나의 항의─「서화」에 대한 그의 과중 평가」, 『조선일보』, 1933. 8. 3.

시대에 따라 그 양상이 다르게 나타나는 것39)인데 무매개적으로 적용시
킨 결과가 된 것이다. 그리고 「서화」에 나타난 농민의 이중성에 대한
평가 태도에도 문제점이 드러난다. 농민의 이중성은 생산 관계에서 나
온 개념이어서 이것을 반영하기 위해서는 마찬가지로 생산 관계 속에서
관찰하는 일이 필수적으로 요구된다. 그러므로 임화나 김남천이 모두
이 작품의 약점으로서 농민을 생산 관계를 통하여 파악하지 못했음을
지적하고 있는 것은 전적으로 타당하다. 그러나 임화의 경우 문제가 되
는 것은 이 작품의 예술적 성과, 즉 "농민의 갖는 바의 '두 개의 혼' 가
운데의 소유자의 특성이 고도의 예술적 묘사를 亘하여 표현되고 있"다
는 것과, "농민의 생활이 사회적 제생산관계로부터의 유리"되었고, 그 때
문에 "작품 전체의 역사성이 극히 부정확하게밖에 표현되지 못한"40) 작
품의 한계를 통일적으로 이해하지 못하고 분리시키고 있다는 점이다.
다시 말하면 농민의 생활을 생산 관계로부터 유리된 채로 그렸다고 하
면서 동시에 소유자의 특성을 예술적으로 묘사하는 데 성공했다고 하는
식의 모순적인 평가를 내리고 있는 것이다. 이러한 결과는 결국 현실과
무관하게 세계관의 압도적인 역할을 강조하는 것과 관련이 있는 것이다.

---

39) 부르주아 혁명과 사회주의 혁명 단계의 농민이 다르게 파악되어야 한다는 뜻이다.
    "서구에서 소소유자로서 농민은 이미 민주화 운동에서 그의 역할을 완수했으며
    지금은 프롤레타리아와 비교하여 그의 특권적 위치를 옹호하고 있다. 러시아에서
    소소유자로서의 농민은 아직까지 그가 동조하지 않을 수 없는, 결정적이며 전국
    적인 민주주의 운동의 전야에 있다. 그는 아직도 뒤를 돌아보기보다는 앞을 내다
    본다. 그는 아직 그 자신의 특권적 위치의 옹호자라기보다는 사회 신분으로서의
    이전의 농노 소유자들의 특권들, 러시아에서 여전히 매우 강력하게 존재하는 특
    권들에 대항하는 투사에 훨씬 가깝다."(레닌, 김탁역, 『레닌 저작집 2-1』 전진,
    1988, 124쪽)
      참고로 프랑스혁명에서 농민의 진보적인 역할에 대한 마르크스와 엥겔스의 지
    적은 드레이퍼, 정근식역, 『계급과 혁명』, 사계절, 1986, 221, 241쪽을 볼 것.
40) 「6월 중의 창작」, 1933. 7. 19.

지금까지 임화의 소설 비평에서 나타난 방법론의 양상을 검토했다. 다음으로 이 논쟁이 전개되면서 논의의 대상이 되었던 원론적인 문제를 리얼리즘론의 개진이라는 측면에서 살펴보기로 하겠다. 먼저 김남천이 작품 평가의 척도로 내세운 작가의 실천이라는 문제에 대한 임화의 반박과 해명을 보기로 한다.

김남천의 실천관은, "작품을 결정하는 것은 작가이며 작가를 결정하는 것은 어떤 혹자의 이론보다도 그 당자의 실천"이며 따라서 당연히 "작품을 논평하는 기준"도 "그의 실천"이라는 것으로 요약된다.[41]

> 그러므로 「물」의 작가가 단순한 비속한 소극적인 리얼리스트로 시종하였다는 과오를 지적함에도 작가가 이 작품을 쓰면서 검열 관계를 생각했다는 과오를 적발하지 않으면 안 되는 것이다. 다시 말하면 김팔봉, 유진오의 '연장을 수그려라' 유에 김남천이 합류되어 있음을 말하지 않으면 안 되는 것이다. 그리고 또한 김남천이 스스로 유진오를 비판하면서 자신이 이러한 과오를 범한다는 것의 해명은 의연 세계관의 불확고, 김남천의 실천 생활에 의거하지 않으면 안 될 것이다.[42]

이 실천은 "그의 실천을 통하여 그의 심장을 노동자 계급의 속에 둠"[43]이라는 말에서 보는 바와 같이 노동자 계급 당파성에 바탕을 둔

---

41) 김남천, 「임화에게 주는 나의 항의」, 『조선일보』, 1933. 8. 1.
42) 위의 글, 1933. 8. 2.
　　참고로 위에서 "유진오의 '연장을 수그려라' 유"라는 것은 유진오가 「문단의 희망 二, 三」(『조선일보』, 1933. 1. 3)에서 "객관적 조건이 극도로 불리할 조선"에서 대중화를 위해서는 "정공법 이외에 측공법도 절대로 필요하다"고 한 것을 가리키는 것이다. 이러한 주장에 대해서 김남천(「문학시평」, 『신계단』, 1933. 5)을 비롯하여 안함광(「문학적 형식의 탐구와 그 태도에 관하여-유진오씨의 소론과 작품을 읽고」, 『비판』, 1933.6), 이기영(「현민 유진오론」, 『조선일보』, 1933. 7. 9) 등이 문제 삼아 비판하고 있는 것을 보면 충격이 파장이 컸음을 알 수 있다.

정치적 실천을 의미하는 것이다. 이 실천에 의해서 현실을 과학적으로 인식할 수 있다. 여기서 김남천이 특히 강조하고 있는 것은 실천이 현실의 적극적인 측면을 인식하게 하는 토대가 된다는 점이다.

> 작가는 실천 속에서 사고하여야 한다. 소작 쟁의가 하나도 없는 도박만 하는 농촌이 있다고 생각하는 작자도 다시금 생각하여야 하며 이러한 농촌을 구체적 농민이라고 칭찬하는 비평가도 진정하여야만 한다. (중략-인용자)
>
> 실천, 그리고 조선의 노력대중이 당면한 과제의 속에다 그의 전 몸뚱이를 두라.[44]

이러한 실천관의 문제점에 대한 임화의 비판은 날카로움과 깊이를 동반하고 있다. 먼저, 그는 "작품과 그 생산자의 생활적 실천이 어떠한 관계를 갖는가 하는 문제"를 "세계관과 창작 방법의 문제"라는 틀 속에서 해명해야 된다고 주장한다. 세계관의 구성은 복잡한 매개적인 고리를 갖고 있지만, "결국은 일반적으로 인간, 예술가의 '실천' 그것에 의존하는 까닭"[45]이다. 그런데 김남천의 경우 이것을 세계관과 창작 방법의 문제로 보지 못하고 "이론과 실천의 관계 일반으로서 예술가의 실천과 작품의 창조 과정을 직선적으로 척도"[46]하고 있는 것이다.[47] 그러니까 김

---

43) 김남천, 「임화에 관하여」, 『조선일보』, 1933. 7. 23.
44) 김남천, 「임화에게 항의」, 『조선일보』, 1933. 8. 4.
45) 「비평에 있어 작가와 그 실천의 문제-N에게 주는 편지를 대신하여」, 『동아일보』, 1933. 12. 19.
46) 위의 글, 1933. 12. 20.
47) 세계관과 창작 방법을 동일시하고 있다는 점에서 「6월 중의 창작」에도, 그 양상은 다르지만, 이러한 비판이 적용된다고 생각한다. 따라서 논쟁 과정에서 드러나는 임화 이론의 발전 양상을 고려하지 않으면 이 논쟁에 대한 연구는 단순화에 빠지기 쉽다.

남천의 논의의 틀에서는 예술의 특수성, 즉 "다른 과학이 추상적 논리를 가지고 이야기하는 대신 예술은 생활의 현실적인 '형상의 말'을 가지고 인식하고 사유하고 표현하는 것"을 이해할 수 있는 근거를 결여하게 된다. 그 결과로 "예술은 전혀 사상이나 세계관을 형상을 가지고 설명하는 것이라는 유의 형이상학"에 빠지게 되어 "예술적 창조 과정 가운데에 작용하는 모든 특수적인 복잡성을 일률적인 것으로 단순화하고 훌륭한 정치적 실천만이 의례히 훌륭한 예술을 생산한다"로 낙착된다는 것이다.[48] 그런데 이러한 지적은 사회주의 리얼리즘론이 유물변증법적 창작 방법을 비판하는 방식과 동일한 구조로 이루어지고 있다.[49] 결론적으로, 과장된 측면이 없는 것은 아니지만, 김남천의 실천론이 지니고 있는 문제점을 잘 간추리고 있다고 생각한다.

다음으로 임화는 김남천의 실천 개념 자체를 문제 삼아 비판하고 있다. 실천이 인식의 토대라는 점[50]에 대해서는 두 사람이 일치하고 있으나, 임화가 비판하는 것은 김남천이 실천의 주체를 개인적이고 경험적인 차원에 한정함으로써 실천의 역사성과 사회성을 몰각하고 있다는 점이다.

> 그러므로 실천은 비록 이 개인적인 것일지라도 역사적 사회적으로 제약되며 또 문학이 표현하는 것은 경험주의적 의미의 개인적 실천이 아니라 그 시대의 사회 계급의 객관적 실천이다. 따라서 실천이란 결코 개인적 의미의 작가적 실천에서 그 전해답을 찾을 것이 아니라 문학 운동의 일반적인 실천, 더 들어가서 문학, 예술 운동 그것이 종속되어 있는 계급

48) 「비평에 있어 작가와 그 실천의 문제」, 1933. 12. 21.
49) 특히 추백이 사회주의 리얼리즘의 관점에서 유물변증법적 창작 방법이 "예술적 창작 과정의 복잡성 또는 특수성을 무시"했다는 점을 비판하는 것(추백, 앞의 글, 1933. 12. 2)과 흡사하다.
50) 코프닌, 김현근역, 『마르크스주의 인식론』, 이성과현실, 1988, 74-9쪽.

투쟁의 실천－정치의 형태로 집중적으로 표현되는 그것과의 관련 가운데 이해되어 간다.[51]

이와 같이 작가 개인의 실천은 그의 시대와 계급의 실천과 이데올로기에 의존하는 것이기 때문에 "개인적 실천에 대한 사회, 계급적 전실천의 우위성"에 대해서 똑바로 이해해야 한다는 점을 되풀이하여 강조하고 있다. 이 점을 제대로 이해해야만, "문학, 예술에 대한 정치의 우위성"을 올바르게 파악하지 못하고 문학을 정치에 종속시키는 소박한 정치주의의 오류를 지양할 수 있기 때문이다.[52] 그러므로 프롤레타리아 문학의 발전을 위해서는 노동자 계급의 실천에 기반을 눈 변증법적 유물론에 자신의 입장을 세우는 것이 무엇보다 요구되는 것이다.

여기서 임화의 모든 논지를 김남천에 대한 비판으로만 읽는 것은 옳지 않다. 따라서 아직은 구체화되지 못한 채 문예학의 근본 문제를 원론적으로 개진하고 있다는 점을 염두에 두어야 할 것이다. 예를 들어 여기서 거론하고 있는 세계관과 방법 사이의 복잡한 관계에 대해서는 1930년대 후반에 나온 글인 「사실주의의 재인식」(1937. 10), 「주체의 재건과 문학의 세계」(1937. 11), 「의도와 작품의 낙차와, 비평」(1938. 4) 등에 가서야 구체적으로 논의하고 있는 것이다. 김남천의 경우, 앞서도 인용한 바와 같이 실천은 노동자 계급의 당파성에 바탕을 둔 정치적 실천이라는 의미를 지니고 있는 것이 분명하며, 따라서 '그 시대의 사회 계급의 객관적 실천'이라는 점을 몰각한 것이 아니다. 다만 작가의 개인적 실천과, 그것을 제약하는 계급적 실천 사이의 관계를 탐색하지 않거나, 그

---

51) 「비평에 있어 작가와 그 실천의 문제」, 1933. 12. 20.
52) 위의 글, 1933. 12. 21.

둘을 분리함으로써 개인적 실천에만 초점을 맞춘 것은 부인할 수 없고, 따라서 이 점에서 김남천의 경험주의적인 요소를 간파한 임화의 통찰력은 일정하게 평가해야 할 것이다.

　이제 마지막으로 비평의 객관성과 당파성의 문제를 보자. 이것은 원래 김남천이 임화의 소설 비평에 대해 객관성을 상실하고 있다고 지적한 것에 대해, 임화가 반박의 형식으로 제출한 「진실과 당파성」(1933. 10), 「비평의 객관성 문제」(1933. 11) 등에서 다루고 있는 문제이다. 그런데 김남천의 실천관에 대한 비판이 일부 그러한 것처럼 논쟁이라기보다는 원론적인 문제에 대한 임화의 태도를 표명한 것으로 읽는 것이 정당할 것이다. 왜냐하면 「서화」에 대한 비평이 객관성을 지니고 있느냐의 여부에 대해서는 서로 대립하고 있지만, 일반론으로서의 객관성과 당파성의 개념 자체를 둘러싸고 그런 것은 아닌 것으로 보이기 때문이다. 그리고 「6월 중의 창작」이 "흥분된 비평가"의 면모를 드러내고 있다는 김남천의 비판53)에 대해서, 자신의 비평 태도가 노동자 계급 당파성에 바탕을 두었다는 점을 내세우고 있기는 하나, 이러한 주장을 설득력 있게 입증하지 못하고 있다는 점 때문에도 그러하다. 그렇다고 하여 방법적 원리를 정초하고 있는 이 글들의 가치가 부정되는 것은 물론 아니다.

　문학을 다른 정신 현상과 구별하는 특수성은 "형상의 구체성" 있기 때문에, 이 형상의 진리 충실성의 문제, 즉 "그 형상이 진실한 것인가, 아닌 것인가 하는 것은" "문학에 있어 생과 사의 문제이다."54) 다시 말하면 예술가가 객관적 현실을 얼마나 진실하게 반영하고 있는가 하는 것이 결정적인 중요성을 가진다. 그런데 현실의 반영은 인식 주체의 주관

---

53) 김남천, 「임화에게 항의」, 『조선일보』, 1933. 8. 4.
54) 「진실과 당파성」, 『동아일보』, 1933. 10. 13.

이 작용함으로써만 가능하다. 따라서 객관성을 견지한다는 의도로 주관과 객관을 서로 분리하여 대립시키는 것은 "부르주아적 객관주의"에 불과하다.[55] 객관성은 이 객관주의와는 다르게 "개개인의 의욕으로부터 독립한 현실의 운동 과정 그것을 말하는 것"이다. 결국 문제는 현실의 객관성을 인식하기 위해서 어떤 관점에 의식적으로 서야 하느냐 하는 문제로 귀결되는 것이다. 인식 주관이 절대적으로 자유로운 것이 아니라 역사 · 계급적인 조건에 의해서 제약을 받는 존재이기 때문이다. 임화는 이 문제에 대해 근거를 제시하는 과정을 생략한 채 곧바로 노동자계급 당파성을 그 답으로 제출하고 있다.

> 그러므로 오늘날에 있어 문학적 진실과 그 객관성은 오로지 부르주아 세계에 대한 완전히 비판적인 의식성만이 문학에로의 완성을 위한 문학적 진실의 양양한 길을 타개하는 유일한 길이다. 그 문학만이 객관적 진실을 문학적 진실 위에 체현하고 비로소 문학적 진실과 당파성을 양립한 것으로부터 동일성 가운데로 揚棄하는 것이다.
> 부르주아 문학에 있어서는 당파성은 문학적 진실과 양립하였을 뿐만 아니라 부르주아적 당파성은 문학으로 하여금 진실을 표현하고 묘사하는 것을 방해하였다.[56]

이처럼 임화는 노동자 계급의 당파성에 의해서만 "주관과 객관의 변증법적 통일,"[57] 다른 용어로 하면 "문학적 진실과 당파성"을 "동일성 가운데로 양기하는" "객관적 당파성"[58]에 이를 수 있다는 것을 선언하고

---

55) 「비평의 객관성 문제」, 『동아일보』, 1933. 11. 10. 엄격하게 말하면 이 글에서 주관과 객관은 각각 비평가와 작품을 가리키는 것이지만, 각각 예술가와 현실로 바꾸어 읽어도 임화의 논지가 훼손되지는 않을 것이다.
56) 「진실과 당파성」, 1933. 10. 13.
57) 「비평의 객관성 문제」, 1933. 11. 10.

있다. 사회주의 리얼리즘의 수용의 계기로 당파성을 부정하려는 경향을 경계하여 내세운 '낭만적 정신'[59]의 합리적 핵심, 즉 현실 인식에서 주관적 계기의 중요성에 대한 이해도 바로 여기에 이어지는 것이라고 할 수 있다.

여기서 리얼리즘의 방법과 관련하여 후에 임화가 그 해명을 위해 노력을 기울였던 문제를 간단히 살펴보기로 한다. 임화는 부르주아의 관점을 가지고서는 현실의 참된 모습을 인식할 수 없다고 하면서도, 다음과 같이 유보 조건을 달고 있다.

> 적든지 많든지 문학의 양심을 상실치 않은 모든 작가들은 자기의 견해의 당파적 제약을 받으면서도 그것과의 모순의 苦熱을 통하여 얼마만큼씩 그것으로부터 일탈되어 문학적 진실을 양심을 가지고 포착하는 것으로써 객관적 당파성의 견지로 접근하고 있는 것이다.[60]

「사실주의의 재인식」(1937. 10) 등에서 주목하게 될 엥겔스의 '리얼리즘의 승리'라는 명제를 극히 간략한 형태로 해명하고 있다. 여기서 임화는 세계관상의 한계, 즉 '당파적 제약'을 문학적 진실을 포착하려는 작가의 양심으로써 초월할 수 있음을 주장하고 있다. 이 '양심'은 "작가의 그릇된 세계관을 격파할 수 있을 만큼 현상의 본질에 투철하고 협소한 자의식과 하등의 관계없이 현실이 발전해 가는 역사의 대도를 조명하려는 작가의 고매한 정신"[61]이라든지, "자신의 확고한 신념이 현실의 객관적

---

58) 「진실과 당파성」, 1933. 10. 13.
59) 「낭만적 정신의 현실적 구조 – 신창작 이론의 정당한 이해를 위하여」, 『조선일보』, 1934. 4. 19-25.
60) 「진실과 당파성」, 1933. 10. 13.
61) 「사실주의의 재인식」(1937. 10), 『문학의 논리』, 77-8쪽.

변증법 속에서 무화되는 것을 조금도 개의하지 않는 위대한 예술가의 정직성(honesty),"[62] 또는 "위대한 작가의 진실에 대한 갈망과 현실에 대한 열광적인 탐구, 윤리학적인 용어로 말하면 작가의 성실성과 정직성 (sincerity and probity)"[63]과 같은 맥락에서 이해할 수 있는 것이다. 세계 관에 대한 방법의 승리라는 점을 분명히 하고 있는데, 그 승리의 계기로서 '양심'을 들고 있는 것이다. 이 문제를 세계관 자체의 모순을 내세워 손쉽게 해결함으로써 어떤 경우에는 이 명제 자체를 부인하는 결과에 이르고 마는 이론가들에 비해 타당한 관점을 보이고 있다.

이 논쟁의 성과를 정리하면 다음과 같다. 첫째로 당파성의 문제를 작가의 주관과 객관적 현실의 관계 범주로 파악했다는 점을 들 수 있다. 그러니까 볼세비키화 단계의 주관주의를 지양하고 있는 것이다. 둘째로 작가의 실천과 창작의 문제를 세계관과 창작 방법의 문제로 전환하여 사고하게 됨으로써 예술의 특수성을 고려하는 계기를 마련할 수 있었다. 셋째로 예술성에 주목함으로써 다음에 자세하게 다룰 형상의 문제를 검토하게 됐다는 점을 들 수 있다. 물론 이러한 업적은 아직 원론적인 단계에 멈추고 있다는 점에서 이 단계에서는 잠정적인 평가가 될 것이다. 결론적으로 「물」 논쟁'에서 임화가 보여 준 논의 구도는 오늘날의 시각으로 보면 전형적인 인식론자의 그것이지만 당시로서는 가장 높은 수준에 이른 것으로 평가할 수 있을 것이다.[64]

---

62) G. Lukács, "Marx and Engels on Aesthetics," *Writer and Critic*, London, Merlin Press, 1978, p.84.

63) G. Lukács, *Studies in European Realism*, New York, Grosset & Dunlap, 1964, p.11.

64) 그런데 김외곤, 앞의 글은 임화의 당파성을 검토하면서 그의 현실주의론이 당대 최고의 수준이라는 점을 전제하고서, "당파성이 비판적 의식만 갖추면 객관 현실 그것으로부터 나오는 것이라는 생각을 가지고 있"었다는 점을 한계로 지적하고

임화가 형상에 주목한 것은 앞에서도 보았던 것처럼 이 형상이야말로 문학, 예술의 특수성을 보여주는 결정적인 요소인데도 이 문제에 대한 해명이 올바르게 이루어지지 못했다고 생각했기 때문이다.

> 문학 혹은 예술에 있어 형상이란 것은 얘기되는 내용, 사상이 서술되는 유일의 논리적인 모멘트라는 것은 거의 명확한 일이다. 따라서 문학, 예술은 다른 추상 과학의 논리적 성질과 이곳에서 구별되며 양자 각각이 한 점에서 자기를 독립적으로 성격화한다는 것도 이곳에서 진리가 아니면 아니 된다.
>
> 그러므로 문학에 있어서 형상의 문제는 전혀 그것에 의하여서만 문학이 다른 모든 것으로부터 구별되는 동시에 그것의 양부에 의하여 우열이 좌우되고 또한 그것이 없이는 예술이 성립하지 못하는 이 본질적인 이 문제가 오늘날에 이르기까지 우리의 예술 이론의 활동적 영역에 있어서 그다지 높은 달성을 보지 못했다는 것은 커다란 마이너스가 아니면 아니 된다.[65]

형상에 주목하게 된 또 하나의 이유는 백철[66]이 "인간 묘사를 프로 문학의 과제라 하"면서 "현실 인식과 사회적 과제의 실천을 임무로 하는 문학의 의의"를 무시하고,[67] 또 함대훈 등이 부르주아 문학과 프로 문학

있다(146쪽). 그러나 임화는 부르주아적 당파성과 구별되는 노동자 계급의 당파성에 의해서만 주관과 객관의 변증법적 통일이 가능하다고 주장했다.

이 글을 거론하는 김에 또 한 가지를 지적하면, 임화의 낭만주의론에 대한 이해에도 문제가 있다. 「낭만적 정신의 현실적 구조」(1934. 4)에서는 사회주의적 당파성을 확립했지만, 「위대한 낭만적 정신」(1936. 1)에서는 "주관주의적인 관점으로 변화하고 만다"(147쪽)고 평가함으로써 두 글을 단절시키고 있는데, 이렇게 읽으면 전자의 글에 내포되어 있는 주관적인 편향의 계기를 제대로 포착하지 못하고 만다.

65) 「문학에 있어서의 형상의 성질 문제」, 『조선일보』, 1933. 11. 25.
66) 백철, 「인간 묘사 시대」, 『조선일보』, 1933. 8. 29-9. 1.
67) 「조선문화와 신휴머니즘론」, 『비판』, 1937.3, 77쪽.

을 도식적이고 정태적인 방법으로 구분하면서 그 둘 사이의 발전적 측면을 몰각하는 것[68]에 대해 비판하려는 의도가 깔려 있기도 하다. 그 가운데서도 특히 백철에 대한 비판[69]은 형상을 논의하게 된 직접적인 계기로 작용할 정도로 임화에게는 중대한 의미를 지니는 것이었다.

여기서는 전자의 측면, 즉 형상의 원리에 대한 탐구라는 점에 초점을 맞추고, 후자 특히 백철에 대한 비판에 대해서는 다음에 휴머니즘 논쟁을 다룰 때 함께 살피는 것이 좋을 듯하다. 그런데 임화의 형상에 대한 논의는 이 시기에 한정된 것이 아니라 1937년에 이르러서도 다시 이루어지고 있다.[70] 형상이 지속적인 관심의 대상이 되고 있는 것이다. 이 형상이야말로 문학의 특수성의 실질적인 내용을 이루고 있을 뿐만 아니라 리얼리즘의 근간인 전형을 드러내는 바탕이 되는 것으로 인식하고 있기 때문이다. 다시 말하면 "문학은 현실 가운데의 모든 풍부한 내용과 그것을 통하여 표시되는 '전형적인 제성격' 다시 말하면 현실적 과정의 기본적 핵심에 육박하고 동시에 그것을 형상을 통해서 전달하는 것이어야만 되"기 때문이다.[71] 따라서 여기서는 논의의 대상이 지니는 성질을 감안하여 「물」 논쟁 시기에만 한정하지 않고 1937년의 글도 포함하여 다루려고 한다.

임화는 형상을 검토하는 데는 "'역사적인 동시에 논리적인' 방법"이 필요하다고 전제한다. 그 이유는 "첫째로 그것(문학-인용자)은 인간 생활

---

68) 함대훈, 「인간 묘사 문제-누가 인간을 묘사하나」, 『조선일보』, 1933. 10. 10-11, 함대훈, 「집단 묘사가 아닐까-임화씨의 논박(?)에 대하여」, 『조선중앙일보』, 1933. 12. 27-28, 홍효민, 「문단시평(3)-인간 묘사와 사회 묘사」, 『동아일보』, 1933. 9. 14.
69) 「문학에 있어서의 형상의 성질 문제」, 『조선일보』, 1933. 11. 25-12. 1.
70) 「문예 이론으로서의 신휴머니즘론」(1937. 4), 『문학의 논리』.
71) 「신춘창작 개평」, 『조선일보』, 1934. 12. 18.

의 일정한 역사적 시대의 소산이고, 둘째로 그것도 소여의 역사적 시대의 물질적 환경 가운데서 생활하던 인간의 의식적 생활 가운데의 하나"이기 때문이다.[72] 조금 더 구체적으로 설명하면, 문학의 형상은 "특정의 사회적 제관계가 개인과 계급의 생활 형식을 어떻게 만들고 있는가 하는"가에 따라 다르게 나타나며,[73] "문학이 철학, 과학 등과 같이 객관적 현실 혹은 진리를 인식·표현하는 이데올로기적 상층 건축의 일부분"인데,[74] 문학은 특수성은 "형상에 의한 사유"라는 점[75]에 있으므로 인식 일반의 성질을 당연히 갖기 때문에 형상의 성질을 규명하기 위해서는 '역사적인 동시에 논리적인 방법'이 요구되는 것이다.

이 방법을 각각 나누어 살펴보기로 하겠다. 물론 역사적인 방법과 논리적인 방법이 서로 분명하게 분리될 수 있는 것은 아니나 논의의 편의상 그렇게 하기로 한다. 먼저 형상을 올바르게 해명하기 위해서는 인식의 보편적인 성질, 즉 주관과 객체의 변증법에 그 바탕을 두어야 한다. 이것이 논리적 방법에 의해 형상의 성질을 규명하는 출발점인 셈이다.

> 그러므로 문학이 광범한 인간적 생활 현실의 있는 그대로를 개념, 추상으로서가 아니라 생생한 생활적인 구체성의 표현 그것으로서 자기를 형성하는 유일한 형태인 형상 그것 가운데 움직이는 주관적인 것과 객관적인 것의 정확한 인식은 이 문제의 해명을 위한 최중요의 열쇠이다.[76]

---

72) 「집단과 개성의 문제—다시 형상의 성질에 관하여」, 『조선중앙일보』, 1934. 3. 13.
73) 위의 글, 1934. 3. 14.
74) 「문예 이론으로서의 신휴머니즘론」, 『문학의 논리』, 188쪽.
75) 위의 글, 190쪽.
76) 「문학에 있어서의 형상의 성질 문제」, 『조선일보』, 1933. 11. 28.

　문학은 "항상 일정한 정도로 소여의 역사적 시대의 객관적인 현실을 반영"한다.[77] 그런데 이러한 반영은 무조건적으로 이루어지는 것이 아니고, 그 시대가 허용하는 조건에 의하여 제약을 받는다. 그것은 현실이 인간의 주관적 의지와 독립하여 존재한다는 결정적인 사실 때문이다. 그러므로 "생산력의 발전 정도"는 "그 외적인 조건과 인간과의 주관적인 교호간의 관계적 작용의 바로메터"가 된다.[78] 그리고 이러한 조건 속에서 인식 주체는 "계급적 존재의 제한을 받으면서 (현실을－인용자) 조건적으로 반영한다."[79] 이러한 일반적인 원리를 형상에 적용시키면 다음과 같이 말할 수 있을 것이다.

　　한 작가가 작품 위에 형상화시키는 인물, 사회적 타입은 작가의 관념 (세계관)에서만 결정되는 것이 아니라 어떤 사회적 타입의 사회적 비중에도 의존한다.[80]

　그러므로 작가의 세계관은 문학의 형상을 창조하는 결정적인 역할을 한다는 것을 알 수 있다.

　　이것(작가의 세계관에 따라 같은 인물이 다르게 형상화되는 것－인용자)은 작가의 세계관, 작품 가운데서 표시되는 관념이 예술적 형상을 돕기도 하고 저해도 하며 궁극에서는 예술적 타입의 창조 과정을 지배한다는 사실을 증명한다.
　　즉 형상은 작가의 사회적 사유와 관념의 특수한 표현 형식이란 이론의

---

77) 위의 글, 1933. 11. 26.
78) 위의 글, 1933. 11. 28.
79) 「문예 이론으로서의 신휴머니즘론」, 187쪽.
80) 위의 글, 203쪽.

재인식이다. 바꾸어 말하면 세계관이 문학의 모태이며, 작품의 조직적 근
원은 형상 자체가 아니라 작품이 의미하고 표현하려는 내용(관념)이다.[81]

이처럼 임화는 반영론의 틀 속에서 형상을 검토해야 한다는 올바른
문제의식을 보여준다. 이것을 보면 앞에서 검토했던, 김남천과의 논쟁을
통하여 얻은 '주관과 객관의 변증법'에 대한 이해가 단순히 원론적인 그
것이 그치는 것이 아님을 알 수 있다. 물론 그것은 문학과 다른 인식 활
동을 단지 인식 방법상의 차이에 따라 구별하는 인식론주의의 한계에
갇혀 있는 것이지만, 당시의 비평계에서는 최고의 수준이라고 해도 지나
치지는 않을 것이다.

다시 본론으로 들어가서 그러면 형상은 어떤 근거로 인식적 기능을
갖게 되는 것일까? 임화는 그 답으로서 형상의 본질을 이루는 물질성을
제시하면서, 이 물질성을 매개로 하여 헤겔이 주장한 '감상적 가상'이 창
조되는데 이 '가상'이야말로 재현적 성질을 가지기 때문에 대상의 본질
을 드러낸다고 설명한다.

> 그러므로 예술의 형상은 인식할 수 있는 물질적 세계 내에 존재한 諸
> 物－자연 및 인간으로 구성되는 것이기 때문에 형상의 물질성은 형상이
> 예술에 있어 고유의 것이라는 것과 똑같이 형상에 있어 본질적인 것이다.
> 그런 까닭으로 위대한 관념론자 헤겔이 예술미의 본질적 요소를 '가상'
> 혹은 '허구' 가운데다 설정하면서도 그것을 '감성적 가상'이란 데다 한정하
> 고 (중략－인용자)
> 다시 말하면 형상의 재현적 성질을 헤겔류의 개념으로 표현한 가상이
> 란 첫째 감성적이어야 하며 그것이 글자 그대로의 무근거한 가공의 형상
> 이 아니라 본질의 존재에 의하여 현상되는 것이라는 말이다.[82]

---
81) 위의 글, 204-5쪽.

그런데 형상의 대상은 원리적으로 말하면 자연계의 온갖 것이 될 수 있지만, 그 가운데서도 인간이 기본적인 요소가 될 수밖에 없다. 그것은 "문학, 예술이라는 것이 인간의 자연에 대한 능동적 행위인 생산적 활동으로부터 시작되고 그것으로써 형성된 의식적 인간의 존재와 함께 형성된 때문이다."[83]

여기서 형상에 대한 논의가 형상의 특수한 범주인 전형으로 연결되는 것을 볼 수 있다. 여기서는 먼저 1937년에 발표한 「문예 이론으로서의 신휴머니즘론」에서 한 전형에 대한 설명과, 그 다음으로 낭만주의론에서 나타나는 전형에 대한 주관주의적 해석, 마지막으로 초기 형상론에서 보여준 역사적인 방법에 의한 형상의 규명과 함께 형상과 전형 이해에서 드러나는 문제를 차례로 보고자 한다.

임화는 전형을 "개인화된 보편성, 보편화된 개인성의 변증법"으로 요약한다.[84]

> 일반과 개별의 통일이 항상 진리이고 진실이다. 이런 문학적 진실이 집중적으로 표현된 곳이 바로 인간적 형상이다. 그러므로 문학의 형상은 임의의 개인을 소박하게 재현한 초상화가 아니라 다수의 동질적 인간군의 보편성이 형식 가운데 함축된 성격 타입이다.[85]

따라서 전형을 올바르게 이해하기 위해서는 보편성과 개별성을 "각각 정당한 위치"에서 이해하는 것이 무엇보다도 필요하다. 그가 주장하는 각각의 '정당한 위치'는 "성격이나 타입은 그 내용(보편성)에 있어 모든

---

82) 「집단과 개성의 문제」, 『조선중앙일보』, 1934. 3. 15.
83) 위의 글, 1934. 3. 16.
84) 「문예이론으로서의 신휴머니즘론」(1937. 4), 『문학의 논리』, 198쪽.
85) 위의 글, 194쪽.

동질인과 공통되고 그 형식(개인성)에 있어 모든 동질인과 구별되나 지배적인 내용"[86]이라는 주장에서 볼 수 있는 바와 같이 보편성의 우위에서의 보편성과 개별성의 유기적인 통일로 요약된다. 그러므로 각각의 범주를 정도 이상으로 과장하면 형상의 문제는 해결되지 못한다. 즉 과거의 프로 문학이 드러낸 공식주의의 오류는 이 보편성을 과장한 데서 나온 것이다. 한편, 이와는 반대 방향으로 백철과 같이 "개성적이면 개성적일수록 보편성에 도달할 수 있다"[87]고 하면서 인물 형상화의 문제가 "개인화의 일면에서 과장될 때 공식주의의 비판은 경향 문학의 부정으로 전화하"고 만다.[88] 여기서 임화가 특히 후자를 문제 삼아 비판의 표적으로 선택하는 이유가 단순히 형상이나 전형 자체의 올바른 이해를 둘러싼 문제에만 한정된 것이 아니라, 그것이 바로 프로 문학의 정당성에 대한 문제로 연결되기 때문이라는 것을 알 수 있다.

위에서 프로 문학이 보편성을 일방적으로 과장한 결과 나타났던 공식주의─이것을 임화는 "낭만주의"[89] 혹은 "도식적 낭만주의"[90]라고도 부르고 있다─의 오류를 지적했다고 했지만, 그의 낭만주의론도 역시 이러한 문제에서 자유롭지 못하다. 이 낭만주의론의 성격과 문제점에 대해서는 바로 다음에 독립적으로 살펴볼 예정이거니와 미리 그 문제점을 요약하면 주관주의적 편향을 보인 데 있었다. 따라서 이 시기의 전형 개념에도 이러한 성격이 드러나는 것은 당연한 일이다.

당시의 문학이 현실을 단지 수동적으로 관조하는 것─임화는 이것을

---

86) 위의 글, 195쪽.
87) 백철, 「창작에 있어서의 개성과 보편성」, 『조선일보』, 1936. 6. 3.
88) 「문예이론으로서의 신휴머니즘론」, 199쪽.
89) 위의 글, 194쪽.
90) 「위대한 낭만적 정신」(1936. 1), 『문학의 논리』, 35쪽.

'모방'이라고 불렀는데 이것을 인물 형상에 적용하면 성격의 창조와 대
비되는 "성격의 묘사"[91]가 된다— 을 극복하기 위한 방법으로 "몽상의
낭만주의"를 제창하면서, "문학적 몽상의 지주적인 표현자는 인간적 형
상"이라든지, "인간적 형상의 전형성은 곧 문학의 몽상성의 최중요한 표
현"이라고 되풀이하여 전형 창조의 의의를 강조하였다. 그러니까 전형은
실재한 인간을 단순히 관조적으로 모방하는 것이 아니기 때문에 "비자연
적이고 비일상적"이고 당연히 "이상적"이어야 한다.[92]

> 예술적으로 창조된 개성은 그의 전부의 특징을 가지고 모든 인간과 같
> 으며 동시에 모든 인간과 같지 않다. 즉 아무데서나 찾아볼 수 있는 특정
> 한 개인의 경력을 가진 인간이나 '그 가운데는 보통 사람 가운데 있는 사
> 상, 욕망, 정열, 계획이 마치 에쎈스와 같이 뭉쳐 있는' 그러한 보편성이
> 부여된 성격이다.[93]

문학의 현실 반영이 궁극적으로 현실에 그 바탕을 두고 있으면서도
그것을 기계적으로 복사하는 것이 아니라 변형시킨다는 점을 생각하면,
전형이 비일상적인 존재라는 설명은 정당하다. "전형은 평균적인 것과
혼동되어서는 안되는 것이다."[94] 그러나 이때의 비일상성은 사회에서
작용하는 객관적인 요인에 의해서 규정되는 인간의 본질을 반영할 때만
허용되는 것이라는 점을 강조할 필요가 있다. 이와는 반대로 작가의 주
관을 직접적으로 드러내기 위해서 인물이 조종될 때 나타나는 그의 비
일상성은 그야말로 주관주의에 지나지 않는다. 다음의 인용문에서 보는

---

91) 위의 글, 33쪽.
92) 위의 글, 28-33쪽.
93) 위의 글, 30쪽.
94) G. Lukács, *Realism in Our Time*, New York, Harper & Row, 1964, p.122.

바와 같이 "실재성 위에 작가의 이상"을 부가한 결과로 산출되는 주관주의는, 그의 낭만주의론이 '사실적인 것'과 '낭만=주관적인 것'을 구분하여[95] '사실적인 것' 자체 내에 주관적인 계기가 작용한다는 점을 유의하지 못한 것과 마찬가지 양상으로, 실재성 자체 속에 미래의 전망을 내포하고 있다는 점을 보지 못했음을 말해 주는 것이다.

> 왜냐하면 문학적으로 가치 있는 타입이란 항상 어떤 의미에서고 모방할 가치가 있는 인물이어야 하기 때문에…… 따라서 인간적 형상이란 비일상적인 전형임을 요하는 것이며, 통상의 인간을 전형화하는 데는 실재성 위에 작가의 이상(꿈)이 작용하는 것은 상상하기 어렵지 않다.[96]

자신의 낭만주의론을 비판한 뒤 발표한 다음과 같은 구절과 비교하면 위 인용문의 주관주의적인 성격을 더 뚜렷해진다.

> 문학적 형상이란 것은 예로 든다 해도 그것이 황당한 주관의 산물이 아니라 객관적으로 실재한 인간을 보편화하였을 때 비로소 독자가 공감하는 대상이 될 수 있지 않은가? 요컨대 예술적 인물이 되는 것이다. 그러므로 모든 대문학이 전부 작가의 상상을 통한 주관의 피조물임에 불구하고 예술이 된 것은 작가가 실존한 인간 생활에서 출발하여 雜然한 세부를 정리하고 중요하고 중요치 않은 것을 나누어 실제 있는 것보다 한층 정교한 전형으로 재현시켰기 때문에 예술이 된 것이다.[97]

그런데 이 주관주의는 실용주의적인 태도에서 나오는 것이라고 할 수 있다. 위에서 '모방할 가치가 있는 인물'이라고 한 곳이라든지, "배울 가

---

95) 「낭만적 정신의 현실적 구조」, 『조선일보』, 1934. 4. 20.
96) 「위대한 낭만적 정신」, 31쪽.
97) 「주체의 재건과 문학의 세계」(1937. 1), 『문학의 논리』, 59쪽.

치가 있는 인간적 형상"[98] 또 "우리들이 모방할 수 있는 전형적인 인물"[99]이라는 말에서 반복하여 교훈적인 가치를 전형, 즉 이상적인 인물 형상과 연결시키고 있음을 볼 수 있다.[100] 그러므로 임화가 자신의 낭만주의이야말로 "역사적 필연성 위에 놓인 것으로 순간적 기술과 일상적 공리성의 도식으로부터 분리"된다고 주장하는 것[101]은 지금까지의 설명이 타당한 것이라면 받아들이기 어려운 것이다.

두 번째로 형상을 검토하는 데 임화가 역사적인 방법으로 어떻게 형상의 역사성을 설명하고 있으며, 거기서 나타나는 문제점이 무엇인지 살펴보기로 한다. 그런데 역사적인 방법에 의한 형상의 검토는 프로 문학의 "세계사적 의의"[102]를 밝힌다는 의도를 실현하는 과정이기도 한 것이어서 임화에게는 중대한 의미를 지니는 것이었다.

위에서 문학, 예술의 형상은 인간을 그 주요한 대상으로 한다고 했는데 인간을 형상화하는 것은 다른 말로 하면 개인과 집단 사이의 관계를 그리는 것이라고 할 수 있다.

> 따라서 문학, 예술상의 개인과 집단의 형상 가운데 형상적 관계사는 인간의 사회생활 제 역사의 집중된 표현이고 형상 가운데 나타나는 다른 제요소의 성질까지 좌우하는 주요한 것이다.[103]

---

98) 「위대한 낭만적 정신」, 29쪽.
99) 위의 글, 35쪽.
100) 당연한 일이지만, 임화가 전형을 긍정적인 인물에만 적용한 것은 아니다. 예컨대 프로 문학의 "중요 결함이었던 도식적 낭만주의"를 언급하면서, 『고향』의 김희준, 안승학을 "조선문학사상 최대의 성격 창조"라고 하는 것(위의 글, 35쪽)을 보면 이것을 알 수 있다.
101) 「위대한 낭만적 정신」, 41쪽.
102) 「집단과 개성의 문제」, 『조선중앙일보』, 1934.3.20.
103) 위의 글, 1934. 3. 16.

위와 같은 문제의식을 지니고 프롤레타리아 문학 이전의 과거의 문학을 보면 개인의 형상은 있으나 집단의 경우는 그 개인을 둘러싼 배경으로서만 기능하고 개성이 부여된 생동하는 인간으로서 나타나지 않는다고 주장한다. 즉 개인주의적인 문학이라는 것이다. 물론 이와 같은 인물 형상의 한계는 계급 사이의 대립으로 특징지어지는 사회의 반영이라고 주장한다.

> 그것은 근대사회 가운데 발생한 노동자 계급 이전의 일체의 지배적 계급이 모두가 자기 이외의 계급의 ××에 의해서만 살 수 있었다는 역사적 이유에 의하여 본질적 의미에 있어 그것은 개인적인 비집단 - 비전인류적인 것이기 때문에 개인과 집단은 비집단적 방법으로밖에 취급치 못하였고 그 문학이 모두가 계급적이면서도 진정한 의미의 집단적 문학이 되지 못하게 된 것이다.104)

이것에 비해 프로 문학은 "진실한 집단주의적 문학"이다.105) 이것은 개인과 집단의 문제를 지금까지와는 다른 방법으로 취급하기 때문에 가능하다는 것인데, 이 가능성을 지지해 주는 바탕이 되는 것은 계급으로 분열된 사회를 해방시키겠다는 노동자 계급의 대의이다. 다시 말하면 노동자 계급 당파성을 견지해야만 개인과 집단을 올바르게 형상화할 수 있는 것이다. 따라서 "프로 문학은 존재의 일체의 복잡성 가운데서 개인의 특성을 완전히 살리는 가운데서 집단 - 엄밀히 말하면 계급을 그리고 계급 관계를 형상으로서 표현하는 것이다."106) 그런데 여기서 유의할 것

---

104) 위의 글, 1934. 3. 17.
105) 위의 글, 1934. 3. 19.
106) 「문학에 있어서의 형상의 성질 문제」, 『조선일보』, 1933. 12. 2.

은 집단과 개인을 동등하게 취급해서는 안 된다는 점이다.

> 따라서 프롤레타리아 문학은 계급적인 것과 개인적인 것의 통일 가운
> 데서 필연적으로 표현되는 계급적인 것의 우위를 통하여 개성의 완전한
> 개화가 실현되는 것이다. 왜 그러냐 하면 계급 사회 가운데서 계급적인
> 아닌 개성은 없는 것이므로……107)

결론적으로 프로 문학만이 '전형적 상황 속의 전형적인 성격'을 그린
다는 엥겔스의 명제를 실현할 수 있고, 바로 이러한 점에서 프로 문학은
과거의 모든 문학과 구별되는 '세계사적 의의'를 지니게 된다는 점을 주
장하고 있다.

여기까지의 임화의 논지를 보면 프로 문학의 형상을 전형으로 등식화
시키고 있다는 점이 드러난다. 그런데 이것은 프로 문학 이전의 것에 전
형을 적용시킬 수 없다는 것으로 해석된다는 점에서 문제가 있다. 예를
들어 프로 문학이 '세계사적 의의'의 근거를 설명하기 위하여 끌어들인
엥겔스가 "리얼리즘이란 세부적 진실성 외에도 전형적인 상황 속의 전형
적인 인물을 충실하게 재현하는 것"이라고 규정하면서 발자크야말로 "과
거, 현재, 미래의 모든 졸라(Zola)들보다 훨씬 위대한 리얼리즘의 대가"
라고 했을 때,108) 임화의 논의 구도를 따른다면 발자크의 작품은 프로
문학에 속하게 될 뿐만 아니라 더 나아가서 프로 문학 이전의 단계에서
는 리얼리즘을 거론할 수조차 없게 된다. 이러한 문제는 프로 문학과 그
이전의 문학을 절대적으로 대립시키는 관점에서 나온 것인데, 결국 과거

---

107) 「집단과 개성의 문제」, 1934. 3. 20.
108) Engels, "Letter to Margaret Harkness," Marx and Engels, *Literature and Art*, International Publishers, pp.41-2.

의 리얼리즘 문학의 업적을 무시하는 결과를 낳고 말았다. 이와 같은 편협한 관점은 예를 들어 박영희의 전향에서 드러나는 것과 같이 객관적 상황의 약화에 대응하기 위하여 주체의 신념을 일방적으로 강조한 결과이다.[109] 조금 뒤에 주체의 신념을 강화하는 계기로 '낭만적 정신'을 제창하는 것을 보아도 이 점을 알 수 있다.

2. 사회주의 리얼리즘론

1) 낭만주의론

여기서 낭만주의는 리얼리즘과 구별되는 그것이 아니라 혁명적 낭만주의, 다시 말하면 사회주의 리얼리즘의 한 요소로서 파악된 낭만주의를 뜻하는 것이다. 따라서 여기서는 낭만주의론이 사회주의 리얼리즘에서 차지하는 위치와 주관성의 문제를 중심으로 해서 검토하고자 한다. 임화가 낭만주의를 제창한 시기는 1934년부터 1936년까지인데 그 사이에도 변모가 있었다. 낭만주의론이 점차 악화되어 가는 정세에 대응하기 위한 주체의 태도를 문제 삼는 관점에서 나온 것이기 때문에 이 변화는 당연한 것이라고 할 수 있다.

임화가 낭만주의를 제창하게 된 직접적인 계기는 박영희의 전향 선언

---

109) 박영희는 「최근 문예 이론의 신전개와 그 경향」(『동아일보』, 1934. 1. 6)에서 "예술의 사회사적 활동"에서 문학사적 전향'의 한 예로 임화의 형상론을 거론하고 글의 내용을 인용까지 하고 있다. 물론 임화의 의도를 거스르는 방향에서의 인용이다. 형상을 논하는 두 번째 글(「집단과 개성의 문제」)이 드러내는 기계적인 도식성─프,로문학의 '세계사적 의의'를 밝힌다는 것이 그 이전 문학의 성취를 부인하는 결과로 나타난 것─에서 박영희의 글이 주었던 충격의 파장을 읽을 수 있다.

이었다. 무엇보다도, 박영희의 주장을 핵심적으로 요약하고 있는 것은 '얻은 것은 이데올로기요, 잃은 것은 예술이다'라는 명제가 내포한 탈정치주의를 지적하면서 그 극복책으로서 '낭만적 정신'을 내세우는 것[110]에서 이 점을 알 수 있다. 또 몇 사람이 박영희의 이원론을 비판한다고 하면서도 결국은 "동일한 이론적 기간 위에서 출발"하고 있다는 점을 지적하는 글[111]이라든가, 1936년에 이르러서 또 다시 낭만주의를 거론하고[112] 바로 뒤이어 "사유와 노동, 문학예술과 행동을 이원론적으로 분리하는 사상"이 발생하는 배경을 검토하고, 그 결과로서 이 이원론이 "육체노동과 정신노동의 분리에 의하여 특징되어 있는 시민사회"에 특유한 이데올로기라는 점을 밝히는 글[113]에서 박영희의 선언이 가져다 준 충격의 정도를 짐작할 수 있다. 그러므로 낭만주의론은 제대로 이해하기 위해서는 박영희의 글을 먼저 검토하는 일이 필요하다.

물론 낭만주의론을 박영희의 전향과 카프맹원들의 제이차 피검에서

---

110) 「낭만적 정신의 현실적 구조-신창작 이론의 정당한 이해를 위하여」, 『조선일보』, 1934. 4. 19-25. 참고로, 후에 임화는 자신의 낭만주의론의 주관주의를 비판할 때도 "직접적으로는 신리얼리즘의 관조주의적 섭취에 대한 반발에서 주관주의가 출발하였다는 사실"을 말하고 있다(임화, 「사실주의의 재인식」(1937. 10), 『문학의 논리』, 84쪽). 여기서 '신리얼리즘의 관조주의적 섭취'의 대표자는 물론 박영희이다.
111) 「조선신문학사론 서설」, 『조선중앙일보』, 1935. 10. 10.
112) 「위대한 낭만적 정신」, 『동아일보』, 1936. 1. 2-4.
113) 「문학과 행동의 관계」, 『조선일보』, 1936. 1. 10.
이런 글에서 임화의, 문제의 뿌리까지 파내려가는 근본주의적인(radical) 태도를 읽을 수 있다. 이러한 면모가 그를 식민지 시대의 영향력 있는 비평가로 만드는 데 결정적으로 기여했을 것이라 생각한다. 물론 어떤 때, 예를 들어 대중화 문제를 둘러싼 김팔봉과의 논쟁이나 신유인의 비판에서 보이는 것과 같이 오히려 그의 이러한 측면이 섬세하고 구체적인 논의를 가로막기도 했음을 부인할 수는 없지만, '「물」 논쟁'의 성과나 형상론, 또 사회주의 리얼리즘을 둘러싼 논쟁의 추상성을 지적하면서 그것을 소설사의 발전과 결부시키려 한 소설사 연구 등은 근본주의적인 관점에서만 가능한 업적이었다.

전형적으로 드러나는 객관적 정세의 영향인 것으로만 파악하는 것은 옳지 않다. 이 현실의 규정적인 역할과 함께 김남천과의 논쟁을 통하여 얻은 성과와 연결되는 측면도 역시 고려되어야 할 것이다. 앞에서 보았던 것처럼 임화는 주관과 객관을 절대적으로 분리하는 태도를 '부르주아적 객관주의'[114]라고 하여 비판하면서, 현실을 객관적으로 인식하기 위해서는 주관의 관여가 절대적으로 요구된다는 사실을 강조했다. 즉 노동자 계급의 당파성에 근거해야만 "객관적 당파성"[115]에 이를 수 있다는 것이다. 결국 임화는 객관적 정세가 악화되고 그에 따라 주체의 대응이 문제가 되는 상황을 주체의 주관적인 계기를 강화하는 방법으로 대처하고자 했던 셈이다. 그러므로 시간이 흐를수록, 즉 상황이 악화되는 것에 비례하여 주관주의적인 편향이 강화되는 것은 필연적이었다. 이런 사실을 염두에 두면, 아 낭만주의론이 내포한 주관적인 편향을 자기비판한 「사실주의의 재인식」(1937. 10)의 비평사적 의의는 낭만주의의 문제와 사회주의 리얼리즘에 대한 이해 수준이 당대의 어느 누구보다도 앞서고 있다는 사실에 있는 것은 말할 필요도 없는 사실이지만, 더 중요한 측면은 글의 제목 그대로 리얼리즘을 재인식함으로써 주체를 재건하는 방법을, 낭만주의론의 단계와 비교하여 질적으로 전환한 데 있는 것이다. 그러니까 낭만주의론 당시에는 오로지 주관적 계기를 강조함으로써 현실의 문제를 극복할 수 있다는 소박한 사고에 토대를 둔 것이었다고 한다면 1937년에 와서는 현실과 주체와의 관계에서 나타나는 복잡한 매개를 고려하게 된 것이다.

그러면 먼저 박영희의 「최근 문예 이론의 신전개와 그 경향 — 사회사

---

114) 「비평의 객관성 문제」, 『동아일보』, 1933. 11. 10.
115) 「진실과 당파성」, 『동아일보』, 1933. 10. 13.

적 及 문학사적 고찰」(1934. 1)을 간략하게 살펴보고, 그 다음에 임화의
낭만주의론을 보기로 한다. 박영희는 1932년 말부터 1933년까지의 문예
이론의 일반적인 경향을 "한 개의 커다란 명사로 대표해서 말한다면 예
술의 문학사적 전향"으로 파악할 수 있다고 주장한다. 여기서 '전향'이라
고 하는 것은 "사회사와 문학사를 동일하게 생각한 까닭에 이론적 지도
와 창작적 실행에 혼란을 가져 왔으며 또한 창작적 활동을 사회 운동의
일종으로 생각하였던" "예술의 사회사적 활동"에서의 전환을 의미하는
것이다.116) 그는 이러한 전향의 근거로 신유인의 「예술적 방법의 정당
한 이해를 위하여」(1932. 10), 백철의 「인간 묘사 시대」(1933. 9), 추백의
「창작 방법 문제 재토의를 위하여」(1933. 12), 그리고 임화의 「문학에
있어서의 형상의 성질 문제」(1933.12) 등을 들면서 자신 카프 탈퇴를 정
당화하고 있다.

이 글은 문제점은 당대에도 많이 거론된 바 있는 이원론에 있다. 구
체적으로 말하면 '문학사'와 사회사적 경향, 즉 예술성과 정치성을 절대
적으로 대립하는 범주로서뿐 아니라 더 나아가 후자야말로 전자를 훼손
시킨 결정적인 원인으로 파악하고 있는 것이다. 예컨대, "사회사적 의의
를 가졌던 카프의 광영은 문학사적 견지에 본 죄과에 당면하지 않으면
아니 된다"117)고 단언하고 있는 것이다. 그런데 예외가 없는 것은 아니
다. 즉 사회가 비상시일 때 예술은 "정책에 봉사"할 수 있다는 것이다.

그러므로 문학사는 사회사의 영향을 밀접히 받으며 어느 때 문학사는
사회사의 일부분의 연구 소재를 제공하면서도 사회사는 아니다. 이것은

---

116) 박영희, 「최근 문예 이론의 신전개와 그 경향」, 『동아일보』, 1934. 1. 6.
117) 위의 글, 1934. 1. 10.

변증법의 중요한 명제인 특수성, 개별성이다. 그러므로 과오와 실패의 총체적 책임을 변증법적 법칙으로 돌아가게 하는 것은 또한 불가하다. 예술이 최고의 수준에서 정책에 봉사되는 때는 사회의 비상시에 국한한다. 말하자면 예술은 이러한 때는 겨우 생명만 보지하는 셈이다.[118]

무엇보다도 1930년대를 '비상시'가 아니라고 하는 박영희의 현실관을 문제 삼아야겠으나[119] 여기서는 박영희의 특수성 내지 변증법에 대한 파악에서 드러나는 문제만을 다루기로 한다. 그에게 특수성은 보편성과 개별성을 매개하는 범주가 아니라 실상은 개별성의 다른 이름에 불과하다. 그의 '문학사적 전향'론이 변증법적 지양이라는 관점을 폐기하고, 과거의 청산으로 나타나는 것도 이와 같은 매개라는 범주를 전적으로 무시하고 있기 때문이다. 그의 관점에 의하면 '문학사적 경향'으로의 전환에 변증법적 개념을 적용하는 것은 전혀 부당하다. 그 자신의 말마따나 "처음부터 출발점이 다르다든가, 혹은 부여된 발전에서 전혀 탈선하여 별개의 선로로 달아나는 것에 변증법은 적용되지 못"하기[120] 때문이다.

다만 부르주아 문학에서 프로 문학이 출현만이 그 변천과 발전을 유물변증법적 법칙에서 관찰함이 타당하다. 이러므로 프로 문학은 부르주아 문학의 계승자다. 그러나 예술가가 사회적 슬로건 밑에서 창작적 실패를 본 후에 다시 문학을 연구하게 된 그 과정과 그 변천을 전부 변증법적 발전으로만 생각함이 불가하다. 이것은 智的 부족과 예술적 견해의 불충분에서 생기는 한 때의 실패가 아니면 아니 된다. 또한 예술의 조잡, 硬固

118) 위의 글, 1934. 1. 8.
119) 참고로, 임화는 「문학과 행동과의 관계」(『동아일보』, 1936. 1. 8, 10)에서 문학과 행동을 이원론적으로 분리하는 사상이 부르주아의 이데올로기임을 설득력 있게 해명하고 있다.
120) 박영희, 앞의 글, 1934. 1. 8.

한 형식에서 근자 논의되는 형상론의 그 과정을 변증법적 발전이라고 할 수는 없는 것이다.[121]

한마디로 과거의 프로 문학에서 긍정적인 요소를 찾는 것이 불가능하다는 것이다. 따라서 그가 "문학의 진실한 형상의 탐구와 문학이 가져야 할 모든 조건의 완비를 탐색하는 최근의 이 경향은 비로소 부르주아 문학을 완전히 계승할 만한 용의라고 생각한다"[122]고 했을 때, 부르주아 문학을 '계승'한다는 말을, 그가 어떤 의도로 사용했는지에 관계없이, 지양의 뜻으로 읽을 수는 없게 되는 것이다.[123]

임화는 이 선언을 새로운 창작 이론의 수용을 빌미로 히여 "예술 일반으로부터의 정치의 완전한 구축을" 정당화하기 위한 것으로 파악한다. 문학으로부터 정치성을 배제한다면 그것은 "정치적으로는 예술 문학의 당파성의 완전한 부정이고, 문학적으로는 낡은 18세기의 소위 '절대 객관적 몰아의 사실주의'에로의 복귀"라는 것이다. 결론적으로 임화는 박영희 등이 내세우는 "문학 이론의 핵심 사상은 변증법적 유물론으로부터 속류 실재론으로의 회귀"라고 규정한다. 그러나 문학은 "인간의 정신적 활동의 산물"이기 때문에 "마치 맑은 호수가 하늘의 별을 반영하는 것과 같"은 "전혀 추상적인 객관주의"와는 분명히 구별되어야 한다.[124] 따라서 임화가 글의 여기저기에서 반복하여 주관적 계기를 강조하는 것은 당연할뿐더러 타당한 견해이기도 한다. 박영희의 글이 미치는 폐해를

121) 위의 글, 1934. 1. 9.
122) 위의 글, 1934. 1. 6.
123) 김윤식, 『한국근대문예비평사연구』(일지사, 1976)는 박영희의 선언을 "기존의 부르주아 문학에로의 도피적 정착"으로 읽고 있다(173쪽). 앞의 주 10도 참고 할 것.
124) 「낭만적 정신의 현실적 구조」, 『조선일보』, 1934. 4. 19.

방지한다는 의미에서 보면 더욱 그렇다.

> 그러므로 결국 어떠한 문학에 있어서이고 주관은 불가분의 것이고, 문
> 학의 사실적 이상의 실현이라는 것은 작자가 인식하고 사유한 객관적 현
> 실과 독자가 그 작품을 통해서 인식하고 사유한 현실이 근사하고 접근하
> 고 조화될 때 비로소 완미한 상태를 찾을 수가 있을 것이다.[125]

이 주관의 다른 이름인 '낭만적 정신'은 한마디로 노동자 계급의 당파
성이다. 임화는 이 정신을 "결코 비과학적인, 비현실적인 상상의 산물이
아니라 현재의 현실이 발전하는 운동의 장래가 우리를 위하여 가져올
필연적인 세계에 대한 동경"이라든지, "과학과 현실과 미래 가운데 그
현실적 기초를 가지고 있는 것"이며, "역사주의적 입장에서 인류 사회를
광대한 미래로 인도하는 정신"으로 설명한다. 그런데 이 정신을 견지해
야만 "주관과 객관을 진실로 통일하고, 현실 가운데서 비본질적인 일상
성의 쇄사만에 종사하는 것이 아니라, 그것을 제거하고 혹은 그것을 뚫
고 들어가 그 가운데 움직이는 본질적 성격의 제 특징을 파악하는," 즉
"전형적 환경 가운데의 전형적 성격을 똑똑히 구체화하는" 진정한 사실
주의가 가능하고, 그렇지 못하면 비본질적인 현상의 세부를 그리는 것에
만족하는 "트리비얼 리얼리즘"으로 떨어진다고 주장한다. 요컨대 임화는
이러한 '낭만적 정신'을 '진정한 사실주의'의 본질을 이루는 것으로 전제
하고 있는 셈이다.

> 그러므로 프로 문학에 있어서의 낭만적 정신은 결코 과거의 문학에서

---

125) 위의 글, 1934. 4. 22.

보는 바와 같이 사실적인 것과 모순하는 것이 아니라 오히려 사실적인 것의 完實한 이상이다.[126)

그런데 문제는 주관적 계기를 강조하는 나머지 '낭만적 정신'을 '寫實的인 것'과 분리하는 데서 발생한다. 이때 '사실적인 것'은 지금까지 그가 강조해 마지않았던, 현실 인식에서 주관적 계기를 부인하는 '객관주의'의 의미로 쓰이게 된다.

> 그리고 문학의 역사 위에서 이러한 사실적, 낭만적 것은 지배적인 이대 경향으로 표현되어 문학사의 현실은 이 양대 조류의 상호 대립, 상충의 복잡한 작용으로 각각 특수화된 성격을 구현하게 된 것이다.
> 그리하여 나는 문학상에서 주관적인 것으로 현상되는 것을 낭만적인 것이라고 부르고 그것이 사실적인 것의 객관성에 대하여 주관적인 것으로 현현하는 의미에서 '낭만적 정신'이라고 부르고 싶다.
> 따라서 이곳에서 부르는 낭만적 정신이란 개념은 어떤 특정한 시대 특정의 문학상의 경향을 의미하는 것이 아니라 한 개의 원리적인 범주로서 구성되는 것이다.[127)

위와 같은 개념 규정을 따르면 '새로운 창작 이론' 즉 사회주의 리얼리즘은 '낭만적 정신'의 역사적인 범주라고 할 수 있는 혁명적 낭만주의와, '사실적인 것' 즉 객관주의의 절충으로 나타나게 된다.[128)

따라서 문제를 올바르게 해결하기 위해서는 인식에서 주관의 작용을

---

126) 위의 글, 1934. 4. 25.
127) 위의 글, 1934. 4. 20.
128) 이것과 관련하여, 혁명적 낭만주의를, 사회주의 리얼리즘의 스탈린주의적 왜곡, 즉 '자연주의의 죄의식'에서 나온 것으로 설명하는 루카치의 견해에 대해서는 그의 *Realism in Our Time*, New York, Harper & Row, 1971, pp.124-9를 볼 것.

무조건적으로 전제한 위에서-그렇다면 임화가 비판의 대상으로 삼고 있는 '절대 객관적 몰아의 사실주의'는 도무지 성립할 수 없는 "기괴한 견해"[129]일 수밖에 없다-이 주관이 얼마나 객관적인 현실을 올바르게 반영하고 있는가에 따라 범주를 나누어야 한다. 구체적으로 말하면 주관이 어떤 양상으로 작용하고 있느냐에 따라, (1) 이상적인 범주로서의 객관적인 당파성과, 이와는 정반대로 (2) 주관이 객체의 존재를 마음대로 규정해 버리는 주관적인 것으로 크게 나눌 수 있을 것이고, 이 두 범주의 사이에, (3) 주관이 작용하는 것은 물론이지만 객관적인 것을 완전히 왜곡하는 것도 아니고 그렇다고 하여 객관적인 당파성에도 이르지 못한 여러 중간적인 단계-이것이야말로 인식의 실제 양상일 것이다-를 설정할 수 있을 것이다. 그러니까 이 중간 단계에서 객관적인 당파성을 지향하는 것이 리얼리즘인 것이다. 이러한 설명에 기대면, 임화의 '사실적인 것'과 '낭만적 정신'에는 다 같이 주관이 개입하고 있는 것으로 파악하고, 그 주관적 계기의 질-특정한 역사적 단계가 허용하는, 현실 인식에서의 객관성의 정도-에 따라서 위와 같은 범주로 구분했어야 할 것이다. 그렇다면 '사실적인 것'과 '낭만적 정신'은 모두 (1)의 범주, 즉 객관적 당파성에 통합되어야 옳다. 임화의 개념이 결국은 리얼리즘과 낭만주의의 경계를 올바르게 긋지 못하게 되는 결과를 낳게 되는 것은 주관적 계기의 질을 문제 삼지 못했기 때문이다.

그러면 로맨티시즘이란 곧 리얼리즘으로 자기의 온갖 특성을 내어놓는 것이 아닐까? 사실, [원문은 '사실로'지만 '사실,'로 고침-인용재 이것 없이는 로맨티시즘은 문학이 되지 않는다. 그러면 리얼리즘은 오직 단순한

---

129) 위의 글, 1934. 4. 19.

사실의 나열로 그치느냐 하면 그렇지도 않다. 사실이 문학이 되려면 그 자신이 인간의 일정한 관념성을 내포하고 있는 언어로 번역되고 의욕이 욕망하는 방향으로 스스로 구성되는 것으로 사실은 전면에 亘하여 관념으로 착색된다.

그러면 역시 리얼리즘도 자기의 온갖 특성을 로맨티시즘 앞에 내어놓는 것일까? 관념, [원문은 '사실'이지만 '관념'이 옳을 것 같다 - 인용자] 이것 없이는 문학이 되지 않는다.

그러면 문학상의 두 개의 경향으로서 리얼리즘과 로맨티시즘이 존재하는 의의는 소멸될 뿐 아니라 더욱이 그것이 모순하는 경향으로서 서로 상반할 여지는 없지 않을까? 물론 문학 본래의 이상으로서 이 여지는 존재하지 않는다.

그러나 문학이 남일까지 이러한 경향상의 차이를 서로 모순될 만큼 가져오는 것은 각개의 문학이 그 본래의 상태에 대하여 부자연한 태도를 가져왔다는 데 전혀 기인하는 것이다.[130]

이와 같이 원리적으로 리얼리즘과 낭만주의를 독립적인 예술 방법으로 규정하지 못하고 있는 것은 주관성과, 당연히 주관적인 계기를 내포하는 객관성을 곧바로 주관과 객관으로 대치하고 그 둘을 독립적인 범주로 각각 분리하여 동등하게 평가하기 때문이다. 그러므로 이러한 관점을 따르면 주관과 객관의 변증법적 통일도 절충주의의 산물로 나타날 수밖에 없는 것이다. 나중에 다시 거론하겠지만, 「조선신문학사론 서설」(1935. 10-11)에서 나타나는 이원론,[131] 즉 신경향파 문학의 두 가지 경

---

130) 「문학의 비규정성 문제」, 『동아일보』, 1936. 1. 29.
131) 이상경, 「임화의 소설사론에 대한 비판적 검토」, 『창작과 비평』, 1990년 가을, 300-2쪽.
　참고로 이 글은 「조선신문학사론 서설」이 혁명적 낭만주의론에 근거하고 있다는 점을 올바르게 지적하면서도, 임화가 내세운 "창작 방법으로서의 사실주의와는 구별되는 혁명적 낭만주의론을 내세웠"다고 평가하고 있다(303쪽). 그런데 임화가 낭만주의론을 제창한 것은 다음의 발언에서 볼 수 있는 것처럼 사회주의

향을 설정하는 방식도 여기에서 연원하고 있는 것이다.

그런데 객관과 분리된 주관으로서의 '낭만적 정신'은 상황이 점점 악화됨에 따라 그 합리적 핵심, 즉 현실 인식에서의 주관적 계기 ― 역사적인 성격을 내포한, 구체적으로 말하면 노동자 계급의 당파성을 견지하는 주관 ― 의 중요성에 대한 강조가 객관적 현실과의 변증법적 관계를 상실하는 방향으로 나아가게 됨으로써 주관주의적인 편향을 강하게 드러내게 된다. 「낭만적 정신의 현실적 구조」(1934. 4)보다 약 일년 반 뒤에 발표된 「위대한 낭만적 정신 ― 이로써 자기를 관철하라!」(1936. 1)에 오면 이런 측면이 두드러지게 나타난다. 이미, 이 글에서 나타나는 전형 개념의 주관주의적 편향에 대해서는 살펴보았다. 요약하면, 전형에서 요구되는 비일상성을, 대상 자체가 지니고 있는 미래의 가능성을 표현한 것으로서가 아니라 작가의 이상을 거기에 부과한 것으로 이해한 데서 이러한 문제가 나온 것이었다.

부제에서 벌써 정열적인 어조를 짐작할 수 있거니와, 글 전체를 통해 되풀이하여 강조하는 것은 '꿈,' 즉 '몽상'이다. 임화가 진단하기에 당대의 조선 문학은 "꿈의 결핍"으로 그 특성을 드러내고 있기 때문이다. 조금 더 구체적으로 말하면, "일련의 전통주의적 대가들은 이미 회상한 지 오래였고, 중견 작가들은 단지 환상하거나 모방하고, 경향작가군은 몽상에서 모방으로 후퇴하고 있"[132]었기 때문이다. 그런데 "문학은 현실과

리얼리즘의 핵심적인 요소로서 당파성을 강조하기 위해서였다.
　　"아직도 작년에 쓰여진 나의 낭만주의론(「위대한 낭만정신」을 가리키는 것임 ― 인용자)을 반리얼리즘처럼 오인하는 이가 있는 듯하므로 재언하거니와 나는 결코 리얼리즘 대신에 로맨티시즘을 주장한 것이 아니다. 관조주의로부터 고차적 리얼리즘으로 발전하기 위한 계기로서 그것을 제안한 것이다."(「사실주의의 재인식」(1937. 10), 『문학의 논리』, 87쪽)
132) 「위대한 낭만적 정신」, 『문학의 논리』, 28쪽.

이상 ― 꿈이 모순하고 조화하지 않는 가운데서 그것을 통일·조화시키려는 열렬한 행위적 의욕의 표현인 때문에" "꿈 없이는 존재하지 않는다."[133] 이 '꿈'이야말로 "미래에의 지향, 창조만을 체현하"[134]는 것이기 때문이다.

> 이러한 꿈은 필연적으로 사물의 자연적인 성질을 부정한다. 자연적인 진행의 속도를 인위적 행위로 보다 빨리 이상에로 접근시키므로 그것은 원칙적으로 존재의 자연성의 상위에 있다.
> 물론 꿈은 회상의 대립자이나 동시에 환상으로부터도 구별되어야 한다. 환상은 허무맹랑한, 다시 말하면 존재할 수도 없고, 또 반드시 존재하지도 못할 것을 그리는 데 지나지 않는다.
> 꿈의 반자연성은 결코 비자연성이 아니라. 가능한 당위를 자연적 진행으로서가 아니라, 인위적 행위에 의하여 실현시키는 그것이다. 그러므로 꿈은 진지한 대신 환상은 불성실하고, 전자가 행위인 대신 후자는 단수한 추상 ― 무행위적이다.[135]

한마디로, 작가의 주관이 현실을 규정하고 있다. "고차의 리얼리즘이 현실과 대립하고 그것과 격투한다는 것은 우리들의 주관적 정신에서가 아니라 현실 그것을 가지고 대립하고 격투한다는 것"[136]을 이해하지 못한 것이다. 앞에서도 말했듯이 객관과 분리된 주관, 즉 '낭만적 정신'을 설정함으로써 그 주관의 한계를 규정할 틀을 마련할 수 없었기 때문에 생긴 결과이다. 임화 자신의 비판처럼 "주체성의 문제를 낭만주의적으로

---

133) 위의 글, 26쪽.
134) 위의 글, 25쪽.
135) 위의 글, 26-7쪽.
136) 「작가의 '눈'과 문학의 세계 ― 「남매」의 작가에게 보내는 편지를 대신하여」, 『문학의 논리』, 308-9쪽.

밖에 이해하지 못한 곳에 병인이 있었"[137]던 것이다. 낭만주의론을 제출
하게 된 근본적인 이유와 관련하여 얘기하면, 현실에서 오는 위기의식을
현실과 교섭하지 않은 채 일면적으로 주체의 신념만을 강화함으로써 극
복하려 했던 데 문제가 있었다. 요컨대 나중에 자세하게 검토하게 될 주
체 재건론에는 생각이 미치지 못하고 소박하게 주체의 강화만을 염두에
두었던 것이다.

> 객관적 현실의 그것과 예술적, 생활적으로 교섭함으로써 상실된 자기를
> 찾고 소시민으로서의 자기를 재교육하는 것이 아니라 긍정될 자기를 현실
> 가운데서 애써 유지하려고 노력함으로써 어느 때까지나 이론과 실천, 이
> 상과 현실의 비극에 관한 비가를 읊조리게 된다.[138]

주지하다시피 1937년에 들어서면 자신의 낭만주의론이 가지고 있는
주관주의적 편향에 대해서 자기비판을 행하고 있는데, 위의 인용문도 그
것의 한 부분으로 낭만주의론이 내포하고 있는 이원론적인 성격을 정확
히 지적하고 있다. 이 자기비판에 대해서는 위의 간략한 인용으로 그치
기로 하고, 사회주의 리얼리즘을 다룰 때 다시 자세하게 살피기로 하
겠다.

그런데 이 글에서 주관주의적 편향만을 일방적으로 읽어 내는 것은
온당한 독법이 아니라는 점을 강조할 필요가 있다. '꿈'을 되풀이하여 거
론하면서도 동시에 여기저기에서 "그러나 우리들의 꿈에 있어서는 현실
의 생활을 주의 깊게 음미하여 우리들의 꿈과 우리들의 관찰을 조응시
켜"야 한다[139]는 점을 지적하여 추상적인 차원에서일 망정 주객 변증법

---

137) 「사실주의의 재인식」(1937. 10), 『문학의 논리』, 87쪽.
138) 위의 글, 89쪽.

에 주목하려고 했다. 또 "몽상의 낭만주의는 결코 작품에 있어서의 사실성을 제외하는 것이 아니"라 "견고한 현실의 구조 위에 선" 것[140]이라는 점을 강조하고, "당파적" 혹은 "사회적, 역사적 자각"[141]이라 하여 모호한 채로나마 '낭만적 정신'을 구체화하려고 한 흔적을 보여주고 있는 것이다. 그러니까 그는 '낭만적 정신'이 가지고 있는 위험성에 맹목이었던 것은 아니었다.

> 물론 우리들의 현재의 환경 조건은 더 한층 이 위험, 즉 부당한 과장과 불분명한 상징으로 우리의 문학을 몰아넣을 조건을 조장한다. 그러나 낭만적 정신의 현실적 구조를 일층 견고히 축조하는 것으로 우리는 이 위험을 피하여야 한다. 뿐만 아니라 이 낭만주의는 가진바 본래의 성질인 강고한 리얼리즘에 의하여 그것은 스스로 배제될 것이다.[142]

낭만주의와 리얼리즘의 구분을 무화시키고 있으면서도, '낭만적 정신'의 주관적인 성질을, 현실에 굳건한 토대를 둠으로써 극복하여야 한다는 점을 강조하고 있다. 이와 같이 이때 이미 후에 의식적인 형태로 전개하게 될 자기비판의 씨앗을 품고 있는 셈이다. 이런 점을 고려하면, 이 낭만주의를 "사회주의적 리얼리즘이라고 부르는 문학의 불멸의 내용이고, 그 빛나는 일면"[143]이라고 규정하는 것은 엄격히 말하여 절충주의적인[144] 인식 태도의 소산이지만 당시에 통용되던 상식적인 발언은 아니

---

139)「위대한 낭만적 정신」, 27쪽.
140) 위의 글, 37쪽.
141) 위의 글, 41쪽.
142) 위의 글, 39-40쪽.
143) 위의 글, 41쪽. 참고로 인용문 안의 '사회주의적 리얼리즘'은 『문학의 논리』에서 "새 리얼리즘"으로 되어 있지만, 원문대로(『동아일보』, 1936. 1. 4) 고쳤다.
144) 권희선,「1930년대 예술방법론 연구」, 서울대 석사논문, 1991, 25쪽.

라는 점을 알 수 있다.

이런 측면은 사회주의 리얼리즘을 둘러싸고 벌어진 논쟁에 참여한 비
평가들의 낭만주의에 대한 이해와 견주어 볼 때 더 뚜렷하다. 먼저 한효
를 보자.

> 우리들은 우리들의 현실 생활에서 체험하는 로맨티시즘을 부정할 수는
> 없다. 연애는 물론 다른 생활적 감정보다도 훨씬 로맨틱한 것이다. (중략
> - 인용자) 소 몰고 가는 목동이 소 잔 등에 올라앉아서 피리를 부는 것도
> 로맨틱한 것이다. 이러한 긍정적 현실을 그대로 묘사하는 것이 로맨티시
> 즘이 아니고 무엇일까?
>
> ×
>
> 그러므로 로맨티시즘을 사회주의적 리얼리즘이 수동적 관조적 리얼리
> 즘이 아니고 실천적 능동적인 리얼리즘임을 보증하는 동시 그것으로 하여
> 금 현실을 그 운동 발전에서 포착하고 현재에서 그 미래성을 관찰하는 것
> 임을 대변하는 것이다.[145]

사회주의 리얼리즘을 관조주의와 동일한 것으로 파악하는 방식도 문
제겠으나 이 당시에 이것에서 자유로운 이론가가 없었다는 점을 고려한
다면 이해할 수 있다고 쳐도, 낭만주의에 대한 논의 방식은 너무 소박한
차원에 머물러 있다. 위의 인용문에서 보이듯 낭만주의를, 앞부분에서는
단순히 '로맨틱한' 감정 - 그것도 현실을 긍정하는 데서 나오는 것 - 을
그리는 것으로, 뒤에서는 의식의 능동성에 그 바탕을 둔, 당시에 통용되
던 낭만주의로 이해하고 있는 것이다.[146]

---

145) 한효, 「문학상의 제문제 - 창작 방법에 관한 현재의 과제」, 『조선중앙일보』,
　　　1935. 6. 12.
146) 참고로 김두용은 주 145의 인용문을 직접 인용하면서, 이 문장이 서로 대립하고
　　　있는 일본의 평론가들의 글을 거의 그대로인 채로 섞어 놓은 것이라는 점을 밝

이와 같은 한효의 개념을, 사회주의적 리얼리즘에 "부르주아적 로맨티시즘을 병립시키" 있다고 비판하는 김두용의 경우도 방법적인 측면에서 보면 한효의 주장과 대동소이하다고 할 수 있다. 그는 "소비에트의 로맨티시즘"이 "그(사회주의의 건설 – 인용자) 속에서 우러나오는 기쁨과 고통의 감정을 표현하고 전달하는, 사회의 평화와 행복을 칭송하는 로맨티시즘"인 데 비해 자본주의 사회의 "×××[혁명적] 로맨티시즘"은 "아름다운 생활과 행복을 갈망하면서도 사실에 있어서는 그런 생활은 오늘날 이 사회 현실 생활에서 실현되지 못한다는 점을 이해하는 동시에, '그러니 이 생활을 이대로 지속하여서는 아니 되겠고 또 그러면 이러이러하여야 되겠다'는 혁명적 감정으로 포착하는" 것으로 설명한다.[147] 그러니까 한효의 낭만적 감정이 놓일 자리에 '혁명적 감정'을 놓고 있는 것이 두 사람의 차이점인 셈이다. 현실관의 차이가 크다면 크다고 할 수 있겠으나, 이러한 차이가 로맨티시즘을 방법적으로 규정하는 데 질적인 규정력을 발휘하는 것은 아님은 물론이다.

이 두 사람에 비해 안함광은 문제의식부터가 다르다. 그는 "[혁명]적 로맨티시즘은 리얼리즘과 대립된 지배적인 양식인 것이 아니라 진실한 리얼리즘의 한 개 속성으로 이해"해야 한다고 하면서, 이 둘의 관계를 올바르게 해명하기 위해서는 '유물론적 모사론,' "다시 말하면 객관과 주관, 사회적 존재와 사회적 의식과의 사이에서 그의 역사적 발전에 있어서 변증법적 교호 관계가 존재한다는 것을 인식"해야 한다는 점을 강조한다. 그런데 존재와 의식과의 관계에서 의식의 수동적인 역할만은 보

히고 있다. 김두용, 「창작 방법의 문제 – 리얼리즘과 로맨티시즘」, 『동아일보』, 1935. 8. 29.
147) 위의 글, 1935. 8. 30.

는 것은 객관주의의 오류를 범하는 것이므로 "사회적 발전의 행정에 있어서의 사회적 의식의 반작용"[148]을 마땅히 살펴야 한다. 정당한 견해이다. 그런데 그는 이 '의식의 능동성'을 배타적으로 낭만주의에 연결시킨다.

> 따라서 사회 발전의 행정에 대한 의식의 능동성(!) 그것은 다름 아닌 사회주의적 리얼리즘의 본질적 특성인 [혁명]적 로맨티시즘을 의미하는 것이 아닐 수 없다고 생각한다. 그렇기 때문에 만약 사회주의적 리얼리즘 가운데서 [혁명]적 로맨티시즘을 소외한다고 하면 그것은 마치 사회 발전의 행정에 있어 의식의 능동성이 부족된 때 유물론적 모사론은 역사적 객관주의로 타락될 거와 同樣의 정도로 사회주의적 리얼리즘은 부르주아 리얼리즘의 古巢에로 그 자신을 매몰시키지 않을 수 없을 것이다.
> 그와 반대로 [혁명]적 로맨티시즘을 편중히 한다고 하면 그는 마치 존재를 의식에 의하여 설명하려고 할 때 '유물론적 모사론'은 비과학적 관념론과 환치되지 않을 수 없는 것과 동양의 정도로 [혁명]적 로맨티시즘은 주관에 의한 세계의 창조를 환상하는 부르주아 로맨티시즘에서 그 자리를 양보하지 않을 수 없게 될 것도 명약관화의 사실이다.
> 이리하여 사회주의적 리얼리즘은 [혁명]적 로맨티시즘을 소외로 하고서는 그 본래의 생명을 보지할 수 없는 것이며 [혁명]적 로맨티시즘은 진실한 리얼리즘에 그 근거를 둠이 없이는 그의 존재적 의의를 발견할 수 없을 것이다.[149]

이 인용문 바로 위에서 간단하게 살핀 방법, 즉 주객 변증법에 바탕을 둔 '유물론적 모사론'을 올바르게 적용시키지 못하고 있다는 점이 눈에 띄지만 여기서는 앞서 검토했던 임화의 낭만주의론과 흡사하다는 점

---

148) 안함광, 「창작 방법 문제 논의의 발전 과정과 그 전망」, 『조선일보』, 1936. 6. 4.
149) 위의 글, 1936. 6. 4-5.

만을 지적하기로 한다. 의식의 능동성의 역사적 규정성을 무시하여 주
관주의적인 편향에서 자유롭지 못하다는 점이라든지,[150] 사회주의 리얼
리즘과 혁명적 낭만주의를 절충주의적으로 이해함으로써 혁명적 낭만주
의와 분리된 사회주의 리얼리즘을 관조주의로 파악하게 되는 결과를 낳
게 된다는 점[151] 등이 그러하다.[152]

---

150) 하정일, 「「1930년대 후반 사회주의 리얼리즘론의 발전」(『창작과 비평』, 1991년
봄)은 안함광이 "유물변증법적 반영론에 대한 탁월한 이해를 바탕으로 하여"(327
쪽) "의식의 능동성이 사회주의직 리얼리즘의 본질적 특'성이라는 점을 규명한
것"(333쪽)을 높이 평가하고 있는데, '반영론에 대한 탁월한 이해'라는 말은 다분
히 과장된 평가임을 지나가면서 지적해 두기로 하고, 의식의 능동성이 인식 일
반의 성질이며 - 따라서 심지어 자연주의에도 이 능동성이 작용하는 것이다 - 그
러므로 중요한 것은 그것의 질을 구체화하는 작업이라는 사실을 충분히 고려할
때만 수긍할 수 있는 평가가 될 터인데, 이 글이 이 전제를 충족시키는 것 같지
는 않다.
151) 위의 글, 328쪽. 구재진, 「1930년대 안함광 문학론 연구」, 서울대 석사논문,
1992, 33-4쪽.
152) 위와 같은 내용상의 동일한 성격은 실증적인 차원에서도 간접적으로 입증된다.
즉 149의 인용문 바로 뒤에서 "이에 마르크스의 이른바 '세계가 품는바 꿈의 인
식'이라든가, 고리끼가 말하는바 '미래 사회에의 공상, 통찰, 약진'이라든가, 임화
씨의 提論 '위대한 낭만적 정신' 등도 요컨대 이러한 시각에서만 그의 진실한
이해를 가져올 것은 두말할 필요도 없다."(안함광, 앞의 글, 1936. 6. 5)고 적고
있다. 또 1936년도의 중요한 평론으로 "낭만 정신에 관한 임화씨의 논문"(안함
광, 「소화 11년도의 조선 문학의 동향」, 『조선문학』, 1937. 1, 68쪽)을 들고 있
는 것으로 보아 임화에게 영향을 많이 받고 있음을 알 수 있다.
   이러한 사실로 미루어 보아 둘 사이의 차별성을 강조하고, 심지어는 안함광의
우월성을 부각시키는 논의는 객관성을 상실한 것이라고 하겠다. 예를 들면 이현
식, 「1930년대 후반 사실주의 문학론 연구」(연대 석사논문, 1990)는 임화가 "사
회주의적 사실주의와의 연관 속에서 혁명적 낭만주의를 이해하지 못하"고(17쪽),
"주관의 지나친 강조로 흐"른 데 비해, 안함광은 주객의 변증법을 "정당하게 파
악하면서 그런 구도 속에서 사회주의 사실주의와 혁명적 낭만주의의 관련을 밝
히고 있"다고 하여 그가 "조선의 사회주의 사실주의 인식에 있어 정점에 서고
있"다고 주장하고 있다(23쪽). 이와는 대조적으로 안함광은 위에서 소개한 바와
같이 임화의 낭만주의론을 긍정적으로 평가했다.

2) 주체 재건의 방법으로서의 사회주의 리얼리즘론

임화가 사회주의 리얼리즘을 논의하게 된 것은 카프의 해산으로 말미암아 나타난 당시의 일반적인 문학 경향의 문제점을 극복하고 이 과정을 통해 붕괴된 주체를 재건하는 방법을 제시한다는 의도에서였다. 그러므로 여기에서는 사회주의 리얼리즘의 원론적인 측면이 아니라 임화의 이러한 의도가 바르게 관철되고 있는가 하는 점에 초점을 맞추어 사회주의 리얼리즘론을 검토하려고 한다. 특히 주체 재건의 방법을 논의하는 과정에 주목하려고 한다.

앞에서 임화가 낭만주의론을 제기하게 된 궁극적인 이유로서 카프의 해산에서 전형적으로 나타나는 객관적인 상황의 압력으로 주체적인 계기를 강화해야 할 필요성이 절실했기 때문이라고 했다. 그런데 그의 낭만주의론은 주체적인 측면에만 초점을 맞춤으로써 주객 변증법을 무시하게 되어 주관주의적인 편향을 보이고 말았다. 다시 말하면, 주관적인 계기만을 일방적으로 강조함으로써─임화의 설명을 따르면 "객관적인 현실 그것과 예술적, 생활적으로 교섭함으로써 자기를 찾고 소시민으로서의 자기를 재교육하는 것이 아니라 긍정될 자기를 현실 가운데서 애써 유지하려고 노력함으로"써 현실을 무시하는 현상이 발생한 것이다.[153] 그는 이러한 편향을 깨닫고, 주체의 패배에 대해서 주체를 낭만주의적인 방식으로 강화하는 것에 의해서가 아니라 리얼리즘을 바르게 인식함으로써 "작가들의 사상적 붕괴"로부터 "재생할 구체적 혈로를 비쳐 주"는 주체 재건의 방법"[154]을 마련하려고 했다. 이와 같이 임화가

---

153) 「사실주의의 재인식」(1937. 10), 『문학의 논리』, 89쪽.
154) 「주체의 재건과 문학의 세계」(1937. 11), 『문학의 논리』, 45쪽.

낭만주의론 이래 전력을 기울여 모색해 온 리얼리즘론의 핵심에는 "여하한 악천후에도 위협되지 않는 확고한 자기 주체를 재건"[155]해야 한다는 문제의식이 자리 잡고 있는 것이다.[156]

그런데 주체를 재건한다는 것은 패배를 인정하면서도 과거의 주체를 부정하는 것이 아니라 그런 결과를 낳은 문제점을 극복한다는 의미를 갖는 것이다. 따라서 청산주의적 태도와는 근본적으로 다르다. 임화가 보기에 자신들의 패배는 구체적으로 세계관을 이론적으로 파악하는 것으로 만족한 데 있었다. 그러니까 자신들은 "이론이란 것이 대뇌의 일부에나 있는 것이 아니라 나의 육체, 나의 모세관의 세부까지를 충만시킬 한 사람의 순화된 사상인"이 아니었다는 것이다.[157] 그러므로 이제 주체를 재건한다고 하는 것은 단순히 세계관을 이론적으로 재인식하는 정도에 그치는 것이 아니라 그것을 주체화하는 문제를 해결해야 한다는 것과 같은 말이 되는 것이다.

임화의 낭만주의론이나 김남천의 고발문학론 등은 나름대로 이러한 문제를 풀기 위하여 제출된 방법이었다. 그러나 그것들은 임화가 보기에 "문학 활동의 공동 형태와 통일적 방향이 상실"되었다고 하는 사실을 반영하는 것이었다.[158] 또 무엇보다도 이론적인 측면에서 "고차의 리얼리즘을 떠나"서 "어떤 종류의 중간물로 리얼리즘에의 계기를 삼"는 잘못을 드러내고 만 것이었다.[159] 결국 이러한 혼란스러운 현상은 사회주의 리얼리즘을 바르게 이해하지 못한 데서 나온 필연적인 결과라는 것이다.

---

155) 위의 글, 49쪽.
156) 신두원, 「임화의 현실주의론 연구」, 서울대 석사논문, 1991, 43쪽.
157) 「주체의 재건과 문학의 세계」, 49-50쪽.
158) 「사실주의의 재인식」(1937. 10), 『문학의 논리』, 71쪽.
159) 위의 글, 92쪽.

그러므로 리얼리즘을 재인식하는 일이 당면의 최우선적인 과제로 설정되지 않을 수 없다. 왜냐하면 리얼리즘이야말로 "死化한 객관주의가 아니라 객관적 인식에서 비롯하여 실천에 있어 자기를 증명하고, 다시 객관적 현실 그것을 개변해 가는 주체화의 대규모적 방법"160)이기 때문이다.

지금까지 설명을 보면 대강 짐작할 수 있겠지만 임화가 사회주의 리얼리즘을 논의하는 과정을 정리하면 다음과 같다. 먼저 '오해된 리얼리즘'과 백철의 휴머니즘론으로 대표되는 것으로서 리얼리즘을 다른 것으로 대치하려는 움직임을 극복하는 작업이 요구된다. 그런데 이것은 리얼리즘을 올바르게 이해하는 일이기도 하다. 리얼리즘을 재인식한다는 것은 통일된 방향을 마련하려는 것인데 이러한 목표를 이루기 위해서는 무엇보다도 먼저 당시의 문학이 드러내고 있는 문제점을 파악하는 것에서 시작하여야 한다. 그리고 위와 같은 과정을 통하여 붕괴된 주체를 재건하는 방법을 구체화할 수 있는데, 이때 지침이 되는 것이 엥겔스의 '리얼리즘의 승리'라는 명제이다. 물론 주체를 재건하기 위해서는 결정적으로 "현실 중에 침잠하여 오직 현실 그것의 본질을 추구하는 정열"161)을 갖추지 않으면 안 된다. 그러므로 주체 재건에서 차지하는 현실의 중요성을 바르게 인식하는 일이 매우 중요하다.

이 과정, 즉 리얼리즘에 대한 임화의 논의 구도를 알게 쉽게 항목화하면, (1) 오해된 리얼리즘의 성격과 그에 대한 비판, (2) 리얼리즘의 재인식, (3) 주체 재건의 방법으로서의 리얼리즘에 대한 규명, (4) 현실의 의의에 대한 탐구의 순서가 된다. 위와 같은 구도를 따라가면서 임화의

---

160) 위의 글, 94쪽.
161) 「주체의 재건과 문학의 세계」, 64쪽.

사회주의 리얼리즘에 대한 인식과 주체 재건 문제의 해결책을 검토하기
로 하겠다.

(1) 오해된 리얼리즘의 성격과 그에 대한 비판

그러면 먼저 임화가 파악한 당시의 문학적 경향을 주로, 오해된 리얼
리즘이란 측면과 관련하여 검토해 보기로 한다. 맨 처음으로 거론해야
할 것은 주관을 배제하고서도 현실을 인식하는 일이 가능하다고 생각하
는 "포복적인 경험론"에 바탕을 둔 관조주의적 경향이다.162) 이런 움직
임을 전형적으로 드러낸 것은 앞에서 낭만주의를 검토할 때 보았던 것
처럼 박영희의 '문학사적 전향'론이었다. 이 '전향'은 한마디로 문학에서
경향성을 배제하려는 이론이었다. 그런데 이론적으로 이러한 경향을 지
지해 준 것은 발자크의 리얼리즘의 승리를 주장한 엥겔스의 편지163)였
다. 즉 관조주의자들은 이 편지에서 문학으로부터 세계관을 배제하는
이론적 근거를 마련한 것이다. 임화는 이러한 독법에 날카로운 비판을
가한다. 엥겔스가 갈파한 것은 그릇된 세계관에 대한 리얼리즘의 승리
인 것이지 인식에서 세계관 일반의 개입을 부정하는 것이 아니라는 것
이다.

> 그러나 왕왕 작가의 세계관과도 모순하면서 위력을 발휘하는 리얼리즘
> 이란 것은 결코 문학으로부터 세계관을 거세하고 일상생활의 비속한 표면
> 을 기어다니는 리얼리즘과는 하등의 상관이 없는 것이다.
> 이러한 리얼리즘은 작가의 그릇된 세계관을 격파할 만큼 현상의 본질

---

162) 「사실주의의 재인식」, 73쪽.
163) F. Engels, "Letter to Margaret Harkness, Marx and Engels," *Literature and
Art*, New York, International Publishers, 1947, pp. 41-3.

에 투철하고 협소한 자의식과 하등의 관계가 없이 현실이 발전해가는 역
사적 대도를 조명하려는 작가의 고매한 정신의 표현이다.

그러므로 발자크의 리얼리즘이란 죽은 현실과 타협하려는 주관에 抗하
여 산 현실의 진정한 내용을 잡울한 현상의 표피를 뚫고서 적출해 놓은
천재적 방법을 가리키는 이름이다.[164]

간단하게 정리하면, 현실을 인식하는 데 주관이 의식적으로 개입해야
만 그 본질에 도달할 수 있다는 것이다. 그렇다면 관조주의나 그 이론의
실천도 역시 "새 현실에 대한 작가들의 대응 태도의 반영"[165]인데, 이
태도의 밑바탕에는 현실과 타협하려는 정신이 도사리고 있는 것이다.
그러니까 사회주의 리얼리즘을 관조주의적인 방향으로 왜곡한 것은 단
순히 이론상의 문제만은 아니고, "전혀 외적인 조건이 우리들의 작가,
비평가들을 내부적으로 붕괴시키고 있었다"[166]는 사태의 반영이라는 점
에 문제의 심각성이 있는 것이다. 엄흥섭, 이기영, 한설야 등 카프 맹원
이었던 작가들의 소설에서 관조주의와 그 전의 공식주의의 잔재가 같이
나타난다는 사실, 즉 주관적으로는 아직도 과거의 신념을 상실치 않았다
고 하면서도, 객관적으로는 변모한 현실을 수용하고 있는 현상이 나타나
고 있는 것도 바로 이러한 사정에서 기인하는 것이라고 주장한다. 결론
적으로 이러한 경향은 문학을 "현실의 철저한 인식과 생활적 과제의 실
천이란 높은 기능으로부터 생활 현상의 단순한 기술의 지위"로 전락시켜
버리고,[167] 비평의 경우 "사상적 질의 저하, 역사적 전망의 결여, 작가와
독자에 대한 지도적 임무의 포기, 작품에의 무제한적인 추종으로 나타

---

164) 「사실주의의 재인식」, 77-8쪽.
165) 위의 글, 77쪽.
166) 위의 글, 75-6쪽.
167) 위의 글, 75쪽.

나"기168) 때문에 청산하지 않으면 안 된다.

오해된 리얼리즘의 두 번째의 경향으로 임화는 "사물의 본질을, 현상으로 표현되는 객관적 사물 속의 현상을 통하여 찾는 대신 작가의 주관 속에서 만들어 내려는" 주관주의를 거론하고 있다.169) 이 경향의 대표는 그 자신의 낭만주의론이었다. 이 낭만주의는 바로 앞에서 살핀, 사회주의 리얼리즘에 대한 관조주의적 왜곡에 대한 대립물로서 출발했다는 점에서 리얼리즘론이었지만, 주관이나 상상력의 역할을 바르게 이해하지 못한 문제가 있었다. 구체적으로 지적하면 "경향성 자신이 철저한 리얼리즘 그것의 고유한 것이 아니라 작가에 의하여 부가되는 어떤 것으로 생각"하여,170) "정신을 가지고 현실을 규정하려는 역도된 방법"에 매달렸던 것이다.171) 임화는 이와 같은 낭만주의의 주관주의적 편향이 비평이나 문예 이론에서 인상주의, 불가지론 등으로 나타난다고 설명한다.

그런데 낭만주의에 대한 자기비판이 분명한 형태로 드러난 것은 「사실주의의 재인식」(1936. 10)보다 앞서 발표된 「작가의 '눈'과 문학의 세계ー「남매」의 작자에게 보내는 편지를 대신하여」(1937. 6)에서다. 이 글은 부제에서 알 수 있듯이 김남천의 단편을 검토하고 있지만, 자신이 제출했던 낭만주의론의 문제점을 염두에 둔 리얼리즘론의 개진이라는 측면에서 읽을 만한 가치가 있다. 임화는 여기에서 낭만주의론에 대한 비판이 그 대립적 반사물로서 주관을 배제하는 것이 아님을 분명히 하고 있다. 현실과 대결하는 열정을 동반하지 않으면 안 된다는 점을 되풀이하여 강조하고 있는 것이다.

---

168) 위의 글, 85쪽.
169) 위의 글, 84쪽.
170) 위의 글, 88쪽.
171) 위의 글, 86쪽.

> 그러므로 리얼리즘은 문학의 不拔한 기초이면서도, 작가의 열렬한 정신의 화염으로 연소되지 않는 한 저조의 문학으로 떨어지는 것이다.
>
> (중략―인용자)
>
> 리얼리즘은 확고하게 현실 가운데 뿌리박고 있으면서 동시에 현실에 대하여 날카롭게 대립하는 문학의 정신이다. 불행히 (중략―인용자) 리얼리즘 문학은 현실을 비판하고 극복하려는 의지로 현실과 대립하는 고차의 현실성을 망각해 가고 있는 듯싶다.[172]

이 인용문만을 읽으면 낭만주의론의 단계와 그렇게 분명하게 구별되지 않는 듯한 독후감을 얻는 것도 사실이다. 그러나 그가 강조하여 마지않는 현실에 대한 적극적인 태도가 낭만주의적으로 이해되어서는 안 된다는 점을 기억해야 한다는 다음의 구절을 읽으면 자신의 낭만주의론을 의식적으로 비판하고 있음을 알 수 있다.

> 그러나 인위적 인물과 사건이 역할을 演하는 下半에 와서 작자의 붓은 현실을 쫓느니보다 더 많이 정신을 따른 것이 아닐까? 작자와 더불어 기억하고 싶은 것은 고차의 리얼리즘이 현실과 대립하고 그것과 격투한다는 것은 우리들의 주관적 정신에서가 아니라 현실 그것을 가지고 대립하고 격투한다는 것을 이해하라는 것이다.
>
> 우리들의 정신이 고차의 현실을 창조함은 그것이 현실의 집중된 반영인 때문이며 현실의 內的 進行力 그것으로 의지화된 때문이다. 그러므로 우리의 정신은 현실로 말미암아서만 의지화된다면 우리의 의지는 영원히 정확한 현실을 요구한다.
>
> 이 요구의 실현에서만 우리의 정신은 진정한 정신일 수가 있는 것이다.[173]

---

172) 「작가의 '눈'과 문학의 세계」(1937. 6), 『문학의 논리』, 284쪽.
173) 위의 글, 308-9쪽.

리얼리즘이 요구하는 주관과 객체의 변증법을 분명하게 설명하고 있다. 이와 같은 과정을 거쳤기 때문에 주체의 재건이 주관적인 신념을 일방적으로 강화하는 것에 의해서가 아니라 "객관적 현실 그것과 예술적, 생활적으로 교섭함으로"써만 가능하다는 사실174)을 터득할 수 있었다.

이러한 주관주의의 또 하나의 조류로서 백철의 휴머니즘을 거론하고 있다.175)

그런데 임화는 관조주의와 주관주의적인 경향을 거론하면서 결론적으로 "목전의 사실 (외적, 내적) 위를 포복하고 있"다는 점에서 "두 개의 경향이 정반대의 선을 긋고 있음에도 불구하고 본질적으로 경향문학의 소시민성에의 굴복이란 한 점으로 환원된다"고 주장하고 있다.176) 어느 것이나 패배한 주체의 산물이었던 것이다. 그러므로 어느 경향에서도 그 자체 속에 반대의 편향을 내포하는 것은 물론이지만, 전형적으로 이러한 현상을 보인 것은 김남천의 고발문학론과 이 이론을 실천하고 있는 소설들이다.177)

이상으로 임화가 리얼리즘과 관련하여 비판적으로 고찰한 당시의 '문학적 현실'인데, 그 결과로 얻은 결론을 다음과 같이 요약하고 있다.

---

174) 「사실주의의 재인식」, 89쪽.
175) 휴머니즘론에 대한 임화의 비판에 대해서는 그가 많은 노력을 기울였던 만큼 따로 항목을 마련하여 자세하게 살펴보기로 하고, 여기서는 간략하게 임화의 평가만을 인용하기로 한다.
　　"한편 주관주의는 백철 씨 등의 인간탐구론, 휴머니즘론 등을 통하여 경향문학에서 공연히 분리하는 유력한 통로가 된 것이다. 다시 말하면 차등의 諸設에 있어 주관주의는 극도의 명료성을 가지고 자기를 완성했다고 볼 수 있다."(「사실주의의 재인식」, 90쪽.)
176) 「사실주의의 재인식」, 90-1쪽.
177) 주체 재건의 방법으로서 제창된 고발문학론에 대해서는 그 의도의 중요성과 함께 임화의 논의와 비교가 된다는 때문에 뒤에서 따로 자세하게 다룰 것이므로 여기서는 언급하지 않는다.

> 분명히 현대는 작가가 대담히 자기를 주장할 시대다. 관조주의에 抗
> 하여!
> 또한 현대는 분명히 객관적 현실의 반영 위에 작품이 구성될 시대다.
> 주관주의에 항하여![178]

(2) 리얼리즘의 재인식

이 두 개의 주장을 변증법적으로 통일할 수 있는 예술적 방법이 바로
사회주의 리얼리즘이다. 임화는 사회주의 리얼리즘에서 나타나는 주객
변증법을, "객관적 현실의 반영으로서의 리얼리즘 가운데에 표현할 주체
성은 일개인의 국한된 주관이 아니라 현실의 묘사로서의 의식"이란 명제
로 정리하고 있다.[179] 그러니까 '현실 묘사로서의 의식'이란 표현은 묘사
되는 현실과 묘사하는 의식의 변증법적 통일이라는 뜻을 함축하고 있는
것이다.[180]

> 그러므로 우리들에게 있어 중요한 것은 묘사하는 배후에 흐르는 작자
> 의 정신이고, 묘사에는 반드시 묘사 이상의 묘사하는 의식이 잠재해 있음
> 을 발견하는 데도 있다.[181]

그러나 이 단계에서는 아직 어떤 근거로 주체성이 현실을 객관적으로
인식하게 되는가를 설명하고 있지 않기 때문에 추상적이다. 그래서 임
화는 당파성에 바탕을 두어야만 "주체성이 객관적 현실의 반영과 모순하
지 않고 오히려 그것을 조장"할 수 있다고 하여 주체성을 구체적으로 규

---

178) 「사실주의의 재인식」, 92쪽.
179) 위의 글, 93쪽.
180) 신두원, 앞의 글, 51쪽.
181) 「세태소설론」(1938. 4), 『문학의 논리』, 352쪽.

정한다.

> 그러나 이런 리얼리즘은 결코 리얼리즘 일반이 아니다. 마치 19세기에 시민적 리얼리즘이 당시의 구체적인 리얼리즘이었던 것처럼 소셜리즘적 리얼리즘 그것이 금일의 유일한 리얼리즘이다.
> 왜냐하면 이 리얼리즘만이 금일의 현실에 있어 그 주체성이 객관적 현실의 반영과 모순하지 않고 오히려 그것을 조장하기 때문이다. 이것은 우리들 소시민 작가에게 있어 자기의 한계를 떠나 객관적 현실에의 침잠이란 과정을 통해서만 달성되는 것이다.
> 이곳에서 우리는 예술적 인식에 있어 추상과 상상력의 작용에 있어 세계관의 압도적 역할을 망각해서는 안 된다.[182]

이러한 설명을 따르면 결국 "리얼리즘이란 결코 주관주의자의 誣告처럼 死化한 객관주의가 아니라 객관적 인식에서 비롯하여 실천에 있어 자기를 증명하고 다시 객관적 현실 그것을 개변해가는 주체화의 대규모적 방법을 완성하는 문학적 경향"[183]인 것이다. 이것이 당시의 '문학적 현실'을 비판적으로 검토하고 그 극복을 모색하는 과정에서 얻어낸 리얼리즘에 대한 재인식의 결산서인 셈이다.

(3) 주체 재건의 방법으로서의 리얼리즘에 대한 규명

그러나 아직은 리얼리즘이 '주체화의 방법'이라는 원리의 확인에 불과하다. 그렇다고 이 일반적인 해명이 가치 없다는 뜻은 물론 아니다. 지금까지 보았던 대로 당시의 문학적 상황을 검토한 뒤에 도달한 것이어서 그 자체만으로도 충분한 의의를 갖는 것은 말할 것도 없다. 그러나

---

182) 「사실주의의 재인식」, 94-5쪽.
183) 위의 글, 94쪽.

어떤 방법으로 세계관을 주체화하여 객관적 현실을 예술적으로 반영할 것인가 하는 문제는 해명되어 있지 않다. 더구나 지금까지 논의에서는 "생활 실천을 통하여 자기 주체를 재건한다는 사업이 불가능에 가까우리만치 절망적인 상황"[184]을 고려하지 않았기 때문에 작가들에게 유용한 지침이 되기에는 역불급이었다. 그러므로 사회주의 리얼리즘을 "우리의 특수한 생활적, 예술적 조건 가운데 구체화"[185]하는 문제를 해결해야 한다. 이러한 문제를 해결하려는 것이 「주체의 재건과 문학의 세계 — 현존 작가와 문학의 진로」(1937. 11)였다.

이 글에서 임화는 '주체화의 방법'을 구체화하여 "문학이 어떤 세계관과 합일될 때 위대한 예술을 창조하고 그것이 체현할 문학적 경향과 특색을 해명할뿐더러, 작가의 과학적 세계관을 획득하는 고유한 과정을 지시하는 실천적 이론"이라고 설명한다.

이 창작 방법을 조금 더 부연하면 다음과 같다. 첫째로, 창작 방법은 당연히 그 속에 세계관적 계기를 함축하고 있다. 따라서 창작 방법을 "詩句에 사용될 일개의 어휘나 소설에 삽입될 일편의 場景을 탐구하는 工匠의 영역"으로 해석하는 것은 "무한히 유치한 무이해나 악의에서 나온 비방의 경지를 넘지 못하는 것이다."[186] 여기서 임화가 예술적 태도로서의 리얼리즘과 '수법, 양식으로서의 리얼리즘을 구별하고, 전자를 리얼리즘 방법에 해당하고 있는 것으로 이해하고 있음을 알 수 있다. 둘째로 창작 방법은 또한 세계관에 반작용을 가한다. 창작 방법이 세계관을 획득하고 혈육화하는 방법이 될 수 있는 근거는 바로 여기에 있다.

---

184) 「주체의 재건과 문학의 세계」(1937. 11), 『문학의 논리』, 53쪽.
185) 「주체의 재건과 문학의 세계」, 67쪽.
186) 위의 글, 45쪽.

셋째로 창작 방법은 주체를 문학 고유의 특수한 방식으로 재건하는 방법을 가르쳐 준다. 그러니까 "일직선적으로 그곳('渾然한 사상'─인용자)에 접근하는 강행적 방법"인 "정치가의 길"과, "작가의 길"187)은 다르다. 문학자에게는 문학 나름의 주체 재건이 길이 있기 때문이다.

이 고유한 길을 안내하는 지도가 엥겔스가 하크네스에게 쓴 편지에 근거를 둔 예술적 실천이란 개념이다. 임화는 "엥겔스의 발자크론을 비롯하여 신창작 이론은 (중략─인용자) 우리들의 주체 재건에 있어 막대한 실천적 의의를 갖는다"고 주장한다.188) 이 '길'을 따라가 보자.

임화는 먼저, 언제나 진리라면서 다음의 명제를 제시한다.

> 물론 과학적 예술학은 작가의 세계관이 결정적으론 작가의 사회 실천에서 확립되고 실천의 장구한 과정을 통하여 주체적으로 혈육화됨을 말하고 있다.189)

그런데 문제는 이론적으로 파악했던 세계관이 현실에서 무력해지고 조직이 무너짐으로써 생활 실천을 통하여 주체를 재건하는 것이 불가능하다는 데 있다. 그렇지만 작가에게 가능한 길이 완전히 봉쇄된 것은 아니다. 그러므로 예술적 실천을 통하여 절망스러운 상황에 놓여 있는 생활적 실천의 가능성까지를 모색해야 되는 것이다. 그래서 임화는 이 예술적 실천에 적극적인 의의를 부여한다.

> 그러나 작가에 있어 예술적 실천이 전생활의 집중된 첨단이란 중요한

---

187) 위의 글, 50쪽.
188) 위의 글, 57쪽.
189) 위의 글, 54쪽.

사태를 再記할 필요가 있다.

다시 말하면 작가의 세계관을 좌우하는 것은 다른 사회 성원과 같이 생활적 실천이나 작가에게 있어선 대부분 예술적 실천이 그것을 매개한다는 사실이다.

즉 일상적, 외적 실천이 작가의 세계관의 형성과 개변을 자극하고 촉진하나, 예술적 실천이 그것을 체계화하고 확인하지 않는 한, 그 사상은 작가의 기본 실천인 예술 창작까지를 지배할 만큼 강한 것이 되지 못한다. 그러므로 어떤 때 작가의 예술은 세계관과 모순하게 되고 때로는 그것은 세계관 그것을 개혁할 수까지 있는 것이다.

이 모순은 생활 실천에 대한 예술적 실천의 승리를 의미한다.[190]

한마디로 예술적 실천은 작가의 세계관과 생활적 실천을 매개하는 개념인 것이다. 그런데 두 실천의 범주 사이의 관계는 일반적으로 진보적인 생활 실천은 예술적 실천에 좋은 영향을 미치고, 반대로 비진보적인 실천은 예술에게 제한을 가한다고 할 수 있다. 그러나 예술적 실천이 생활적 실천에 대해서 수동적인 위치에 있는 것만은 아니다. 다시 말하면 예술적 실천이 생활적 실천에 반작용을 할 수 있는 것이다. 그런데 여기서 중요한 것은 모든 예술적 실천이 그러한 것이 아니라 리얼리즘적 실천만이 이러한 적극적인 역할을 할 수 있다는 점이다.

그러나 예술적 실천이 진보적 생활 실천과 모순하지 않고 또한 비진보적 생활 실천에 제한하지 않고 그 진보적 생활 실천의 제한을 벗어나 승리하려면 작가가 리얼리스트일 때만 한하는 것이다. 그러므로 작가가 진보적 생활 실천자임도 불구하고 예술 경향상 반리얼리스트였다면 예술 창작 그것뿐만 아니라 생활 실천 그것에까지도 악영향을 미칠 수 있다 할

---

190) 위의 글, 53-4쪽.

것이요, 작가가 비진보적임에도 불구하고 예술 경향상 리얼리스트였다면 예술을 비진보적 생활 실천이 파급하는 악영향에서 최대한으로 방어할 수 있고 나아가서는 비진보적 세계관 그것을 개변시킬 만큼 반작용을 할 수 있는 것이다.[191]

엥겔스가 발자크론에서 말한 것도 예술적 실천 일반의 문제가 아니라 리얼리즘적 실천의 승리에 관한 것이다. 임화는 엥겔스의 편지에서 "리얼리스트 작가 발자크와 왕당파 정치가 발자크가 대립"한 것으로 읽는다.[192] 그러므로 리얼리스트 발자크의 승리는 세계관에 대한 리얼리즘적 실천의 승리인 것이다. 이제 리얼리즘을 실천한 결과는 현실을 올바르게 인식하는 세계관이기도 하다. 따라서 '리얼리즘의 승리'는 아래와 같이 설명될 수 있다.

> 리얼리즘의 승리! 그것은 사상에 대한 예술의 승리에 그치는 것이 아니라 그릇된 사상에 대한 옳은 사상의 승리인 것이다. 리얼리즘은 그릇된 생활 실천에 의하여 주체화된 작가의 사상을 현실의 객관적 파악에 의한 과학적 사상을 가지고 충격한 것이다.
> 그러므로 과학적 문예학은 리얼리즘을 현대 유물론에 의하여 승인되는 유일의 정당한 문학적 방법이라고 선언하는 것이다.[193]

그런데 임화는 세계관의 규정성을 강조하면서도 예술적 실천이 그릇된 세계관에 대하여 승리할 수 있는 원천으로서 "협소한 자의식과 하등 관계없이 현실이 발전해 가는 역사적 대도를 조명하려는 작가의 고매한

---

191) 위의 글, 55쪽.
192) 위의 글, 55쪽.
193) 위의 글, 56쪽.

정신"을 강조하고 있는데[194] 이것은 루카치가 되풀이하여 말한 "자신의 확고한 신념이 현실의 객관적 변증법 속에서 무화되는 것을 조금도 개의하지 않는 위대한 예술가의 정직성"[195]과 같은 것이다. 임화는 이 '고매한 정신'을 "현실 중에 침잠하여 오직 현실 그것의 본질을 추구하는 정열"[196]이라든지, "제 주관에 구애되지 않고 현실을 탐구하여 현실 그 것의 구조로 작품을 구조하고 현실에서 체험당하는 작가 주체의 시련의 정열"[197]이라고도 부른다. 물론 이 '정열'만으로 현실의 본질이 드러나는 것이 아님은 말할 필요도 없다. 이 '정열'에는 반드시 과학을 동반해야 하는 것이다. 왜냐하면 "과학은 작가의 현실 파악을 지도·원조하고 진보적 의식의 활동은 인식되는 현실을 일층 생생한 예술로 장식하기 때문이다. 그러므로 작가가 과학을 학습한다는 것은 자기 재건의 길인 동시에 예술적 완성에의 유력한 보장"이 된다. 이렇게 과학으로 무장한, "현실에 침잠하여 그것을 추구하는 정열은 급기야 현실의 奧處에 이르러 사회적 대립의 장렬한 본질과 조우할" 수 있게 되는 것이다.[198]

그런데 여기서 리얼리즘의 승리에 대한 임화의 해석을 다른 것과 비교하여 보기로 하자. 임화나 루카치와 같이 이 승리를 세계관에 대한 리얼리즘의 승리로 해석하는 것에 대립하여 많은 연구자들이 세계관 내부의 모순이라는 관점에서 파악하고 있다.[199] 이들은 엥겔스의 발자크론

---

194) 「사실주의의 재인식」, 78쪽.
195) G. Lukács, "Marx and Engels on Aesthetics," *Writer and Critic*, London, Merlin Press, 1978, p.84.
196) 「주체의 재건과 문학의 세계」, 64쪽.
197) 「현대문학의 정신적 기축」(1938. 3), 『문학의 논리』, 117쪽.
198) 「주체의 재건과 문학의 세계」, 65쪽.
199) M. S. 까간, 진중권 역, 『미학강의 II』, 새길, 1991, 49-51쪽. ; E. 욘, 임홍배 역, 「마르크스-레닌주의 미학 입문」, 사계절, 1989, 53-4쪽. ; 임홍배, 「사회주의적 현실주의 성립기의 쟁점들」, 『창작과 비평』, 1988년 여름, 211-3쪽. ; 김

을, 이것과는 다른 문제를 다루고 있는 레닌의 톨스토이론과 동일한 것
으로 읽으려고 한다. 그러나 전자가 발자크가 반동적인 세계관을 지니
고 있는데도 그것에 반하여 현실을 올바르게 그린 것을 기리고 있다면,
레닌은 톨스토이의 "세계관의 내적 모순성"이 그의 "창작물에 반영되었
다는 사실"을 전제한 위에서 논의를 진행시키고 있는 것이다.[200] 그런데
엥겔스의 발언을 '세계관의 내적 모순'이라는 관점으로 해석하면서 세계
관과 방법 사이의 모순을 부인하는 것은 1930년대의 누시노프[201]와 꼭
마찬가지로 창작 방법을 세계관에 완전히 종속시킴으로써 엥겔스의 문
제의식을 올바르게 해명하지 못할뿐더러 궁극적으로는 '리얼리즘의 승
리'라는 명제를 부인하게 되는 결과에 이르게 만다.

> 세계관 내의 모순이란 일반적인 현상이라 할 수 있다. 그리하여 발자크
> 나 톨스토이 등을 특징짓는 모순이란 세계관과 방법 사이의 모순이 아니
> 라 세계관 내 모순의 방법으로의 특수한 적용으로 보아야 한다. 따라서
> 작품상의 '현실주의 승리'는 작가의 세계관과 무관하게 성취된 것이 아니
> 라 그의 방법을 주요하게 구성하는 세계관의 요소들, 즉 여기에는 반동적
> 인 정치적 견해에 모순되는 현실의 객관적 합법칙성을 반영하는 그러한
> 세계관의 요소들이 관철된 것이다.[202]

어떤 세계관도 모순을 지니고 있으며, 방법의 세계관과의 관련성 역

영룡, 「사회주의 현실주의 논의의 역사적 전개에 관한 일고찰」, 문학 예술연구
　　소편, 『현실주의 연구 Ⅰ』, 제3문학사, 24쪽. ; 김수영, 「예술방법과 사회주의
　　현실주의」, 위의 책, 45-6쪽.
200) 까간, 앞의 책, 49-50쪽.
201) 누시노프, 「세계관과 방법의 문제의 검토」, 로젠타리 외, 홍면식 역, 『창작 방법
　　론』, 문경사, 1949.
202) 김수영, 앞의 글, 45쪽.

시 분명한 사실이다. 그런데 중요한 문제는 '반동적인 정치적 견해에 모순되는 현실의 객관적 합법칙성을 반영하는 그러한 세계관의 요소들이' 어떻게 해서 그 '반동적인 견해'를 물리치고 '관철'될 수 있었는가 하는 점을 설명하는 일이다. 그러므로 이 문제를 올바르게 해명하기 위해서는 두 경향을 종합하는 일이 필요하다. 즉 누시노프 등이 주장하는 세계관 내부의 모순이라는 관점을 당연한 것으로 전제하고 루카치 등이 내세우는 세계관에 대한 방법의 상대적 자율성이라는 것을 수용해야 한다는 것이다.203) 이렇게 해석하게 되면 비판적 리얼리즘과 사회주의 리얼리즘 모두에게 리얼리즘의 승리라는 명제를 적용할 수 있게 된다.

본론으로 돌아와서, 임화는 주체 재건의 방법으로서 제출한 리얼리즘의 성격을 다음과 같이 요약한다.

> 즉 리얼리즘은 생활적 실천을 작가에게 매개하는 예술적 실천의 하나임에 그치는 것이 아니라, 적극적으로 작가를 좋은 생활로 인도하는 데 높은 사상적 의의가 있다.
> 리얼리즘은 와해된 주체를 객관적 현실의 양양한 파악으로 끌어가고 확립된 세계관은 생활적, 예술적 실천에로 작가를 인도하여 작가는 실천을 통하여 자기의 세계관을 혈육으로써 주체화시키는 것이다.204)

(4) 현실의 의의에 대한 탐구

그러니까 이제 주체 재건에서 가장 중요한 것은 "현실의 가치를 재인식"하는 일이다.205) 그러므로 「주체의 재건과 문학의 세계」(1937. 11)에

---

203) 물론 이것과 함께 이 방법의 승리를 가능하게 해 주는 바탕으로서 현실 속의 진보적인 세력ㅡ발자크 시대의 경우, 상승하는 계급인 부르주아ㅡ과 그들의 실천을 전제해야 한다. 이것에 대해서는 뒤에서 언급할 것이다.
204) 「주체의 재건과 문학의 세계」, 56-7쪽.

서 주체를 재건하는 방법에 대하여 모색한 결과 현실을 올바르게 인식하는 데서 출발해야 한다는 점을 확인하고, 그 다음 「현대문학의 정신적 기축」(1938. 3)에서 그 부제를 '주체의 재건과 현실의 의의'라고 한 것에서 알 수 있듯이 '현실의 의의'를 검토한 것은 문제를 풀기 위한 필수적인 절차였다고 할 수 있다.206) 이와 같은 논의의 과정을 살펴보면 임화가 이 주체 재건의 문제를 얼마나 중요한 것으로 생각하고, 또 그것에 논리적으로 대처하고 있었는지를 알 수 있다.

그러면 임화가 설명하는 '현실의 의의'를 정리해 보자.

사람은 현실과 실천적으로 관계를 맺음으로써 그것을 인식한다. "바로 '나'와 환경과의 熱火가 피는 갈등 속"에서 이루어는 실천만이 "현실을 아는 유일한 길"이기 때문이다.207) "현실을 지배하느냐, 현실에서 지배되느냐를 결정하는 실천, 이 실천의 과정을 통하여 사람은 현실에 적합한 견해를 살리고 배치되는 견해를 죽여 또한 현실에 배치되는 견해를 대신하여 아직 모르는 현실의 적합한 견해가 새로 형성되는 것이다."208) 이러한 과정을 거쳐서야 현실의 필연성에 근거한 자유를 누리는 일, 다시 말하면 현실을 지배하는 일이 가능하다. 따라서 이러한 자유를

---

205) 「현대문학의 정신적 기축」(1938. 3), 『문학의 논리』, 117쪽.
206) 글이 발표된 차례―「사실주의 재인식」(1937. 10), 「주체의 재건과 문학의 세계」(1937. 11), 「유치진론」(1938. 3), 「현대문학의 정신적 기축」(1938. 3), 그런데 뒤의 두 글은 같은 문제를 다루고 있다―야말로 주체 재건의 절차이기도 하다. 그런데 『문학의 논리』를 보면 첫째와 둘째 글의 순서를 바꾸어 놓았는데, 마땅히 원래 발표된 대로 고쳐 놓아야 글의 의도를 살리는 배열이 된다.
　　「휴머니즘 논쟁의 총결산」(1938. 4)도 휴머니즘론의 주관주의적인 성격을 비판하고, 진정한 휴머니즘이야말로 리얼리즘을 통해서 실현된다고 하면서 '현실의 의의'를 강조하고 있는 중요한 글이지만, 여기서는 논의의 대상으로 삼지 않고, 휴머니즘론에 대한 임화의 비판을 다룰 때 검토하기로 한다.
207) 「유치진론」(1938. 4), 『문학의 논리』, 549쪽.
208) 「현대문학의 정신적 기축」, 116쪽.

행사하기 위해서 주체는 현실을 "시련의 장소"로 삼아야 한다.[209] 그런데 이러한 설명은 문학 작품의 세계에도 똑같이 적용될 수 있다. "왜냐하면 그런 작품은 우리의 생의 과정 그것의 반영이며 주인공의 정열은 우리 자신의 정열의 재현이기 때문이다." 임화는 주체와 현실의 관계를 문학이 처리하는 방법을, "성격의 입장에서 현실을 전개하는 것이 아니라 현실 가운데서 성격의 발전을" 그리는 것[210]이라고 요약하면서 다음과 같이 그것을 부연하고 있다.

> 문학에 있어 이 방법은 제 주관에 구애되지 않고 현실을 탐구하여 현실 그것의 구조로 작품을 구조하고 현실에서 체험당하는 작가 주체의 시련의 정열로 작품의 정신을 삼는 그러한 방법이다.
> 우리는 한 사람의 주인공이 어떠한 인물일지라도 작가가 미리 그 인물의 운명을 부여하지 않고 그 인물이 부단히 체험하는 현실과의 상관 속에 제 운명이 만들어지는 그런 작품을 인간적, 예술적 리얼리티를 가진 작품이라 한다.
> 리얼리티란 결코 하나의 죽은 언어가 아니다. 개인과 현실과의 항쟁의 진실성! 고조된 열도 속에 만들어지는 인간적 운명의 박진성, 그것을 리얼리티라 부른다.
> 예를 들면 우리가 우리와 같은 인물을 가정하여 그 인물이 오늘의 현실 가운데 무엇을 체험하고 그 체험은 그 인물의 성격을 어떻게 개조하며 전체로서 그의 운명은 어떻게 결정되는가를 표시하는 것이 바로 우리가 주체를 문학적으로 처리하는 방법일 뿐 아니라 현실을 주체적으로 이해하는 방법이다.[211]

---

209) 위의 글, 117쪽.
210) 위의 글, 118쪽.
211) 위의 글, 117-8쪽.

이 시기를 전후하여 발표된 일련의 소설론에서 소설을 논의하는 기준
으로 제시된 "성격과 환경과의 하모니"[212]라는 명제를 구체적으로 설명
하고 있다. 이제 현실은 "단순히 묘사의 대상"이 아니고, "주체의 성질을
분석하는 시금석이고 성격의 운명을 결정하는 객체"[213]라고 하는 막중
한 의미를 지니게 되었다. "자기의 약함에 대한 의식이 아직 죽음의 절
망이 아닌 것을 시험할 장소는" "오직, '회한'에 의해서도 '신'에 의해서도
구원되지 못한 비극적 자기가 서 있는 세계, 우리를 무력하고 약하게 만
든 그 장소가 있을 뿐"[214]이기 때문이다. 그러므로 "오늘날의 현실 가운
데 문학한다는 것은 현실의 빈곤이 낳은 하나의 인간적 비극"이지만 이
것을 피하는 것은 "더욱더 큰 문학적 비극을 낳"기 때문에 "현실과 死를
賭하여 맞붙는" 기백이 필요하다고 주장하는 것이다.

> 그것(인간적 비극을 문학의 원천으로 만드는 일 – 인용자)은 우리가 우
> 리 자신의 능력을 맹신함에서가 아니라, 다시 한번 현실 앞에 직면하여
> 현실이란 망령의 비밀을 종국적으로 붙잡을 때까지 현실과 사를 도하여
> 맞붙는 데서만 가능한 것이다.[215]

그러나 이러한 비장한 각오를 표명하고 있지만 '현실의 의의'에 대한
설명이 당대의 식민지 현실에 대한 것이 아니라 일반적인 현실에 머무
르고 있어서 추상적이라는 느낌을 준다. 이러한 추상성은, 「유치진론」
(1938. 3)이나 「현대문학의 정신적 기축」(1938. 3)보다 후에 발표된 「사

---

212) 「세태소설론」(1938. 4), 『문학의 논리』, 348쪽. 참고로 「한설야론」(1938. 2)에
　　서부터 이 명제가 의식적으로 적용되고 있다.
213) 「현대문학의 정신적 기축」, 118쪽.
214) 위의 글, 108쪽.
215) 「유치진론」, 552쪽.

실의 재인식」(1938. 8)도 적어도 형식 논리로서는 앞의 글들과 같은 내용을 주장하고 있지만 그 내포가 완전히 다르다는 사실에서도 드러난다.

「사실의 재인식」이 '사실과의 길항'이라든가 '시련의 정신'을 주장한다는 점에서는 앞에 이름을 든 글들과 다르지 않다. 그러나 그것은 기정의 사실을 긍정한다는 전제를 둔 것이어서 지금까지 강조해 온 현실에 대한 부정 정신과는 분명히 다른 차원에 있다.

> 사실을 자유롭게 요리하고 요리된 사실을 제 의도에 따라 재구성하는 데서만 문화는 비로소 찬연한 창조적 성격을 취득하는 것이다. 그러므로 현재에 있어 모든 문화 앞에 제출된 공통의 과제는 사실을 요리하는 방법을 어떻게 발견할 수 있느냐 하는 것이다. 그러나 이러한 방법은 스스로 추상 속에서 발견되는 것이 아니라 벌써 우리들의 지성적인 것이 그 파악의 능력을 상실한 새 사실의 구조를 그 사실에 즉해서 알아내는 데서만 가능하다.216)

여기서 임화가 제안하는 것이 "기정사실의 인정"이다. 이 '기정사실' 혹은 '새 사실'은 "이태리의 이디오피아 점령"217)과 같은 파시즘 체제의 강화라는 정치적인 사실을 뜻하는 것이다. 물론 이 '기정사실의 인정'론을 그 자체만으로 비판하는 것은 그야말로 비현실주의적인 태도이다. 리얼리즘이 객관적 현실 속에서 그 모순을 극복하는 정신을 의미하는 것이라면 가장 먼저 현실의 모순을 정확히 파악하는 것에서 시작해야 하기 때문이다. 그러나 이러한 태도가 "새로운 사실 가운데 있는 새로운 문화 정신의" 가능성을 타진하는 것으로 나타날 때, '시련의 정신'이라든

---

216) 「사실의 재인식」(1938. 8), 『문학의 논리』, 128쪽.
217) 위의 글, 130쪽.

가 '사실과의 길항'이라는 말은 그 참다운 의미를 잃을 수밖에 없다.

> 그러기 위하여는 우리가 실천적으로나 문학적으로나 사실과의 길항 가운데로 들어가지 않을 수 없다.
> 우리의 육체적 또는 정신적 強味가 얼마나 되느냐는 것을 시험하는 것도 이것이며, 또한 새로운 사실의 논리, 새로운 사실 가운데 있는 새로운 문학 정신의 발견으로 낡은 우리의 문화를 수정하고 신선하게 고쳐가는 길도 또한 이 길뿐이기 때문이다.218)

임화는, 리얼리즘을 재인식하고 주체 재건의 방법을 모색하고 있을 때를 전후로 하여 나온 소설에서 "누구에게나 생활에 대한 확신이 없고 명일에 대하여 우연을 기다리는 외엔 절망밖에 갖지 않은 시대, 방황하는 시대의 인간 정신의 표현"219)을 읽었다. 또 소설론에서 "좌우간 세태 소설 내지는 세태적인 문학의 성행은 무력한 시대의 한 특색"220)임을 지적하면서 "의연히 조선에선 고전적 의미의 소설 양식의 완성이란 것이 당면의 숙제"221)라면서도 얼마 후에 자신의 대안이 추상적임을 인정하면서 "창작의 무력을 이야기하면서 결과로는 어느 틈에 나 자신의 무력을 피력하고 있었다"는 고백을 하고 있는 것이다.222) 결국 주체 재건의 실패를 자인하고 있는 셈이다.

그런데 이러한 결과를 임화의 잘못으로만 돌리는 것은 온당치 않다. 그러니까 중일 전쟁 이후 민족 해방운동이 지하로 잠적한 것에서 보듯

---

218) 위의 글, 131쪽.
219) 「방황하는 문학정신 ─ 정축문단의 회고」(1937. 12), 『문학의 논리』, 242쪽.
220) 「세태소설론」(1938. 4), 『문학의 논리』, 364쪽.
221) 「본격소설론」(1938. 5), 『문학의 논리』, 386쪽.
222) 「사실의 재인식」, 121쪽.

이 현실 속의 진보적인 움직임이 점차 혹독해지는 식민지 파시즘 체제의 탄압 때문에 그 활력을 잃어 가고 있었던 사정이 주체 재건의 가능성을 막고 있었다는 사실을 감안하지 않으면 안 되는 것이다. 실상 그도 '리얼리즘의 승리'를 이루기 위한, 다시 말하면 주체 재건의 성공을 보장할 수 있는 전제 조건으로서, 새로운 세계를 지향하고 그것을 실천하는 집단이 존재해야 한다는 점을 알고 있었다. 이것을 보여 주는 글이 '현실의 의의'를 강조하던 때 나온 「의도와 작품의 낙차와, 비평 — 특히 비평의 기능을 중심으로 한 감상」(1938. 4)[223]이다. '리얼리즘의 승리'가 어떻게 가능한가를 규명하고 있는 이 글은 그 동안 그 중요성에 비추어 보아 이외라고 생각될 정도로 전혀 주목받지 못했는데,[224] 엥겔스의 명제를 해명하여 주체를 재건하는 데 차지하는 현실의 결정적인 의의를 확인하고 있는데, 주체 재건에 대한 모색이 실패하게 되는 궁극적인 이유와, 이후의 임화 문학론의 변모의 계기를 읽게 해 주는 매우 중요한 글이다.

임화는 엥겔스의 명제를 "예술가의 의도에 반하여……라는 말"로 정리한다. 이 의도하지 않았던 결과가 작품에 나타난 것을 "잉여물"[225]이라 하고 이러한 것이 생기는 이유를 설명한다. 작가의 의도는 작품에서 작가가 표현하려는 관념인데 여기에는 지성이 작용한다. 그러나 창작과정에는 지성만이 아니라 대상과 직접적으로 마주치는 감성도 작용한

---

223) 참고로 이것은 『문학의 논리』에 실린 때의 제목이고, 원래는 「작가와 문학과 잉여의 세계」(『비판』, 1938. 4)이다.

224) 예를 들어 신두원, 앞의 글은 임화의 리얼리즘론의 핵심이 주체 재건론이라고 하여 '주체 재건과 예술적 실천'이라는 항목을 설정하고 있으면서도 이 글을 거론하고 있지 않다.

225) 「의도와 작품의 낙차와, 비평」(1938. 4), 『문학의 논리』, 705쪽.

다. "문학이란 감성적 형상을 빌지 않으면 안 되는 지적 활동의 영역일 뿐 아니라, 오히려 감성적 세계 가운데 지성은 자기를 용해함으로써 형성되는 독자의 세계인 것이다."[226] 그러니까 잉여물은 다른 말로 하면 "작가의 지성과 감성의 차이"인 셈이다. 그런데 이 둘은, 대상과의 관계라는 측면에서 보면 "지성이 간접적인 대신 감성은 곧 직접적이라, 감성은 직관 작용이고 지성은 사유 작용"[227]이라는 차이가 있는데 결국 감성은 지성의 근원일 뿐만 아니라 그것을 발전시키고 풍부하게 하는 활력소가 된다. 이와 같이 감성이 지성에 대하여 적극적인 역할을 할 수 있는 이유는 시간적인 차이가 있기 때문인데 "즉 감성계는 언제나 보다 더 새로운 데도 불구하고 지성계는 언제나 보다 더 낡"다. "그러므로 창작 과정 가운데 나타나는 양자의 갈등은 시간적 대립, 新과 舊의 충돌"[228]이고, 다른 말로 하면 낡은 세계와 새로운 그것의 대립이다. 그러므로 작품에 나타난 잉여물은 지성이 인식하지 못한 새로운 세계라고 할 수 있다.

결국 위대한 리얼리스트의 작품에서 볼 수 있는 잉여의 세계는 "작가의 직관 작용을 초래한 현실이 스스로 만들어 낸 질서"인 것이다.[229] 그러니까 낡은 세계를 지양할 수 있는 가능성이 현실에 존재해야만 낡은 세계에 바탕을 둔 세계관 - 이 글의 용어대로 하면 지성 - 에 대하여 리얼리즘이 승리할 수 있는 것이다.[230]

---

226) 위의 글, 706쪽.
227) 위의 글, 707쪽.
228) 위의 글, 710쪽.
229) 위의 글, 713쪽.
230) 이러한 인식과 관련하여, 참다운 리얼리즘 자체가 "현실의 발전이 결과하는 지점이 자기(작가 - 인용자)의 사상의 논리적 결과와 일치되리라는 예상에서 비로소 가능하게 되"는 "현실의 발전에 대한, 역사적 장래에 대한 일종의 낙천적 태도"

그런데 이런 중요한 사실이야말로 임화의 주체 재건론의 실패를 설명해 주는 결정적인 요인을 이룬다. 임화는 주체 재건의 길을 설명하면서 그 전제로 생활 실천을 통하여 주체를 재건하는 일이 불가능한 상황을 내세웠다. 그래서 모색한 것이 작가의 생활 실천과 세계관을 매개하는 예술적 실천이라는 개념이다. 그런데 매개라는 말을 바르게 해석한다면 생활적 실천-이것을 꼭 작가 개인의 실천으로 좁게 해석하기보다는 진보적인 집단의 그것으로 보는 것이 좋을 것이다-이 불가능할 때 참다운 예술적 실천도 역시 가능하지 않다고 해야 옳다. 다시 말하면 주체 재건이 불가능하게 되는 것이다.

이러한 자각이 원래 매개적인 범주로 설정하였던 예술적 실천을 독립적인 범주로 만들고, 생활 실천을 가능한 것으로 하기 위해 위에서 지적한 대로 '현실'을 병참기지로 되어 버린, 탄압이 극에 달한 식민지 현실이라기보다는, 그 속에서 주체의 작용이 가능한 추상된 현실 일반으로 바꾸어 버렸다고 할 수 있다. 그러나 이러한 논리의 곡예로 참다운 주체 재건이 이루어지지 않는다는 것은 말할 필요도 없을 것이다. 따라서 그것이 가능하다고 하는 것은 주관적인 위안에 지나지 않는다.

결론적으로 주체 재건의 실패는 물론 식민지 체제의 강대한 힘에 그 결정적인 원인이 있지만[231] 한편으로는 현실을 현실주의적으로 인식하

가 없이는 성립할 수 없다는 주장은 「생활의 발견」(1940. 1), 『문학의 논리』, 332-4쪽을 볼 것(직접 인용은 333쪽).

231) 그러므로 해방 후에 "환경과 주인공의 괴리, 혹은 묘사와 표현의 분리"(「조선소설에 관한 보고」, 조선문학가동맹, 『건설기의 조선문학』, 1946, 61쪽)를 극복하여 통일해야 한다면서 다음과 같이 주장한 것은 정당한 견해라고 생각한다.
"그것은 물론 문학 자체로서는 불가능하다는 사실을 체험한 일이요, 동시에 명약관화의 일이었다. 결국 새로운 현실의 전개만이 이것의 가능성을 창조해 낼 것이다."(62쪽)
또 이 문제에 대한 해결책으로 민중 연대성을 강조하고 있는 「문학의 인민적 기

지 못한 데도 그 책임의 일부가 있다는 점도 부인할 수는 없다.

그런데 이 글에서 또 하나 주목해야 할 것은 임화가 감성의 무의식적인 작용을 강조하고 있다는 점이다. 예컨대, "잉여의 영역이란 작가의 의도에 반하는 것이며, 의도의 의식성에 비하여 그것은 무의식성을 띄운다"[232]든지, "단지 그것(잉여의 세계 – 인용자)이 작가가 의도하려는 질서와 다른 점은 후자가 작가에 의해 의식되지 않았다"[233]고 하는 것이다. 이것은, 호의적으로 해석하면, 첫째로 리얼리즘이 그릇된 세계관에 대하여 승리하고, 주체를 재건하는 데 새로운 세계의 중요성을 설명하고, 또 비평가가 의식되지 않은 잉여의 세계를 발견하여 작가에게 창조의 지반을 마련해 주는 비평의 지도적 기능을 강조하기 위한 전략일 수도 있다. 그러나 지성과 감성을 대립시켜 놓고 후자에게만 긍정적인 역할을 부여한 것은 무엇보다도 '리얼리즘의 승리'를 말하면서 "협소한 자의식과 하등의 관계없이 현실이 발전해 가는 역사적 대도를 조명하려는 작가의 고매한 정신"[234]을 내세웠던 사실과 견주어 보면, 그가 경계했던 관조주의를 드러낸 것이라 해석할 수밖에 없다. 지성이든 감성이든 간에 인간의 인식 활동은 대상과 능동적으로 관계를 맺고, 목적 의식적으로 그것의 본질과 합법칙성을 탐구하는 것이다. 이러한 관계와 의식적인 목표를 결여할 때 인식 활동은 그가 비판하여 마지않았던 수동적인 관조에 지나지 않게 되는 것이다. 앞에서 얘기한 것처럼 그가 이 시기에 강조했

초」(『중앙신문』, 1945. 12. 6-14)도 볼 것. 참고로, 주관주의와 객관주의의 편향이라는 딜레마를 해결하는 길로서 민중 연대성을 주장하는 루카치, 『역사소설론』(이영욱 역, 거름, 1987, 368쪽)도 참조할 것.

232) 「의도와 작품의 낙차와, 비평」, 711쪽.
233) 위의 글, 713쪽.
234) 「사실주의의 재인식」, 『문학의 논리』, 78쪽.

던 '현실의 의의'가 추상적인 인상을 주는 것은 이러한 태도와도 밀접한 관계가 있을 것이다. 1938년 말에 가면 분명하게 드러나는 현실에 대한 유보적인 태도는 지성과 대립되는 감성의 무의식적인 작용을 강조한 당연한 결과인 셈이다. 즉 이 글의 주장을 그대로 따라가면 감성은 주체가 의도하지도 않았는데 무의식적으로 파시즘 체제를 '새 세계'로 인정하도록 지성에게 압력을 가하는 것이다.

그러나 이렇게 패배적인 결말을 드러내고 있지만 리얼리즘을 높은 수준에서 재인식하여 당시의 편향을 올바르게 극복하려고 했고, 주체를 재건하는 문제를 '리얼리즘의 승리'와 연관하여 끈질기게 풀어 나가면서, 추상적이라는 점에서 그 결정적인 한계를 드러내고 말았지만 '현실의 의의'를 강조한 것은 오늘에도 여전히 유효한 의의 있는 업적이라고 할 것이다.

3) 주체 재건 논쟁 - 고발문학론 비판

김남천의 고발문학론은 바로 앞에서 보았던 임화의 논의처럼 사회주의 리얼리즘을 구체화하고 주체를 재건하기 위한 의도로서 개진된 것이었다. 이것은 두 사람이 당시의 문학적 현실에 대해서 서로 비슷한 진단을 내리고 있다는 사실을 말해 주는 것이다. 그러나 이 진단에 대한 처방은 상당히 다르다. 그래서 그들은 상대방의 관점을 참고하고 비판하면서 자신의 주장을 좀더 분명한 형태로 정리할 수 있었다. 고발문학론을 따로 항목화하여 검토의 대상으로 삼은 것은 바로 이 때문이다. 즉 사회주의 리얼리즘과 주체 재건에 대한 임화의 논의 수준을 가늠하는 좋은 방법의 하나가 김남천의 그것과 견주어 보는 일이기 때문이다. 그

런데 이것은 임화의 관점에 서면 고발문학론에 대한 비판이지만, 임화
와 김남천 둘의 관점을 존중하면 주체 재건의 방법을 둘러싼 논쟁이기
도 하다. 이 항목의 제목을 '주체 재건 논쟁'이라 한 이유는 바로 이 때
문이다.

　이 논쟁의 경과를 그들이 발표한 글의 차례를 가지고 말하면 다음과
같다. (1) 김남천-「고발의 정신과 작가」(1937. 6), 「창작 방법의 신국
면」(1937. 7), (2) 임화-「사실주의의 재인식」(1937. 10), 「주체의 재건
과 문학의 세계」(1937. 11), (3) 김남천-「유다적인 것과 문학」(1937.
12), 「자기 분열의 초극」(1938. 2), (4) 임화-「현대문학의 정신적 기축」
(1938. 3), (5) 김남천-「일신상의 진리와 모랄」(1938. 4). 이 논쟁을 검
토하는 데도 이 차례를 따라가기로 한다.

　(1)에서 제출된 고발문학론은 '「물」 논쟁'에서 연원한다. 김남천이 임
화와 논쟁하면서 내세운 것은 "작품을 결정하는 것은 작가이며 작가를
결정하는 것은 어떤 혹자의 이론보다도 그 당자의 실천"[235]이라는 명제
였다. 즉 작품을 작가 개인과 관련시켜 설명하는 방식을 택한 것이다.
이것이 "자기 자신을 격파하려는 정신"[236]으로 발전하고, 이것을 척도로
하여 『고향』의 주인공 김희준의 형상화를 검토하여 성과를 내놓기도 한
다.[237] 고발문학론은 고발의 대상을 현실로 확대함으로써 성립했다.

---

235) 김남천, 「임화에게 주는 나의 항의」, 『조선일보』, 1933. 8. 1.
236) 김남천, 「창작과정에 대한 감상」, 『조선일보』, 1935. 5. 19.
237) 김남천, 「지식계급 전형의 창조와 『고향』 주인공에 대한 감상-이기영 『고향』
　　의 일면적 검토」, 『조선일보』, 1935. 6. 28-7. 2.
　　　참고로 임화는 1935년의 문학 활동을 개관하는 글에서 위의 김남천의 비평을
　　다음과 같이 높이 평가했다.
　　　"다음에 이론적 비평적 활동인데 비평으로서 김남천 씨의, 『고향』에 대한 실로
　　드물게 볼 우수한 평문 일 개 외에 기억할 것이 없고 창작 방법 문제를 중심으
　　로 한 안함광, 김두용, 한효 등 제씨에 의하여 싸워진 논쟁이 가장 주목을 끌고

이것(자기고발－인용자)은 작품의 테마를 우리의 주위에서 취하여 올 때에만 가능한 것이다. 작자 자신과 육체적 연관성을 가진 작중인물을 설정할 때에만 이 기준이 유용할 것이다. 단마디로 말하면 그것은 이 땅의 리얼리즘 문학을 이끌고 나가기에는 너무 협착하였다는 것이다. 리얼리즘 문학은 결코 사소설과 정사하여서는 안 될 것이기 때문이다. 여기에 필자는 지금 이것의 발전으로 고발의 정신을 생각하고자 한다.[238]

지금까지 간략하게 앞 단계의 김남천의 문학론과 고발문학론의 내재적인 관계를 검토했지만, 이것보다 더 중요한 것은 카프의 해산으로 설명할 수 있는 객관적 정세의 악화라는 현실적인 조건에 주체적으로 대응한다는 각도에서 이 문학론의 성격을 규명하는 일이다. 서두에서 말했듯이, 고발문학론을 제출한 목적이 부제－'신창작 이론의 구체화를 위하여'－그대로 사회주의 리얼리즘의 구체화함으로써 "진리라고 믿던 사상적 지주를 생활 속에서 잃어버리고 캄캄한 암야행로에서 우왕좌왕하는" 주체[239]를 재건하기 위한 것이기 때문이다.

김남천이 보기에 카프가 해산되기 이전은 개인이 집단에 종속됨으로써 이론과 실천, 집단과 개인의 일원화가 가능했다.[240] 그러나 이러한 조건이 상실되자 작가는 고립된 자기 자신에게서 "고유의 유약성과 중도

또 우리 문학의 통일적 방향과 관계되는 유일한 것이었음에도 불구하고 나는 정직히 말하면 이러한 논쟁은『고향』에 대한 비평 일편보다도 질에 있어 떨어지지 않는가고 단언하고 싶다."(「조선 문학의 신정세와 현대적 제상」,『조선중앙일보』, 1936. 2. 13.)

238) 김남천, 「고발의 정신과 작가－신창작 이론의 구체화를 위하여」,『조선일보』, 1937. 6. 5.
239) 김남천, 「4월 창작평－프로작가의 과제와 자조문학에 대하여」,『조선일보』, 1937. 4. 11.
240) 김남천, 「비판하는 것과 합리화하는 것－박영희 씨의 문장을 讀함」,『조선중앙일보』, 1936. 7. 26.

반단성"으로 특징지어지는 무력한 소시민을 발견하게 되고[241] 이것이 문학에 반영되어 혼란 상태를 드러냈다. 이와 같이 프로 문학 운동 10년의 과거가 존재하는데도 집단으로부터 소시민이 이탈하는 현상을 보이고 만 것은 사상을 주체화하기 못했기 때문이라는 것이다. 결국 당시의 문학적 위기는 말할 것도 없이 객관적 조건의 변화 때문이지만, 주체의 측면에서 보자면 "우리들이 진리라고 믿던 어떤 철학적 세계관의 한 두개의 추상적 공식이 아니라 그 일체를 완전히 소화하고 체득하"지 못했기 때문에 일어난 것이었다.[242]

김남천은 몇 가지로 나누어 당시의 문학적 위기 현상 또는 그것을 극복한다고 하면서도 구체적인 해결책이 되지 못하고 있는 사정을 진단하고 있다. 첫째로, "인간에의 귀환과 문학에의 귀환"이라고 주장하면서 문단의 주류로 내세운 휴머니즘론은 "집단성의 속박으로부터 자유를 탈환하여 인간으로 돌아"간다는 미명으로 "소시민의 이탈 과정을 자기 표현"한 것일 뿐이고, 따라서 정치성을 배제한 문학주의로서 작가들에게 유용한 지침을 제시할 수 없었다. 둘째로, 비전향축의 리얼리즘 논쟁의 경우도, 이러한 논의에 적극적인 관심을 갖지 못하고 "소박한 사실적 수법"만을 수용한 작가들도 문제지만, 그 "토대를 조선의 작가와 작품과 조선의 문학적 현실에 두지 않"았기 때문에 "이 땅의 작가들을 그 속으로 유도해 내지 못하였다." 이처럼 논쟁이 무원칙하게 진행된 결과로 구체적인 결말을 내지 못하지 오히려 문학주의가 세력을 얻어 "리얼리즘 위에 붙은 소시알리스틱의 개념은 떼어버리고 그대로 평속한 리얼리즘

---

241) 김남천, 「창작 방법의 신국면 – 고발의 문학에 대한 재론」, 『조선일보』, 1937. 7. 14.
242) 김남천, 「창작 방법의 신국면」, 1937. 7. 14.

의 권내에서 안한한 활동을 계속함에 이르"렀다.[243] 셋째로, 이와 같은
사정을 고려한다면, 프로 작가들의 창작이 공통적으로 "사상성의 저하,
비속한 리얼리즘에의 일탈, 시대적 반영의 결여" 현상을 보임으로써 리
얼리즘을 관철하지 못한 것은 당연한 일이라고 할 수 있다.[244]
    고발의 정신은 바로 이러한 상태를 극복하기 위하여 제안된 것이다.

> 이 땅의 사실주의 작가들이 시대에 뒤떨어지지 않고 그와 동시에 혹은
> 앞서서 걸어가기 위하여 그의 기준이 될 것으로, 그리고 신창작 이론이
> 이 땅에 있어서의 구체화의 길로서 고발의 정신을 지시하고자 하는 것이다.
> 일체를 잔인하게 무자비하게 고발하는 정신, 모든 것을 끝까지 추급하
> 고 그곳에서 영위되는 가지각색의 생활을 뿌리째 파서 펼쳐 보이려는 정
> 열! 이것에 의하여 정체되고 퇴영한 프로 문학은 한 개의 유파로서가 아
> 니라 시민문학의 뒤를 낳는 역사적인 존재로서 자신을 추진시킬 수 있을
> 것이다. 이 길을 예술적으로 실천하는 곳에서 문학의 사회적 기능도 다할
> 수 있을 것이다.
> 물론 이것은 리얼리스트의 고유의 정신의 발전에 불과하다.[245]

    그러나 아직은 김남천 자신이 인정하는 바와 같이 "결론으로서 겨우
제의를 봄에 그친" 것이어서 그가 목표로 하는 사회주의 리얼리즘의 구
체화와는 거리가 있다.[246] 그래서 고발문학론을 주장하는 두 번째 글인
「창작 방법의 신국면」에서는 작가의 창작 과정에 초점을 맞추어 관찰함
으로써 위기 현상의 주체적인 요인을 찾아내고 그것을 타개할 방책을
모색한다. 물론 "모든 일탈과 정체의 원인과 근거"가 "객관적 정세의 돌

243) 김남천, 「고발의 정신과 작가」, 1937. 6. 3.
244) 김남천, 「창작 방법의 신국면」, 1937. 7. 11.
245) 김남천, 「고발의 정신과 작가」, 1937. 6. 5.
246) 위의 글.

변"이라는 외부적인 조건에 있다는 점을 부인할 수 없지만, "이것만으로는 '그러면 무엇으로부터 어떻게 착수할까' 하는 문제에 도달하여 있는 우리들 작가를 구체적으로 새 방향에 취하여 개척의 길을 더듬을 용기를 내어 주지 않을 것"이기 때문이다. 김남천이 파악하건대, 프로 작가들이 창작을 하는 과정에서 저지른 과오는 "리얼리스트라고 하면서 사실은 다분히 아이디얼리즘의 침범을 받아왔"다는 사실에 있는데, 그렇게 된 궁극적인 원인은 세계관을 공식적으로 파악한 데 있었다.

그에 따르면 리얼리즘과 아이디얼리즘은 "창작 방법에 있어서 두 개의 기본적인 방향"인데, 이 둘의 "질적, 원리적 차이"는 다음과 같다.

> 한마디로 말하면 리얼리즘은 객관적 현실에 주관을 종속시키려는 창작 태도이고, 아이디얼리즘은 주관적 관념에 의하여 객관적 현실을 재단하려는 태도이다.
> 즉 리얼리즘은 거침없이 객관적 실재의 본질을 묘사하는 것이고 아이디얼리즘은 추상적 주관으로부터 출발하였던가 그렇지 않으면 현실적 소재를 이상화하고 인위적으로 억지로 타입을 창조하던가 현실의 일상 쇄사만을 과장하여 그리는 것이다. 전자는 기성의 선입견에 거침없이 그리고 그러한 선입견이 있어도 그것을 격파하고 철저하게 현실에서부터 출발하는 것이며 후자는 기정된 모종의 관념을 가지고 현실을 그것에 맞도록 들어맞추려 한다. 그러므로 후자는 선입견에 의하여 현실을 왜곡하든가 혹은 전도된 현실을 반영한다. 엥겔스가 하크네스에게 보내는 서한 중에서 "내가 생각하는 리얼리즘은 작자의 견해 여하에 불구하고 나타나는 것입니다" 한 것은 이러한 것을 시사한 것이었다.[247]

위의 인용문에서 엥겔스의 편지 구절을 들고 있거니와, 이 두 개의

---

247) 김남천, 「창작 방법의 신국면」, 1937. 7. 13.

방향 가운데서 리얼리즘의 정당성은 마르크스와 엥겔스가 라쌀레에게 보낸 편지에서 주장한, "쉴러적 방법에 대치되는 셰익스피어적 방법의 우월성"248)에 의해서 증명된다는 점을 내세우고 있다.

결론적으로 그는 사회주의 리얼리즘을 조선적인 현실에 적용시킨 것이 고발 문학이라고 하면서, 고발에 초점이 놓일 수밖에 없는 사정을 소비에트와는 달리 낙관을 허용하지 않는 부정적인 현실 때문이라고 설명하고 있다.249) 김남천은 "시대적 운무를 전형적인 정황과 인물의 설정으로 묘파하고 그의 철저한 모사, 반영을 기도하는 문학은 시대적 운무 그 자체를 고발하는 문학이 되지 않을 수 없다고 하면서, 이러한 리얼리즘의 실천에 의하여 소시민성을 극복하고 "신념상의 사상이 완전히 풀어져서 사색과 감각의 일체를 지배"하는 사상의 주체화를 이룰 수 있다고 생각한 것이다.250)

(2) 임화가 고발 문학을 문제 삼은 것은 김남천이 고발문학론을 제출할 즈음인데, 김남천의 단편소설을 자세하게 논의하면서 리얼리즘의 창

---

248) 위의 글. 참고로 이 명제야말로 주 248)에서 인용된 엥겔스의 것과 함께 고발문학론 이래 김남천 문학론의 뼈대를 이루는 것이다. 그는 이 명제에 대한 자기 나름의 해석을 바탕으로 하여 모랄문학론을 거쳐 관찰문학론에까지 나갈 수 있었는데, 모랄문학론이나 로만개조론 단계에서는 "사상이 뼈다귀 채로가 아니라 활짝 풀어지"는 소설의 세계(김남천, 「세태・풍속 묘사, 기타」, 『비판』, 1938. 5. 117쪽)로, 관찰문학론에서는 주체가 주관을 개입시키지 않아야만 리얼리즘이 가능한 것으로 받아들였던 것이다(김남천, 「발자크 연구 노트(3)―관찰문학소론」, 『인문평론』, 1940. 4. : 김남천, 「발자크 연구 노트(4)―체험적인 것과 관찰적인 것, 續・관찰문학소론」, 『인문평론』, 1940. 5).
    김남천 문학론의 전개 과정에 대해서는 김윤식, 『임화연구』(문학과사상사, 1989) 11장, 채호석, 「김남천 창작 방법론 연구」(서울대 석사논문, 1987)를 볼 것.
249) 김남천이 임화의 낭만주의론을 비판한 것은 근본적으로 그것이 "아이디얼리즘의 일종"이라고 판단했기 때문이지만, 한편으로는 "사회적 사정이 다른 곳에서 정책적으로 연설된 것을 그대로 가져"(김남천, 「창박방법의 신국면」, 1937. 7. 15)옴으로써 추상성을 벗어날 수 없다고 생각했기 때문이기도 하다.
250) 김남천, 「창작 방법의 신국면」, 1937. 14, 15.

작 방법을 모색하고 있는 「작가의 '눈'과 문학의 세계－「남매」의 작자에게 보내는 편지를 대신하여」(1937. 6)가 그것이다.[251] 정확하게 말하면 이글은 고발문학'론'에 대한 비판은 아니지만, 김남천이 자신의 이론에 바탕을 두어 창작을 실천하고 있고, 또 임화가 그 후에 이 문학론을 검토할 때 위 글에서 보인 관점을 그대로 이어받고 있기 때문에 고발문학론에 대한 비판으로 읽어도 문제는 없을 것이다.

임화는 김남천의 소설 「남매」를 검토함으로써 "현실 세계와 문학적 세계상의 매개자로서 작자의 '눈'이 어떤 가치와 의의를 가졌었는가를 밝혀 보"겠다는 목표를 분명하게 제시하였고, 이러한 시도야말로 "한 작가의 문제일 뿐 아니라 우리 자신의 과제이기도 하다"면서[252] 서두의 결론을 맺고 있다. 이것만 보아도, 앞에서 살펴보았던 「사실주의의 재인식」(1937. 10) 등의 의도, 즉 리얼리즘을 바르게 인식하고, 또 그것을 통하여 붕괴된 주체를 재건하는 방도를 찾는다는 기획이 이미 자각적인 형태로 드러나고 있음을 알 수 있다. 따라서 이후에 전개될 고발문학론에 대한 비판의 원형이 담겨 있는 것도 당연한 일이다.

임화는 글의 전체적인 결론으로서 리얼리즘의 실천에서 주객 변증법에 대한 바른 이해가 갖는 막중한 의의를 다음과 같이 역설하고 있다.

> 작자와 더불어 기억하고 싶은 것은 고차의 리얼리즘이 현실과 대립하고 그것과 격투한다는 것은 우리들의 주관적 정신에서가 아니라 현실 그 것을 가지고 대립하고 격투한다는 것을 이해하라는 것이다.
> 우리들의 정신이 고차의 현실을 창조함은 그것이 현실의 집중된 반영

---

251) 임화 자신의 낭만주의론에 대한 비판으로서 이 글이 지니는 가치에 대해서는 앞에서 다루었다.
252) 「작자의 '눈'과 문학의 세계」(1937. 6), 『문학의 논리』. 285쪽.

인 때문이며 현실의 내적 진행력 그것으로 의지화된 때문이다. 그러므로 우리의 정신은 현실로 말미암아서만 의지화된다면 우리의 의지는 영원히 정확한 현실을 요구한다. 이 요구의 실현에서만 우리의 정신은 진정한 정신일 수 있는 것이다.[253]

앞에서도 그 자신의 낭만주의론에 대한 자기비판으로서 이 인용문의 가치를 높이 평가하였는데, 이러한 관점은 리얼리즘에 대한 인식이나 고발문학론의 실천에서 나타나는 주관주의 편향에 대한 비판의 결정적인 척도가 되고 있다. 요컨대 리얼리즘과 주체의 재건에서 핵심적인 것은 현실의 객관적 성격을 정확히 인식하는 일이라는 점을 강조하고 있는 것이다. 「남매」의 경우 작가가 현실을 고발하려는 고매한 정신, 다시 말하면 '현실과 대립하고 격투한다'는 의도를 가졌는데도 그것을 완벽하게 실현하지 못한 것은 현실을 객관적으로 반영하지 못함으로써 주관의 객관화에 실패했기 때문이다. 결과적으로 임화는 작자 김남천뿐 아니라 「남매」의 주인공 김봉근의 주체 재건－후자의 경우 정확히 말하면 주체의 정립－에 실패하고 있다는 점을 암시하고 있다고 할 수 있다.[254]

「사실주의의 재인식」(1937. 10)에서는 김남천의 고발문학론과 그 이론의 실천을 "경향 문학의 소시민성에의 굴복," "바꾸어 말하면 작자가 외

---

253) 위의 글, 308-9쪽.
254) 그런데 김윤식, 『임화 연구』(문학사상사, 1989)는 「남매」에 대한 임화의 평가가 가난을 "고발한 작품이라는 시각에서 나온 것이어서 김남천이 시도한 주체성 재건이라는 관점과는 어긋난 것으로 볼 수 있다."면서 그 증거로서 "임화가 이 작품을 두고 계속해서 '악으로서의 빈궁이 어느 곳에서 원인하였는가의 문제는 충분히 제기되지 않았다'라고 한 것을 들고 있다(343쪽). 물론 「작가의 '눈'과 문학의 세계」에서 주체 재건이라는 말을 명시적으로 하지 않았지만 앞에서 보았듯이 이후의 글에서 주체 재건에서 현실의 의의를 두고두고 강조했다는 점을 고려한다면, 오히려 증거로 인용한 문장이야말로 임화가 주체 재건을 염두에 두고 쓴 것이라고 평가해야 옳다고 생각한다.

적으로만 아니라 내적으로도 일상 사실 위에 머물러 있"어서 '오해된 리
얼리즘'의 두 경향, 즉 객관주의와 주관주의가 공서하는 현상의 전형적
인 예로서 거론하고 있다.[255]

> 소설 「祭退膳」은 인텔리적 양심, 인도적 감정의 허망함을 표현하려고
> 한 작품이나 결과는 의도에 부합지 않았다.
> 왜냐하면 그것을 폭로해 주는 것은 작자의 윤리관도 아니며, 일 기생도
> 아니며, 정히 엄숙한 생활 그것이었음에도 불구하고 작자는 주인공의 환
> 상을 짓밟는 생활의 본질에 대하여 중요한 발언을 회피하였다.
> 이 경향은 「남매」 이후 작자가 빠져 있는 일반적 함정이라고 지적할
> 수 있다. 김씨의 지론인 고발문학론도 역설일지 모르나 관조주의와 주관
> 주의의 접부가 과도히 교묘한 때문에 딜레마 가운데 고민하지 않는가?[256]

여기서도 바로 앞에서 살펴본 「남매」에 대한 비판과 똑같은 얘기를
하고 있음을 볼 수 있다. 즉 생활의 본질, 구체적으로 말하면 아편 중독
자를 만드는 궁극적인 원인을 그려내지 못하고 그 현실의 표면만을 주
목함으로써 지식인의 소시민성도, 개인적인 차원에서 이루어지는 시혜
적인 동정이 갖는 성격도 제대로 보지 못했다는 것이다. 결론적으로 고
발문학론이나 그 이론에 따라 쓴 작품들은 대상을 고발하겠다는 주관적
인 의도를 지니고 있는데도 현상에만 초점을 맞추는 관조적인 태도 때
문에 주관주의와 객관주의의 두 경향이 공존하는 현상을 드러내고 말았
다고 할 수 있다. 이러한 성격에 대해서는 「사실주의의 재인식」 바로
다음에 발표한 「주체의 재건과 문학의 세계」(1937. 11)에서 좀더 구체적

---

255) 「사실주의의 재인식」(1937. 10), 『문학의 논리』, 90-1쪽.
256) 위의 글, 91-2쪽.

으로 검토하고 있다. 이 글은 제목 그대로 「사실주의의 재인식」에서 재인식한 리얼리즘의 실천을 통하여 주체 재건의 길을 모색하고 있는데, 마찬가지의 의도를 가지고 제출된 고발문학론을 본격적인 논의의 대상으로 삼은 것은 당연하고 필요한 절차였다고 할 것이다.

그는 고발문학론이 파시즘 체제가 점차로 강화되어 가는 현실에 바탕하여 '신창작 이론'을 구체화하려고 한 점을 무엇보다도 높이 평가한다.

> 그러므로 이러한 입장(고발의 정신 속에 침투해 있는 관조적인 현실관 – 인용자)이 관조주의와 주관주의를 철저히 비판치 못한 것은 자명한 일이다. 그럼에도 불구하고 고발문학론이 우리에게 느끼게 한 매력은 결코 그 문자의 신선미에 있던 것이 아니고, 어느 이론보다도 한걸음 더 현실에 육박한 점에 있었다.
> 주관주의와 같이 꿈꾸거나 감상하고, 관조주의와 같이 안안히 포복하는 대신 고발하는 정신은 현실과 격투하여 나섰고 우리는 그곳에서 논자의 격렬한 비타협의 정신을 보았다.
> (중략)
> 고발하는 정신은 그 한계에도 불구하고 암담한 현실에 처하여 분명히 작가를 현실의 대해를 유도하는 유력한 동력이 된다.[257]

그런데 임화가 이처럼 고발문학론의 긍정적인 성격을 인정하면서도 동시에 비판을 가하는 것은 이 문학론이 내세운 의도를 제대로 살리지 못하고 있다고 판단했기 때문이다. 첫째로, 임화는 고발문학론이 주관주의적 편향에서 자유롭지 못하다는 점을 비판하고 있다. 즉 고발문학론에서 "창작 과정에의 선입견의 삽입을 극도로 경계했음에도 불구하고 논자 자신의 벌써 한 개의 선입견에서 출발하"고 있고, 더욱이 현실의 부

---

257) 「주체의 재건과 문학의 세계」(1937. 11), 『문학의 논리』, 63-4쪽.

정적인 측면만을 보는 관점, 즉 흑안경을 끼고 있다는 것이다.[258] 물론 이러한 비판이 현실 인식에서 일체의 주관적인 활동을 배제하는 것은 아니다. 그러므로 비판의 핵심은 "김씨가 리얼리즘 가운데 허용한 유일의 주관적인 것이 고발하는 정신이었고, 쇼셜리즘적 의식이 아니었"다는 데 있는 것이다.[259]

따라서 이것은 고발문학론에 대한 둘째의 비판, 즉 객관주의적 편향에 대한 비판으로 이어질 수밖에 없다. 사실은 위에서 본 주관주의적 편향의 궁극적인 원인도 바로 이 객관주의, 혹은 임화의 용어를 따르면 관조주의에 있다고 할 수 있다. "현실이란 암흑 가운데 광명이, 광명 가운데 암흑이 명멸소장하는 모순하는 과정이며 운동 발전하는 것의 대명사"라는 것을 인식하지 못하고, 표면으로 나타나는 부정적인 현상과 현실의 본질을 동일시한 것은 "현실 가운데서 찬양할 누구도 발견치 못한 실천에서 유리된 양심적 지식인의 암담한 기분과 그 기분을 양출한 관조적 현실관이 침투되어 있"기 때문이다. "그러므로 고발문학론은 필연적으로 문학상에서 세계관의 의의를 무시하는 중대한 오류에 접근했던 것이다."[260]

결론적으로 임화는 고발문학론이 구체적이고 타당한 현실 진단에 근거하여 주체 재건의 방법을 모색했다는 점을 높이 샀으나, 위에서 지적한 한계로 말미암아 그 의도를 실현하지 못했다고 평가하고 있다. 지식인을 주인공으로 내세워 자기 고발을 그린 일련의 작품들이, 김남천 자신도 경계해 마지않았던 "자조 문학"[261]의 성격을 드러내고 말았다는 점

---

258) 위의 글, 61-2쪽.
259) 위의 글, 64쪽.
260) 위의 글, 61-4쪽.
261) 김남천, 「4월 창작평 – 프로작가의 과제와 자조 문학에 대하여」, 『조선일보』,

을 생각하면 올바른 평가라 하겠다. 이런 것이야말로 당시의 임화의 리얼리즘에 대한 이해 수준의 높이를 보여 주는 것이다.

(3) 임화의 이러한 비판에 대해 김남천은 "작가는 항상 문제를 주체성에 있어 제출한다는" 명제를 내세운다. 이것이 주체 재건에 대한 김남천의 방법론이다. 여기서 주체성이란 개념을 어떤 문제를 제출할 때 그것을 작가 자신의 절실한 문제로 삼는 것을 말하는 것이다. "작가에게 있어서는 그가 파악하고 있는 세계관이 그대로 개념으로 표명되는 것이 아니라 작가의 주체를 통과한 것으로 표시되"기 때문이다. 그렇다면 구체적으로 논의의 초점이 되는 주체 재건을 말할 때도 소시민 출신으로서 작가 자신의 문제, 다시 말하면 '유다적인 것'을 고발함으로써 재건의 길을 찾을 수밖에 없다고 주장한다. 이 단계에 이르러서는 '고발'문학이 아니라, 대상을 제한한다는 이유로 비판했던 자기 고발로 회귀하고 있음을 알 수 있다.

김남천은 임화가 주체의 재건을 말하면서도 "반드시 한번은 통과하여야 할 작가 자신의 문제, 그러므로 정히 주체되는 자신의 문제를 이미 해명되어 버린 문제처럼" 간주하고 있기 때문에 '문제를 주체성에 있어' 풀지 못하고 있다고 강한 어조로 비판한다.[262] "주체 그 자신의 속에서

1937. 4. 11.

참고로 김남천 자신도 지식인을 주인공으로 내세운 작품의 실패를 인정하고 있다. "이것(양심적 지식인을 형상화하는 문제-인용자)은 그대로 준엄한 자기 고발의 실천이라는 일계열의 작품을 나로 하여금 가지게 하였는데 이렇게 하여서 자기 분열이 초극된 하나의 발랄한 성격을 잡으려던 노력이 드디어 시니칼한 내성 심리에 시종하고 말았다고 보아야 할 것이다. 이리하여 지식인과 소시민의 가운데서 이를 잡아보기에 실패한 나에게는 다른 또 한 계열의 작품을 보게 되었다."(김남천, 「현대조선소설의 이념」, 『조선일보』, 1938. 9. 17)

262) 김남천, 「유다적인 것과 문학-소시민 출신 작가의 최초의 모랄」, 『조선일보』, 1937. 12. 16.

분열과 모순을 발견하려 하지 않"고 "주체 자신의 소시민성"을 그대로
지나쳐 버리는 것은 "허영"이며 "허세"에 지나지 않는다는 것이다. 따라
서 이러한 중대한 문제를 회피한 "마당에서 논의되는 주체와 객관의 문
학적 통일의 문제란 한낱 추상적인 문학적인 유희일 따름"이다.[263]

> 문제는 주체성에 있어서 제출되며 주체의 재건은 작가 자신의 철저한
> 자성, 그러므로 자기 자신 속에 있는 유다적인 것의 적발에서 가능하며,
> 이렇게 해서 시행되는 작가의 자기 개조의 방향이 창작적 실천으로 유도
> 될 때에 소시민 출신 작가의 최초의 모랄은 제기되는 것이며 동시에 사회
> 와 국가와 민족과 계급과 전인류의 문제는 비로소 하나의 정당한 왜곡 없
> 는 프리즘을 통과하게 될 것이다.[264]

요컨대 김남천은 "자기를 과학적 정신으로 무장하기 전 우선 면밀한
신체검사가 요청"된다는 점을 강조하고 있는데, 그것은 "자기 자신에 대
한 속임 없는 신체검사의 과정이 과학적 무장의 과정이 되"기 때문이다.
따라서 이 주장을 따르면 "우리들이 문학적 실천 속에서 범하고 있는 주
관주의나 혹은 관조주의의 극복은 고발의 정신이나 또 그의 일 이론인
작가의 자기 고발의 문학에서 가능"하다.[265] 여기서 주체 재건에 대한
김남천과 임화의 방법이 갖는 차이점을 확연하게 볼 수 있다. 즉, 전자
가 작가 주체의 소시민성 혹은 자기 분열을 적발함으로써, 후자는 주체
가 현실을 시련의 장소로 삼음으로써 재건이 가능하다고 생각한 것이다.
  (4) 임화는 김남천이 제시한 주체 재건의 방법론인 '주체성'론을 정면

---

263) 김남천, 「자기 분열의 초극ー문학에 있어서의 주체와 객체」, 『조선일보』, 1938.
    1. 30.
264) 김남천, 「유다적인 것과 문학」, 1937. 12. 18.
265) 위의 글, 1937. 12. 17, 18.

으로 문제 삼아 그것을 "주체론의 심리적 파악"으로 정리한다. 그리고 김남천이 그에게 "주체 문제를 자기 분열, 내적 상극의 측면에서 파악지 않았다고" 비판한 것이야말로 자신에게는 "하나의 영예"라고 생각한다고 주장한다. 주체론을 심리적으로 파악하는 것은 문제의 해결에 도움을 주지 못하기 때문이다. 그러므로 고발문학론은 김남천이 차별성을 강조했는데도 "보들레르의 아류임을 면할" 수 없다.[266] 물론 임화가 주체의 자기 분열을 부인하는 것은 아니다. 다만 그것을 심리주의적으로 파악하게 되면 그것을 초극하는 것이 불가능하다고 생각했기 때문에 고발문학론의 '주체성'론을 반대한 것이다.

> 그러므로 자기 분열이라는 것을 심리의 결렬이라 생각할 것이 아니라 실상은 분열된 세계, 과도적 이중 세계의 심리적 반영으로 파악하지 않을 수 없다. 다시 말하면 자기 자신 가운데 있는 제 적은 현실 가운데 있는 인간의 적의 일부분임을 이해하는 게 결정적 의의를 갖는다.
> 따라서 자기의 '유다'에 대한 항쟁, 자기 내부의 소시민에 대한 싸움은 실상 자기 가운데 남아 있는 낡은 세계와 낡은 문화 가치와 그 파편에 대한 항쟁이 된다. (중략)
> 의식이란 의식된 존재 이외의 아무것도 아니다. 그러므로 자기 분열의 극복은 결코 내부의 상극, 양심의 가책, 고발의 쾌감으로 달성되는 것이 아니다. 분열된 자기에 대한 자기 분열에의 항쟁, 그것은 한 개의 순환 논리다. 자기 분열의 극복이 통일된 자기의 완성이라면 이 힘은 새 세계의 지성(마르크스주의 세계관을 말한다 – 인용자)으로 자기 내부를 채우는 데 있다.[267]

---

266) 「현대문학의 정신적 기축 – 주체의 재건과 현실의 의의」, 『문학의 논리』, 114쪽. 참고로 김남천은 「자기 분열의 초극」에서 자기 분열의 전형적인 예로 보들레르와 이상을 들고 그들이 "자기 분열의 향락자"(『조선일보』, 1938. 1. 29)였다고 하여 그것을 극복하려는 고발문학론과의 차별성을 강조했다.

앞에서도 보았거니와 임화가 "시련의 세계로서의 현실의 가치를 재인식하고 고조해야 한다"[268]는 점을 강조한 것은 바로 이 '새 세계의 지성'을 주체화하기 위한 방법이기 때문이다.

지금까지 주체 재건 논쟁을 검토했는데, 당대에 임화만큼 김남천의 고발문학론에 대해 깊은 관심을 보인 비평가는 없었다.[269] 이러한 사실만으로도 임화가 사회주의 리얼리즘을 구체화하는 작업에 얼마나 많은 노력을 기울였는지를 알게 해 주기에 충분하다. 그가 '현실의 의의'를 거듭하여 강조했다고 했거니와, 이렇게 당대의 문학적 현실에서 출발하려

267) 「현대문학의 정신적 기축」, 115-6쪽.
268) 위의 글, 117쪽.
269) 참고로 고발문학론을 거론한 사람은 윤규섭(「문단 時語」, 『비판』, 1937. 9. : 「문학의 재인식－창작 방법론의 현실적 국면」, 『조선일보』, 1937. 11. 12), 한효(「창작 방법론의 신방향」, 『동아일보』, 1937. 9. 19-25), 김용제(「고민의 성격과 창조의 정신－자기 고발의 문학적 허약성을 분석함」, 『동아일보』, 1938. 3. 17, 180, 안함광(「조선문학의 현대적 相貌」, 동아일보」, 1938. 3. 19-25. : 「문학의 주장과 실험의 세계－『대하』 작자가 걸어온 길」, 『비판』, 939. 7), 최재서(「현대소설과 주제」, 『문장』, 1939. 7) 등이다. 또 김윤식, 『한국근대문예비평사 연구』, 일지사, 1976, 276-80쪽도 볼 것.
　그런데 김남천의 문학론, 좀더 구체적으로 말하면 고발문학론과 그 이후의 논의에 대한 안함광의 비판을 배타적으로 강조하는 견해(김재용, 「중일전쟁과 카프 해소・비해소파－김남천에 대한 안함광의 비판을 중심으로」, 한국문학연구회, 『1950년대 남북한 문학』, 평민사, 1991)가 있다. 글의 부제에서도 알 수 있는 바와 같이 임화・김남천과 안함광을 대립시킴으로써 지금까지 살펴보았던 김남천에 대한 임화의 비판을 다룰 문제를 결여한 데서 나온 결과이다. 실제로 이 글에서는 이 사실, 즉 임화가 김남천의 문학론에 대해 비판했다는 것을 한마디도 얘기하고 있지 않다. 그러나 이 점을 거론하지 않고 당대 문학론의 전개를 올바르게 평가할 수는 없을 것이다. 이 글이 이러한 측면을 고려하지 못한 것은 카프 해소파, 비해소파라는 도식이 객관적인 인식을 방해한 탓이다.
　참고로 안함광은 임화와 김남천이 문제 삼았던 '주체 재건'에 대하여 "'주체 건립'이란 명제"(안함광, 「조선문학정신 검찰－세계관, 문학, 생활적 현실」, 『조선일보』, 1938. 8. 28)를 내세웠는데, 이것은 과거의 프로 문학에 대한 청산주의적 견해라고 할 수 있다. 이 점에 대해서는 구재진, 「1930년대 안함광 문학론 연구」, 서울대 석사논문, 1992, 47쪽을 볼 것.

는 태도야말로 리얼리즘의 기본적인 요구에 부응하는 것이라고 할 수 있다.

고발문학론에 대한 임화의 관점을 요약하면 다음과 같다. 먼저 그는 고발문학론이 사회주의 리얼리즘을 당대의 현실적 조건에 부합하도록 구체화하려고 한 의도를 높이 평가했다. 그러나 그 의도를 제대로 살리지 못하여 주관주의와 관조주의의 편향을 드러내고 말았다는 점을 지적하고 비판했다. 임화는 현실의 부정적인 측면에 안주하여 숨어 있는 본질을 통찰하지 못한 소극적인 현실관이 이러한 문제를 산출했다고 보았다. 또 주체 재건의 방법론에서도 김남천이 주체의 자기 분열에만 초점을 맞춤으로써 그 분열이 현실의 모순의 반영임을 이해하지 못하여 결과적으로 주체 재건의 열쇠가 되는 현실의 의의를 탐구하지 못하였다는 점을 지적했다.

4) 휴머니즘론 비판

휴머니즘에 대한 임화의 비판을 사회주의 리얼리즘론 항목에서 다루는 것은 임화가 주체 재건의 방법으로서 사회주의 리얼리즘을 모색하면서 주관주의 대표적인 경향의 하나로 휴머니즘론에 주목했기 때문이다. 그러므로 여기서는 임화의 비판을 주로 휴머니즘론의 주관주의적 성격에 초점을 맞추어 살펴보고자 한다. 그런데 제목을 '휴머니즘론 비판'이라고 했는데 정확히 말하면 백철의 휴머니즘론에 대한 비판이다. 물론 임화가 김오성이나 윤규섭의 휴머니즘론에 관해 거론하지 않은 것은 아니나 백철에 대한 언급에 비하면 부분적이어서 큰 의미를 갖지 못한다고 해도 사실에 크게 어긋나지 않는다. 따라서 여기서는 백철의 휴머니즘론에 대한 임화의 평가에 논의를 한정하려고 한다. 임화는 백철이 명시적으로 휴머니즘론을 내세우기 이전부터 그의 우편향적인 성격을 문제 삼아 비판을 계속해 왔다. 그러므로 인간 묘사론으로부터 시작하여 휴머니즘론에 이르기까지 백철 비평의 전개 과정과 그에 대한 임화의 비판을 간단하게 살핀 다음 본격적으로 휴머니즘론을 다루고자 한다. 백철 개인의 비평적인 맥락에서도 이러한 논의들이 서로 연속성을 지닌 측면이 있기 때문이다.[270]

　백철이 인간을 내세우기 시작한 것은 사회주의 리얼리즘이 논의되기 시작한 시기였는데, 그 의도는 이 창작 방법을 구체화한다는 것이었다. 그는 지금까지의 문학이 항상 인간 묘사를 목표로 했다는 것은 지극히 당연한 것이라고 전제한 다음 현대문학의 역사적 성격을 특히 '인간 묘

---

[270] 임화를 비롯하여 백철의 휴머니즘론을 다루는 대부분의 논자들도 이 연속성을 당연한 것으로 전제하여 인간 묘사론 등에 독자적인 가치를 부여하기보다는 휴머니즘론의 앞 단계 정도로 파악하고 있다. 임화(「조선 문화와 신휴머니즘론-논의의 현실적 의의에 관련하여」, 『비판』, 1937. 3. 76-80쪽), 김윤식(『한국근대문예비평사 연구』, 일지사, 1976, 214-33쪽. ; 『임화 연구』, 문학사상사, 1989, 379-80쪽), 오세영(「30년대 휴머니즘 비평과 '생명파'」, 『20세기 한국시 연구』, 새문사, 1989), 하정일(「30년대 후반 휴머니즘 논쟁과 민족문학의 구도」, 이선영 편, 『1930년대 민족문학의 인식』, 한길사, 1990), 김현주(「1930년대 후반 휴머니즘 논쟁 연구」, 연세대 석사논문, 1990), 김영민(『한국문학비평논쟁사』, 한길사, 1992) 등이 그렇다.
　그런데 다음의 논자들은 연속성을 부인하는 것은 아니지만, 인간 묘사론의 독자적인 성격, 즉 사회주의 리얼리즘을 구체화하려는 노력에 주목했다. 권영민(「백철과 인간탐구로서의 문학-1930년대 휴머니즘 문학론 비판」, 『소설문학』, 1983. 8-10. ; 「카프시대의 창작 방법론과 사회주의 리얼리즘의 인식-백철의 경우를 중심으로」, 『한국민족문학론연구』, 민음사, 1988), 최유찬(「1930년대 한국리얼리즘론 연구」, 연세대 박사논문, 1987, 96-106쪽) 등이 그렇다. 특히 권영민, 「카프시대의 창작 방법론과 사회주의 리얼리즘의 인식」은 인간 묘사론이 "창작 방법론으로서의 자체 논리를 제대로 평가받지 못"했다고 하여, "마르크스주의적 이데올로기로부터의 이념적 전향을 주장하고 있는 전향론의 범주로서가 아니라, 창작 방법론의 범주에서 그 성격이 우선적으로 규명되어야 할 것"이라는 점을 강조하고 있다(278-9쪽).

사 시대'라고 규정지어야 한다고 주장한다. 그런데 그는 덧붙이기를 프롤레타리아 문학만이 이 과제를 완수할 수 있다고 했다.[271]

백철이 이러한 주장을 피력하게 된 밑바탕에는 소비에트에서 "사회주의 리얼리즘의 제창 아래서" "산 인간, 즉 구체적 인간을 구상화시키고," 또 독일이나 일본에서 "새로운 현대적 인간의 타입이 창조되고 있다"는 사실이 깔려 있다. 그러나 이론적 측면에서 이 창작 방법의 우월성을 제대로 규명하지는 못했다. 이러한 지적은 서론격에 해당하는 이 글에 너무 많은 것을 요구하는 것인지도 모른다. 그렇지만 당시가 인간 묘사의 시대라는 점을 입증하기 위해서 프루스트와 조이스 등의 "심리주의적 리얼리즘," 즉 "자본주의의 정통 문학"을 또 하나의 근거─다른 하나는 말할 필요도 없이 사회주의 리얼리즘이다─로 삼는 것은, "전면에 있어 진실한 인간을 대상으로 하지 않고 부분적으로 인간을 내부적으로 분석하려고 한"다고 하여 이 '리얼리즘'의 문제점을 지적하고 있는데도, 근본적인 측면에서 문제가 있다는 것을 보여 주는 것이다. 그는 이 심리적 리얼리즘도 인간 묘사에 대해 관심과 주목을 보인다고 하면서 결국 두 계급의 문학이 인간 묘사에 주력한다는 점을 강조하고 있는 것이다.[272] 이것은 앞에서 본 주장, 즉 프로 문학만이 인간 묘사의 과제를 올바르게 풀 수 있다는 것과는 어긋나게 사회주의 리얼리즘과 '자본주의 정통 문학'을 등가적으로 이해하고 있다는 인상을 준다.[273] 설사 이와 같은 인

---

271) 백철, 「인간 묘사 시대」, 『조선일보』, 1933. 8. 31.
272) 위의 글, 1933. 9.1.
273) 그러므로 백철의 「인간 묘사 시대」를 "명백한 연기력의 일종", "곧 카프 비평가라는 점을 일면적으로 내세우면서도, 카프에서 이탈하여 부르주아 예술로 향하는 이중의 방식"으로 읽을 수도 있다(김윤식, 『임화연구』, 380쪽). 그러나 이 글이 '심리주의적 리얼리즘'을 긍정적으로 평가하고 "지향해야 할 길로 천거"했다고 하는 것(최유찬, 앞의 글, 99쪽)은 너무 결과론에 치우친 해석이 아닌가 한

상이 독자의 주관적인 판단이라고 하더라도, 인간 묘사 시대라는 주장의 타당성을 증명하기 위하여 문제가 있다고 파악하는 대상, 즉 '심리주의적 리얼리즘'을 그 근거로 제시하는 것은 논리적으로도 모순되거니와, 논자의 당파성의 결여를 드러내는 것이기도 한 것이다. 이러한 문제점과 함께, 완전히 구별되는 창작 방법에 공통적으로 리얼리즘이라는 용어를 부여함으로써 그것이 갖는 특수한 의미, 즉 객관적 현실의 미적인 반영이라는 성격을 퇴색시켜 버리고 있다는 점도 지적해야 할 것이다.

「인간 묘사 시대」를 바로 뒤이은 「문예 시평; 두 가지의 창작 방법 — 심리적 리얼리즘과 사회적 리얼리즘」(1933. 9. 16)은 사회주의 리얼리즘을 훨씬 구체적으로 이해하고 있다.

> 사회주의적 리얼리즘은 인간을 대상할 때에 결코 그것은 개인적 심리 가운데 고립시키지 않으며 또 사회적 실천에서 격리시키지도 않는다. 사회주의적 리얼리즘은 항상 사적인 개인적 인간이 사회적 인간 가운데 병탄되는 것을 경계하면서 '인간들을 사회적이라는 우위 가운데 계급적 인간과 개인적 인간의 통일 가운데 묘사한다!'(킬포친) 사회주의적 리얼리즘은 인간을 예술적으로 실현하는 데 있어 일반적 인간과 개인적 인간을 융합시키며 인간 행위의 정치적 의의와 내면적 생활을 통일적으로 묘사하는 것이다. 그것은 인간 묘사에 있어 개인주의적 원주를 파괴하고 있으면서도 결코 개인의 개성의 행동과 특징을 무시하지 않고 언제나 그것을 통하여 사회관계의 본질과 운동을 표현하는 것이다.
> 이러한 창작 방법에 의하여 현대의 인간은 가장 완전한 타입으로 묘사

다. 「인간 묘사 시대」에서 심리주의적 리얼리즘을 거론한 것은 제목 그대로 현대가 '인간 묘사 시대'라는 점을 설명하기 위해서였다. 이 심리주의적 리얼리즘 문학의 문제점에 대한 더 구체적인 설명은 앞의 글 바로 다음에 나온 「문예 시평; 두 가지의 창작 방법 — 심리적 리얼리즘과 사회적 리얼리즘」(『조선일보』, 1933. 9. 16)을 볼 것.

되고 있으며 또 되려고 하고 있다. 여기에 있어 참된 의미에서 인간 묘사 시대가 실현되려고 하는 것이다.[274]

　추상적인 주장으로만 일관하고 있는 「인간 묘사 시대」와 비교하여 사회주의 리얼리즘이 내세우는 인물 형상화의 논리를 설명함으로써 자기 주장의 타당성을 높이고 있다. 그러나 당대 비평의 수준, 구체적으로 이 '인간 묘사론'이 제창된 시기를 앞뒤로 하여 진행된 '「물」논쟁'과 견주어 보면 문제가 드러난다. 먼저 지적할 것은 전형적인 인물만을 강조하여 똑같이 주목해야 할 전형적인 상황을 무시하거나 부차화하여 객관 현실의 반영이라는 리얼리즘의 핵심을 결여하고 있다는 점이다. 이것에 대해서는 임화도 인간 묘사론을 비판하면서 거론한 바 있다. 백철의 휴머니즘론이 관념적인 성격을 지니게 된 것도 이처럼 현실적인 조건을 고려하지 않은 데서 연유한다고 할 수 있을 것이다.

　둘째로 당파성에 대한 언급이 전혀 없다. 사회주의 리얼리즘의 예술적 우월성을 주장할 수 있는 근거는 바로 프롤레타리아 계급의 관점이야말로 올바르게 현실을 반영할 수 있다는 데 있다. 다시 말하면 이 관점에 입각해야만 객관적 당파성에 도달할 수 있는 것이다. 그런데 백철은 어디에서도 이 근본적인 측면을 염두에 둔 흔적을 보여 주지 않고 있다. 다만 전형적인 인물의 성격을 원리적으로 확인한다든지 작품의 소재로서 '가장 완전한 타입'의 존재를 주장하는 데 멈추고 있다. 소재가 드러내는 당파성이 바로 이것을 담아내는 작가의 당파성을 보증해 주는 것은 아니다. 반대로 작가의 당파성이 소재의 그것을 올바르게 반영할 수 있게 하는 것이다.

---

274) 백철, 「문예 시평; 두 가지의 창작 방법」, 1933. 9. 16.

임화가 인간 묘사론에 대해 비판하고 있는 글인 「문학에 있어서의 형상의 성질 문제」(1933. 11. 25-12. 2)는 「인간 묘사 시대」만을 그 대상으로 하고 있기 때문에 어떤 경우에는 사태를 과장하고 있는 인상을 주기도 한다. 예를 들어, 백철이 "문학이란 결국 인간 생활의 인식과 관계를 기록한 것"[275]이라고 정의한 것, 특히 '기록'이란 말에 너무 집착하여 문학을 과학과 구별하는 특수성을 올바르게 설명하지 못했다고 비판하는 것이 그것이다. 그러나 백철은 위에서 살펴본 「문예 시평; 두 가지의 창작 방법」에서 전형적인 인물의 형상적 성격을 말하고 있을 뿐만 아니라, "예술의 형상적 서술성"이라든가 "예술 그것은 형상을 빈 사유"라는 말을 인용하고 있다.[276] 표면적으로 보면 임화가 "'예술은 형상에 의한 사유이고 형상성 없이는 예술은 존재하지 않는다'고 정식화"한 킬포친을 인용하는 것[277]과 마찬가지인 셈이다.

그러나 겉으로 나타나는 이러한 유사성에도 불구하고 형상을 이해하는 차원은 질적으로 다르다. 백철이 인물 형상의 중요성만을 일방적으로 강조한 것을 임화는 주관적 관념론이라고 비판하면서 "형상 그것 가운데 움직이는 주관적인 것과 객관적인 것의 정확한 인식"을 요구하고 있는 것이다.

> 물론 그 자신으로서의 인간이 없는 때에는 인간적 생활의 현실이란 존재할 수 없는 것은 명확한 일이다. 그러나 인간이 생활한다는 것 내지는 인간이 존재한다는 것 그것부터 공간적 시간적 제약 가운데 있다는 것, 다시 말하면 인간적 존재와 그 주관의 추향과는 독립적이고 외적인 객관

---

275) 백철, 「인간 묘사 시대」, 『조선일보』, 1933. 8. 30.
276) 백철, 「문예 시평; 두 가지의 창작 방법」, 1933. 9. 16.
277) 「문학에 있어서의 형상의 성질 문제」, 『조선일보』, 1933. 11. 26.

적 존재의 무한한 운동의 제도정이 움직이고 있고 인간적인 생활의 운동 그것도 그 가운데의 일 모멘트인 것으로서 비로소 인간적인 생활의 현실을 형성할 수 있는 것이다. 그러므로 문학이 광범한 인간적 생활 현실의 있는 그대로를 개념, 추상으로서가 아니라 생생한 생활적인 구체성의 표현 그것으로서 자기를 형성하는 유일의 형태인 형상 그것 가운데 움직이는 주관적인 것과 객관적인 것의 정확한 인식은 이 문제의 해명을 위한 최중요의 열쇠이다. 동시에 이것만이 형상의 구체성을 한 개의 진리로서 서술하는 가능성을 부여하는 것이다.[278]

임화가 형상의 역사적인 성격에 대해 설명하고, 형상화에서 세계관의 중요성을 강조하게 된 것은 이와 같이 주객 변증법에서 출발했기 때문에 가능했다. 이와는 대조적으로 백철은 주관과 독립적으로 존재하는 객관적인 조건을 고려하지 않았기 때문에 주관주의를 드러낼 수밖에 없었다. 따라서 그가 "그들의 작품(인간을 우수하게 묘사한 작품 - 인용자)에 등장되는 모든 우수한 인간은 막연한 인간이 아니고 시대성과 역사성을 띤 인간, 그리고 무엇보다도 주의할 것은 경향적으로 묘사된 인간이라는 것"[279]을 강조하고 있는데도, 주체와 객체의 변증법적인 관계를 고려하지 않았기 때문에 그 내용에 부합되는 의미를 갖지 못하게 된다. 임화가 "오직 그의 문학에는 영원히 순수하고 계급 관계와 당파성으로부터 몽롱화된 유일신 인간이 군림해 있"다고 비판한 것[280]도 바로 이 때문이다. 앞으로 검토할 그의 휴머니즘론의 특징을 이루는 주관주의도 이러한 태도에서 연원하는 것이다. 임화는 이처럼 인간 묘사론뿐만 아니라 그 후에 전개될 휴머니즘론의 문제점을 정확히 지적하고 있다.

---

278) 위의 글, 1933. 11. 28.
279) 백철, 「인간 묘사 시대」, 『조선일보』, 1933. 8. 30.
280) 「문학에 있어서의 형상의 성질 문제」, 1933. 11. 30.

이와 같은 비판[281]을 받고 나서 백철은 프로 문학에 대한 신념을 더 강화하고 있는 것처럼 보인다. 당파성의 결여를 지적한 임화를 의식한 결과일 것이다. 인간 묘사론에 대한 비판에 반박하는 형식으로 발표한 「인간 탐구의 도정 - 인간 묘사론 其二」(1934. 5-6)나, 「인간 탐구의 정열과 문예부흥의 대망 시대」(1934. 6-7)를 보면 이 점을 알 수 있다.

백철은 인간 묘사론이 우선 "우수한 작품은 우수한 인간 타입을 창조·묘사하였다"는 사실에 바탕을 두고 있는 것은 물론이지만, 더 중요한 것으로 "금일의 모든 새로운 과제의 필요와 관련하여 그것을 실천·해결하는 길로서" 내세운 것이라는 점을 강조한다. 이 후자의 측면을 구체적으로 설명하면 다음과 같다. 첫째로 "개인주의 문학이 그의 성격을 상실"했기 때문에 "이번은 다음 시대를 대표하는 계급 가운데서 가치 있는 인간 타입을 탐구하여 묘사해 가며 그러한 도정에서 자신의 발전을 기하"고 둘째로 초기 프로 문학의 약점, 즉 인간의 구체적인 성격이 무시되었던 것을 지양하여 "인간적 개인을 무시한 집단과 사회를 묘사하는 대신에 사회적 계급적 실천 관계에서 개인적 인간을 통일적으로 묘사"하는 "새로이 진실된 리얼리즘"을 실천하기 위해서 인간 묘사론을 제출한

---

281) 임화 외에도 함대훈 등의 비판이 있으나 대체로 "프로 문학에 있어서 등장된 인간은 집단성의 인간이니만치" "개인 묘사가 아니요, 집단 묘사라는" 상식적인 주장에 머물고 있다(함대훈, 「인간 묘사 문제 - 누가 인간을 묘사하나」, 『조선일보』, 1933. 10. 10. 또 이와 비슷한 방식으로 인간 묘사론 비판하고 있는 글은 주 68을 볼 것). 이들은 개별성과 보편성을 매개하는 특수성의 범주인 전형을 이해하지 못하고 있다(참고로 특수성의 범주에 대한 자세하고도 요령을 얻은 설명은 G. H. R. Parkinson, "Lukács on the Central Category of Aesthetics," Parkinson ed., *George Lukács*, London, Weiden field and Nicolson, 1970을 볼 것). 형식논리에 입각해 있기 때문이다. 그러므로 임화가 그들의 주장에 대해서 "계급(그것은 단순한 집단이 아니다!)과 개인과의 관계를 형이상학적으로밖에 척도하지 못한 謬見"이라고 한 것은 정곡을 찌른 평가이다(「문학에 있어서의 형상의 성질 문제」, 1933. 12. 1. 또 이 글, 1933. 12. 2도 볼 것).

다는 것이다. 그런 뜻에서 그는 "프롤레타리아에 의해서 초래될 시대"를 "제2의 휴머니즘 시대라고 생각하며 그와 동일한 의미에서 프로 문학의 전성 시대를 제2의 문예부흥 시대로 예상"한다는 낙관적 기대를 표명하고 있다.[282]

이 글의 특징을 지적하면 다음과 같다. 첫째로 새로운 인간 타입, 다시 말하면 "인간의 현실적 행동에 있어 객관적 필연성과 주관의 가능성을 최대한도로 종합하는 의욕으로 표현되"는 인간을 발견하는 "창작 방법으로서의 프로 문학의 진실한 능동적 리얼리즘"[283]을 강조하고 있는 데서 보이는 것처럼 열정을 동반하고 있다. 참고로 이 시기에 임화가 사회주의 리얼리즘을 구체화한다는 의도에서 제창한 낭만주의론(「낭만적 정신의 현실적 구조 - 신창작 이론의 정당한 이해를 위하여」(1934. 4))과 비슷한 점이 있어서 흥미롭다. 둘째, 프로 문학의 한계를 지양해야 한다는 점을 내세우고 있다.

> 생각하면 지금까지의 우리들 문화인들은 선배들의 귀중한 유물론적 사관과 기타의 모든 문화적 교훈을 너무 기계적으로 소박하게 곡해한 데서 인간의 진실한 본성과 그 의식의 발달의 독자성을 무시해 온 경향이 농후하게 있었다. 인간의 적극적 존재성과 의식 발전의 독자성을 무시하고 산 인간을 생명 없는 목석과 같이 사회 가운데 종속시키려 할 때에 거기에 문학의 고정화와 관념화가 오는 것은 너무나 당연한 일이었다.
>
> (중략-인용자) 지금까지의 프로 문학은 정치와 조직 그것 때문에 인간의 적극적 능동성과 승리와 극복의 생활에 대한 열정과 환희와 기타 모든 인간적 진정을 자유로 표현하지 못하고 귀중한 이성과 감정과 감각은 무의미한 주저와 오해 가운데 질곡·고정되어 갔다. 그리하여 여기에 일시

---

282) 백철, 「인간 탐구의 도정 - 인간 묘사론 其二」, 『동아일보』, 1934. 5. 25, 27.
283) 위의 글, 1934. 6. 2.

적으로 프로 문학의 위기라고 염려되지 않았던가.[284]

이러한 주장이 프로 문학의 '전성 시대'를 희망하면서 사회주의 리얼리즘의 창작 방법을 구체화한다는 의도에서 나왔다는 점을 부인할 수는 없을 것이다. 그러나 프로 문학의 한계에만 주목하고 그 동안의 성취에 대해서는 별다른 언급이 없다는 점은 마땅히 지적해야 할 것이다. 다시 말하면 백철의 의도에 관계없이 청산주의적인 요소를 드러내고 있는 것이다. 박영희가 이러한 진단에 의거하여 이미 전향을 했다는 점과, 후에 백철 자신이 바로 프로 문학의 이러한 오류를 근거로 하여 프로 문학을 부정하는 방향으로 논의를 전개했다는 사실을 염두에 두면 그렇게 실상에 어긋나는 평가는 아닐 것이다. 그러므로 앞에서 프로 문학에 대한 신념을 강화하고 있는 것처럼 보인다고 한 것은 단지 표면에 나타난 사실을 지적한 것이라고 해야 옳다.[285]

셋째로 개성에 대한 강조가 두드러진다. 이것은 임화가 지적한 것과 같이 "당시 새로 수입된 창작 방법 중 형상의 개성화 이론을 일방적으로 과장한 결과"였다.[286] 그런데 개성만을 일면적으로 중시하는 경향은 프

---

284) 백철, 「인간탐구의 정열과 문예부흥의 대망 시대」, 『조선중앙일보』, 1934. 7. 11.
285) 이 점에 관해서 임화는, 백철이 휴머니즘론에 이르기까지 내세운 문학론을 세 단계, 즉 '인간 묘사론', '문예부흥 대망론', '인간 탐구 문학론'(이것은 「인간 탐구의 도정」(1934. 5-6)이 아니라 출옥하고서 얼마 지나지 않아 발표한 「현대문학의 과제인 인간 탐구와 고뇌의 정신」(1936. 1)과 「인간 탐구의 문학」(1936. 6) 등을 가리키는 것임)으로 구분하고 그 성격을 다음과 같이 규정하고 있다.
　"전자(인간 묘사론 – 인용자)에서 A(프로 문학의 제전제 – 인용자)가 3이고 B (추상적 인간론과 관념론적 경향 – 인용자)가 1의 비례였다면, 후자(문예부흥 대망론 – 인용자)에 와서는 A가 1, B가 3으로 역전한 셈이다.
　그러나 고뇌의 정신을 고창한 인간 탐구 문학론에 와서는 A는 영이 되고 B는 4로 프로 문론의 일체의 전제는 포기되고 현대 유물론과의 명확한 절연이 선언되었다."(「조선 문학의 신휴머니즘론」, 『비판』, 1937. 3. 77쪽)

로 문학을 부정하게 될 때 더욱 강화된다. 위의 인용문에서 뚜렷하게 나타나는 것처럼 백철이 보기에 프로 문학의 문제점은 대체로 개성을 무시한 데 있기 때문이다.

1934년 8월부터 1935년 12월까지 약 1년 반 동안의 감옥 생활을 겪고 나서 출옥 소감으로 발표한 「비애의 성사」(1935. 12)에서부터 백철의 논조는, 카프 문학에 대한 관점을 기준으로 해서 보면, 그 전과 완전히 달라진다. 물론 이 점은 겉으로 분명하게 드러난 것이어서 논의의 여지가 없지만, 이것을 앞 단계와의 전적인 단절로만 보기보다는 앞에서 거론했던 문제점이 확대재생산되고 있다고 해야 좀더 사실에 걸맞은 설명이 될 것이다. 다시 말하면 마르크스주의에서 전향한 것이면서 동시에 전향하기 전에 지니고 있었던 모순을 전면적으로 드러낸 것이기도 한 것이다. 그러므로 이때부터를 휴머니즘 문학론의 시기라고 할 수 있다. 물론 백철이 휴머니즘을 내세우기 시작한 것은 1936년 말ㅡ「우리 문단의 휴머니즘」(1936. 12)ㅡ부터지만 논지상의 커다란 변화가 없기 때문에 그렇게 보아도 별 문제는 없을 것이다. 굳이 구분하자면 이 시기를 기준으로 하여 전, 후기로 불러도 좋을 것이나 논의하는 데 편리하기 때문이지 이 구분 자체에 의미를 부여하기 때문은 아니다.

여기서는 백철이 제기한 휴머니즘론의 전체 맥락을 염두에 두면서 임화가 비판의 대상으로 거론했던 것을 중심으로 살펴보도록 하겠다. 검토의 순서를 간추리면 다음과 같다. (1) 백철의 「현대문학의 과제인 인간 탐구와 고뇌의 정신」(1936. 1)과 이에 대한 임화의 비판 「현대적 부패의 표징인 인간 탐구와 고뇌의 정신」(1936. 6), (2) 전자의 「문예 왕성

---

286) 「조선 문화와 신휴머니즘론」, 77쪽.

을 기할 시대」(1936. 3)와 후자의 비판 「암흑기는 문에는 융성하는가」
(1936. 11), (3) 전자의 「창작에 있어서의 개성과 보편성」(1936. 5-6)과
후자의 비판 「우리 문단과 휴머니즘」(1936. 12)에서부터 시작되는 일련
의 본격적인 휴머니즘론과 후자의 비판이다. 그런데 이러한 글들은 서
로 연관되는 것이므로 앞뒤의 글로 자유스럽게 넘나들면서 논의하고자
한다.

(1) "금일의 문학의 중심 과제는 새로운 인간형을 탐구하는 데 있다"
는 선언으로 시작되고 있는 「현대문학의 과제인 인간 탐구와 고뇌의 정
신」은 형식논리로는 앞에서 보았던 「인간 탐구의 도정」(1934. 5-6)과 별
로 다르지 않다. 그러나 '새로운 인간형'의 구체적인 내용은 그렇지가 않
다. 이 내용을 살피기 전에 먼저 인간 탐구를 제기하게 된 이유를 들어
보는 것이 필요하다. 그래야만 인간형에 대한 규정이 변화하게 된 맥락
을 이해할 수 있기 때문이다.

> 과거와 같이 문학이 자신의 독자의 영역을 고수하지 못하고 그 존재의
> 이유를 일개의 정치적 임무에서 규정하려는 편향에 떨어져 외부적으로는
> 정치와 이데올로기에 종속되어 오던 것이 최근년에 와서 그와 같은 구속
> 과 편향과 가상에서 벗어나 문학 그 자신의 영역인, 말하자면 일층 인간
> 적인 것으로 귀환하려고 하는 전환기에 있어 인간 획득, 인간 탐구가 문
> 학의 중심 과제로 되는 것은 너무나 당연한 현상이 아닐 수 없다.[287]

---

[287] 백철, 「현대문학의 과제인 인간 탐구와 고뇌의 정신―창작에 있어 개성과 보편
성 등」, 『조선일보』, 1936. 1. 12.
　그런데 백철은 「비애의 성사」(1935. 12)에서부터 시작하여 몇 차례에 걸쳐서
한결같이 문학이 정치로부터 독립해야 한다는 점을 강조하면서 동시에 정치와
문학이 관련성을 무시하는 것은 아니라는 발언을 덧붙이는 것을 잊지 않고 있
다. 「비애의 성사」, 『동아일보』, 1935. 12. 27. ; 「문예 왕성을 기할 시대」, 『중
앙』, 1936. 3. 110쪽. ; 「문예시감」, 『백광』, 1937. 1. ; 「순수문화의 입장―정

간단히 말하면 정치성에 지배되어 온 문학의 독자성을 살린다고 하는 의도가 인간 탐구론의 밑바탕에 놓여 있다. 그런데 여기서, 벗어나야 할 정치성은 일제의 정치적 탄압이 아니라 오히려 그 탄압, 백철의 용어를 사용하면 '외부적 조건'에 대항하는 프로 문학의 정치성이라는 데 문제가 있다. 물론 이 정치성이라는 말에는 위의 인용문에는 분명하게 언급되어 있지 않지만, 프로 문학의 기계적인 도식, 공식주의라는 의미가 함축되어 있는 것도 사실이다.[288] 그러나 이러한 사실을 인정한다고 하더라도 어떤 문제를 극복한다고 하면서 그 정반대의 방향으로 움직이는 것은 문제의 올바른 해결일 수는 없다. 예를 들어 인물 형상에서 유형화의 문제가 있다고 해서 그 대립적인 반사물로서 인물의 개별적인 측면만을 일방적으로 강조하는 것은 또 하나의 문제를 새로 만드는 것밖에 되지 않는다. 결론적으로 백철의 휴머니즘론이 제창하는 인간과 문화의 옹호가 논자의 의도를 제대로 살리지 못한 데는 현실과 인간의 총체적인 성격을 이원적으로 나누고, 어느 한 쪽만을 배타적으로 강조하고 다른 것을 배제하는 관점이 일정하게 작용했다. 인간다운 삶과 외부적 조건을 분리하고 후자를 고려하지 않을 때, 그 인간은 유적인 본질을 상실

치와 문학과의 관계, 순수문학의 불순성 등」, 『조광』, 1938. 4 등을 볼 것. 그러나 이러한 주장은, 문학에서 정치나 사상을 배제하고 있다는 비판에 대한 방어적인 태도에서 나온 요식적인 행위라고 하는 것이 옳을 것이다. 위에서 본 글에서 나타나는 바와 같이 백철은 되도록 문학의 정치적인 성격을 배제하려고 노력하고 있는 것이다.

288) 실제로 인간 탐구와 관련한 '감상주의'의 한 예로 "창작 방법 문제에 대한 공허한 주장과 절규"를 들고 있다(「현대문학의 과제인 인간 탐구와 고뇌의 정신」, 1936. 1. 17).

프로 문학의 공식주의에 대한 백철의 비판, 더 정확하게 말하면 이것을 빌미로 하여 프로 문학 자체를 부정하는 관점은 휴머니즘을 논의하는 거의 모든 글에서 나타난다고 하여도 과언이 아닐 정도로 휴머니즘론의 핵심적인 성격을 이루고 있다. 임화가 전력을 기울여 기의 휴머니즘론을 비판한 것은 바로 이 때문이었다.

하여 동물 혹은 본능적 존재로 나타날 수밖에 없다. 따라서 임화가 백철의 인간 탐구론에서 "생의 본능이나 생물적인 격정 등"의 요소를 찾아낸 것[289]은 그의 인간론의 핵심에 도달한 것이라 하겠다.

그러면 이제 그가 주장하는 '새로운 인간형'의 내용을 보기로 하자. 앞의 인용문에서 짐작할 수 있듯이, '외부적 조건'을 초월한 인간이라는 점에서 "인간 탐구의 일연장으로 볼 수 있는 행동주의"의 인간관은 백철이 보기에 감상주의에 지나지 않으며, 인간 묘사론 때 주장한 프로 문학의 계급적 인간은 더욱이 아니다. 이런 것을 제외하면 인간의 내면적인 자질, 그 중에서 "금일의 여기의 지식계급의 현실은 그것이 고민 극복의 과정에 처해 있는 것이 아니고 그 경계에서 자못 거리를 격한 前과정에 잔류해 있다"는 점을 고려할 때 '고뇌의 정신'이 이 인간형을 규정하는 핵심적인 요소가 된다.

> 말하자면, 내가 말하는 인간 탐구의 길은 유행하는 不安涯와 같이 현실 理智를 부인하는 데 의한 순감정적 도취와 순간적 비약의 찬미가 아니고 도리어 그 불안하고 암흑한 현실 가운데 자진하여 정면으로 당착하며 苦忍·고투하는 부면에서 노는 자각과 이성과 혜지의 결의를 동반 내지 전제로 하는 정신을 통하여 고행될 것을 지적하고 있다. 그런 의미에서 인간 탐구를 금일이란 암흑한 현실을 통하여 이행하는 정신의 표현으로서 보통의 의미에 비하여 훨씬 적극적인 내용을 첨가하여 표제의 '고뇌의 정신'이란 문구를 선택하였다. 즉, 이 고뇌의 정신, 그 고투의 정신의 고행 가운데 금일에 있어 인간 탐구의 길이 제시되어 있다고 보는 것이다.[290]

---

289) 「조선 문화와 신휴머니즘론」, 『비판』, 1937. 3. 78쪽. 또 임화는 다른 글에서 백철과 김오성의 휴머니즘을 "동물적 개인주의"로 규정했다(「르네상스와 신휴머니즘론」(1937. 5), 『문학의 논리』, 171-2쪽).

　백철은 이 정신을 "프로메테우스의 고뇌"에 비유하기도 한다. 그는 결론적으로 "고뇌에서 고뇌로 걸어가는 곳에 문화의 秘殿에 도달하는 聖路가 있"으며, 더 나아가서 "금일에 문화인들이 고뇌와 신고가 강요되는 현실은 일부적으로는 도리어 새로운 문예 시대를 초래하는 秘妙한 계기가 된"다고도 주장한다.291) 그러니까 이 고뇌의 정신은 새 인간형의 핵심적인 내용이면서, 동시에 문화인에게 필수적으로 요구되는 것이기도 한 것이다. 다시 말하면, 새 인간형이란 지식계급에 한정된 것이고, 그 가운데서도 그들의 고뇌를 그 본질적인 요소로 지니는 것이다. 이와 같이 인간을 이해하는 데 마땅히 고려해야 할 여러 조건을 사상한 고뇌의 정신은 '비전'이니 '성로'니 하는 비합리적이고 관념적인 어휘를 동반하게 된다.

　임화는 무엇보다도 고뇌의 정신을 제창하는 백철의 계급성, 그의 표현대로 하면 "가장 인간적 인간으로서의 백철군으로부터 가장 사회적 인간으로서의 백철군"에 초점을 맞추고 있다.292) 백철이 행동주의를 감상주의라 하고 고뇌의 정신을 제시한 것은 당대의 현실을 지식계급의 주관적 관점에서 파악했기 때문이라고 해석한다. 즉 사회적인 모순이 격렬해짐에 따라 중간층의 동요가 격심해지는데, 백철의 인간관은 이 중간층이 "자기들이 이미 구하지 못할 비참한 존재로서 인식하여 고독한 허무 가운데 절망하는 길"을 택한 결과라는 것이다.293) 이와 같이 임화는

290) 백철, 「현대문학의 과제인 인간 탐구와 고뇌의 정신」, 1936. 1. 16.
291) 위의 글, 1936. 1. 16. 다음에 보겠지만 이런 주장을 정면으로 내건 것이 「문예 왕성을 기할 시대」(『중앙』, 1936. 3)인데, 비단 이 글뿐만 아니라 그즈음에 발표된 모든 글에서 이런 식의 사고 방식을 읽을 수 있다.
292) 「현대적 부패의 표징인 인간 탐구와 고민의 정신 – 백철군의 소론에 대한 비평」, 『조선중앙일보』, 1936. 6. 11.
293) 위의 글, 1936. 6, 18.

휴머니즘론 일반을 지식인들의 동요 현상의 하나로서 파악하기 때문에
부분적으로 긍정적인 요소, 예컨대 "전체주의적 개성 무시에 대한 일정
한 대립자로서의 의의"[294]를 인정하면서도, "혹자는 콤뮤니즘으로, 혹자
는 시민적 자유주의로, 혹자는 파시즘으로" 접근해 가는 과도적인 단계
로 파악하여 독립적인 의의를 부여하지 않는다.[295] 임화는 이러한 관점
에 따라 백철의 인간관과 그 핵심인 '고뇌의 정신'이 파시즘에 접근하고
있다는 판단을 내린다.

> 문학자, 인텔리켄차는 조금도 행동할 것이 아니고 오직 고독 가운데서
> 고민해야 할 것이라고 설교할 인간은 오직 궤링 선전상의 부하가 있을 따
> 름이다.
> 백군이 조선의 진보적 인텔리켄차 그 중에도 프로 문학의 일시적 패퇴
> 에서 "지식계급의 문화 생활에 임하는 태도에는 절망과 고독에 빠진 인간"
> 이어야 한다고 결론함은 문학상에 반진보적, 반행동주의, 반자유주의자로
> 서의 자기를 표시하는 것이다.[296]

임화가 이렇게 해석한 것은 '고뇌의 정신'이 내포하고 있는 현실 긍정
적인 성격[297] 때문이다. 그러니까 백철이 "생활의 정신적, 물질적 고통

---

294) 「르네상스와 신휴머니즘론」(1937. 5), 『문학의 논리』, 140쪽.
295) 「조선 문화와 신휴머니즘론」, 74쪽.
296) 「현대적 부패의 표징인 인간 탐구와 고뇌의 정신」, 1936. 6. 16. 이 인용문 가
　　운데의 인용은 백철, 「현대문학의 과제인 인간 탐구와 고뇌의 정신」, 1936. 1.
　　15에서 한 것인데, 임화가 읽은 것처럼 당위적 결론으로 제시한 것이 아니라 백
　　철이 관찰한 "지식층에 표백된 현실"을 말한 것이다. 물론 백철의 글 전체 맥락
　　에서 보면 왜곡이라고는 할 수 없을 것이다.
297) 마르쿠제는 물질 세계에서, 독립적인 가치의 영역으로서 정신 세계를 분리하고
　　후자를 전자보다 우월한 것으로 여기는 문화를 긍정적 문화라고 했는데, 백철
　　휴머니즘론의 성격을 이해하는 데 도움이 되는 개념이라고 생각된다. 앞에서 언
　　급한 바 있는 이원론적인 관점과 바로 연결되기 때문이다.

의 원인"에 대하여 "혐오를 환기하지 않고 오히려 그것을 선망케 하고 고민에의 침잠이 오히려 고민에의 해탈"이라고 함으로써 인간을 "영원한 고통 가운데 신음케 한"다는 것이다. 임화는 결론적으로 '고뇌의 정신'에서 나타나는 백철의 계급적인 성격을 다음과 같이 규정하고 있다.

> 지상에 하강한 백철군의 자태란 즉 사회적 인간으로서의 백군이란 전혀 문화의 자본주의적 부패의 영향하에 프롤레타리아 문화에 대한 강고한 적의로 무장된 파멸되고 무력화한 일개 조선 소시민의 아들임에 불과하다.
> 그의 절망과 고독은 자기 자신의 무력의 표현에 그칠 뿐만 아니라 더 많이 다시는 명랑한 낙관주의를 가지고 前道開花할 수 있는 현대적 사회와 그 문화의 암흑한 절망과 깊은 비관주의를 반영하고 있는 것이다.298)

그러니까 백철은 사회적 모순이 격렬해짐에 따라 동요할 수밖에 없는 중간층의 태도를 반영하여 반유물론자로 전환함으로써 문학을 정치, 사회, 생활에서 분리할 뿐만 아니라 인간을 주관적으로 이해함으로써 프로문학과 마르크스주의 사상에서 떠나가고, 더 나아가 그것에 대해 부정적

"긍정적 문화의 결정적인 특질은 무조건적으로 긍정되어야 할, 모든 사람이 의무적으로 받아들여야 하고 언제나 훌륭하고 가치 있는 세계, 다시 말하면 생존을 위해서 나날이 싸워야 하는 실제의 섹계와는 본질적으로 다르고, 실제의 상황을 조금도 바꾸지 않고서도 모든 개인이 스스로 '내면에서' 실현할 수 있는 세계의 가능성을 긍정한다는 데 있다."(H. Marcuse, *Negations*, Boston, 1968, p.95. M. Jay, *The Dialectical Imagination*, Boston, Little, Brown and Company, 1973, p.180에서 재인용)
그러니까 긍정적인 문화라고 하는 것은 현실의 생활과 정신적인 영역을 배타적으로 분리함으로써 후자의 독자성, 영원성을 강조하여 현실에 순응하도록 하는 것이다. 조금 후에 검토할 백철의 문예부흥론, 즉 "현실적으로 암담하고 불행한 것임에 불구하고 특수한 문예 영역에 있어서는 도리어 왕성한 期를 초래할 수 있"다는 주장도 이와 같은 관점에 바탕을 두고 있다(백철, 「문예 왕성을 기할 시대」, 『중앙』, 1936. 3. 115쪽).
298) 「현대적 부패의 표징인 인간 탐구와 고민의 정신」, 1936. 6. 18.

인 태도를 공공연하게 드러냈다는 것이다.

(2) 백철이 문화와 정치, 현실과 내면을 배타적으로 분리한 이상 현실적인 조건과 관계없이 문예의 부흥을 주창하는 일은 형식 논리상으로 모순되는 일은 아니다. 그는 문예부흥의 가능성을 주장하게 된 근거로 "인간의 실제 행동에 비하여 정신의 영역이 훨씬 자유성과 신축성을 가지고 있다는 것"을 제시한다.299) 상실된 인간의 탈환이 가능한 것도 바로 이 때문이다. 그러나 필연성에 의해 매개되지 않은 자유의 개념이란 극단적인 주관주의의 다른 이름에 지나지 않는다.300) 문예부흥을 주장하는 또 하나의 근거는 "금일의 우리들 지식인 일반이 실제의 방면에 대한 희망과 정열을 버리고 정신문화(여기서는 문학!) 방면에 그 정열과 노력을 집중시키고 있"는 현상이라면서 당시의 문화적 생산물을 그 예로 들고 있다. 그런데 이러한 사실은 특수한 현상이 아니라 현실에서 절망하게 될 때 오히려 "전열의와 애정이 '정신문화의 귀한 보배'를 채굴하는 노력으로 표현되는 현상은 과거의 사적 사실 위에서도 적지 않은 그 실제를 보이"는 "자연의 추세"라는 것이다.301) 이런 것이 가능한 것은 바로 정신의 영역이 지니는 '자유성' 때문이다.

백철은 문예부흥에 방해되는 것으로서 문학을 정치에 종속시키는 것과 상식에 사로잡혀 극단을 추구하지 못하는 태도를 들고 있는데, 그 구체적인 표적은 프로 문학을 향하고 있다.

299) 백철, 「인간 탐구의 문학」, 『사해공론』, 1937. 6. 19쪽.
300) 참고로 김오성이 주장하는 휴머니즘론의 핵심은 바로 이러한 무매개적인 자유론이다. 그의 「네오휴머니즘 문제」(『조선일보』, 1936. 10. 1-9), 「휴머니즘 문학의 정상적 발전을 위하여」(『조광』, 1937. 6)을 볼 것. 이와 같은 성격에 대한 비판으로는 임화, 「르네상스와 신휴머니즘론」(1937. 5), 『문학의 논리』, 168-72쪽과 한효, 「휴머니즘의 현대적 의의」, 『조선문학』, 1937. 5를 볼 것.
301) 백철, 「문예왕성을 기할 시대」, 『중앙』, 1936. 3. 108쪽.

결론적으로 백철은 "문학의 왕성을 기할 조그마한 임무"로 "무한한 정진과 노력"을 권장하면서 그 모범적인 예로 "확실히 魯鈍한" 발자크를 든다. "현실적으로는 암담하고 불행한 것임에 불구하고 특수한 문예 영역에 있어서는 왕성의 期를 초래할 수 있는 유일의 기회"를 살려야 한다는 것이다.302) 그의 관점에서는 당연한 일이겠지만 개인적인 노력만을 강조하고, 문예의 사회적, 역사적 연관성은 완전히 사상하고 있다. 발자크의 리얼리즘이 위대한 성취를 이룰 수 있었던 배경에 부르주아가 아직 그 진보성을 상실하지 않았다는 사회적인 조건이 작용하고 있었다는 점은 전혀 고려하지 않고, 이러한 연관에서 절연된 채로 개인적인 사실만이 일면적으로 부각되고 있는 것이다.

임화도 이와 같은 관점을 비판했다. 문화나 사상의 "성쇠의 기초에는 (중략－인용자) 사회, 역사적 발전 법칙과 계급적 상극의 심각한 관계가 가로놓여 있"다는 사실을 몰각하고 있다는 것이다. 그러므로 "일반으로 특수적으로 정치적 암흑기가 문화의 황금기라는 것"은 전혀 수긍할 수 없는 주장이라고 한다. 위대한 예술의 업적을 이룬 시기는 그것을 가능하게 해 주는 사회적인 조건이 존재한다는 것이다.303) 둘째로 문예부흥론이 내포하고 있는 프로 문학에 대한 부정적인 관점을 문제 삼고 있다. 문예의 정치로부터의 무매개적인 독립성은 중세에 대한 반항의 무기로서는 효과적이었으나, 이제는 "반진보화한 조선의 아류 시민문학"이 프로 문학을 공박하는 "거의 유일한 이론적 무기"로 변해 버렸는데 백철이 이 상투적인 이론으로 무장하여 "희극배우"로 등장하고 있다는 것이다.304) 여기서도 백철의 논지가 함축하고 있는 파시즘 사상과의 친근성

302) 위의 글, 114-5쪽.
303) 「암흑기의 문예는 융성하는가」, 『조선문학』, 1936. 11, 15쪽.

을 경계하여 비판하고 있다.

(3) 백철 문학론의 정수는 「창작에 있어서의 개성과 보편성」(1936. 5-6)이라고 해야 할 것이다. 다른 글들이 대체로 추상적인 당위론으로 시종하고 있어서 문학론으로서 구체성을 갖지 못한 것에 비해 이 글은 문학의 기초적인 문제에 초점을 맞추어 논의하고 있기 때문이다.[305] 임화가 이 글을 독립적인 대상으로 하여 「문예 이론으로서의 신휴머니즘론」(1937. 4)을 쓰고 있는 것을 보아도 휴머니즘 문학론에서 차지하고 있는 중요성을 알 수 있다. 또 이 글은 그의 휴머니즘론을 관통하고 있는 주관주의적 성격을 이해하는 데도 유용한 자료가 된다.

백철의 설명에 따르면, 이 글의 "주요 플랜은 어느 측면으로 보나 개성적인 것밖에 없다는 여러 가지 예와 설명, 그리고 개성적인 데서만 보편성에 도달할 수 있다는 것과 그러면 개성적이면 개성적일수록 보편성에 도달할 수 있다는 것은 구체적으로 어떤 과정을 의미한 것일까를 논술"하는 것이다. 그런데 이 글에서 개성은 문학의 특징일 뿐만 아니라 작가, 작중인물, 등 문학에 관련된 모든 사항에 두루 해당되는 개념이라는 점을 미리 밝혀 둘 필요가 있다. 그는 이 개성을 규정하면서 유물론

---

304) 위의 글, 17쪽. 참고로 '희극배우'라는 말은 아래의 문장에서 인용한 것이다. "그러므로 세계사적 의의를 가진 존재는 두 번 外裝을 고쳐 역사 무대에 출현한다는 것이다. 처음에는 침통한 비극 배우로, 다음 번엔 희극 배우로!" 원래 헤겔이 한 말을 마르크스가 인용했고 이것을 임화가 이용한 것이다(만프레드 클림 엮음, 조만영·정재경 옮김, 『맑스·엥겔스 문학 예술론 Ⅰ』, 돌베개, 1990, 167쪽 참조). 임화는 이것을 신소설 『은세계』의 인물인 김정수에게 적용하여 그가 차지하는 역사적 의미를 분석하기도 했다. 「속신문학사」 31회(『조선일보』, 1940. 4. 6)을 볼 것.
305) 또 문학론이라고 할 수 있는 글로 「리얼리즘의 재고 - 그 앤티 휴먼의 경향에 대하여」(『사해공론』, 1937. 1)가 있는데, 「창작에 있어서의 개성과 보편성」에서 내세운 개성론을 실제 작품에 적용한 글이라고 할 수 있다.

적인 인간 이해 방식, 즉 "객관적 현실적 규정하에, 개인과 사회성의 변증법적 통일하에서" 설명하는 것은 "금일에 와서는 실로 상식 이하의 상식에 속하는 문제"여서 "철학적 추구라면" "심대한 의의가 허락될 모르나 문학을 위한 부면에 있어서는" "당연히 배제하여야 할 것이라고" 주장한다. 이렇게 기본적인 전제에서도 자의성이 보인다. 앞에서 프로 문학의 상식적인 성격 - 공식주의를 뜻하는 듯하다 - 을 들어 공격하는 것을 보았지만, 여기서도 단지 상식이라는 이유 때문에 어떤 관점이 배제되어야 한다는 것이다. 어쨌든 그를 따르면 개성이란 "작가 혹 작품 인물의 중심 성격"인데 여기서 중심 성격이란 "육체적인 유한적인 인간이 그의 천부의 소질의 토대 위에서 자신의 생생한 생애의 온갖 교양과 이론의 축적으로서 이루어진 전인격의 중심적 표현이다."[306] 이러한 규정이 상식을 얼마나 초월하고 있는지는 모르겠으나, 객관적으로 이 글에서 개성은 보편성을 매개하지 않는 개별성, 다시 말하면 형식논리로서는 가능하나 현실에서는 그 규정에 걸맞은 존재를 발견할 수 없는 개념으로 사용되고 있다. 앞에서 백철의 글이 드러내고 있는 이원론적인 태도를 언급했는데, 여기서도 개성과 보편성을 절대적으로 분리하는 데서 무개적인 성격을 드러내고 있다.

백철은 이 개성의 문제가 현실적인 문제로 대두하게 된 배경으로서 "근년의 문학적 주류"였던 프로 문학이 저지른 오류를 지적한다. 요컨대 프로 문학에서는 "창작 이전의 개념적 방법의 결함" 때문에 개성이 무시되었다는 것이다.

---

306) 백철, 「창작에 있어서의 개성과 보편성」, 『조선일보』, 1936. 6. 3.

그리고 그 방법적 결함의 치명상적 원인은 프로 문학이 목표하는 사회성, 계급성이란 인물의 개성, 사물의 개별성을 통해서만 (중략—인용자) 발휘되는 것임에 불구하고 프로 문학은 그것을 무시하고 다만 사상적 교양과 세계관적 체계를 준비하는 데서 그 사회성, 계급성이 자연히 솟아나리라는 위대한 착각에서 오는 결과였다. 또한 그 문제를 작가의 개성과 보편성 문제와 관련하여 볼 때에는 작가의 개성이 전연 무시되고 작가에게 사상과 방법론과 지령의 과대한 의무를 가하는 데서 그 죽은 사상에 의하여 작자를 괴뢰와 기계와 같이 지배하려는 곳에서 온 것이었다. 그러므로 프로 문학의 작품에 있어서는 개성이 살지 못하고 개개의 인물, 사건은 다만 그 죽은 관념과 사상과 독서의 지식에 고정적으로 축소·괴뢰화하였던 것이다.307)

과장된 측면이 있기는 하지만 이러한 진단을 완전히 그르다고 하기는 어렵다. 그런데 문제는 이러한 오류를 반성한다고 하면서 내놓은 해결 방안이 "프롤레타리아 문학이 범한 과오와는 반대로 될 수 있는 대로 개성과 유한성을 극도로 확장하고 탐구하는" 데 있다308)고 하는 점이다. 바로 위에서 백철이 개성을 무매개적인 개별성으로 이해하고 있다고 한 것이 과장이 아니라는 점을 확인할 수 있다.

백철은 문학의 개성적인 성격을 몇 가지로 나누어서 설명한다. 먼저 문학은 작가의 개성적인 표현이고, 둘째로 작가와 작품 소재와의 관계도 실제적인 생활에서와는 달리 "순전히 그 대상에 대한 지배적 지위에 선"다는 점에서 개성적이다. 셋째로 "문학의 창작 과정에 있어 구체적 내용의 발전이란 의식적 목적성과 그 필요에 의하여 또는 이성과 계산으로 제작되는 것이 아니라 대체에 있어 우연적 계기로 생성된다는 점에 그

307) 위의 글, 1936. 6. 2.
308) 위의 글, 1936. 6. 3.

개성적인 이유를 설명할 수 있다." 넷째로 문학의 표현 수단인 언어도 개성적으로 사용된다. 마지막으로 "문학을 감상하는 입장에서 볼 때에도 그것이 개성적인 한에서 그의 유일한 생명을 붙잡을 수 있"다.[309] 이 마지막 주장과 관련되는 것으로 "비평도 역시 문학인 이상 그것도 문학의 기본 성격인 심정과 감상을 주요 성격으로 삼아야" 한다고 주장하고 있다.[310] 그런데 여기서 '심정과 감상'이라는 용어는 "이성적이고 과학적인 것"에 대립한다는 의미를 지니고 있다. 그는 "소위 변증법적 이해에 의하여 나의 빈약한 비평을 구하려고 노력한 것이" 자신에게 전혀 맞지 않았다는 점을 반성하고, 그 대안으로 '심정과 감상'의 비평을 제안하는 것이다.

> 따라서 금후에 있어 나의 비평문학이 그의 성장되는 과정에서 가지게 될 성격은 이성적이고 과학적인 것 대신에 될 수 있는 대로 감성적이고 심정적이려는 태도, 과거의 그 합리와 논리가 퇴각된 공간에는 의욕과 심혼과 감명을 충당시켜 가려고 한다.[311]

개별성과 보편성의 관계에서 보편성을 포괄하지 않은 개별성이 없는 것과 마찬가지로 인식에서 감성과 이성은 분명히 서로 구별되는 것이기는 하나 위와 같이 이원론적으로 분리할 수 있는 것은 아니다. 여기서도 백철 사유 방식의 전형적인 성격인, 총체성을 결여한 이원론이 그 밑바탕에 놓여 있음을 확인할 수 있다.

백철이 이러한 비평을 내세운 것은 프로 문학의 비평이 문학의 영역

---

309) 위의 글, 1936. 6. 4, 5.
310) 백철, 「과학적 태도와 메별하는 나의 비평 체계」, 『조선일보』, 1936. 7. 1.
311) 위의 글, 1936. 6. 28.

을 벗어나 과학을 추구하는 것을 경계하기 위함이다. 즉 휴머니즘론을 프로 문학의 대안으로 설정하기 위한 방법론의 일종인 셈이다.[312] 휴머니즘론을 동반하고 있는 열정은 바로 여기에서 나오는 것이다.

이렇게 문학의 특징이 개성에 있다는 점을 설명하고는 핵심적인 논제, 즉 개성을 극단적으로 추구함으로써 보편성에 이른다는 명제를 입증한다. 그는 지이드, 예수, 니체, 도스토예프스키 등 "동서고금의 문학 사상가"의 "名句, 탁견"[313]을 인용하기도 하고, "소위 망아 상태라든가 허심탄회라든가 몰아라든가 자기포기라는 문구"야말로 "최초로부터 자아와 개성을 무시한다는 것이 아니고 그와 반대로 그것을 가장 중시한 데서" 이를 수 있는 경지라는 점을 그 증거로 들기도 한다.[314] 그러니까 "개성적인 것을 최후까지 추구하여 그것이 극단에 도달할 때 그 개성 발전의 절정에서 도리어 반개성적인 것," 즉 보편성에 이를 수 있다는 것이다. 그는 이런 현상을 "신비경"이라 하기도 한다.[315] 보편성을 매개하지 않는 개별성—작가의 경우에는 '직접적 주관성'[316]—에서 보편성으로 비약하기 위해서는 비합리적인 '신비경'을 끌어들이지 않을 수 없는 것이다.

---

312) 백철, 「문학의 성립 인간으로 귀환하라」, 『조광』, 1936. 4와 「웰컴! 휴머니즘—금년도 문학 주류를 전망함」, 『조광』, 1937. 1 등에서 이러한 의도를 읽을 수 있다.

313) 이헌구, 「문단 항변—이상적 체계의 수립 과정」, 『조선일보』, 1936. 6. 20. 백철 문학론의 비체계적인 성격을 지적하기 위해 한 말이다.

314) 백철, 「창작에 있어서의 개성과 보편성」, 1936. 6. 8.

315) 위의 글, 1936. 6. 10.
참고로 앞에서 살폈던 비평론도 "심정과 감성의 비평은 일약하여 차안과 피안 사이의 심연을 비약하는 데서 (진리의 피안에—인용자) 순간적으로 도달한다"는 식의 비합리주의적인 성격을 띠고 있다(「과학적 태도와 몌별하는 나의 비평 체계」, 1936. 7. 1).

316) 루카치, 홍승용 역, 『미학서설; 미학범주로서의 특수성』, 1987, 실천문학사, 186-92쪽.

이런 주장에 대해 임화는 먼저 문학의 본질이 개성에 있다는 주장을 문제 삼는다. 그는 백철이 상식이라는 이유로 무시한 유물론적 역사관을 바탕으로 하여 "각 작가의 개인간의 차이가 그들의 살던 시대, 사회, 계급적 소속의 차이에 비하면 종속적"이라고 주장한다. 그렇다고 하여 "문학에 있어 개인의 특성, 혹은 자질의 차이가 하등 역할을 하지 않는가 하면 그렇지 않다." 그렇다면 작가의 개성은 "궁극에 있어 시대, 사회, 계급, 혹은 그 사회 계급이 타개하는 현실 계단의 특수한 반영 가운데 표현된다."317) 따라서 위대한 작가는 시대성과 사회성을 자기의 개성속에 융합할 수 있는 능력을 지닌 사람이다. "즉 범용한 개인이 단지 개성적인 개성에 불과한 대신 비범한 개인은 보편적인 개성"이라고 할 수 있고, 그러므로 문학의 가치는 작가의 개성 표현에 있는 것이 아니라 객관적 진실의 표현에 있는 것이다.318) 이러한 가치는 바로 "현실 인식과 사회적 과제의 실천을 임무로 하는 문학의 의의"319)에 이어진다. 따라서 작가나 작중인물의 개성만을 일방적으로 강조하는 것은 이와 같은 문학의 인식과 실천의 임무를 제대로 실현할 수 없게 한다는 점을 지적하는 것은 당연하다고 하겠다.

또 임화가 백철의 주장에서 주목한 것은 그의 형상론이다. 형상은 문학을 다른 이데올로기적 상부 구조와 구별하게 하는 문학의 특수성을 이루는 것이어서 이것에 대한 올바른 이해가 매우 중요하기 때문이다. 임화가 백철을 비판하는 요지는 그가 "형상의 개성적 특질을 문학의 본

317) 「문예 이론으로서의 신휴머니즘론 ― 문예학의 기초 문제에 비쳐 본」(1937. 4), 『문학의 논리』, 179-82쪽.
318) 위의 글, 185쪽.
319) 「조선문화와 신휴머니즘론」, 『비판』, 1937. 3. 77쪽. 또 「문예 이론으로서의 신휴머니즘론」, 206쪽도 볼 것.

질에까지 과장"했다는 것이다.[320] 문학의 형상은 일반성과 개별성의 통일인데, 백철은 오로지 후자만을 강조한다는 것이다. 그런데 임화는 백철이 개성을 과장하는 오류를 단순히 문학 이론 자체의 문제로만 보지 않는다. 즉 개별성만을 일면적으로 강조함으로써 프로 문학 전체를 부정하려는 것으로 파악하고 있는 것이다.

> 개인적 특징을 아무리 백씨 말대로 머리 꼭대기로부터 발끝까지 추구해도 성격과 타입은 되지 않는다. 개인화된 형식 가운데 보편성의 내용이 유기적으로 통일될 때 문학은 훌륭한 예술적 형상을 창조할 뿐이다.
> 이 이론, 개인화된 보편성, 보편화된 개인성의 변증법이 개인화의 일면에서 과장될 때 공식주의의 비판은 경향 문학 부정으로 전화하는 것이다.
> 여기에 경향 문학의 결함을 지적하는 체하고 뒷손으로 경향 문학을 타도하려는 백씨의 숨은 손이 나타나는 것이다.[321]

그가 다른 글에서 휴머니즘론을 "이미 퇴조된 어떤 사상을 정히 그 자체의 결함 때문에 퇴조되었다고 단정해 버리는 것으로 경박한 사상적 意匠의 새 모드가 만들어진 것"으로 평가하는 것도 위의 인용문과 같은 맥락이다. 그는 휴머니즘론이 개성 또는 개인을 강조하는 현상을 "집단으로부터 소시민이 분리되는 전형적 현상"으로 파악한다. 그러니까 마르크스주의가 퇴조하자 개인과 집단의 일원화를 가능하게 해 주었던 "일반 방향, 확고한 지도력이 상실"되었고, 그에 따라 소시민적 지식인이 동요하게 되는데 이 현상을 막아 줄 통일적 원리의 수립이라는 의도로 휴머니즘론을 제출했다는 것이다.[322] 다시 말하면 휴머니즘론은 프로 문학

---

320) 「문예 이론으로서의 신휴머니즘론」, 191쪽.
321) 위의 글, 197-9쪽.
322) 「조선문화와 신휴머니즘론」, 『비판』, 1937. 3. 81-2쪽.

이후의 주류로서 설정되었던 것이고, 그만큼 과거 프로 문학의 오류를 확대해석하여 프로 문학을 부정하게 된 것이다. 공식주의에 대한 해결 책이 개성의 극단적인 강조로 나타나게 된 궁극적인 원인은 바로 여기 에 있었다. 임화가 휴머니즘론이 겉으로 드러내고 있는 진보적인 의의, 즉 "바바리즘과 자기 붕괴에 대하여 절규된 선의지"에 의문을 표하면 서323) 여러 글에서 파시즘 사상과의 친근성을 경계한 것324)도 휴머니즘 론이 마르크스주의와 프로 문학, 또 그 창작 방법론인 리얼리즘을 부정 하는 태도 때문이다.

　(4) 지금까지 임화가 비판의 대상으로 삼은 글들을 중심으로 자세하 게 검토한 셈이다. 이제 후기 휴머니즘론－앞에서 말한 대로 후기라고 명명한 것에는 특별한 뜻은 없고 다만 백철이 휴머니즘론임을 명시한 글을 기준으로 하여 편의상 전후로 나눈 것이다－은 이미 다룬 글들의 연장선상에 있으며, 또 휴머니즘론의 바탕이 되고 있는 사유 구조가 어 느 정도 밝혀졌기 때문에 독립적인 검토는 생략하기로 하고, 휴머니즘론 에 대한 임화의 비판을 결산하고 있는 글인 「휴머니즘 논쟁의 총결산－ 현대문학과 휴머니티의 문제」(1938. 4)325)을 살피는 것으로 대신하기로

---

323) 「휴머니즘 논쟁의 총결산」(1938. 4), 『문학의 논리』, 216쪽.
324) 「현대적 부패의 표징인 인간 탐구와 고민의 정신」, 『조선중앙일보』, 1936. 6.
　　16. ; 「암흑기의 문예는 융성하는가」, 『조선문학』, 1936. 11. 18쪽. ; 「조선 문
　　화와 신휴머니즘론」, 『비판』, 1937. 3. 83쪽. ; 「복고 현상의 재흥」, 『동아일보』,
　　1937. 7. 15 등을 볼 것.
325) 참고로 이 글의 끝에 "이 논문은 「사실주의의 재인식」 직전에 읽어질 것임에 불
　　구하고 사정 때문에 발표순이 바뀌었습니다. 호의 있는 독자는 그 논문을 참조
　　하여 읽어 주시기 바랍니다"는 말을 덧붙이고 있다(「휴머니즘 논쟁의 총결산」,
　　『조광』, 1938. 4. 147쪽). 여기서 휴머니즘론에 대한 임화의 비판이 사회주의
　　리얼리즘론의 일환이라는 점을 알 수 있다. 이 논문에서 '휴머니즘론 비판'을 '사
　　회주의 리얼리즘론'이라는 항목 속에 포함시켜 논의하는 것은 바로 이런 성격
　　때문이다.

하겠다.

　이 글이 초점을 맞추고 있는 것은 계급성의 문제이다. 다시 말하면 휴머니즘론자들이 어떤 계급적 관점에 입각하고 있는가 하는 점을 문제로 삼고 있는 것이다. 임화가 이 글에서, 또 다른 글에서 휴머니즘론자의 르네상스관을 자세하게 검토한 것도 바로 이러한 문제의식에 직접적으로 관련된다. 르네상스야말로 근대의 출발점이라고 할 수 있고 따라서 근대의 모순, 구체적으로 말하면 파시즘을 배태한 원인을 내포하고 있기 때문이다. 그러므로 휴머니즘론자가 르네상스와의 관계를 어떻게 설정하고 있는가 하는 것이 그 논의의 성격을 평가하는 시금석이 된다는 것이다.

　르네상스는 중세사회의 교권 지배에 대한 투쟁이란 점에서 그 진보적인 의의를 결코 무시할 수 없다. 그러나 한편으로 근대 자본주의 사회의 위기를 산출하게 한 최초의 원인이기도 하다. 다시 말하면, "르네상스와 그 관념적 표현으로서의 휴머니즘을 시민적인 것이라 평가"할 수 있다.[326] 따라서 르네상스가 내건 인간 해방의 대의는 전인류의 그것이 아니라 시민계급의 해방을 의미할 수밖에 없었다. 시민계급이 "자기의 이해를 사회 성원 전체의 공동 이해로 서술"함으로써 "환상적 공동성"을 만들어 낸 것은 바로 이 때문이다. 그러므로 근대사회의 모순이 심화될수록 그 환상적인 성격이 더욱 강화되는 것은 필연적이다.[327] 이런 관점을 따르면 휴머니즘론자가 르네상스 휴머니즘의 대의를 차용하는 것은 "전체주의적 개성 무시에 대하여는 일정한 대립자로서의 의의"를 가진다는 점을 수긍할 수 있다.[328]그러나 그것은 현대 위기의 근원을 이

---

326) 「르네상스와 신휴머니즘론」(1937. 5), 『문학의 논리』, 154쪽.
327) 위의 글, 162쪽.

루는 르네상스를 약간 개량한 데 불과하다. 그런데 이와 같이 휴머니즘 론자가 르네상스를 질적으로 지양하지 못하고 그것을 연장하는 태도를 보이는 이유는 무엇보다도 그들의 중간계급성 때문이다. 그리고 위기가 격화될 때 전형적으로 나타나는 중간계급의 동요와 이중성으로 그들의 논의에는 필연적으로 추상성과 주관주의를 동반하게 된다. 낡은 세계를 철저히 극복할 현실적인 동력을 결여하고 있기 때문에 현실을 객관적으로 보는 대신 마치 주관을 현실인 것처럼 간주하기 때문이라는 것이다. 그러므로 임화가 노동자 계급의 관점을 강조하는 것은 당연하다.

> 그런 때문에 금일의 문화 위기를 극복하고 문화 창조의 길을 타개할 방 도는 금일의 현실에 즉하여 그 가운데로부터 필연적으로 도출되는 어떤 길, 이것은 르네상스적 인간 해방이 갖는 일면성과 자기 모순의 부정 위 에서 출발할 것이다. 이 사상에 있어 르네상스는 연속적으로 부흥되는 것 이 아니라, 변증법적으로 지양되며 비판적으로 계승된다.
> 그러므로 이 사상은 르네상스적 정신과 방법으로 만들어진 근대사회로 부터 자기 존속의 전요건을 수득치 못하고 그것을 오히려 자기 발전의 질 곡이라 느끼는 특정의 인간군 가운데서 비로소 발생할 수 있는 것이다. 이 인간군의 입장만이 홀로 역사적일 수 있으며 따라 객관적일 수가 있 다.[329]

노동자 계급의 관점을 견지한다는 것은 곧 현실에서 출발하는 현실주 의적인 태도를 갖는다는 뜻이다. 주관과 독립하여 존재하는 현실을 올 바르게 인식·반영해야만 현실의 문제를 풀 수 있기 때문이다. 그러므 로 인간이 갖고 있는 모든 능력을 최대한도로 발전시키고 자유와 창조

---

328) 위의 글, 140쪽.
329) 위의 글, 145-6쪽.

성을 증진시키며 동시에 전체 인간의 조화로운 삶을 가능하게 하는 진정한 휴머니즘을 실현시키기 위해서는 이와 같은 현실주의적인 태도가 필수적으로 요구될 수밖에 없는 것이다. "조화의 회복은 동시에 각인이 참여하고 있는 넓은 현실 속에서만" 가능하기 때문에 "제 자신을 소중히 여기고 인간을 존중하는 것은 기실 인간이 영위하고 있는 일반 현실을 존중한다는 것이 아니 될 수 없다."330) 임화가 휴머니즘론이 지니고 있는 주관주의를 비판하면서 그 대신에 리얼리즘을 내세우는 것은 바로 이 때문이다.

그러므로 생활에서도 문학에서도 단순한 표상에 지나지 않는 인간을 주의를 한다는 어느 이즘이 아니라, 인간 그것의 진실을 표현하고 인간의 여태까지의 역사를 양기할 근원을 문제 삼는 일층 명확한 이즘이 우리에게 실제상의 의미를 갖지 않을 수 없다.
따라서 우리가 휴머니즘을 비판한 것은 인간의 존중을 반대한 때문이 아니라 오히려 그것으로는 인간 자체의 발양, 인간의 역사적 초극이 불철저·불가능한 때문이다.331)

그래서 임화는 인간의 역사적 변화, 즉 '휴머니티'를 탐구할 것을 제안한다. 그리고 르네상스의 휴머니티를 상실한 근대의 현실에서 휴머니티를 제대로 실현하는 일은 "현실 가운데서 낡아 가는 세계, 즉 인간들로부터 근대 특유의 방법으로 휴머니티를 빼앗고 있는 세계와 대립하고, 제 어깨 위에 새로운 인간의 세계의 실현을 걸머진 신세대"에 주목하는 것이라고 주장한다. 그렇기 때문에 작가가 이 계급에서 눈을 돌리면 예

330)「휴머니즘 논쟁의 총결산」(1938. 4),『문학의 논리』, 216쪽.
331) 위의 글, 216-7쪽.

술은 필연적으로 "비사실적"일 수밖에 없고, 이 "비사실성"이야말로 "비인간성의 예술적 표현이 된다."[332] 리얼리즘이야말로 최고의 휴머니즘인 까닭이다.

> 그러므로 현대문학이 그 빈곤 때문에 허덕이고 있는 휴머니즘의 재건, 세계사적 휴머니즘을 창조하려면 '인간'을 간판으로 한 어떤 주의가 아니라 시대 현실의 핵심을 파내려는 집요한 사실을 주의로 하는 문학 정신 위에 서지 않으면 안 된다.
> 리얼리즘이 현대적 암담 가운데 싹트고 명일의 양지에서 꽃필 장대한 휴머니즘의 창조를 어떤 '인간'주의보다도 확실히 보장하는 것이다. 바꿔 말하면 문학 위에서 최대의 휴머니즘은 리얼리즘이다. 그러므로 문학적 리얼리즘에서 떠나감은 진정한 휴머니즘에서 떠나감을 의미한다.
> 따라서 우리는 순이론적으로만 아니라 문학적으로 휴머니즘을 휴머니티와 구별하게 하고 아전인수적으로가 아니라 현실적으로 휴머니티를 리얼리즘 가운데 찾는 것이다.[333]

이상으로 백철의 휴머니즘론에 대한 임화의 비판을 살펴보았다. 임화가 그의 휴머니즘론에 대해서 집요하게 비판했던 이유는 무엇보다도 과거 프로 문학의 오류를 마치 프로 문학 자체의 치유할 수 없는 결함으로 환원하여 프로 문학의 역사적인 정당성을 부정했기 때문이다. 백철이 개성에 대해 극단적인 강조를 한 것도 위와 같은 맥락에서 보면 그 배경을 이해할 수 있다. 그러므로 보편성과의 매개를 결여한 개별성의 강조가 주관주의로 나타나는 것은 이상한 일이 아니다. 임화가 백철을 비판한 내용의 핵심도 바로 이 주관주의였다. 예컨대 인간을 둘러싼 여

---

332) 위의 글, 230-1쪽.
333) 위의 글, 235-6쪽.

러 가지 조건을 무시하여 개성만을 극단적으로 강조하거나, 파시즘 체제가 강화되어 가던 시기에 무매개적인 자유론을 근거로 하여 문예부흥론을 제창하는 것은 이 주관주의의 표현인 것이다. 그런데 백철 휴머니즘론의 이와 같은 성격은 중간계급성에 그 바탕을 둔 것이었다. 그렇기 때문에 임화가 노동자 계급의 당파성과 현실주의적인 태도를 강조함으로써 진정한 휴머니즘은 리얼리즘을 통해서만 가능하다고 주장한 것이다.

3
소설론

1. 리얼리즘론의 적용으로서의 작품론

여기에서는 '「물」논쟁'에서부터 시작하여 본격소설론 이전까지의 시기에 발표된 소설 비평을 대상으로 하여 앞에서 보았던바 그가 모색하였던 리얼리즘의 원리가 구체적으로 적용되는 양상을 검토하고자 한다. 그러므로 이것은 사회주의 리얼리즘론과 겹치는 것이기도 하다. 그러나 앞에서는 리얼리즘에서 주객 변증법이나 주체 재건론과 관련한 논의이고 여기서는 리얼리즘의 원리를 구체적으로 적용하고 있는 것을 살핀다는 점에서 그 성격이 다르다. 그가 비평의 대상으로 삼았던 작품들을 해석하고 평가하는 방법론에 주목하고자 하는 것이다.

본론으로 들어가기 전에 그가 제시한 비평의 원리를 먼저 살펴보기로 하겠다. 먼저 작품을 평가하는 기준의 문제에 대한 임화의 견해를 보기로 한다. 비평은 어떤 기준에 의해서 작품을 평가한다. 비평의 기준이 인식 주관에 의존하기 때문에 비평은 주관적일 수밖에 없다. 그러나 이러한 주장이 주관주의를 그대로 수용하는 것은 아니라는 점을 이해하는 것이 중요하다. 왜냐하면 인식 주체 자체가 역사적이고 사회적인 상황에 의하여 조건지워지기 때문이다.

> 비평가에게 주관적으로 믿어지고 비평에 있어서 평가의 기준이 되는 '진'이라는 것도 결코 비평가 개인의 절대적으로 주관적인 판단에 의하여 결정되는 것이 아니라 그 사람이 생활하는 역사적 사회적 환경, 구체적으로 말하면 비평가의 정신적 물질적 제 상태를 제약하고 있는 역사적, 계급적 조건으로 말미암아 다시 제약되고 있는 것이다.[334]

그러므로 비평의 객관성은 주관의 개입을 되도록 방지하는 데서 얻어지는 것이 아니다. 이것은 인식 자체를 부정하는 일이기 때문이다. 그러므로 주체와 객체와의 변증법적인 관계에 주목하여야 한다. 주관은 자의적으로 현실과 관계하고 인식하는 것이 아니라 객관적으로 존재하는 현실의 조건에 의하여 규정되고 있기 때문이다. 그러므로 이제는 그 다음 단계로 어떤 관점에 입각한 주관이 현실을 가장 객관적으로 반영할 수 있는가 하는 문제가 생기게 된다. 임화는 이 문제에 대하여 프롤레타리아 계급의 관점을 내세운다.

> 따라서 마르크스주의적 비평은 주관과 객관의 변증법적 통일, 그 가운데 있어서 양자를 관철하는 현실의 객관적 법칙과 비평에 대하여 합법칙성의 원리를 정립한다. 현재의 사회에 있어서는 부르주아적 비평에 대하

---

334) 「비평의 객관성 문제」, 『동아일보』, 1933. 11. 10.

여 프롤레타리아적 비평은 유일한 정당한 객관적 비평이라는, 또 이곳에
만 이 비평의 진정한 객관성이 있다는 대명제를 세운다. 그것은 마르크스
주의적 비평은 금일의 계급 사회에 있어서 세계를 가장 완전한 객관성을
가지고 반영하고 동시에 그 합법칙성에 의하여 세계를 ××해 나가는 것을
'진'이라고 문학비평의 기준을 삼기 때문이다.[335)]

따라서 비평은 작품에서 이 '진'을 올바르게 반영하고 있는가를 밝히
고 더 나아가 이것을 반영할 수 있도록 구체적인 방법을 세워야 하는
것이다. 결론적으로 임화는 비평에서 가장 중요한 사항으로 노동자 계
급의 관점에 입각하는 당파성을 강조한 것이다. 실제로 본격소설론 이
전까지는 소설 비평에서 이러한 태도가 일관되게 견지되고 있다.
　이제 시간적인 순서를 따라가면서 실제 비평을 보기로 한다.
　'「물」 논쟁'의 도화선을 이루는 「6월 중의 창작」(1933. 7)에서 임화가
강조한 것은 계급적인 관점과 예술성이다. 이것은 볼세비키화 단계에서
내세운 당파성이 현실과 매개되지 못한 채 주체의 주관적인 표현으로
나타났던 오류를 지양하는 의도를 갖고 있는 것이다. 따라서 계급적인
관점으로 인식한 세계를 예술적 형상으로 드러내야 한다는 점을 강조하
게 된 것이다.

　　작자가 어떠한 방법을 가지고 다시 말하면 어떠한 계급의 세계관 위에
　　서 농민 생활을 자기의 예술 문학 가운데 예술적으로 형상화하였느냐 하
　　는 것이 중심 과제일 것이다.[336)]

위의 인용은 홍구의 「마차의 행렬」(1933. 5)에 관한 발언이지만, 비평

---

335) 위의 글, 1933. 11. 10.
336) 「6월 중의 창작」, 『조선일보』, 1933. 7. 12.

의 대상에 오른 작품 일반에 적용하는 평가의 기준이 되고 있다. 예컨대 김남천의 「물」은 물에 대한 욕망을 사실적으로 그리는 데는 성공하고 있으나 프롤레타리아의 당파적 견지를 결여해서 인간의 계급적 관계가 나타나지 않고 "침후한 경험주의"를 드러내고 말았다고 평가하는 것이다.

> 계급적 인간 대신에 '산 인간' '구체적 인간' – 기실 조금도 구체적이 아닌 – 이 대치되어 있고 옥내의 정치범들의 정치적 ××적 행동 대신에 '생생한' 물에 대한 '산 인간'의 열화와 같은 욕망이 약동하고 있다. (중략 – 인용자)
> 뿐만 아니라 이러한 결함으로 인하여 이른바 '산 인간'='구체적 인간'은 이 작품에 어느 곳에서도 나타나 있지 않다. ××주의자도 담합 사건에 들어온 일본인도 다 '물을 갈망하는 인간'이란 개념하에 추상적이 되어 버리고 말았다. 인간의 구체성 – 이 구체성의 보다 더 구체적인 구체성인 인간의 계급적 차이는 조금도 살아 있지 않다.337)

인간을 계급적 관계에서 이해해야 한다는 점은 이 글의 여기저기에서 반복하여 강조되고 있다. 그러나 앞에서 리얼리얼즘론을 검토할 때 말했듯이 「서화」의 경우에는 이 계급적 관점이 일관되게 적용되지 못하였다. 그것은 김남천이 지적한 대로 "장편소설에 대한 편벽된 연애" 때문이다.338) 그래서 한편으로는 농민의 소유자적 성격을 예술적으로 잘 묘사했다고 하면서 이 작품의 약점으로서 "농민의 생활이 사회적 생산제관계로부터 유리"되었고, 그 결과로 "작품 전체의 역사성이 부정확하게밖에는 표현되지 못한" 점339)을 드는 모순을 드러냈다. 따라서 소유자적

---

337) 위의 글, 1933. 7. 18.
338) 김남천, 「임화에게 항의 – 「서화」에 대한 그의 과중평가」, 『조선일보』, 1933. 8. 3.

성격을 잘 그렸다고 하면서 농민을 생산 관계에서 파악하지 못했다고 하는 것은 같은 대상에 대해 정반대의 해석을 하고 있는 셈이다.

이처럼 계급적 관점을 강조하고 실제 작품을 통하여 그것을 점검하고 비판하였지만 모든 작품에 절 적용된 것은 아니었다. 이러한 문제점을 드러낸 이유는 앞에서 언급했던 것처럼 장편소설에 대한 기대가 컸던 때문이고, 또 한편으로는 작품에서 어떤 이론의 영향을 찾아내려는 태도 때문이기도 하다. 후자를 다시 설명하면 임화는 작품의 성패 여부를 신유인이나 레닌의 이론의 영향에서 나오는 것으로 생각하고 있었던 것이다.

그렇지만 이 글에서 강조한 계급적인 관점, 형상으로 설명되는 예술성에 대한 관심은 그 후에도 정도의 차이는 있으나 지속적으로 유지되고 있다. 형상에 대한 강조는 앞에서 본 것과 같이 주관주의적 편향을 보인 낭만주의론을 제창하였을 때도 여전한데, 구체적인 묘사를 추상적인 도식으로 대신하는 낭만주의적 결함을 지적하고 있는 것이다.[340]

「6월 중의 창작」 다음에 발표된 「신춘 창작 개평」(1934. 2)은 기본적으로 위에서 말한 관점을 이어받고 있으면서도 실제 소설에 적용하는 데는 전보다 설득력을 얻고 있다. 먼저 임화는 문학이 현실의 반영이라는 점을 분명히 하고서 문학은 이 현실의 본질을 개별성과 일반적인 법칙성을 매개하는 전형을 통해 전달하는 것이라고 설명한다.

그러나 현실이라는 것은 공간적이고 시간적인 때문에 항상 무한한 넓

---

339) 「6월 중의 창작」, 1933. 7. 19.
340) 「현대문학의 제경향」, 『우리들』, 1934. 3, 10-1쪽.; 「조선신문학사론 서설」, 『조선중앙일보』(24회), 1935. 11. 12. ; 「송영론」(1936. 5), 『문학의 논리』, 학예사, 1940, 535-6쪽.

> 이와 헤아릴 수 없는 복잡성이 그 특징이 되어 있는 것이며, 동시에 그것
> 은 불규칙한 혼돈한 중에 있는 것이 아니라, 개별적인 것은 언제고 그 자
> 신의 구체적 존재의 방식을 가지고 일반적인 법칙성ㅡ기본적인 도정에 연
> 결되어 있는 것이다. (중략ㅡ인용자) 문학은 현실 가운데의 모든 풍부한
> 내용과 그것을 통하여 표시되는 '전형적인 제성격' 다시 말하면 현실적 과
> 정의 기본적인 핵심에 육박하고, 동시에 그것을 형상을 통해 전달하는 것
> 이어야만 한다.341)

이 글에서는 주로 작품이 현실의 본질을 반영하고 있는지를 문제 삼
고 그렇지 못한 이유를 지적하고 있다. 예컨대 민촌의 「가을」(『신계단』,
1934. 1)은 고리대 자본이 농민에게 작용하는 영향력을 잘 그리고 있으
나 인물을 계급 관계에서 관찰하지 못함으로써 그 행동이 현실성을 획
득할 수 없었다는 점을 지적하고 있다. 요컨대 자연주의적인 성격을 드
러냈다는 것이다.

> 나는 우선 원서 일가가 거의 동리 사람들 전체로부터 대단히 고립되었
> 다는 점에 대하여 주요한 비난을 가하고 싶다. 이 결점은 동시에 원서의
> 아들 영식이가 과연 어떤 "결심 밑에서 분연히 온 동리를 위해서" 활동하
> 게 되었는지 하는 것도 똑똑히 명시되지 않게 만들었다.342)

이무영의 「창백한 얼굴」(『신동아』, 1934. 2)에 대해서도 마찬가지의 얘
기를 하고 있다. 이 소설이 "인텔리가 (약ㅡ원문대로) 숙명으로부터 해방
되려고 하는 혈투의 일면을 충분히 엿볼 수 있"게 한 점에서 성공했고
또 예술의 양심을 잃지 않았다는 점을 높이 평가했다. 그러나 작가의 시

---

341) 「신춘 창작 개평」, 『조선일보』, 1934. 2. 18.
342) 위의 글, 1934. 2. 1.

야가 협소하기 때문에 즉 지식인을 개체로 이해하기 때문에 그의 문제
는 개인의 문제, 또는 내면의 문제로 나타나고 따라서 전형적인 인물을
그릴 수가 없었으며 심리주의를 보였다고 비판하고 있다.

> 작자는 계급으로서가 아니라 '층'으로서의 소부르주아지, 지식계급에 대
> 한 똑바른 이해를 갖지 못한 것이다. 다시 말하면 모든 것으로부터 고립
> 된 유폐된 인간으로서 인텔리가 파악되어 있다. 그 적이 어디 있는지 그
> 동무가 어디 있는지도 잘 분간하지 못한다. 오직 자기 자신의 무능력에
> 대하여 절망하고 또 그것을 부정할 뿐이다. 이러한 부정이 소시민적 심리
> 의 특징인 것은 누언할 것도 없다. 이러한 본질적 결함은 작품 중 인물의
> 성격을 완연히 절대적인 개체로서 파악하고 그것이나마도 주로 인물의 내
> 향적 방면에로 치중한 것이다.[343]

요컨대 인물과 상황을 계급적인 관점에서 파악하지 못함으로써 인물
은 고립된 존재로 나타나 절망할 뿐이고 적과 동지의 관계가 시야에서
사라져 버렸다는 것이다. 김남천의 「문예 구락부」에 대해서도 인물과
사건이 생산 관계에서 그려지지 않았고, 또 예술적 과제를 개념적으로
이해하여 줄거리 중심의 빈약한 작품을 만들었다고 비판했다. 후자는
바로 형상성의 문제를 거론한 것이다.

다음으로 낭만주의론을 제출했을 때는 주제의 적극성을 강조한다. 그
러나 그것이 형상을 무시한 추상적인 슬로건으로 제시되는 낭만주의의
약점을 동반할 수 있다는 점도 경계하는 것을 잊지 않는다. 가령 이기영
의 「박승호」와 송영의 「그 뒤의 박승호」 등에서 주제의 적극성을 평가
하면서도 "생활의 전면적 묘사와 그것을 통해서 나타나는 현실적인 리얼

---

343) 위의 글, 1934. 2. 23.

리티의 결과가 아니라 개인적 생활과 그 성격의 자연주의적 추구와 추상적인 도식으로써 이것이 제시되었다"[344]는 점을 비판하고 있다. 또 송영의 신경향파 소설의 성격을 낭만적인 경향에 포함시키면서 그 결함으로 정작 구체적인 묘사가 필요한 데에서 간략한 제시로 대신한 것을 지적하고 있다. 물론 이 결함은 주관이 현실과 관계없이 이상의 방향으로 사건을 조작한 결과이다.[345] 임화의 이와 같은 비판을 보면 그의 낭만주의론에서 주관주의적인 성격만을 일면적으로 강조하는 것이 올바른 독법이 아니라는 점이 분명해진다. 물론 하나의 범주로 통일되어야 할 것을 낭만적인 경향과 사실적인 것으로 이원적으로 분리한 것에서 보듯 주관주의적 편향은 낭만주의론의 핵심을 이루고 있는 것이 사실이다. 그러나 소설 비평을 통해서 확인한 것처럼 곧 극복될 가능성을 내포하고 있는 오류라고 하겠다. 다음의 비평을 보면 이 점을 확인할 수 있다.

「7월의 창작 월평」(1936. 7)은 다음에 자세히 살필 「작가의 눈과 문학의 세계」(1937. 6)에서 분명한 형태로 드러나는 낭만주의론의 주관주의를 극복하려는 의도를 보여 주는 글이다. 이 글은 주로 작품에서 추출한 작가의 현실관을 통하여 리얼리즘의 문제를 검토하고 있다. 가령 이태준의 「바다」는 인간의 불행의 원인을 자연, 즉 바다에서 찾고 있기 때문에 "오직 인간 상호간에 형성된 사회적 관계 때문에 노동하는 인간에게 자연은 고통의 원인이고 부유한 인간에게는 향락의 소치"라는 점을 그리지 못했다고 평가하고 있다.[346] 그러니까 여전히 사회 현실을 계급 관계에서 관찰해야만 그 본질을 제대로 형상화할 수 있다는 점을 강조

---

344) 「현대문학의 제경향」, 『우리들』, 1934. 3, 10-1쪽.
345) 「송영론」(1936. 5), 『문학의 논리』, 546쪽.
346) 「7월의 창작 월평」, 『조선중앙일보』, 1936. 7. 22.

하고 있는 것이다. 이 글 이후의 문학론, 특히 「사실주의의 재인식」과 연관하여 말하면 관조주의의 측면을 거론한 것이라고 할 수 있다. 또 이 글에서는 작가의 주관이 현실을 왜곡하는 진부한 낭만화의 방법을 혹독하게 비판하고 있다. 송영의 「여사무원」에 대해서 "일시대 전 프로 소설에 있는 진부한 스토리 그대로이고 주인공은 그것을 실행하기 위하여 작자의 주관에 의하여 조작된 로보트 외의 아무것도 아니"라고 하여 작가의 비현실적 공상을 나무란다.[347] 이른바 주관주의 또는 공식주의를 거론한 것이다.

관조주의와 주관주의에 대한 비판이 의식적으로 행해진 것은 주지하다시피 「사실주의의 재인식」(1937. 10)에 이르러서이다. 구체적인 예를 하나 들면 한설야의 「태양」, 「임금」, 「철로 교차점」 등에서 관조주의와 낡은 공식주의가 혼합되어 있다고 하면서 "작자의 양심적 주관은 공식주의로서 나타나고 작품에 그려진 온갖 사실들을 표면적으로 긍정하는 데서 작자는 명백히 관조주의"를 보였다고 평가하고 있다.[348] 그렇다면 「사실주의의 재인식」의 문제의식은 갑자기 나타난 것이 아니라 이미 이 때부터 준비되고 있었다고 해야 할 것이다.

한편 임화는 이기영의 「적막」에 대해서 다음과 같이 설명하고 있다.

> 일언이폐지하면 이 '정황'에서 이 '성격'들은 일치되지 않고 모순한다. 즉 소설 가운데서 반영된 현실은 시대적이나 인물 성격은 시대적이 아니다. 구체적으로 말하면 현실 정황은 1935 · 6년대이고, 인물들의 현실은 1922-3년경의 인텔리겐차이다.[349]

---

347) 위의 글, 1936. 7. 24.
348) 「사실주의의 재인식」(1937. 10), 『문학의 논리』, 80-1쪽.
349) 「7월의 창작 월평」, 『조선일보』, 1933. 7. 19.

엥겔스가 정의한 리얼리즘의 명제, 즉 '전형적인 상황 속의 전형적인 인물'을 적용하고 있다. 그런데 이후의 본격소설론과 비교하여 중요한 것은 엥겔스의 이 명제를 분명히 반영론적인 관점에서 거론하고 있다는 점이다. 즉 본격소설론의 성격으로 정리되는 '성격과 환경의 조화'라는 규정은 대체로 소설 내부의 성질로 파악되는 것인 데 비해 이 글에서는 소설 밖의 현실 자체가 문제되고 있는 것이다. 전형적인 상황에 걸맞은 인물이란 관점은 이후의 「한설야론」 등에서 소설을 평가하는 중요한 기준이 되고 있다.

> 바꾸어 말하면 인간과 환경과의 조화! 그러므로 이 동안의 설야적 혼란은 인물과 환경과의 괴리에 있다. 인간들이 죽어 가야 할 환경 가운데서 설야는 인간들을 살려 가려고 애를 쓰는 것이다.
> (중략 - 인용자)
> 그러나 문제는 설야도 잘 알 듯 그것이 보편성을 갖느냐, 이 시대에서 전형적일 수 있느냐 하는 데 있는 것이다.[350]

요컨대 작가가 존귀한 의도를 품었는데도 그것을 제대로 실현하지 못한 이유는 당대의 상황에서 보편성을 지니지 못하는 등장인물을 형상화함으로써 주관주의적인 성격을 보였기 때문이라는 것이다. 그러므로 이제 중요한 것은 현실의 의의를 바르게 인식하는 일이다. 이것에 대한 이론적인 해명은 이미 리얼리즘론을 다루면서 자세히 보았고 여기서는 김남천의 「남매」[351]에 대한 비평을 통해서 이 점을 살펴보기로 하겠다.

---

350) 「한설야론」(1938. 2), 『문학의 논리』, 565-6쪽.
351) 이 소설과 이 계열의 작품 성격에 대해서는 김윤식, 『임화연구』(문학사상사, 1989, 342-4쪽)와 문영진, 「김남천의 해방전 소설 연구」(서울대 석사논문, 1989, 36-44쪽)를 볼 것. 또 이 소설들을 성장소설이란 관점에서 검토하여 주체 건립

임화는 「남매」를 비평의 대상으로 한 이유로 당시의 소설들이 현실 가운데 뿌리를 박지 못하고 또 동시에 그 현실과 싸움을 벌이는 리얼리즘의 정신을 결여한 데 비하여 이 작품이 이러한 경향에서 벗어나 있기 때문이라고 했다. 다시 말하면 「남매」를 통하여 리얼리즘에서 현실을 바르게 반영하는 작가의 '눈'의 역할을 검토한다는 것이다. 그는 먼저 「남매」의 내적 구조를 해명하는 데서 논의를 시작한다. 그 결과로서 "이 소설 가운데 활약하고 있는 인물들, 전개되는 사건이 모두 다 김봉근이라는 소년의 무고한 수난이란 일점으로 집중됨"[352]으로써 "이 압축성이 「남매」로 하여금 드라마티칼한 긴장 가운데 시종"[353]하여 "고도의 비극성"을 획득하고 있다는 점을 설득력 있게 밝혀 내고 있다. 이러한 성과는 작자가 "人間苦를 고발하려는 고매한 정신으로 불타고 있"기 때문에 가능한 것이었다고 설명한다.[354]

그 다음에 임화는 "작자가 적발한 악의 문제와 묘사된 생활 환경의 가치 여하"를 문제 삼고 있다. 그는 결론으로서 위에서 말한 '인간고를 고발하려는 고매한 정신'이 현실의 본질적인 측면을 올바르게 반영하지 못함으로써 주관적 정신으로 나타나고 말았다고 주장한다. 그 이유는 갈등의 궁극적 원인이 되는, 따라서 고발의 대상이 되는 "악으로서의 빈궁이 어느 곳에서 원인하였는가의 문제가 충분히 제기되지 않았"기 때문

을 가능성을 긍정적으로 평가하는 글로서는 현길언, 「닫힌 시대와 역사에 대한 소설적 전망 - 김남천의 『소년행』과 『대하』」(『한국소설의 분석적 이해』, 문학과비평사, 1990, 214-21쪽을 볼 것.
관찰문학론을 제출할 때 행한, 이 소설들에 대한 김남천 자신의 자기비판에 대해서는 김남천, 「발자크 연구 노트(4) - 체험적인 것과 관찰적인 것」(『인문평론』, 1940. 5, 50쪽)을 볼 것.
352) 「작가의 '눈'과 문학의 세계」(1937. 6), 『문학의 논리』, 286쪽.
353) 위의 글, 293쪽.
354) 위의 글, 302쪽.

이라는 것이다.[355] 그래서 김봉근의 마지막 행동 - 학교 가는 길에 한 아이가 그의 누이가 기생이라는 사실을 놀리자, "어제께로부터 오늘 아침까지 보아 오고 겪어 온 아니 나서 이만큼 자라기까지 경험한 가지가지의 더럽고 추한 것들이 함께 뭉쳐서 덩지(덩이의 사투리 - 인용자)가 되어 그의 얼굴 위에 떨어지는 것"같은 모욕을 느끼고 "더 참을 수가 없"어서 놀린 아이를 "지금 따르고 있는 것이 누구인지도 잊어버리고 두 주먹을 쥔 채 죽기를 한하고 자꾸만 쫓아간다"[356] - 이 절망에서 나온 충동적인 행위로 느껴지게 된다는 것이다. 그래서 이러한 점은 "명확한 목표, 대상을 향하여 육체와 정신의 힘을 통합하여 전진하는 문학의 정신으로선 한 개의 결점"이 될 수밖에 없다.[357] 물론 임화는 그렇다고 하여 봉근이를 자각적이고 적극적인 인물로 형상화하지 않았다는 점을 비난하는 것은 아니라는 점을 분명히 한다. 따라서 그가 여기서 강조하고자 하는 것은 작가의 주관이 작품 세계를 통하여 객관화될 때만 작가의 주관과 작품에 나타난 현실이 다 같이 가치를 지니게 된다는 점이다.

또 빈궁이라는 것은 "인물의 생활적 관계"에서 나오는 것이라고 할 수 있는데 이 점에 주의하지 못함으로써 "가족 내부를 상당히 현실적으로 그리고 형상화하기에 성공한 반면 가족과 외계와를 연결하는 사건 묘사에 있어서나 인물의 형상화에 있어서나 모두 덜 현실적이고 성공하지 못하"여서 "봉근 일가란 일 개 봉쇄된 모나드와 같은 인상을 준 것이며 일가족의 불행, 그 불행의 담당자 봉근의 비극을 지배한 원인은 천래의 숙명과 같은 감을 주"었다고 설명한다.[358]

---

355) 위의 글, 303쪽.
356) 김남천, 「남매」, 『조선문학』, 1937. 3. 27쪽. 이 마지막 부분은 「작가의 '눈'과 문학의 세계」, 287-8쪽에도 인용되어 있다.
357) 「작가의 '눈'과 문학의 세계」, 304쪽.

이 작품에 대한 비평을 보면 지금까지 살펴본 임화 소설 비평의 일반적인 성격을 요약한 느낌을 받는다. 우선 작가의 계급적 관점을 문제 삼아 주인공의 가족이 인물들의 관계 속에서 파악되지 못함으로써 고립되고 따라서 그들이 처한 상황이 그 관계에서 나오는 것이 아니라 숙명적인 인상을 주게 된다는 것이다. 둘째로 그렇기 때문에 작가가 현실을 고발·비판하려는 '고매한 정신'을 지녔는데도 그 의도를 제대로 실현하지 못하고 말았다.

결론적 지금까지 검토한 임화의 소설 비평의 방법을 요약하면 다음과 같다.

첫째로, 그는 소설을 비평하는 데 문학이 현실을 반영한다는 점을 분명히 하고 있다. 문학은 현실의 '진'을 그린다는 것이다. 둘째로, 이 현실의 진실한 반영은 프롤레타리아의 관점에 입각해야만 객관성에 도달할 수 있다는 점을 강조하고 있다. 셋째로, 이러한 관점으로 소설에서 주로 주목해야 할 것은 전형적인 상황과 인물이다. 이 전형을 그리기 위해서는 인간을 계급적인 관계에서 바라보아야 한다. 그렇게 해야만 인물의 구체성이 획득되고 사회적이고 역사적인 성격이 제대로 파악된다. 그리고 현상의 표면에만 멈추는 관조주의를 극복할 수 있다. 넷째로, 형상에 대하여 강조했다. 그는 한결같이, 심지어 주관주의적 편향을 보인 낭만주의론을 주장할 때도 작가의 관념을 생경하게 드러내는 경향을 강하게 비판했다. 형상론에서도 말했듯이 형상이야말로 문학, 예술을 다른 상부 구조와 구별하게 하는 특수성의 범주이기 때문이다. 마지막으로 주관주의나 낭만주의를 극복하기 위해서는 "현실과 대립하고 격투한다

---

358) 위의 글, 307-8쪽.

는 것은 우리들의 주관적인 정신에서가 아니라 현실 그것을 가지고 격투한다는 것을 이해"해야 한다는 점을 강조했다. 이런 점을 감안하면「사실주의의 재인식」등에서 정립되는 리얼리즘론의 모습이 꾸준하게 소설비평에서 구체적으로 준비되고 있다는 점을 분명하게 알 수 있다.

2. '성격과 환경의 조화'로서의 소설론

여기서 소설론이라 함은 사회주의 리얼리즘론 다음에 발표된「세태소설론」(1938. 4),「본격소설론」(1938. 5)을 비롯한 일련의 소설론을 말하는 것이다. 그러므로 여기서 다룰 소설론은 리얼리즘 논의와 연결되는 측면을 갖고 있다. 그런데 이러한 측면은 리얼리즘론이 내포한 문제의 연장이다. 그러므로 이 소설론을 검토하기 전에 이 소설론이 리얼리즘론과 연결되는 과정을 살피는 일이 필요하다.

앞에서 사회주의 리얼리즘론과 주체 재건론을 검토하면서 임화가 생활 실천과 세계관을 매개하는 범주로 리얼리즘 창작 방법이라는 예술실천을 내걸고 이러한 실천에 의하여 현실을 '시련의 장소'로 인식해야 한다는 점을 강조했다는 점을 확인했다.

> 문학에 있어 이 방법은 제 주관에 구애되지 않고 현실을 탐구하여 현실 그것의 구조로 작품을 구조하고 현실에서 체험당하는 작가 주체의 시련의 정열로 작품의 정신을 삼는 그러한 방법이다.
> 우리는 한 사람의 주인공이 어떠한 인물일지라도 작가가 미리 그 인물의 운명을 부여하지 않고 그 인물이 부단히 체험하는 현실과의 상관 속에 제 운명이 만들어지는 그런 작품을 인간적, 예술적 리얼리티를 가진 작품이라 한다.

> 리얼리티란 결코 하나의 죽은 언어가 아니다. 개인과 현실과의 항쟁의
> 진실성! 고조된 열도 속에 만들어지는 인간적 운명의 박진성, 그것을 리얼
> 리티라 부른다.[359]

이 글보다 한달 전에 발표된 「한설야론」(1938. 2)에서부터 의식적으로
적용되고 '본격소설'의 핵심적인 성격으로 정리되는 '성격과 환경의 조화'
라는 명제가 구체적으로 나타나고 있다. 다시 말하면 소설론의 이 명제
는 주체 재건을 모색하는 과정에서 부각된 '현실의 의의'를 탐구하는 과
정에서 얻은 결과인 것이다.

그런데 위의 인용문에서 예술 실천이 작가의 생활 실천의 반영으로
간주되고 있음을 볼 수가 있다. 그렇다면 애초에 주체 재건의 문제의식
으로 전제되었던 "현재 우리 작가들이 생활 실천을 통하여 주체를 재건
한다는 사업이 불가능에 가까우리만치 절망적"인 상황적 여건[360]이 제
대로 고려되지 않고 있다고 해야 할 것이다. 사실, '개인과 현실과의 항
쟁'이 가능한 여건이었다면 주체의 붕괴라든지 주체의 재건이라는 절박
한 문제가 제기되지 않았을 것이다. 그러므로 이 인용문에서 읽을 수 있
는 생활적 실천은 말 그대로 그러한 실천의 가능성을 말한다기보다는
단지 예술적 실천의 승리를 보장하기 위한 전제로서만 기능하고 있다고
하는 것이 올바른 독법일 것이다. 무엇보다도 '현실'이란 말이 드러내고
있는 추상성이 이러한 주장의 옳음을 증명해 준다.

사회주의 리얼리즘론을 살피면서 보았듯이 위에서 인용한 「현대문학
의 정신적 기축」(1938. 3)이나 「유치진론」(1938. 3) 등 현실과의 대결 의

---

359) 「현대문학의 정신적 기축」(1938. 3), 『문학의 논리』, 117-8쪽.
360) 「주체의 재건과 문학의 세계」(1937. 11), 『문학의 논리』, 53쪽.

지를 강조하고 있는 글에서 현실은 1930년대 후반의 식민지 파시즘 체제라는 구체적인 시간과 공간을 뜻한다기보다는 주체가 실천을 통하여 관계를 맺는 보편적이고 추상적인 범주로 읽힌다. 그러므로 본격소설론의 추상성을 자인하고 있는 「사실의 재인식」(1938. 8)은 동시에 그가 그토록 강조한 '현실'이라는 개념의 내포를 현실주의적으로 파악하지 못했음을 드러내 주는 글이기도 하다. 여기서도 시련의 정신을 말하고 '사실과의 길항'을 주장한다는 점에서 그 전의 글들과 차이가 없는 것처럼 보이기도 한다. 그러나 앞에서 든 글, 즉 「현대문학의 정신적 기축」이나 「유치진론」 등이 보여 주는 추상적이기는 하지만 현실을 부정하는 의지가 이 글에서 주체에 대한 상황의 강대함을 인정하는 쪽으로 변모하고 있다. 그런데 눈에 띄는 이러한 변화, 더 구체적으로 말하면 현실의 내포가 거의 정반대라고 할 수 있을 정도로 다르게 나타난 것은 그 개념이 원래부터 구체적인 내용을 지니지 못했기 때문이다. 따라서 시련의 정신이라든가 사실과의 길항이라는 표현도 마찬가지로 그 말에 합당한 의미를 갖지 못하게 된다. 이렇게 하여 원래 매개 개념으로 전제되었던 예술 실천이 생활 실천에서 완전히 독립하여 자립적인 범주가 되는데 이것이 소설론에서 중대한 문제점을 낳게 한 원인이 된다. 이 점에 대해서는 소설론의 성격을 살피면서 언급하기로 한다.

이상이 리얼리즘론에서 소설론이 도출되는 과정이다. 그러면 이제 소설론의 세부를 보기로 한다. 「본격소설론」(1938. 5)보다 「세태소설론」(1938. 4)이 먼저 발표됐지만 후자에서 논의하는 내용의 척도가 되는 것이 본격소설이기 때문에 전자를 먼저 검토하기로 한다.

「본격소설론」은 객관적인 상황이 악화됨에 따라 경향 문학이 퇴조함으로써 성행하게 된 세태와 내성 소설에 대한 대안으로서 본격소설을 당면의 과제로서 제시하고 있는 글이다.361) 본격소설은 작품의 구조라는 측면에서 보면 "성격과 환경과의 하모니"362)를 이룬 소설을 말하는 것이다. 이러한 내부적인 조화가 작품 외부의 환경과 작가와의 분열이 생기지 않음으로써 작가의 사상이나 의도가 작품의 구조 자체에서 자연스럽게 실현될 수 있게 한다.

> 그러므로 작가로선 환경을 충분히 묘사하면서 제 사상을 또한 부족 없이 표현할 것을 고전적인 소설의 구조가 보장했다고 생각할 수가 있다. 요컨대 구조 내부에 조화가 있었다.
> 묘사(환경의!) 표현(작가의!) 하모니! 이것이 고전적 소설의 시적 기초였다면, 이 하모니의 소멸, 혹은 분열과 더불어 고전적인 소설을 쓰는 작가가 다시 출현하지 않은 것은 주지의 또한 자연스런 일이라 할 수 있다.363)

여기서 '성격과 환경과의 하모니'라는 규정은 다른 곳에서 "인간과 환경과의 조화,"364) "성격과 환경의 비비드한 갈등,"365) "성격과 환경이 어우러져 만들어 내는 줄기찬 플롯,"366) "성격과 환경의 노오말한 종합,"367) "주인공과 환경의 유기적 일관,"368) 또 "환경과 인물이 단일한 메카니즘

---

361) 프로 문학의 퇴조를 사실로서 인정하고 제출된 본격소설을 두고 사회주의 리얼리즘론의 구체화라고 하는 주장(민경희, 「임화의 소설론 연구」, 서울대 석사논문, 1990.; 하정일, 「30년대 후반 사회주의 리얼리즘론의 발전과 반파시즘 인민전선」, 『창작과 비평』, 1991 봄, 342-6쪽)은 옳지 않다. 앞으로 거론하겠지만 본격소설론을 사회주의 리얼리즘론으로 판단할 수 있는 근거가 너무 미약하고, 더구나 '구체화'라고까지 하는 것은 지나친 해석이다.
362) 「세태소설론」(1938. 4), 『문학의 논리』, 348쪽.
363) 「본격소설론」(1938. 5), 『문학의 논리』, 367-8쪽.
364) 「한설야론」(1938. 2), 『문학의 논리』, 565쪽.
365) 「세태소설론」, 356쪽.
366) 위의 글, 357쪽.
367) 「통속소설론」(1938. 11), 『문학의 논리』, 393쪽.

가운데 결부하려 하는 것"369)과 같은 말로 변주되고 있는데, 대체로 두
가지의 해석이 가능하다.

그 하나는 '전형적 환경에서의 전형적 인물'이라는 리얼리즘에 대한
엥겔스의 명제를 염두에 둔 것으로 특히 환경에 걸맞은 성격을 강조하
고 있는 것으로 이해하는 것이다.370)

> 바꾸어 말하면 인간과 환경과의 조화! 그러므로 이 동안의 설야적 혼란
> 은 인물과 환경과의 괴리에 있다. 인간들이 죽어 가야 할 환경 가운데서
> 설야는 인간들을 살려 가려고 애를 쓰는 것이다.
> (중략 - 인용자)
> 그러나 문제는 설야도 잘 알 듯 그것이 보편성을 갖느냐, 이 시대에서
> 전형적일 수 있느냐 하는 데 있는 것이다. (중략 - 인용자)
> 그러므로 새로운 성격의 형성을 위하여서는 언제나 새로운 환경이 필
> 요한 것이다.371)

엥겔스가 하크네스에게 보낸 편지에서, 또 임화가 이전의 소설 비평
에서 한 방식대로 당대 현실에 대한 판단을 기준으로 하여 반영론의 관
점에서 작품을 평가하고 있다. 임화가, 성격 개조의 과정을 형상화하는
데 문제가 있는 대로 긍정적 인물들이 현실과 대결하는 세계인『황혼』
보다 "우수와 암담과 희망 적은 세계"와 "무위와 피곤과 辯說의 인간들"
의 "憂愁한 세태를 그"린372)『청춘기』를 높이 사는 근거도 바로 여기에
있다. 그런데 문제는 이러한 방식으로 논의를 전개하면 결국 본격소설

---

368) 「현대 소설의 주인공」(1939. 9),『문학의 논리』, 415쪽.
369) 위의 글, 418쪽.
370) 민경희, 앞의 글, 54-7쪽.
371) 「한설야론」, 565-6쪽.
372) 위의 글, 568-9쪽.

은 세태 소설로 탈바꿈해 버리거나 본격소설에 미달하는 수준에 멈추고 만다는 데 있다. 본격소설에 포함될『황혼』을 세태 소설인『청춘기』보다 더 낮게 평가하고 것을 보면 이 점을 확인할 수 있다. 그러니까 임화의 현실 인식에 따르면 1930년대 말의 상황에서 '성격과 환경의 비비드한 갈등'을 그리는 것이 불가능하기 때문에 위와 같은 평가가 나오는 것이다. 그렇다면 임화는 본격소설을 목표로 제시하면서 한편으로는 그것의 실현 불가능성을 주장하고 있는 자가당착에 빠지고만 셈이다.[373]

'성격과 환경의 조화'에 대한 또 다른 해석은 객관적인 여건과 주체적 욕구 사이의 갈등과 조화의 변증법적 통일로서 읽는 것이다. 소설론의 전체 맥락에서 보면 이와 같은 이해 방식이 앞의 것보다는 일관되게 적용되고 있다.

> 본격적인 소설이 더욱이 장편이 어떤 개인의 평생과 운명을 그리는 것은 이 때문이다. 그 인물이 살던 시대의 사회는 그 인물의 생에다 어떤 편의를 제공하였는가? 이것은 인간과 환경과의 조화의 면이다. 어떠한 인간임을 물론하고 환경이 나면서부터 그에게 제공하는 조건을 기초로 생을 영위하게 된다.
> 반면에 그 인물은 이만큼한 정도의 욕구를 실현하게 하였음에도 불구하고 환경은 그것을 이렇게 저해하였다. 이것은 인간과 환경과의 상극의 면으로서, 또한 모든 인간이 환경과 이러한 부조화를 체험한다. 그러므로 질서라든가 인간의 관계라는 것은 늘 여건과 욕구의 중화 상태를 표시하

---

373) 참고로,「본격소설론」에서는『황혼』을 "고전적, 본격적 의미의 소설형을 유지하고 있"는 예로 들고 있다(371쪽). 물론 이 때 본격소설이라고 한 것은 당시의 소설 경향과 비교하여 상대적인 의미로 사용하고 있다는 점에 유의해야 할 것이다. 그러나 이 소설을, 세태 소설이라 할『청춘기』보다 낮게 평가하는 것은 문제가 있다. 물론 이것은 두 작품의 가치 평가에만 한정된 것이 아니고 본격소설론이 가지고 있는 모순적인 성격이 그 구체적인 적용에서 드러난 것이라고 할 수 있다.

는 것이다.

　그러나 인간의 생애, 일생의 운명 가운덴 여건과 욕구의 내적 투쟁이, 즉 질서나 사회의 주체적 측면이 표현되는 것이다. 바꿔 말하면, 인간은 생의 실현에 있어서 부단히 여건을 초월하고 구속을 타파하나 여건은 존재의 현실에 있어 부단히 인간을 비초월적인 것, 현실적인 것으로서 지배해 간다.[374]

　골드만이 루카치의 소설론을 요령 있게 정리하여 소설의 특수한 내적 형식으로서 주인공과 세계의 구성적 대립성(a constitutive opposition)과 그 둘의 적절한 공동성(an adequate community)을 든 것[375]과 흡사한 내용이다. 이 점에서 소설 장르의 본질을 통찰하고 있다고 평가할 수도 있다.[376] 그러나 이러한 일반적인 규정은 특수한 현실 조건을 고려할 때만 그에 상응하는 가치를 지닌다.[377] 그러니까 중요한 것은 과연 1930년대 말 식민지 파시즘 체제에서 위에서 설명한 일반적인 주객 관계가 가능한가 하는 것을 구체적으로 검토하는 일이다. 이러한 질문에 대해서 긍정적인 대답을 할 수 있어야만 위의 평가, 즉 서사갈래류의 한 종인 소설의 특수한 성격, 본질에 다가갔다고 하는 평가를 수긍할 수 있을

---

374) 「현대 소설의 주인공」(1939. 9), 『문학의 논리』, 412-3쪽.
375) Lucien Goldmann, *Towards a Sociology of the Novel,* Tavistock Publications, 1975, p.2.
376) 강영주, 「1930년대의 평단의 소설론」, 『한국역사소설의 재인식』, 창작과비평사, 1991, 293쪽.
377) 그러므로 이상경, 「임화의 소설사론과 그 미학적 근거에 대한 비판적 검토」(『창작과 비평』, 1990 가을)에서 '인물과 환경의 조화'에 대해 "그 역사적인 성격에 따라 그 구체적인 내용"을 해명하는 것이 중요하다고 한 것(306-7쪽)은 본격소설의 추상적인 성격에 대한 정곡을 찌른 비판이다. 그러나 본격소설을 두고 부르주아 리얼리즘이니 사회주의 리얼리즘이니 하는 문제의식에는 동의할 수 없다. 인물과 환경의 관계에 대한 '구체적인 내용' 검토를 결여한 것 자체가 리얼리즘의 관점에서 멀어진 것이다.

것이다.

그러나 임화의 현실 인식은 이러한 문제 제기에 대해서 부정적인 답변을 하고 있다. 그는 당시의 소설들이 본격적인 소설에 대한 지향을 버리고 세태와 내성의 소설이 성행하는 것을 "작가들이 달라진 현실에 대한 태도," 즉 "적극성과 희망 대신 퇴영과 소극성과 절망의 의식"의 반영이라고 하면서,[378] 이러한 태도의 근원지로서 "우리가 사는 시대의 이상과 현실이 너무나 큰 거리로 떨어져 있는 현실 자체의 분열상"[379]을 지적하고 있는 것이다.

> 그러나 중요한 것은 우리 소설가들이 이 분열 가운데서 고통하고 발버둥치는 이외에 아무런 능력도 없다는 것이다. 다시 말하면 시대의 이상과 현실을 연결시키는 結帶는 그 시대인이며 양자의 거리를 축소시키고 나중엔 이상을 현실로, 현실을 이상으로 전화시키는 오묘한 능력까지가 우리들에게 부여되어 있음에도 불구하고 우리들 자신은 현재 零點下를 上下하고 있는 것이다.
> 더욱이 분열이 희유의 거리를 가진 시대의 성격에 반하여 인간의 힘은 어떤 시대에 비해서나 약화되어 있을 때 실로 시대의 생활은 하나의 비극이 되는 것이다.[380]

구체적인 현실을 이렇게 인식하고 있으면서도 본격소설의 성격에게는 위의 표현을 빌리면 '현실을 이상으로 전화시키는 능력'을 부여해야 한다고 주장하고 있는 것이다. 그러므로 일방적으로 순응만을 강요하여 주체의 능동적인 작용이 허용되지 않은 현실에서 주체가 세계에 대해

---

378) 「본격소설론」, 377쪽.
379) 「세태소설론」, 347-8쪽.
380) 위의 글, 348쪽.

작용을 가하고 그에 대해 세계가 호응하기도 하고 적대적인 힘으로 나타나기도 하는 일반적인 주객 관계를 운위하는 것은 비현실적인 현실 인식이다. 그렇다면 본격소설은 반영론의 문제의식과 거리를 두고 있는 것이다. 다시 말하면 본격소설은 작품 밖의 현실과 관계없이 다만 내적 형식의 관점에서만 그 존재의 가능성이 주장될 뿐인 것이다.[381] 그러므로 그가 현실을 돌아보자마자 본격소설의 "논리가 작가들로 하여금 창작하는 붓대에 흘러내리는 산 혈액이 될 만한 것이 아니라는 것을 아무래도 부정할 수가 없다"고 하여 본격소설의 추상성을 인정하고 더 나아가서 현실의 여건이 본격소설의 창작을 불가능하게 한다는 점을 인정하게 되는 것이다.[382]

요컨대 외부의 조건 때문에 본격소설의 실현 가능성을 부정하고 있는 것이다.[383] 이것을 보면 상황 때문이라기보다는 이론 자체의 문제점이

---

381) 이런 것은 세태 소설의 성격 규정에도 적용된다. 주지하다시피 세태 소설의 성격은, 자연주의와 대조되는 리얼리즘을 그 척도로 하여 파악되고 있다. 그러나 이 때도 반영론의 시각이 의식적으로 적용되지 않은 채 작품 내적인 차원에 초점을 맞추고 있다.

382) 「사실의 재인식」(1938. 8), 『문학의 논리』, 120-2쪽.
　이런 점에서 본격소설의 추상성을 인정하는 임화의 태도가 본격소설론을 긍정적으로 평가하는, 구체적으로 리얼리즘론의 구체화라든지 민족 문학의 지도 원리에 대한 모색이라고 주장하는 일부의 논의 경향(하정일, 앞의 글. ; 오현주, 「임화의 문학사 서술에 대한 고찰」, 『현상과 인식』, 1991 봄·여름. ; 오현주, 「임화의 문학사 서술의 추이에 대한 연구」, 『실천문학』, 1992 봄)보다 훨씬 더 현실주의적인 관점에 서 있다. 위의 글들이 임화의 문학론, 즉 주체 재건론이나 소설론을 검토하는 데 아주 중요한 자료가 되는 「사실의 재인식」을 거론하지 않는 것은 시사적이다. 1930년대 말의 상황에서 당시의 비평가에게 일관된 관점을 요구하는 것은 무리이고, 본격소설론의 문제의식이 무엇보다도 소설 창작에 도움을 주어야 한다는 데 있다는 점을 고려하지 않은 채 이들은 이론 자체의 정합성에만 주목하려고 하면서 임화 문학론의 전개를 발전적으로만 보려고 한다. 그러나 현실과의 연관성을 상실한 일반론은 추상적이며 공허하다는 점을 언제나 명심할 필요가 있다.

383) 「통속소설론」(1938. 11), 『문학의 논리』, 405쪽.

이런 결과를 낳았던 것이라고 해야 한다. 말할 필요도 없이 본격소설을 불가능하게 한 가장 결정적인 원인은 한국을 대륙 침략의 병참기지로 만든 식민지 파시즘 체제이다. 그렇다고 하더라도 애초부터 불가능한 원리적인 대안을 내세운 임화의 잘못이 부정되는 것은 아니다. 당연히 현실적이고 실천이 가능한 방법을 모색했어야 했던 것이다.

그런데 본격소설론이 현실 대응력이나 실제 창작에 있어 극히 무력했던 것은 무엇보다도 서두에서 말한 바와 같이 사회주의 리얼리즘론의 연장선상에서 강조된 '현실의 재인식' 과정에서 드러낸 '현실' 개념의 추상성 때문이다. 그러니까 '현실'이란 말속에 단지 적응만을 허용하던 당시의 상황에 대한 인식이 들어가 있지 않은 것과 꼭 마찬가지로 본격소설이 전제하고 있는 주객 관계도 당시의 현실적 조건을 고려하지 않았던 것이다. 둘 다 추상에서 구체로 나아가지 못한 것이다. 그래서 위에서 말한 대로 구체로 나아갈수록 본격소설의 추상적인 성격을 인정하게 되고 그것의 가능성을 부정하게 된 것이다.

결론적으로 본격소설은 당시의 현실과 그곳에서 일상적인 생활을 영위하는 무력한 주체를 인정하고 싶지 않은 주관적인 원망의 표현이었고 따라서 구체적인 대안이 될 수는 없었다. 「현대 소설의 주인공」(1939. 9)에서 당시의 소설 주인공들이 "환경에 대하여 있는 것이 아니라 환경에 卽하여 있는 인간들"임을 지적하면서 내리고 있는 결론에서 이러한 정황을 뚜렷하게 감지할 수 있다.

바꿔 말하면 행위하는 성격이 아니라, 생활하는 인물임에 그친다. 사람은 현명한 생활인으로 족하지 않은가 하고 물을지 모르나 현명한 생활이 대체 무슨 의의가 있는 것일까? 문학은 생활이 아니라 창조였다. 성격은 생활인이 아니라 창조자였다. 성격만이 실로 소설을 자기 중심으로 구성할 수 있는 주인공이었다. (중략－인용자)

　인간을 만나고 싶다는 것은 현대 독자의 슬픈 염원의 하나이다.[384]

　지금까지는 본격소설의 이론적 측면, 그 중에서도 특히 '성격과 환경의 조화'라는 명제에 초점을 맞추어 당대 현실과의 관련 양상과 임화 문학론의 내재적인 관련을 중시하는 관점에서 검토했다.

　다음으로 「본격소설론」이 제시하는 본격소설의 소설사적 맥락을 보기로 하겠다. 「본격소설론」이 한국의 근대 소설사를 파악하는 관점에서 가장 먼저 눈에 띄는 것은 서양의 근대문학사를 보편적인 본보기로 인식하고 있다는 점이다.[385] 이 때 소설사는 발자크 등으로 대표되는 19세기의 고전적 의미의 소설, 즉 본격소설, 이 소설이 퇴화한 후의 자연주의, 푸르스트·조이스 등의 심리소설의 순서로 전개되는 것이다. 한국의 근대 소설사도 이런 본보기를 따라 전개되는 것으로 전제하고 있다.

　　조선 문학은 서구가 19세기에 통과한 정신적 지대를 겨우 1920년대에 들어섰으니까…… 그런데 여기서 간과치 못할 문제의 하나는 조선적 본격소설과 경향 소설의 과도점이 과연 서구의 20세기 소설에서 보는 그러한 위기로부터 표현되었는가 하는 것이다.

　　논리의 순서로 보면 당연히 한 사람의 푸르스트, 한 사람의 조이스가 있어야 할 것이나 어쩐 일인지 이렇다 할 사람은 없었다.

　　우리는 겨우 최근에 와서 이상이라든지 태원이라든가(『천변풍경』이전에)를 가졌다.

　　그러면 어째 이 필연의 과도점을 안 가졌는가가 의문인데 이 점에서 나

---

384) 「현대소설의 주인공」(1939. 9), 『문학의 논리』, 426-7쪽.
385) 성진희, 「임화의 신문학사론 연구」, 서울대 석사논문, 1992, 43-5쪽.

는 도향을 조선 심리소설의 비조가 아닌가 생각할 때가 있다.[386]

그러니까 서구 소설사의 전개를 따르면 경향 문학 이전의 소설은 고전적인 소설에, 나도향은 푸르스트에 해당하고 그 다음에 오는 것이 경향 문학이라는 것이다.

그런데 임화는 여전히 소설의 과제가 본격소설의 완성에 있다고 주장한다. 바로 위에서 요약한 대로 하면 이미 지나간 단계의 소설을 다시 되살리려고 하는 셈이다. 그러나 그런 것은 아니다. "조선 문학의 이식성, 즉 한 계단의 소설을 내용으로나 구조로나 완성하기 전에 또 한 조류가 들어와서 교대하고 성장"했기 때문에 "결국 이때까지의 조선 소설이 고전적 의미의 소설, 소위 본격소설의 면모를 잃지 않"기는 했지만, "그것은 완성된 전통적 성격으로서가 아니라 미완의 그러므로 완성에의 지향으로 표현된"다는 것이다. 그런 점에서 민족주의 문학과 경향 문학은 그 문학 정신의 대립에도 불구하고 "고전적, 본격적 의미의 소설형을 유지하고 있다는 데서 말을 만들자면 형태상의 공통성"을 보였다.[387] 이러한 성격은 그들이 다같이 "지금 작가들보다는 더 적극적인 열의와 희망을 현실에 대해서나 저 자신에 대해서나 품고 있었"고, 따라서 "문학은 사상으로 이해"한 데서 나오는 것이라고 설명한다.[388] 그렇기 때문에 두 조류가 근대적 전통이 수립되지 않은 사회에서 자기의 문학을 세우려고 노력한 점을 평가하지 않으면 안 된다는 것이다.[389] 그러나 '근대

---

386) 「본격소설론」, 369-70쪽.
387) 위의 글, 370-1쪽.
388) 위의 글, 373쪽.
389) 본격소설이란 틀로 서로 대립하는 문학적 경향을 아우를 수 있었다는 점은 주목할 만하다. 임화가 주관인 의도가 어떠한가에 관계없이 객관적으로 민족 문학에 대한 지향을 드러내고 있기 때문이다. 그러나 아직 적극적으로 평가하기는

적 전통의 결여'─이 토대적인 미숙성이 한국 근대문학의 이식성을 지니
게 된 원인을 이룬다─때문에 본격소설을 확립할 수는 없었다.

累言하는 바와 같이 소설은 개인으로서의 성격과 환경과 그 운명을 그
리는 예술이므로 서구적 의미의 완미한 개인으로서의 인간 또는 그 기초
가 되는 사회생활이 확립되지 않는 한 소설 양식의 완성은 기대할 수가
없는 것이다.

이런 의미에서 진정으로 개성이기엔 다분히 봉건적인 신문학, 또한 개
성적이라기보다는 지나치게 집단적인 경향 문학은 결국 조선의 소설 양식
을 완성할 수 없었다.

뿐만 아니라 시민적 개성의 문학을 집단적인 개성으로 여과함으로 제
독특한 (19세기의 소설과는 구별되는) 소설(혹은 서사시)을 형성할 경향
문학으로서 아직 시민적 의미의 개성도 형성되지 않은 땅에서 일을 시작
한다는 것은 두려운 모험이었다. (중략─인용자)

그러므로 신문학의 후예들 속엔 사회성에서 분열된 형태로서의 개성의
환영이 남게 되고 경향 문학에는 산 개성의 풍요성에서 떨어진 둔중한 사
회성의 실체만이 드러난 것이다.

순서상으로 보면 후자의 사회성이 당연 신문학이 달성치 못할 개성의
확립을 자각하고 그들이 말해 오던 사회성적, 개성적인 이중의 과제를 수
행하게 될 것이나 그들 자신의 무력 또는 현실의 조건 모든 것이 이롭지
않게 되었다.

이렇게 근대적인 전통의 결여가 조선 소설의 발전 내지 완성에 치명적

───────────

어렵다. 본격소설의 문제점 때문이다.

참고로 해방 후에 제출한 민족문학론이나 소설론은 본격소설론의 문제의식을
이어받고 있다. 그런데 이 때의 본격소설의 의의는 앞에서 검토했던 1930년대
후반에 지녔던 그것과는 달리 일단 긍정적으로 평가할 수 있을 것이다. 그 근거
는 일제 말보다 해방 후의 현실이 본격소설의 내적 형식을 현실화할 수 있는 좋
은 여건에 있었다는 점이다. 물론 이 시기에도 여전히 그 '조화'의 구체적인 내
용을 밝히는 것이 필수적인 요구 사항이 된다. 위에서 '일단'이라는 말을 쓴 것
은 바로 이 때문이다.

결함으로 나타날 때, 문학은 점점 더 괴로운 생활을 인내하지 않을 수 없
게 되었다.[390]

이처럼 본격소설에 대한 지향으로 특징지어지는 소설의 경향은 마침
내 '현실의 조건'에서 오는 '괴로운 생활' — 1930년대 후반의 정치, 사회
적 조건을 우회적으로 표현한 말일 것이다 — 때문에 세태와 내성의 경향
으로 분열하는 양상을 보이게 된다. 이제 작가들의 현실에 대한 태도가
달라진 것이다. "결국 현실에 대한 태도로부터 생활적인 적극성이 희박
해감으로써 소설의 본격성이 상실되기 시작한 것이다."[391]

그런데 임화는 이 소설론은 끝맺으면서 다음과 같이 본격소설을 당면
의 과제로 제시하고 있는데, 지금까지 본 논리 전개에 따르면 전혀 납득
할 수 없는 주장을 한다.

그럼에도(두 경향의 소설이 보인 부분적인 성과, 즉 세태의 묘사라든가
심리 묘사의 성과를 무시할 수 없음에도 — 인용자) 불구하고 요즘 소설에선
미약하나마 형성되려 하던 본격소설에의 지향이 쇠퇴하고 의연히 조선에

---

390) 위의 글, 375-7쪽.
　　인용문 자체만으로도 중요한 전언을 담고 있어서 몇 마디 언급이 필요할 듯하
다. 여기에서 말하는 일반론, 즉 개성의 발달을 전제하지 않고서는 훌륭한 소설
이 나올 수 없다는 주장은 옳다. 그러나 이러한 일반론이 과거의 문학적 성취를
과소평가하는 것을 정당화하지는 않는다. 임화 자신도 『고향』을 두고서 "이것
(관념과 묘사를 조화시키려는 경향 문학의 노력 — 인용자)을 집대성하고 그 이래
의 모든 노력이 합쳐진 성과"이며 "경향 소설의 제일 큰 모뉴멘트"(「소설문학 20
년」, 『동아일보』, 1940. 4. 20. 또 「조선신문학사론 서설」(『조선중앙일보』, 1935.
11. 13)에 나오는 『고향』에 대한 언급도 볼 것)라고 평가했던 것이다. 다시 말
하면, 한국의 근대에서도 소설사적으로 개성의 발달이라는 현상을 분명히 볼 수
있는데, 이것은 물론 토대상에서 자본주의적 생산 양식의 이식과 발전을 반영하
는 것이었다.
391) 위의 글, 379-80쪽.

선 고전적 의미의 소설 양식의 완성이란 것이 당면의 과제로 남아 있음을
잊어서는 아니 된다.[392]

본격소설의 문제점이 확연하게 보인다. '성격과 환경의 조화'를 검토
하면서 보았던 것과 마찬가지 방식으로 한편으로는 토대의 미숙성에다
정치·사회적인 조건이 건너뛸 수 없는 장애물로 가로놓여 있어서 본격
소설이 불가능하다는 점을 설명하면서 동시에 그것이 당면의 과제라는
주장을 내놓고 있는 것이다. 그러므로 소설가로서 장편소설 개조에 관
심을 기울였던 김남천이 당시의 소설 현상에 대한 임화의 진단을 정당
하다고 하면서도 본격소설론의 추상적인 성격과 함께 논의의 과정에서
드러난 비관주의를 염려한 것[393]은 소설가로서는 당연한 반응이었다고
하겠다.

그렇다고 하여 김남천의 로만 개조론이 당시 소설의 문제를 해결할
수 있는 구체적인 방법을 제시한 것은 아니었다. 김남천은 로만 개조론
을 세태 묘사와 가족사, 연대기의 결합으로 정리했다.[394] 이것을 통하여
"모랄의 확립, 정황의 전형적 묘사, 생기발랄한 인물의 창조"가 가능하다
는 것이다.[395] 그러나 이 개조론도 임화의 본격소설론처럼 현실에 대한
탐구를 결여한 것은 마찬가지였다. 예를 들어 김남천은 당대의 현실에
서 '생기발랄한 인물의 창조'가 과연 가능한가 하는 질문에 답하지 않는
다. 또 전형적인 정황의 묘사나 디테일의 진실한 묘사가 세태 묘사와는

---

392) 위의 글, 386쪽.
393) 김남천, 「현대 조선 소설의 이념―로만 개조에 대한 일 작가의 각서」, 『조선일
    보』, 1938. 9. 10-18.; 김남천, 「세태와 풍속―장편소설 개조론에 寄함」, 『동
    아일보』, 1938. 10. 14-25.
394) 김남천, 「장편소설에 대한 나의 이상」, 『청색지』, 1938. 8, 28쪽.
395) 김남천, 「현대 조선소설의 이념」, 1938. 9. 18.

질적인 차이가 있으면서도 공통성을 지닌다고 하면서 "세태를 풍속에까지 높이자"[396]고 하지만, 그것이 어떻게 가능한지를 논의하지 않고 있다. 이 로만 개조론의 직·간접적인 영향으로 그 자신의 『대하』 등이 나왔으나, 이 소설들이 개조론에서 요구한 성격을 갖추었다고 하기는 어렵다. 무엇보다도 소설들의 시간적 배경이 1910년대로 설정되고 있어서 1930년대 후반의 현실에서 벗어나고 있을 뿐만 아니라 현재의 전사로서도 인식되지 않고 있는 것이다.[397]

다음으로 본격소설을 척도로 하여 당시 소설 현상을 분석하고 있는 「세태소설론」(1938. 4)을 살필 차례이다. 임화는 먼저 몇 개의 소설을 거명하면서 그 공통적인 성격으로 "사상성의 감퇴"를 든다.[398] 본격소설을 지향하던 때의 작가들이 가졌던 적극성, '문학을 사상으로 이해'했던 것과는 판연하게 달라졌다는 것이다. 다시 말하면, 이전에는 나름대로 소설의 본격성을 유지하고 있었던 데 비하여 이제는 세태와 내성의 소설이 성행하게 되었다. 그런데 이 둘이 서로 대척적인 성격을 가지고 있는데도 같은 시기에 함께 성행하게 된 것은 공통적인 바탕을 가지고 있기 때문이라고 주장한다.

> 다시 말하면 외향과 내성은 본래 대립되는 방향임에도 불구하고 한 시대에 두 경향이 한 가지로 발생한 때는 그 종자들을 배태하는 어떤 기초에 단일성을 생각하지 않을 수 없는 것이다.
> 나는 이것을 작가의 내부에 있어서 '말하려는 것'과 '그리려는 것'과의

---

396) 김남천, 「세태와 풍속」, 1938. 10. 25.
397) 로만 개조론에 대한 논의와 가족사, 연대기 소설들에 대한 해석과 평가는 이주형, 「1930년대 장편소설 연구」, 서울대 박사논문, 1983, 126-33, 153-75쪽을 볼 것.
398) 「세태소설론」, 『문학의 논리』, 344쪽.

분열에 있지 않은가 하고 생각한다.

　　(중략 - 인용자)

　　그러므로 자연 작자의 생각을 살리려면 작품의 寫實性을 죽이고, 작품
의 사실성을 살리려면 작자의 생각을 버리지 않으면 아니할 수 없는 딜렘
마에 빠지는 것이다. 이것은 작가에게 있어선 창작 심리의 분열이고, 작품
에 있어선 예술적 조화의 상실이다. (중략 - 인용자) 이런 현상은 말할 것
도 없이 우리가 사는 시대의 이상과 현실이 너무나 큰 거리로 떨어져 있
는 현실 자체의 분열상의 반영일 것이다.[399]

　　당시의 소설적 경향을 낳은 현실 진단에 대해서는 동의할 수 있을 것
이다. 그런데 문제는 이 소설들에서 무조건 '말하려는 것과 그리려는 것
과의 분열'을 전제하고 있다는 것이다. 이런 것을 보면 당시에 임화가
본격소설에 얼마나 완강하게 집착하고 있는지를 알 수 있다.

　　임화는 작가의 사상 혹은 의도가 본격소설에서만 제대로 구현된다는
점을 전제하고 있다. 이 점을 부연하면, 작품의 인물이 주체적으로 세계
와 투쟁함으로써 그의 운명이 드러나는데, 이 "운명 가운데 (작가의 - 인
용자) 관념이 함축"[400]된다고 생각하기 때문이다. 그렇기 때문에 주인공
을 결여하고 있거나 무력한 존재로 나타난 세태나 내성의 소설에서 참
된 의미의 사상이나 어떤 윤리를 발견하지 못하고, 그 대신에 "자기를
약하게 만든 보이지 않는 세계에 대한 한 개의 보복 심리"[401]와 같은 소
극적인 태도만을 읽게 되는 것이다.

　　　또한 내성 문학과 더불어 세태적인 소설이 점차로 문단에 세력 있는 조

---

399) 위의 글, 346-8쪽.
400) 「현대소설의 주인공」(1939. 9), 『문학의 논리』, 413쪽.
401) 「세태소설론」, 351쪽.

류를 이루고 있는 이유도 현대 작가들이 정신적 능력이 자기 무력의 증명
이나 제가 사는 환경에 대한 경멸과 악의의 한계를 넘기 어려운 데 있다.
이것은 현대 작가의 한계인 동시에 우리 시대의 특색이기도 하다.[402]

그러니까 임화는 무력한 인물을 그리고서는 작가의 사상을 표현할 수
도 없거니와 근본적으로 소설 자체가 성립할 수 없다는 점을 소설론의
기본적인 전제로 삼고 있는 것이다. 가령 다음과 같은 문장에서 이 점을
뚜렷하게 볼 수 있다. '성격과 환경의 조화'가 이루어지지 않을 때 두 가
지의 방법만이 가능하다고 단정하고 있다.

> 그런데 문학이란 더욱이 소설이란 것은 부단히 구성되려 하고, 환경과
> 인물이 단일한 메카니즘 가운데 결부하려 하는 것이다.
> 그러나 인물이 환경이 조화되지 않고 상극하고, 기타는 소설의 미까지
> 를 희생하려 들 제, 소설이 근본에서 포기되지 않는 한 변칙적인 현상이
> 나타난다. 가령, 주인공이 환경을 격파한다든가, 혹은 무시한다가 영웅
> 적인 낭만적인 소설의 길을 밟기도 한다.
> 또한 환경이 주인공을 압박하던 나머지 주인공을 환경의 조건에 부합
> 하도록 개조한다.
> 이러한 두 개의 경우가 양식상으로 보면 환경과 인물이 불일치로 번뇌
> 한 소설의 부득이한 귀결이라 하면, (하략 - 인용자)[403]

원리적인 측면에서 본다면 이러한 주장의 정당성을 부인하기는 어렵
다. 서사 갈래의 성격상 인물과 세계의 구성적 대립성이 존재하지 않고

---

402) 위의 글, 354쪽.
403) 「현대 소설의 주인공」, 418쪽.
　　위의 구절 가운데 '인물과 환경이 조화되지 않고 상극'한다는 것은 환경이 압도
　　적인 영향력을 갖고 있어서 인물이 전혀 그의 주체성을 발휘하지 못한다는 뜻
　　이다.

서는 이야기 자체가 이루어질 수 없기 때문이다. 그러므로 위와 같이 주인공이 영웅적으로 환경을 격파하거나 혹은 그것에 일방적으로 순응하는 것은 소설 갈래의 본질적인 성격에서 바라보면 '변칙적인 현상'임에 틀림없고 따라서 소설이 와해되어 가는 징후를 드러낸 것이라고 할 수 있다.

그런데도 그가 논의의 대상으로 삼고 있는 세태와 내성의 소설이 '부득이한 결과'라고 인정한다면 좀더 신중한 태도가 필요하다. 다시 말하면, 현실적인 대안을 마련하는 일은 원리론에 머물 것이 아니라 비록 그가 내세운 본격소설에는 미달하지만 당대의 소설에서 긍정적인 요소 — 현실을 올바르게 반영하는 측면을 찾아내어 이런 것이 어떻게 가능한지를 밝혀줌으로써 작가들에게 도움을 준다는 문제의식을 가지는 데서 가능한 것이다. 이런 문제의식을 가짐으로써 비관주의로부터 어느 정도는 벗어날 수 있었을지도 모른다. 요컨대 문제는 반영론의 관점을 견지하는 일이다. 그러므로 임화가 당시의 소설, 그 가운데서도 세태 소설의 성격을 어떤 방식으로 이해하고 있는지를 살펴보는 일은 중요하다.

임화의 세태 소설에 대한 분석에서 두드러지는 것은 반영론의 관점을 결여하여 소설 내부의 문제에만 주목하고 있다는 점이다.[404] 본격소설의 관점을 적용하는 한 당연한 일일 수밖에 없다. 예컨대 세태 소설의 전형으로 제시한 『임꺽정』에 대한 설명에서 이 점을 뚜렷하게 볼 수

---

404) 물론 목적의식적으로 적용되지 못하였다는 뜻에서 쓴 것이다. 앞에서 보았듯이 본격소설론의 적용인 「한설야론」(1938. 2)이나, 세태와 내성 소설의 발생적 근거를 말할 때도 이런 관점에 서 있는 것은 사실이다. 예컨대 "우리가 사는 시대의 이상과 현실이 큰 거리로 떨어져 있는 현실 자체의 분열상의 반영"(「세태소설론」, 347-8쪽)이라고 설명했던 것이다. 그러나 거듭하여 지적했듯이 반영론적인 관점을 철저하게 견지하고 있었다면 본격소설을 대안으로 제출하지는 않았을 것이다.

있다.

> 우리들과 같은 성격이나 우리가 탐내는 뚜렷한 성격도 없고, 그 성격과
> 환경과의 비비드한 갈등도 없으며, 따라서 작품을 관류하는 일관된 정열
> 도 없다.
> 단지 『임꺽정』의 매력은 그 시대에 여러 가지 인물들과 생활상의 만화
> 경과 같은 전개에 있다.
> (중략 – 인용자)
> 이 세 점, 즉 세부 묘사, 전형적 성격의 결여, 그 필연의 결과로서 플로
> 트의 미약 등에서 『임꺽정』은 현대 세태 소설과 본질적으로 일치된다.[405]

전형적인 인물에 대한 설명에서 작품을 작품 외부의 현실과 관련시켜
서 검토하는 과정을 전적으로 결여하고 있음을 알 수 있다. 전형적인 상
황과 인물을 그리라는 엥겔스의 편지와 견주어 보면 이러한 점이 더욱
분명해진다. 엥겔스는 마가렛 하크네스의 소설 『도시의 처녀』(1887)가
인물들은 전형적으로 그렸지만 환경은 그렇지 못하다면서 그렇게 판단
한 이유를 다음과 같이 설명하고 있다.

> 『도시의 처녀』에서 노동자 계급은 스스로 도울 능력이 없고 심지어는
> 스스로 도우려는 노력조차 않는 수동적인 대중으로 나타납니다. 그들을
> 비참한 가난에서 끌어내리려는 모든 시도는 밖으로부터, 위로부터 나옵니다.
> 이것은 쌩시몽과 로버트 오웬의 시절이던 1800년이나 1810년경에는 타당
> 한 묘사일 수 있습니다. 그러나 거의 50년 동안 전투적 프롤레타리아의
> 투쟁들 대부분에 참여한 영예를 지녔고, 또 노동자 계급의 해방은 노동자
> 계급 자신의 대의가 되어야만 한다는 원리에 의하여 항상 지도되어온 사

---

405) 「세태소설론」, 356-7쪽.

람에게는 1887년(『대도시의 처녀』가 나온 해 – 인용자)의 상황이 그처럼 보이지 않을 것입니다. 그들을 억압하는 것에 대한 노동자 계급의 혁명적인 대응, 인간의 권리를 찾으려고 하는 그들의, 세상을 진동시키는 – 반의식적인 또는 의식적인 시도는 역사적인 사실이며, 따라서 리얼리즘의 영역에서 그 자리를 요구할 수 있는 것입니다.[406]

전형을 형상화하는 일이 단순히 작품 내부의 문제가 아니라 근본적으로 작품 밖의 현실을 올바르게 반영하는 것과 연관된다는 점을 분명히 하고 있는 것이다.

물론 그렇다고 하여 세태 소설에 대한 임화의 진단이 가치가 없다는 것은 아니다. 반영론의 관점을 의식적으로 적용하지 못한 결정적인 한계가 있는데도 임화의 설명은 날카로운 바가 있다. 예컨대 아래와 같은 결론에 이르는 과정은 전체를 다 인용했으면 좋을 정도로 설득력을 지니고 있다.

> 결국 세태적인 소설은 꼼꼼한 묘사와 다닥다닥한 구조, 느린 템포와 자그막씩한 기지로밖에 쓰여지지 않는 것이다.[407]

그리고 "세태 소설적 묘사가 스스로 규정하는 소설 장르상의 한계," 즉 장편인데도 "단편의 집합』에 지나지 않음을 설명하는 데서 그의 인식이 범상치 않다는 점을 확인하게 된다. "다시 말하면 세태 소설은 합리적 구조와 소설 구조의 내적 필요성에 의하여 장편을 구성한 것이 아니라, 명백한 비장편적 억지의 구성이나, 그렇지 않으면 인위적 연결이

---

406) Engels, "Letter to Margaret Harkness"(1888. 4), Marx and Engels, *Literature and Art*, New York, International Publishers, 1947, pp.41-2.
407) 「세태소설론」, 358-9쪽.

나 비예술적 구성으로 겨우 장편이 된 것"이라는 것이다.

물론 세태 소설에서 취할 점이 없는 것은 아니다. "조선 소설사가 아직 묘사의 기술을 완성해 본 단계를 가지고 있지 못했기 때문"에 "이런 의미에서 세태 소설에게 하나의 지위를 줄 수가 있"다는 것이다. 그러나 그 지위는 부분적일 뿐이다. 그가 곧 "세태 소설 묘사란 결국 모래알 같은 세부 묘사의 집합에 불과하"기 때문에 "현실을 있는 그대로 파악함을 목적으로 하는 진정한 묘사의 기술과 분명히 구별"해야 한다는 점을 강조하고 있기 때문이다.408) 여기서 '진정한 묘사의 기술'이라고 하는 것은 "현실의 어느 것이 중요하고 어느 것이 중요치 않은가"를 구별하는 "리얼리즘"을 말하는 것409)은 물론이다.

이제 임화가 내린 결론을 어느 정도 짐작할 수 있게 된 셈이다. 그것은 현실을 탐색해야 한다고 하는 추상적인 일반론의 되풀이다. 그러나 이제 현실을 재인식해야 한다는 말은 구체적이고 실현 가능한 대안을 마련하지 못했을 때 입에 올리는 상투적인 언사로 들린다. 사실 그 자신도 자신의 권고가 소용이 있을 것이라는 믿음을 가진 것 같지가 않기 때문이다. 그의 말대로 "창작의 무력을 이야기하면서 결과로는 어느 틈에 나 자신의 무력을 피력하고 있"는 셈이다.410)

다음으로 「통속소설론」(1938. 11)도 본격소설을 척도로 하여 당시 소설의 성격을 해명하고 있는 글이다. 세태 소설이나 내성 소설이 현실과 이상의 괴리를 그대로 드러낸 것이라면 통속소설은 성격과 환경의 분리를 통속적인 방법으로 통일한 것이다. 따라서 1930년대 후반의 소설들

---

408) 위의 글, 361-3쪽.
409) 위의 글, 357쪽.
410) 「사실의 재인식」, 121쪽.

은 대부분의 경우 소설 갈래의 성격을 유지하기 위하여 통속적인 성격
을 가지게 됐다는 것이다. 그 결과로 이러한 소설의 세계는 실제의 현실
과는 동떨어진 세상같이 느껴질 수밖에 없다. 이처럼 현실을 주관적으
로 처리하기 때문에 현실을 분석하고 비판하는 묘사보다는 서술에 치중
하게 된다. 그런데 이것은 현실을 긍정하는 의식의 소산이다.

> 또한 통속소설이 줄거리를 중시하고, 혹은 도저히 만들어 낼 수 없는
> 곳에서 용이하게 줄거리를 만들어 내는 것은 묘사를 통하여 그 줄거리와
> 사실의 논리와를 검증할 필요를 느끼지 않고 속중(그것은 사회의 현상적
> 부면이다)의 생각이나 이상을 그대로 얽어 놓아 책임을 느끼지 않기 때문
> 이다.411)

이처럼 통속소설은 당대의 현실적 조건에서 나온 소설이다. 그렇다면,
즉 세태 소설을 검토하면서 지적한 것처럼 당대의 조건에서 본격소설에
미달하는 소설이 산출된 것이라면 본격소설을 그 해결책으로 제시하는
것은 가능한 대안이 아니라는 점이 분명해진다. 다만 현실의 문제를 소
설 내부의 문제로 바꾸어 버릴 때만 그런 해답이 가능한 것이다.

그러므로 1930년대 말의 현실에서 필요했던 것은 원리론의 공허한 되
풀이가 아니고 작품과 현실의 관계에 주목하여 현실을 올바르게 반영하
고 있는지를 살피고 작품에서 그러한 계기를 찾아내 가능한 한 긍정적
으로 평가하는 일이었다. 개개의 작품에 대한 작품론을 어느 때보다도
필요로 했던 시기였던 것이다. 시대적인 상황 자체가, 그 자신이 주체
재건을 모색하면서 말한 바대로 "비근하고 가능한 일로부터 시작하"기를

---

411) 「통속소설론」, 『문학의 논리』, 410쪽.

요구하고 있었던 것이다.[412] 이 점에서 보면 임화가 「남매」에 대해 쓴 것과 같이 작품에 대한 구체적인 분석을 통해 작품의 긍정적인 측면과 한계를 살핌으로써 작가에게 도움을 주는 일이 어느 때보다 필요했다.

그런데 앞에서 말한 것처럼 임화가 본격소설론이 내포한 문제에 대해 자각하지 못한 것은 아니었다. 본격소설론의 추상적인 성격과 그 당연한 결과로서 창작에 도움을 주지 못한다는 점을 솔직하게 인정하면서 "기정사실의 인정"을 내세운 것에서 이 점을 볼 수 있다. 그는 기정의 사실을 인정함으로써 "자기 발전의 확고한 노선을 발견함에 이를" 수 있다고 하면서 "사실과의 길항"을 가져야 할 태도로 제안했다.[413] 그렇지만 이미 언급하였듯이 이 '기정사실의 인정'은 지금까지 문학론의 근간을 이루었던 현실 부정의 정신을 긍정의 태도로 바꾼 데 불과하다. 이제 임화는 현실에 대한 역사적인 감각, 그의 용어를 빌리면 미래를 전망할 수 있는 '고도'를 드러나게 상실하고 있는 것이다.[414]

임화가 기정사실을 받아들이고 거기서 적극적인 의의를 발견한다는 의도를 드러낸 글이 「생산소설론」(1940. 4)이다. 생산 소설은 말 그대로 소설의 소재를 생산에 국한하는 것인데, 생산이야말로 모든 것의 근원을 이루기 때문에 생산에 주목하게 되면 현실의 전체와 그 그 근원을 볼 수 있게 된다는 것이다. 그런데 여기서 '전체'라든가 '근원'이라고 하는 것은 정치에 적용하면 '국책'이 된다. 이 문제에 대해서 임화는 적극적인 판단을 유보하고 있는 것 같지만, 그러나 이러한 생산 소설이 조선 소설의 문제점, 즉 세태 소설이 드러내고 있는 정신 능력의 쇠퇴를 치유할

---

412) 「주체의 재건과 문학의 세계」(1937. 11), 『문학의 논리』, 50쪽.
413) 「사실의 재인식」, 130-1쪽.
414) 「비평의 고도」(1939. 1), 『문학의 논리』.

수 있는 계기가 될 것이라는 희망을 피력하고 있는 것을 보면 당시의 현실을 긍정하는 것이라고 볼 수 있다.

> 그러므로 생산 소설 가운데 기대할 것은 작가들이 시정을 지배할 능력을 얻게 함과 동시에 그것으로 일반 작가들의 정신 능력의 부활과 제재에 대한 지배력의 재생의 계기를 삼자는 데 있지 않은가 한다.
> 요컨대 시정 생활 가운데 침닉해 버린 저회하는 리얼리즘의 한 타개책일 것이다.[415]

국책 문학의 일종인 생산 소설을 통하여 소설의 침체를 타개하겠다는 논리에서 참다운 비평 정신을 찾기는 어렵다. 식민지 파시즘 체제를 적극적으로 수용하는 자세를 보이고 있기 때문이다. 그런 점에서 「생산 소설론」은 임화 문학론의 한 극단을 보여주는 글이라고 하겠다. 이런 태도는 무엇보다도 당대의 현실이 강요한 것이라는 점을 인정해야겠으나 한편으로는 앞에서 지적한 대로 리얼리즘의 실천에서 현실의 의의를 계속하여 강조하였지만 그 현실을 추상적으로 파악한 결과 정반대의 의미를 내포할 여지를 남겼기 때문이기도 하다.

---

415) 「생산소설론」, 『인문평론』, 1940. 4, 9쪽.

4
문학사론

1. 사회주의 리얼리즘론의 구체화로서의 소설사
―「조선신문학사론 서설」

임화가 문학사를 서술하게 된 배경은 다음과 같다.

첫째로 형상을 검토하면서 '역사적인 동시에 논리적인 방법'을 적용시키려고 했던 것을 보았거니와, 그가 목적의식적으로 "비평과 문학사를 통일하는 문예과학"[416]을 추구하고 있었다는 점을 지적할 수 있다. 그는 문예과학을 크게 두 계열, 즉 "하나는 문학 및 예술의 역사적 발전에 관한 일반적 學, 즉 역사적 과학으로서의 '사적 문예학'" 문학사와, "둘째로는 예술적 형성에 과정에 대한 논리학, 인식론으로서의 '변증법적 문예과학'" 또는 "문예비평(혹은 문예학, 시학)"으로 나눌 수 있는데, 이 둘을 통일해야만 마르크스주의 예술 과학이 성립할 수 있다는 점을 강조했다.

그러나 마르크스주의 예술 과학은 이 두 계열을 통일 가운데서 체현하는 것이다. 동시에 전자나 후자가 다 이러한 통일성 가운데서 비로소 과학으로서의 독립적인 학문이 되는 것이다.
왜 그러냐 하면 역사적인 것만이 논리적인 것이고 논리적인 것만이 역사적이며, 다시 말하면 역사적인 동시에 논리적인 양자를 통일적으로 자기 가운데 체현하고 있는 것만이 비로소 물질적으로 존재하는 것이기 때

---

416) 「역사적 반성에의 요망」, 『조선중앙일보』, 1935. 7. 16.

문이다.417)

이런 설명으로 보건대, 그의 문예과학에 대한 이해가 문학사 서술을 의무 사항으로 강요하고 있었다고 해도 과언이 아니다.

둘째로 프롤레타리아 문학뿐만 아니라 조선 문학 전체가 심각한 위기에 놓여 있다는 인식이 문학사를 서술하는 데 작용했다. 이러한 위기 현상은 "지금 단순한 감상적 문제가 아니라 과학적인 문학사, 예술학을 가지고" "20년 가까운 '신문학'의 예술적 발전과 그 도달의 수준을 밝히고 진실로 명일의 위대한 예술 문학 건설에 공헌해야 할" 문학사적 반성을 당면의 과제로 요청하는 것에 다름이 아니었다.418)

> 따라서 오늘날에 있어서의 조선의 문학사적 연찬이란 이 위기 현상의 정확한 인식과 또한 그의 극복의 엄밀한 과학적 기초가 되는 의미에 있어 특별히 중대한 현실적 의의를 갖는 것이다.
> 그러므로 위선 현재의 문학사적 노력은 결코 일반이 상식으로서 이해하는 단순한 '학구적' 의미로부터는 훨씬 거리가 먼 것이다.419)

셋째로 위와 같은 문제의식을 지닌 임화가 사회주의 리얼리즘을 둘러싼 논쟁이 드러내는 추상성을 지양해야 한다는 점을 강조한 것은 당연하다. 그는 여러 번에 걸쳐서 이 논쟁의 문제점을 지적하고 있는데, 창작 방법을 둘러싼 논쟁은 구체적인 조선의 문학적 현실과 유리된 모습을 보인다는 것이다. 이렇게 된 결정적인 이유는 물론 카프의 해산으로

---

417) 「집단과 개성의 문제」, 『조선중앙일보』, 1934. 3. 13.
418) 「역사적 반성에의 요망」, 1935. 7. 11.
419) 「조선신문학사론 서설」(2회), 『조선중앙일보』, 1935. 10. 10.
　　　앞으로 이 글은 「서설」로 표기하기로 한다.

말미암아 조직적인 방침을 세울 수 없었기 때문이다. 그러나 논쟁 당사자들 책임도 적지 않았다. 그들은 사회주의 리얼리즘이 문학사에서 도출된 결론이라고 주장하면서도 문학사에서 출발하지 않았기 때문이다.[420)]

창작 방법 논쟁[421)]의 긍정적인 의의마저를 전적으로 부인하는 듯한 발언을 하고 있다. 그러나 창작 방법의 논의 방식을 비판한 것이지 논쟁 자체의 의의를 부정한 것은 아니다. 그러니까 창작 방법에 대한 그의 이해 방식이 추상적인 이론에만 주의를 집중하는 논쟁을 수긍할 수 없게 한 것이다.

> 오히려 사회주의 리얼리즘(창작 방법론)이란 이론 문예학과 문학사와 통일되는 국면입니다. 그 구체적 실천은 창작이고 그곳에 과학적 방법론을 與하는 것이 곧 이것입니다. 그러므로 이론 문예학이 일반 과학이 문학과 접촉하는 면이라면 그 일반 문예학의 법칙의 구체적 적용을 실천 及 인식(예술적)상에 옮기는 것이 창작 방법일 것입니다.[422)]

이와 같은 발언으로 보면, 그의 문학사 연구는 사회주의 리얼리즘을 구체화하려는 원대한 계획의 일환이었던 셈이다. 실제로 그는 "조선문학사, 특히 예술적 발전의 幹線을 이루는 리얼리즘의 발전"[423)] 이라는 말에서 보듯이 문학사를 리얼리즘의 발전이란 관점에서 파악하고 있다.

마지막으로, 박영희가 정치와 예술을 완전히 분리하는 이원론적인 관

---

420) 「조선 문학의 신정세와 현대적 제상」, 『조선중앙일보』, 1936. 2. 13.
421) 이 논쟁에 대해서는 유문선, 「1930년대 창작 방법 논쟁 연구」, 서울대 석사논문, 1988.; 권희선, 「1930년대 예술방법론 연구」, 서울대 석사논문, 1991를 볼 것.
422) 「사회주의 리얼리즘 재검토」, 『조선문학』, 1936. 6, 133쪽.
423) 「서설」(14회), 1935. 10. 26.

점으로 "사회사적 의의를 가졌던 카프의 광영은 문학사적 견지에서 본 죄과에 당면하지 않으면 안 된다"고 하면서[424] 프로 문학의 역사에 대해 청산주의적인 태도를 분명히 했고, 이것을 비판한다고 한 논자들도 관점상의 질적인 전환을 보여주지 못하고 또 하나의 이원론[425]을 드러내고 말았기 때문에 프로 문학의 역사적 단초인 신경향파 문학의 역사적인 정당성을 해명하는 일이 필요했다는 점을 들 수 있다.

이상과 같은 배경을 가진 문학사 연구가 역사적 발전의 객관적 법칙성을 찾아내는 과학성을 지향하는 것은 당연한 일이다. 따라서 여기서는 먼저 이 과학적 서술을 뒷받침하는 방법론적 측면을 살피는 것이 필요하다.

임화의 문학사 연구는 현실적 토대와 그 상부 구조의 내적인 연관성을 문제 삼고 전자의 규정적 역할을 전제로 하는 사적 유물론의 원칙에 입각해 있다. 여기서 토대는 생산 관계를 말하는 것인데, "조선의 경제적 발전의 토대 위에서 沿行하는 사회 계급적 분화와 그 투쟁"[426]이 그 본질을 이룬다. 따라서 상부 구조의 하나인 문학은 "[계급의 현실적 [실]천"에 의존하는 것이라고 할 수 있다. 이런 명제에 따른다면 예컨대, 프로 문학이 드러낸 오류, 즉 정치주의 같은 것도 노동자 계급의 유약한 역량의 반영이라고 해석할 수 있고, 그러므로 "이원론적 당파성 해체론자들"이 이런 불가피한 오류를 빌미로 하여 프로 문학에 대해 청산적인 태도를 보이는 것은 전혀 수긍할 수가 없다고 주장한다.[427]

그런데 문학의 주체인 계급의 세계관이야말로 예술성을 규정하는 지

---

424) 박영희, 「최근 문예 이론의 신전개와 그 경향」, 『동아일보』, 1934. 1. 10.
425) 「서설」(3회), 1935. 10. 13.
426) 위의 글(18회), 1935. 11. 2.
427) 위의 글(4회), 1935. 10. 12.

배적인 요인이 된다. 예컨대 임화는 『무정』이나 『개척자』의 문학적 한계를 지적하고서 민족 부르주아의 세계관상의 소극적인 측면에 그 원인이 있다고 하고 다음과 같은 일반적인 결론을 내리고 있다.

> 그러나 세계관의 힘은 직관력을 훨씬 능가하는 것으로서, 당시 현실에 대한 비전형적 인식은 곧 전형적 사태 및 묘사에 있어 확고부동의 제한으로 나타나, 드디어 세계관상의 약점은 그 예술적 창조의 힘을 파괴하고, 그 가치를 저하시킨 지배적 요인으로 작용한 것이다.
> 이것은 의심할 나위도 없이 문학적 창조와 예술적 형상화의 영역에 있어 세계관의 지배적 역할이란 심히 높다는 한 개 중요 사실을 증좌하는 생생한 교훈이다.[428]

그렇다면 예술성과 사상성을 절대적으로 대립시켜 예술의 정치성을 부인하는 이원론자는 물론이거니와 사상성을 인정하기는 하되 그것을 예술성과 연관시켜 통일적으로 이해하지 못하는 '문예사관의 신이원론'은 사적 유물론에서 일탈한 것이다. 대표적인 신이원론자인 신남철은 신경향파 문학에 대해, 임화가 적절히 요약한 바를 따르면, "세계관상의 진화에 대하여 예술적 발전은 상부치 않았다는 것, 다시 말하면 우위적 발전적 상태에 있는 것은 사상상의 현상뿐이고 예술성을 퇴화되었다"고 평가했던 것이다.[429]

지금까지는 주로 문학사 서술에 나타난, 상부 구조에 대한 토대의 규정성의 측면에 초점을 맞추었다. 그런데 임화가 상부 구조의 상대적 독립성을 무시한 것은 아니었다. 그는 토대의 규정성을 강조하면서 동시

---

428) 위의 글(10회), 1935. 10. 19.
429) 위의 글(5회), 1935. 10. 13. 신남철, 「최근 조선 문학사조의 변천—'신경향파의 대두와 내면적 관련에 대한 한 개의 소묘」, 『신동아』, 1935. 9, 7쪽도 볼 것.

236 임화의 문학론 연구

에 문학적 경향의 변화가 지니고 있는 내적인 관련성에도 주목하려고
했다.[430] "문화 및 예술의 발전에는 원칙적으로는 토대적인 것에 제약을
受하면서 一應 그것과는 구별되는 관념 형태 그것이 갖는 고유의 객관
적 법칙성을 갖는 것"[431]이기 때문이다. 그런데 김기진, 신남철, 이종수
는 춘원의 문학과 신경향파 문학 사이의 시기를 "혼돈하기 짝이 없는 모
색 시대"로 규정했다.[432] 즉 그들은 이 시기의 문학 현상을 "이광수 시
대와 신경향파 문학과의 전체적, 발전적 연결의 關節로서" 다시 말하면
발전과 매개의 관점에서 파악하지 못하고[433] "춘원의 『무정』 등을 신경
향파 문학의 직접의 선행자로서의 위치상에 놓"았다.[434] 위에서 말한 명
제를 올바로 이해하지 못했기 때문이다. 이와 같이 문학적 경향들 사이
의 내적 연관성을 몰각하게 되고 그 당연한 결과로 프로 문학의 역사적
정당성을 규명하지 못하게 되고 말았다. 임화가 신이원론자를 비판하는
이유 가운데 하나가 바로 여기에 있다.

그러나 임화도 이 내적 연관성을 올바로 해명하지는 못하였다. 「조선
신문학사 서설」은 대체로 문학적 사실들이 내적 연관성을 해명하기 위
한 도식에 의해서 규정되고 있다. 그것은 바로 위에서 본 것처럼 신이원
론자들이 문학사적 법칙성에 대한 철저한 관점을 결여하고 있다는 점을
의식한 결과이기도 하고, 본질적으로는 그의 낭만주의론의 구도 때문이

---

430) 성진희, 「임화의 신문학사론 연구」, 서울대 석사논문, 1992, 10쪽.
431) 「서설」(18회), 1935. 11. 2.
432) 김기진, 「조선문학의 현재의 수준」, 『신동아』, 1934. 1, 44쪽. 신남철과 이종수
   도 이 시기의 문학적 성격을 김기진과 비슷하게 규정하고 있다. 신남철, 앞의
   글, 9쪽과 이종수, 「신문학 발생 이후의 조선문학 - 민족문학 시대의 문학 사상
   변천」, 『신동아』, 1935. 9, 18-9쪽을 볼 것.
433) 「서설」(11회), 1935. 10. 23.
434) 위의 글(6회), 1935. 10. 15.

다. 그는 '낭만적인 것'과 '사실적인 것'의 통일 − 실제로는 절충으로 나타나지만 − 을 '진정한 사실주의' 즉 사회주의 리얼리즘이라고 했다. 문학사 서술에도 바로 이런 관점이 적용되고 있다. 그는 이 두 원리를 통일한 '진정한 사실주의'의 다른 이름인 "고도의 종합적 사실주의"라는 척도로 신경향파 문학의 한계를 진단하고 있는 것이다.

> 전자(박영희적 경향− 인용자)는 낭만적인 것을 정확한 과학적 사실성 위에 통일하기엔 아직도 완전한 예술적 성숙의 지점에 이르지 못했었고, 후자(최서해적 경향− 인용자)는 광범한 현실 생활의 잡다한 제 모순을 완미한 사회적 노선 위에서 그외 이상적인 수준의 中에서 해결하기엔 이 역시 너무나 지나치게 젊었었다.[435]

그러니까 신경향파 문학은 아직 두 원리를 진정하게 통일하지 못한 단계에 위치하는 과도적인 문학이다. 물론 과도기적인 문학이라 하여 신경향파 이전의 "모든 것에 冠絶하는, 조선 문학의 최량의 종합·통일자 된 특색"[436]을 부정할 수는 없다. 사실 이 문학사의 직접적인 목표는 바로 이 점을 해명하는 데 있다. 그러므로 그의 낭만주의론이 문학사 서술에 미친 악영향을 검토하기 위해서는 임화가 신경향파 문학에 이르기까지의 문학 경향의 변모를 어떻게 파악하고 있는가를 보아야 한다. 방법론적인 측면에서 이광수 시대 이후에서부터 신경향파 문학까지의 내재적인 연관성을 어떻게 설정하고 있는지를 검토하기로 하겠다.

임화는 이광수 시대 이후 소시민 문학을 설정하고 그것을 자연주의와 낭만주의로 크게 나누고 있다. 다음 시기의 신경향파 문학은 "자연주의

---

435) 위의 글(20회), 1935. 11. 12.
436) 위의 글(25회), 1935. 11. 13.

문학이 가졌던 적극적인 것으로서의 자연과학적인 실증 사상＝실험실적 태도와 낭만주의가 가진 관념화된 전체성으로 지향된 비판 정신의 한 개 종합인 동시에 그것은 이 단순한 종합으로부터 구별되는 일층 고도 계단으로의 비약적 일(一) 고양"인데, 이 문학에서 "그들의 직접의 선행자의 문학 세대와의 관계를 표시하는 최대의 사실로서" "두 개의 상이한 경향을 발견할 수가 있다"고 주장한다.437) 그것이 바로 '박영희적 경향'과 '최서해적 경향'이다. 이 두 경향 가운데서 전자는 "低度의 實眞性과 주제의 적극성＝사회성과 높은 세계관에 의하여 특징화되어 있는 보다 낭만적인 예술"438)이고 "과거 조선 낭만주의에 있던 전진적 열정과 진보적 정신의 명확한 발전"439)이라고 한다면, 후자는 "자연주의 문학의 사실적 정신과 관계하는 것으로 이인직 이후의 조선적 리얼리즘의 전발전이라고 볼 수 있다."440) 요컨대 두 경향은 각각 '낭만적인 것'과 '사실적인 것'이라는 일반적 범주의 특수한 형태, 즉 특정한 시기의 역사적인 내용을 담은 미학적 범주인 셈이다.

그런데 여기서 주목할 것은 임화가 신경향파 이전의 자연주의와 낭만주의를 동일한 시간에 위치하는 것으로서 파악해서는 안 되는 점을 강조한다는 사실이다.

> 자연주의와 이들 신경향의 문학은 사실 동시대의 共捷者로 아니 볼 수가 없다. 그러나 비록 지극히 근소한 차이나마 약간 선후가 있었고 그보다 자연주의 문학은 문학의 하향적 피곤 가운데 있었을 때 이들의 번영이

---

437) 위의 글(22회), 1935. 11. 8.
438) 위의 글(24회), 1935. 11. 9.
439) 위의 글(23회), 1935. 11. 9.
440) 위의 글(24회), 1935. 11. 12.

왔었다. 뿐만 아니라 이 과히 크지 않은 사실을 가지고 한 개 문학 현상
의 세대 교체적 입장에서 취급하면 (중략—인용자) 예술사적 또 정신사적
발전의 객관적 법칙성에 의하여 이것은 엄연한 존재 사실일뿐더러 지극히
필요한 사실이므로 필자는 이 시간적 구분의 의견을 갖는 것이다.[441]

이 '지극히 근소한 차이나마 약간 선후'라는 말이 중요한 의미를 지니
는 것이라는 점은 다음과 같이 신경향파 문학의 두 경향의 시간적 차이
를 강조하는 데서도 엿볼 수 있다.

前記 박영희의 「지옥 순례」, 「사냥개」 등과 최서해의 「홍염」, 「기아
와 살륙」 등이 갖는 명백한 예술상의 차이, 그리고 신경향파의 최초의 비
평적 창작적 활동가들이 주로 팔봉, 조명희, 박영희였으며, 그들의 경향이
서해의 그것에 비하여 약간 선행하였다는 제 사실은 일률화되어 무차별적
인 것이 되고 말았다.[442]

한 연구자가 검토한 바에 의하면 자연주의와 낭만주의, 그리고 신경
향파의 두 경향 사이에 시간적인 선후 관계를 말하기는 곤란하다.[443]
그런데도 임화가 그렇게 한 것은 문학적 발전의 합법칙성을 과도하게
의식했기 때문이다. 그런데 그 법칙성은 서구의 문학에 대한 이해에 근
거한 것이다.

노동계급의 문학이 초기의 낭만주의로부터 리얼리즘으로 전이한 사실
과 시민문학이 그와 함께 리얼리즘으로부터 분리하고 있는 사실은 이것

441) 위의 글(15회), 1935. 10. 27.
442) 위의 글(23회), 1935. 11. 9.
443) 성진희, 앞의 글, 36-7쪽.

(르네상스 이후로, 상승하는 계급의 문학의 경우 유년기에는 미래를 동경하는 낭만적 경향을 보이나 역량이 성장함에 따라 리얼리즘으로 전개되는 데 비하여, 몰락하는 계급의 그것은 그 반대로 사실로부터 후퇴하여 회고적 낭만주의의 경향을 보이는 것-인용자)의 긍정으로밖에 볼 수 없다.

시민문학이 19세기 후반 이후 진화한 과정은 심히 다양한 것으로 이곳에서는 상론할 바 되지 못하나 그것이 대체로 사회성으로부터 내성화하고 리얼리즘으로부터 로맨티시즘화함으로 현대로부터 과거로 향하고 있다는 것만은 사실이다.444)

「조선신문학사 서설」이 사적 유물론의 방법론에 입각해 있고, 또 이 점에서 높이 평가받아 마땅하나, 한편으로는 기계적인 도식에 의하여 사실의 객관성이 훼손되고 있다는 것도 사실이다. 법칙성에 너무 얽매인 탓이다.445)

그런데 문학사의 이러한 구도를 낳게 한 궁극적인 원인은, '낭만적인 것'과 '사실적인 것'을 이원적으로 분리하고, 결국에는 이 둘을 통일되어야 할 것으로 파악하는 그의 낭만주의론이다. 구체적으로 설명하면 다음과 같다. 신경향파 문학은, 위의 두 범주를 통일한 '고도의 종합적인 사실주의'에 아직 이르지 못한 과도기적인 문학이다. 그런데 본격적인 단계에서 현실화하는 '종합적인 사실주의'를 가능하게 하려면 앞 단계, 즉 신경향파 문학에서 그 근거를 미리 설정해야 한다. 그것이 '박영희적 경향'과 '최서해적 경향'이다. 물론 이것들은 각각 보편적인 범주인 '낭만

<hr>

444) 「문학의 비규정성 문제」, 『동아일보』, 1936. 1. 30.
445) 성진희, 앞의 글은 임화의 "리얼리즘과 낭만주의의 교체"라는 도식을 "문학사에 대한 순환론적 사고"(28쪽)에서 나온 것이라 평가한다. 그런데, 임화는 예를 들어 상승하는 계급의 낭만주의와 몰락하는 계급의 그것을 다르게 규정하는 것에서 볼 수 있는 바와 같이 둘 사이의 질적인 변화를 인식하고 있으며, 동시에 '진정한 사실주의'에서 두 경향의 통일을 상정하고 있다.

적인 것'과 '사실적인 것'의 역사적인 형태이다. 또 이와 마찬가지로 신경향파 문학의 전단계에서도 위의 두 경향의, 내재적인 차원에서의 발생론적 필연성을 분명히 하기 위해서 자연주의 낭만주의를 설정하고 여기에다 서구 문학의 이해에서 얻은 법칙성을 기계적으로 적용하여 둘 사이에 시간적인 선후 관계를 강조하게 된 것이다. 그러므로 신경향파 문학의 두 경향을 동등하게 평가하는 것을 두고 또 하나의 이원론이라고 비판하는 것[446]은 이 문학사가 신경향파의 문학을 논의하는 틀의 핵심에 이른 것이라고 할 만하다. 사실 박영희의 소설은 최서해의 그것과 비교하면 문학적인 수준을 논의할 수 없을 정도여서 이들에 대해서 "높은

---

446) 이상경, 「임화의 소설사론과 그 미학적 근거에 대한 비판적 검토」, 『창작과 비평』, 1990 가을, 300-1쪽.

그런데 이 글은 임화가 '사상성과 예술성의 통일'이라는 명제를 내세웠으면서도 이것을 구체적으로 이해하지는 못하였다고 하면서, "문학의 사상성을 '박영희적 경향'이라고 명명하여 부정적인 도식주의로 환치시키려는 임화 자신의 편향 속에서는 도식주의가 아니고도 작품이 사상성을 가지는 방식이 있다는 것을 논리적으로 추려내기가 어려웠을 것"(303쪽)이라는 가혹한 평가를 내리고, 이러한 "사상성과 예술성을 통일적으로 파악하지 못하는 이원론"(300-1쪽)과 신경향파 문학을 두 경향으로 나누는 이원론은 연관성이 있다고 주장한다. '박영희적 경향'을 설정하고 그것을 또 하나의 다른 경향과 동등하게 평가했다는 것은 매우 중요한 지적이지만, '도식주의가 아니고도 작품이 사상성을 가지는 방식이 있다는 것'을 몰랐다고 하는 것은 지금까지 살펴 온 임화 문학론의 전체 맥락을 너무 무시한 것이며, 또 이 문학사의 구체적 내용—예를 들어 이광수 문학에 대한 평가—에도 맞지 않는 비판이다.

그런데 성진희, 앞의 글은 임화의 낭만주의론이 "주관적인 것을 낭만주의에 객관적인 것을 리얼리즘에 직선적으로 결부시킴으로써 현실의 특정한 예술 방법 속에서의 주객 관계에 대해 해명하지 못하고 있다"(30쪽, 25-6쪽도 볼 것)고 하여 문제의 핵심을 지적하면서도, 그 결과로 나타난 이원론을 부정하고 있는데, 정합적이지 못하다.

마찬가지로 신두원, 「임화의 현실주의론 연구」(서울대 석사논문, 1991)도 이 당시의 임화가 사회주의 리얼리즘을 절충적으로 이해하고 있다는 점을 올바르게 지적하면서도(27쪽) 신경향파의 문학을 이원적으로 이해하고 있다는 견해를 비판하고 있다(26쪽).

세계관에 의해서 특징화되어 있는" 것이라고 평가하는 것은 선규정적인 도식의 산물이라고 할 수밖에 없는 것이다. 물론 임화의 날카로움이 이러한 도식 때문에 완전히 무디어지는 것은 아니다. 다음과 같이 이 경향의 약점을 적어 놓고 있는 데서 이것을 볼 수 있다.

> 소위 박영희적 경향이라고 볼 「사냥개」라든가 「지옥의 순례」를 보면 과거의 낭만주의 문학의 고철(古轍)을 소박하게밖에는 해탈치 못한 역력한 흔적을 발견할 수가 있다.
> 이곳에는 낭만주의의 '악한 전통'의 하나인 구체적 현실에 안일한 관념적 이상화의 방법이 신경향파의 세계관적 또 예술적 미숙과 相伴하여 문학 가운데 나타난 세계관의 생경한 노출이란 결과를 초래하였다.[447]

실상에 부합하는 평가이다. 그러나 세계관의 문제가 예술성에 결정적인 영향을 끼친다는 그 자신의 주장이 제대로 적용되고 있지 못한 것도 사실이다.

> 이 세계관의 자기 제한은 먼저 말한 사실성의 한계를 저하시킨 데만 작용하는 것(이 인용문의 바로 앞에서 『무정』이 민족 부르주아의 소극적인 측면만을 반영함으로써, 구체적으로 말하면 토대적인 것의 해결을 요구하는 정치, 경제적인 자유가 아니라 개인적인 측면에 한정된 자유에 대한 요구를 표현함으로써 사실성을 제한하고 있음을 주장하였다 - 인용자)이 아니라 춘원의 인간적 형상의 창조에 있어 각개 인물의 個的 성격의 불확실, 전형적 보편성의 결여라는 중요한 결함으로 표현되어 통렬한 예술적 보복을 여하였다.[448]

---

447) 「서설」(24회), 1935. 11. 12.
448) 위의 글(9회), 1935. 10. 18.

위와 같은 평가와 견주어 볼 때, '박영희적 경향'에 대한 그것은 세계관의 관념적 성격이 그대로 작품에 표현되어 예술성의 저하를 결과했다는 점을 분명하게 지적하지 못하고 있다는 점을 확인하게 된다. 그렇다면 그가 신랄하게 비판했던 신이원론자들의 한계, 다시 말하면 예술성과 사상성을 분리하는 오류를 그 자신도 되풀이하고 있는 셈이다. 이것은 객관적 정세가 점차 악화되어 가고 그에 따라 청산주의적 태도가 영향력을 행사하는 데 대한 대응책으로서 신경향파의 문학을 발전의 관점에서 평가하여 프로 문학의 정당성을 이끌어낸다고 하는 의도가 올바르게 관철되지 못하여 사실을 객관적으로 파악하는 것을 방해한 결과이다. 이 점에서 보면, '낭만적 정신'과 똑같은 양상으로 주관주의적 편향을 드러낸 것이라고 할 수 있는데, 낭만주의론의 문제점이 문학사의 구도뿐만 아니라 그 내용에까지 각인되고 있다는 사실을 확인하게 된다.

그러므로 이러한 편향을 극복하기 위해서는 '박영희적 경향'을 폐기하고, '최서해적 경향'에 문학사의 정통성을 부여해야 한다. 물론 이때는 후자의 범주의 내포를 달리 정해야 할 터인데, 임화의 개념을 빌리면 앞에서 낭만주의론의 문제를 정정하면서 한 것처럼 '낭만적인 것'과 '사실적인 것'을 일원적으로 통합하는 관점에서 그렇게 해야 할 것이다. 결국 현실을 반영하는 데 주객 변증법이 어떤 양상으로 관철되는지가 중요한 것이다.449) 이러한 관점에서 본다면 박영희의 소설과 최서해의 그것을

---

449) 그러므로 한기형, 「임화 문학사 서술에 대한 관점의 몇 가지 문제 — 신경향파 소설 평가를 중심으로」(김학성·최원식 외, 『한국근대문학사의 쟁점』, 창작과비평사, 1991)에서 "임화가 현실 반영의 진정성이라는 작품 평가의 기본을 무시한 채 추상적인 기준으로 각 작가의 작품 속에 엄존하는 예술적 성취의 질적 차별성을 일률적으로 처리하고 있다는 점"(277쪽)을 비판한 것은 타당하다. 물론 임화의 문학사가 극히 개괄적인 서술로 이루어지고 있다는 점은 마땅히 고려되어야 할 것이다.

동등하게 평가하는 것은 옳지 않다.

　이상으로 문학사 서술에 나타난 방법론의 성격과 그 문제점을 살펴보 았는데, 이제는 문학사의 구체적인 내용을 볼 차례이다. 여기서는 임화 의 방법론이 어떻게 나타나고 있는가에 유의하면서 대강을 요약하는 형 식으로 하겠다. 앞에서 어느 정도 그 내용을 비판적으로 다루었기 때문 이다.

　이 문학사의 부제는 「이인직으로부터 최서해까지」로 되어 있지만, 맨 처음의 대상으로 취급되는 것은 이광수다. 이인직은 본격적인 대상이라 기보다는 이광수 문학을 성격을 분명히 하기 위한 참조 사항 정도로 다 루고 있다. 그러니까 춘원의 문학은 이인직 등으로부터 진화한 결과이 며, 다음 시기의 자연주의 문학에 대한 매개적 계기라는 점에서 이해되 어야 하고, 동시에 "그의 사회적 역사적 의의를 구체적 현실과의 의존 관계의 법칙에 의하여 평가하여야 할 것"450)이라는, 문학사의 대상을 취 급하는 일반론을 구현하는 과정에서 이인직의 신소설이 구소설에 대하 여 "실로 혁신적인" 의미를 갖는 반면에, 춘원의 이인직에 대한 관계는 "실로 평화적"이라고 평가하고 있다.451) 그런데 실제의 문학사 서술에서 는 이러한 주장과 부합하지 않게 이인직을 부차적으로 다루어 춘원을 근대문학의 실질적인 출발점으로 상정하고 있는 듯한 인상을 준다.452)

---

450) 「서설」(6회), 1935. 10. 15.
451) 위의 글(7회), 1935. 10. 16.
452) 그런데 「신문학사」에서는 신소설을 과도기의 문학에 포함시키고, '과도기'를 "육 당의 신시와 춘원의 새 소설이 나오기 이전"(1회, 『조선일보』, 1939. 12. 5)으로 한정하면서, 이 문학은 "구문학으로부터의 급격한 몌별 과정인 것보다는 오히려 구문학으로부터의 徐徐한 해탈 과정"에 있는 것이기 때문에 "재래의 형식을 빌 어 새 사상을 표현하는 절충적인"(2회, 1939. 12. 7) 성격을 지닌다고 하였다. 「 조선신문학사론 서설」과는 다른 주장인데, 이와 같은 변하는 신소설과 구소설의 전통과의 관련을 천착한 데서 나온 결과로 보인다.

이인직의 뒤를 이어 1919년까지의 시기를 차지하는 이광수의 대표적인 작품 『무정』은 엄밀한 의미에서 근대문학의 형태를 갖춘 예술 작품으로서 평가하기에는 부족한 점을 갖고 있다. 그것은 두 가지 점에서 그러한데, 첫째는 이 작품의 기반이 되고 있는 민족 부르주아의 역사적인 특수성과, 둘째는 이광수가 이 민족 부르주아의 전체적인 성격이 아니라 소극적인 측면에만 주목한 것이 그것이다. 즉 민족 부르주아는 식민지 반봉건 사회에서 자신들의 힘으로 정상적인 자본주의적 발전을 이루지 못한 이유로 진보적인 성격을 지니지 못했다. 그러므로 농민이나 지식인의 행동에 대한 열망에 이끌려 소극적으로 3·1운동에 참여했다. 『무정』도 이 정치적 자유에 대한 요구를 담아 내지 못하고 자유연애 같은 개인적인 자유를 자유의 전부인 것처럼 과장했다. 이것은 "토착 부르의 소극적 반면의 표현과 더 많이 소시민들의 정신적으로 왜곡된 자유의 표현이었다."[453] 결론적으로 이광수의 문학은 식민지적인 토대의 제약과 세계관의 한계로 말미암아 높은 예술성을 지니지 못했다고 평가한다.

> 그러므로 춘원의 문학이 갖는 경향성의 불철저함은 조선 부르주아지의 행동적 불철저성과 병존하는 것이나 그 사상이 문학적 표현을 얻은 시기가 상기한 바와 같이 아직 그들의 계급이 다소간이나마 행동적 조류 가운데 섰을 때 미리 자기를 제한하였다는 의미에서 그 진보성의 심히 '적음'을 지적할 수 있는 것이다.[454]

이광수 문학에 대한 평가는 이 문학사 전체를 통하여 가장 뛰어난 부분이고, 이 시기의 그의 문학의 핵심을 파악한 것이라 평가할 수 있다.

---

453) 「서설」(7-8회), 1935. 10. 16, 17.
454) 위의 글(9회), 1935. 10. 18.

그리고 그가 내세운 방법론에 가장 부합하는 곳이기도 하다.

1919년이 지나면서 민족 부르주아지가 진보성을 상실하고 소시민 문학이 전개된다. 소시민 계급은 3·1운동의 실패를 통하여 춘원의 문학이 담고 있었던 소시민의 비현실적인 환상, 즉 민족 부르주아를 자기편으로 인식하던 것이 깨어짐으로써 부르주아를 대립자로 파악하게 되었다. 소시민의 자연주의 문학은 이러한 계급적 상황의 반영이었다. 어두운 현실에 대한 혐오가 생활과 현실을 무자비하게 폭로하게 하였던 것이다. 그런데 현실을 폭로하기 위해서는 구체적인 묘사가 필요하게 되었다. 이러한 노력이 소시민의 문학으로 하여금 "조선 사실주의의 건설자의 영예를 갖게 하"였다.[455] 그러나 이러한 부정 정신은 소시민의 계급적 위치로 말미암아 적극적인 내용을 담을 수는 없었다. 차차로 "소시민 고유의 협애성"이 확대됨에 따라서 "무이상성"이 뚜렷하게 나타나고 결국 "트리비얼리즘"으로 귀착하게 된다.[456] 이것을 보면 임화가 이 시기의 자연주의 문학을 과소평가하고 있음을 알 수 있다.[457] 현진건이나 나도향은 신경향파 시기에도 「고향」(1926)이나 「지형근」(1926. 3-5) 등의 작품을 발표하고 있는 것이다. 이런 사실을 섬세하게 고려하지 못한 것은 앞에서도 지적한 것처럼 법칙성에 얽매여 유연함을 갖지 못한 탓이다.

"이 다음에 오는 소의 낭만적 세기말의 잡다한 경향" 즉 넓게 보아 낭

---

455) 위의 글(13회), 1935. 10. 25.
456) 위의 글(14회), 1935. 10. 26.
457) 그런데 「조선신문학사론 서설」에 대해 "민족문학사에서 부르주아 문학의 위치와 의의를 밝힌 것은 당시 제기된 반제 민족통일전선의 방침의 조응이라는 의미를 갖는다"(오현주, 「임화의 문학사 서술에 대한 고찰」, 『현상과 인식』, 1991 봄·여름, 97쪽)고 평가하는 견해가 있는데, 본문에서 보는 대로 신경향파 시기 이후에는 시대 개념으로서의 자연주의의 역사적인 의미를 전적으로 부인하고 있는 것만을 고려하더라도 '인민전선적 관점'을 말하는 것을 옳지 않다.

만주의에 포괄되는 경향은 "암담한 현실과 무이상의 일층 확대·발전이
었다." 이 시기는 "자연주의가 신문학사에서 그 갖는바 진보적 역할을
종언하고 신경향파 문학으로 교체되는 황당한 과도적인 국면"이다. 그런
데 이 낭만주의는 그 주요한 양식으로 시를 택했는데, 그것은 "암담한
현실 가운데서 발생하는 절망의 감정과 정서"를 드러내기에 적합하기 때
문이었다.[458] 이 낭만주의에서 주목하여야 할 것은 신경향파 문학으로
통하는 요소를 배태하고 있었다는 점이다. 임화는 이 점을, 특히 박영희
의 역할을 강조하고 있다.

신경향파의 문학은 조선의 자본주의가 발전함으로써 산출한 근대 노
동자 계급의 자각과 영향력의 증대에 힘입은 것이다. 이 문학의 시발기
인 1924년의 사회 정황을 보면 노동자 계급이 "분산된 계몽적 사상 운
동으로부터 ××행동의 전국적 통일의 방향으로 발전하고 있었다."

> 이것은 곧 조선의 [계급적 모순이 그 전형적인 대립에로 발전하였음을
> 알 수 있으며 '기미' 전후에까지 식민지적 특수성에 의하여 은폐되었던 계
> 급적 모순이 비로소 본래의 성질을 가지고 기본적 국면에 相剋하게 된
> 것이다.[459]

그런데 이 노동자 계급에 기반을 두고 있는 신경향파의 문학은 이 계
급의 "역사적 지위의 전체성, 종합적 통일성"을 반영하지 않을 수 없다.
즉 "춘원으로부터 낭만파에 이르기까지의 각 시대의 제 경향이 전대의
단순한 대립표로서 일면적으로 이것을 계승하였다면 신경향파 문학은
그 모든 것의 종합적 계승표"라고 할 수 있다.

458) 「서설」(15회), 1935. 10. 27.
459) 위의 글(20회), 1935. 11. 6.

신경향파 문학은 국초, 춘원에서 출발하여 자연주의에서 大體의 개화를 본 사실적 정신과 동일하게 국초, 춘원으로부터 발생하여 자연주의의 부정적 방한을 통과한 뒤 낭만파에 와서 고민하고 새로운 천공으로의 力의 비상을 열망하던 진보적 정신의 종합적 통일자로, 계승된 것을 무한히 발전의 大海로 인도할 역사적 운명을 가지고 탄생된 자이다.[460]

그렇지만 노동자 계급의 미약한 역량과 과거의 문학으로부터 계승된 문학적 부채 때문에 '사실적인 것'과 '낭만적인 것"이 통일되지 못하고 분리되어 나타났다. 이 두 경향의 성격에 대해서는 방법론을 검토할 때 이미 언급했다.

결론적으로 신경향파는 "한설야, 이기영의 고도의 종합적 사실주의의 계단에 이르는 중간적인, 도정적인 존재"였고, 이 종합적인 사실주의'의 척도로 보면 한계를 지니고 있지만, 그러나 앞 단계의 문학이 부분적으로 이룬 것을 완전하게 실현했다는 의미에서 "모든 것에 冠絶하는 조선 문학의 최량의 종합·통일자"라고 평가하고 있다.

그러나 조선 문학은 한번도 자기의 '낭만적인 것'을 신경향파의 그것과 같이 정당한 역사적 필연의 길에서 체현한 일이 없었으며, 또한 자연주의의 여하한 작가도 신경향파＝서해에 있어서와 같이 인간 생활의 광대한 영역으로 자기의 현실적 세계를 전개한 일이 없고 또 그 객관성에 있어서도 서해에 있어서와 같이 자기 추구, 모든 가면의 박탈에 있어 철저치 못했으며 개인으로 사회적 전체성의 견지에서 파악하지는 못했다.[461]

결론적으로 임화가 문학사 연구의 현실적 의의를 분면하게 의식하여

---

460) 위의 글(8회), 1935. 11. 2.
461) 위의 글(24회), 1935. 11. 12.

문학사 서술에 사적 유물론의 방법을 적용함으로써 신경향파 문학, 나아가 프로 문학의 역사적 정당성을 밝히는 데 어느 정도 성공했다. 그러나 그의 낭만주의론의 문제점, 즉 '낭만적인 것'과 '사실적인 것'을 이원적으로 설정하고, 또 그 결과로 사회주의 리얼리즘을 두 범주의 절충으로서, 다시 말하면 혁명적 낭만주의와, 객관주의 파악된 리얼리즘의 기계적인 결합으로 이해하는 방식이 문학사의 구도에 깊은 영향을 미침으로써 사회주의 리얼리즘을 구체화한다는 의도를 성취하지 못하고 말았다. 그러므로 신경향파 문학 단계의 예술적 성과를 매개로 하여 도달했다고 한, '고도의 종합적 사실주의'는 그의 문학사의 논리대로 하면 절충주의였다. 결국 이러한 문제를 산출한 궁극적인 원인은 그의 낭만주의론이었다.

2. '신문학사'론

'신문학사'라고 하는 것은 1939년부터 1941년까지 발표한 미완의 근대 문학사를 가리키는 것이다.[462] 여기서는 주로 신문학사 서술의 방법론적 측면에 초점을 맞추어 그의 문학사를 검토하고자 한다.

임화가 신문학사를 서술하게 된 배경은 「조선신문학사론 서설」을 다룰 때도 얘기했듯이 평소부터 목적의식적으로 "비평과 문학사를 통일하는 문예과학"[463]을 추구하고 있었다는 일반적인 설명 이외에도 신구 세대 논쟁에서 신인들이 자국의 문학사에 대한 지식을 갖지 못한 점을 경계했다든지, 역사를 전망하려는 노력이 작용한 결과였다.[464] 이런 것들

---

462) 「개설 신문학사」, 『조선일보』, 1939. 9. 2-11. 25(43회); 「신문학사」, 『조선일보』, 1939. 12. 5-27(11회) ; 「속 신문학사」, 『조선일보』, 1940. 2. 2-5. 10(48회); 「개설 조선신문학사」, 『인문평론』, 1940. 11-41. 4(4회).
463) 「역사적 반성에의 요망」, 『조선중앙일보』, 1935. 7. 15.

이 작용한 것을 부인할 수는 없겠으나 본질적인 것으로는 무엇보다도 근대에 대한 임화의 관심을 들어야 할 것이다. 그는 「본격소설론」(1938. 5)에서 그 동안의 문학사가 본격소설을 완성하지 못한 이유로 "근대적 전통의 결여"를 지적했던 것이다.

> 누언하는 바와 같이 소설은 개인으로서의 성격과 환경과 그 운명을 그리는 예술이므로 서구적 의미의 완미한 개성으로서의 인간 또는 그 기초가 되는 사회생활이 확립되지 않는 한 소설 양식의 확립은 기대할 수가 없는 것이다.
> 이런 의미에서 진정으로 개성이기엔 다분히 봉건적인 신문학, 또한 개성적이라기보다는 지나치게 집단적인 경향 문학은 결국 조선의 소설 양식을 완성할 수 없었다. 뿐만 아니라 시민적 개성의 문학을 집단적인 개성으로 여과함으로 제 독특한 (19세기의 소설과 구분되는) 소설 (혹은 서사시)을 형성할 경향 문학으로서 아직 시민적 의미의 개성도 형성되지 않은 땅에서 일을 시작한다는 것은 두려운 모험이었다. 조선의 경향 소설은 그런 때문에 개성의 가치를 자기의 입장에서 평가하고 재생시키는 것을 몰각하게 되었다. 그것은 역시 개성의 가치를 알려 줄 소설의 근대적 전통이 완성되지 않았기 때문이다. (중략 – 인용자)
> 이렇게 근대적 전통의 결여가 조선 소설 발전 내지 완성에 치명적 결함으로 나타날 때 문학은 점점 더 괴로운 생활을 인내하지 아니할 수 없게 되었다.[465]

요컨대 서구적 의미의 근대사회가 아니었기 때문에 고전적 의미의 소설을 완성할 수 없었다는 것이다. 「조선신문학사론 서설」에서 해명하려 했었던 신경향파 문학, 나아가서 프로 문학의 정당성과 예술적 우월성에

---

464) 김윤식, 「이식문학론 비판」, 『한국문학의 근대성과 이데올로기 비판』, 서울대 출판부, 1987, 77-8쪽.
465) 「본격소설론」(1938. 5), 『문학의 논리』, 학예사, 1940, 375-7쪽.

대한 자신감을 상실하고 있는 것을 보아도 이러한 인식의 일단을 감지
할 수 있다. 그러니까 당시 임화에게 가장 중요한 일은 근대의 성격을
해명하는 작업이었다. 그것을 통하여 우리 근대문학의 성격을 올바르게
조감할 수 있고 또 문제점을 극복할 수 있다고 생각했던 것이다.

또 「본격소설론」에서는 근대적 전통의 결여와 함께 "조선 문학의 이
식성"을 거론하고 있다.466) 신문학사에서 이식 문학론으로 정립되는 것
인데 결국 본격소설이 완성되지 못한 것은 토대의 미숙성에다 이식성
탓이라고 파악하고 있는 셈이다. 이것은 임화에게 너무나 당연한 사실
이었다.

그러면 본론으로 들어가서 임화가 문학사 서술의 방법으로 제시한 「신
문학사의 방법」(1940. 1)을 살피기로 한다. 김윤식이 이 방법론에 주목
한467) 이래 임화의 문학사를 거론하는 논자들468)마다 검토하고 있을 만
큼 임화 문학사를 연구하는 데 가장 중요한 자료가 되기 때문이다. 여기
서는 이 방법론이 실제의 문학사 서술에서 어떤 양상으로 적용되고 있
는지를 중점적으로 살피기로 하겠다.469) 「신문학사의 방법」은 추상의
정도가 높기 때문에 실제의 문학사 서술에서 그 방법의 적용을 함께 살
피지 않으면 제대로 그 내용을 평가하기가 어렵기 때문이다. 더구나 이
방법론 자체에 대한 천착이 어느 정도 이루어진 현단계에서는 이러한

---

466) 위의 글, 370쪽.
467) 김윤식, 「임화연구」, 『한국근대문예비평사연구』, 일지사, 1976, 569-74쪽. ; 김
　　　윤식, 「이식문학론 비판」, 「한국문학의 근대성과 이데올로기 비판」, 서울대 출
　　　판부, 1987.
468) 주 7에 든 글들 가운데서 성진희, 신승엽, 오현주, 임규찬, 전승주의 것을 볼 것.
469) 참고로 김윤식, 『임화연구』(문학사상사, 1989)에서는 "그가 별도로 쓴 「신문학
　　　사의 방법」론은 그의 실제적 문학사 기술과는 관계가 미약하거나 별개의
　　　것"(521쪽)이라고 주장하고 있지만, 임화의 문학사에서 구체적인 근거를 들고
　　　있는 것은 아니다.

문제의식을 갖는 일이 무엇보다 필요하다고 생각한다.

임화는 신문학사가 염두에 두어야 할 항목으로 다음의 여섯 가지, 즉 대상, 토대, 환경, 전통, 양식, 정신을 들었다. 이 항목들은 단순한 나열이 아니라 구조적인 관계를 이룬다는 점을 강조해야 할 것이다. 이런 측면에 유의하면서 또 위에서 강조한 대로 실제의 문학사 서술과 연관해서 위의 항목들을 검토하기로 하겠다.

먼저 "신문학사의 대상은 조선의 근대문학이며 근대정신을 내용으로 하고, 서구 문학의 장르를 형식으로 한 조선의 문학이다."[470]

> 그러므로 신문학이란 새 현실을 새 사상의 견지에서 엄숙하게 순예술적으로 언문일치의 조선어로 쓴, 바꾸어 말하면 내용 형식 함께 서구적 형태를 갖춘 문학이다.
> 신문학이란 개념은 그러므로 일체의 구문학과 대립하는 새 시대의 문학을 형용하는 말일뿐더러 형식과 내용상에 질적으로 다르고 새로운 문학을 의미하는 하나의 개념이 될 수 있다.
> 따라서 신문학사는 조선에 있어서의 서구적 문학의 이식으로부터 시작되는 것이다.[471]

"임화 문학사의 기본항이자 고정관념이기도 한 저 악명 높은 이식문학론"[472]의 모습이 뚜렷하게 나타나 있다. 또 하나의 항목으로 환경을 설정한 것은 바로 이 이식성을 살펴보기 위한 것이었다. 그런데 신문학사가 서구적 문학의 이식이라고 해서 조선문학사의 전통과 완전히 단절

---

470) 신문학사의 방법」(1940. 1), 『문학의 논리』, 819쪽.
　　앞으로 이 글의 인용은 본문에 쪽수만 밝히기로 한다.
471) 「개설 신문학사」(1회).
472) 김윤식, 『임화연구』, 519쪽.

된 것은 아니다. 신문학과 그 전의 문학은 "정신적 또는 형태적 교섭"(821쪽)을 하고 있기 때문이다. 이런 측면을 해명하기 위해서 전통 항목을 마련한 것이다. 그러므로 "신문학사 연구는 서구적 형태의 문학이 성립하고 발전한 역사를 중심으로" 하고 조선언문학사와 조선한문학사와의 교섭을 천명하는 것을 과제로 삼아야 한다.[473]

그런데 임화가 "문학사의 모든 시대가 외국 문학의 자극과 영향과 모방으로 일관되었다 하여 과언이 아닐 만큼 신문학사란 이식의 역사"(827쪽)라는 점을 기본항으로 내세우는 것은 토대의 미숙성을 반영하는 것이라 전제했기 때문이다. 근대문학이란 새로운 근대정신에 바탕을 두는 것이고 이 근대정신은 "시민적 사회관계"(825쪽)라는 토대가 산출한 것이다. 그러므로 토대가 성숙되어 있지 않으면 근대문학은 불가능하다. 그런데 제국주의가 "결코 한 국가나 지방의 폐쇄적인 독존을 허락하는 것이 아니"기 때문에, 즉 "상업과 화폐에 의한 모든 지방의 세계화가 이 시대의 특징"이기 때문에 "봉건적 쇄국의 서구 제국에 대한 문호개방이 근대화의 가장 가까운 길이 된다. 다시 말하면 개국이 근대화의 유일한 길이라는 것이다.[474] 그러니까 이식된 자본주의 사회가 토대를 이루고 상부 구조의 이식은 토대의 이식에 따른 당연한 결과인 것이다. 그런데 임화는 토대의 미숙성의 근본 원인을 아세아적 정체성에서 찾고 있다.

자주적 근대화 조건의 결여, 이러한 제조건이 이조 봉건사회 내부에서 자생적으로 성숙·발전치 못한 것은 조선 근대사의 기본적 특징이 되었다. 이 점은 모든 연구자의 일치한 결론이었다. 왜 그러한 제 조건이 결

473) 「개설 신문학사」(5회).
474) 위의 글(7회).

여·미비되었던가? 근대사회의 어머니인 봉건사회 자체가 성숙되어 있지
못했었기 때문이다. (중략-인용자)

　이 불성숙하고 변형된 사회를 역사학에선 동양적 사회라 하고 그 원인
을 소위 아세아적 정체성에다 구하고 있다.(다-인용자) (중략-인용자)

　한 사회 구성 혹은 체제가 충분히 발전·성숙하지 못하고 있다가 다른
사회 구성으로 이행되면 그 다음 사회 구성은 선행한 사회 구성이 미처
충분히 원만하게 해결치 못한 제 과제를 숙제로서 물려받기 때문에 발전
이 지지하다 할 수 있다. (중략-인용자)

　이렇게 동양사를 장구한 동안 지배해오던 소위 아세아적 정체성이란
것은 결국 서구의 사회제도를 수입·이식하지 않고는 봉건사회로부터 근
대사회에로의 전화·과도를 불가능케 한 조건으로 만드는 데 결부되는 것
이다.[475)]

　이식문학론의 핵심은 아세아적 정체성으로 말미암아 자본주의가 이식
되었고 이 토대의 이식에 따라 자연스럽게 문학도 이식되었다는 것이다.
이런 인식이 과도기의 문학인 신소설의 성격을 "재래의 형식을 빌어 새
사상을 표현하는 절충적"인 것으로 규정하게 하는 것이다. 이것은 사회
적 토대의 성격, 즉 "본래로는 문화적 정치적으로 상용키 어려운 봉건적
지배층과 평민층 피치층의 문화적 정치적 합작"의 반영이다.[476)]

　그런데 위의 신소설의 성격 규정에서 확연히 드러나는 것처럼 이식문
학론에서 전통 단절론이나 식민사관을 읽어내는 것은 옳지 않다. 구체
적으로 신소설을 논의하면서 임화는 신소설이 구소설의 전통과 관계되
는 점을 기본적인 전제 사항으로 강조해 놓고 있다. 예컨대『치악산』에
대한 언급을 보면 아래와 같다.

---

475) 위의 글(6회).
476)「신문학사」(2회).

소설 양식으로 보면 『치악산』은 계모 소설에다 토대를 두고 가정 소설의 기축을 빌어다가 그 위에 구성한 것으로 원형을 삼았다. 이러한 수법은 모두 조선 소설의 전통적 구조 양식과 신소설이 밀접하게 관계하고 있는 증거다. 또한 이러한 토대 위에서 신소설이 구조되어 있는 그 전 계모 소설과 가정 소설이 발생한 사회적 토양과 비슷한 토양 위에 발생한 문학이라는 것을 이야기하는 사실이기도 하다.

요컨대 붕괴해 가는 가부장제적 대가족 제도의 문학적 반영으로서 또한 해체기에 임한 동양 봉건사회의 관념적 표현으로서 영정 이후의 언문 소설과 직접의 관계를 가지고 있음을 의미한다.[477]

구체적인 문학사 서술에서도 전통과의 여과성을 특히 주목하고 있거니와 원리적인 측면에서도 이식과 전통의 변증법적 관계를 강조하여 창조의 기반으로서 갖는 전통의 의의를 분명히 하고 있다. 임화는 높은 문화의 이식을 부인하는 것을 전통주의의 과오라고 하면서 이식과 전통의 관계를 아래와 같이 설명하고 있다.

그러나 이식 문화라는 것은 이식하는 편에서 보면 문화적 창조의 한 전 단계에 불과하다. 문화의 이식은 창조의 한 계기가 되지 아니하면 아니 된다. (중략－인용자)

이식된 문화는 주지와 같이 전통을 토대로 하여 비로소 창조적 과정에 오르는 것이다.[478]

따라서 문화의 이식은 그 문화를 받아들일 만한 전통의 존재를 전제하고 있는 것이다. 다음의 발언은 좀 길지만 원리적인 측면에서 보면 임화가 전통단절론자 아니라는 점을 분명히 입증하는 자료이고 또 지금까

---

477) 「속 신문학사」(10회).
478) 「농촌과 문화」, 『조광』, 1941. 4, 187쪽.

지의 연구가 주목하지 않은 구절이기도 해서 인용해 둘 만하다.

> 우리는 서구의 문화, 즉 근대 문화가 수입되기 전에 이미 상당한 수준
> 에 도달해 있던 문학과 음악과 회화 혹은 연극의 역사를 가지고 있었다.
> 따라서 문학이면 소설, 시, 음악이면 성악, 기악, 미술이면은 인물, 풍경,
> 연극이면 산대, 꼭두, 탈 등에서 볼 수 있듯 일정한 장르의 전통을 가지고
> 있었다. 그러므로 소설이면 소설, 시면 시가 서구의 그것과 여러 가지의
> 차이가 있다 하더래도 근본적으로는 소설로서 시로서 서구의 그것을 이해
> 할 수 있는 공통성을 가지고 있었고 따라서 외래 소설, 서구 시의 이식은
> 자기 전래의 소설과 시의 형태를 개변함으로써 새로운 양식의 수립을 곧
> 착수할 수가 있었던 것이다. 문학에 있어 근대소설과 시의 선구가 된 신
> 소설과 창가는 낡은 조선의 소설과 시가 근대소설과 시를 이식함에 있어
> 근소한 자기 개변으로 능히 새 양식의 수립 과정에 들어갈 수 있었다는
> 무엇보다도 유력한 증거가 아닐 수 없다. 그밖에 모든 문화와 예술이 자
> 기 고유의 장르의 전통과 근대 서구 문화와 예술의 이러한 공통성을 토대
> 삼아야만 비교적 쉽사리 제작을 통하여 즉 제작 과정에서 일어나는 모방
> 현상을 거쳐서 서구 문화의 이식 과정을 촉진시킬 수가 있었던 것이다.
> 그러므로 서구의 근대 문화를 어느 정도로이고 받아들이어 그것을 소화할
> 수 있는 지방은 문화의 일정 정도의 역사와 전통을 가진 지방만이 가능했
> 던 것이다. 아메리카 인도인이나 남양 토인은 그러므로 자기의 근대 문화
> 를 갖는 대신 아주 문화적으로 몰락해 버리든가 그렇지 아니하면 근대 문
> 화를 수입함으로써 서구화해 버리든가 양단간의 一者의 길을 걷지 아니
> 할 수밖에 없었던 것이다. 이 사실은 먼저 말한 자기 문화의 일정한 축적
> 없이는 서구의 근대 문화를 이식해 들일 수 없는 사실과 공통하는 것이
> 다.[479]

위와 같이 신문학사의 원리적 방법으로서 이식문학론은 이식과 창조

---

479) 「조선영화론」, 『춘추』, 1941. 11, 87쪽.

의 변증법에 그 바탕을 두고 있다는 점은 분명해졌다.[480] 요컨대 새로운 문화의 창조는 외래문화와 전통의 교섭의 결과로 제3의 者를 산출하는 것이다(813쪽).

그러나 실제의 문학사 서술에서 전통은 부정적인 유산으로서만 그 가치를 지니고 있다. 그의 말대로 "유산은 부정될 객체로 화하고 오히려 외래문화가 주체적인 의미를 띠"우고 있다(832쪽). "그런 만큼 구문학으로부터 신문학이 생탄하는 과정은 서서한 해탈 과정"[481]이라는 설명에서도 전통의 부정적인 면을 강조하는 임화의 관점을 볼 수 있다. 그 구체적인 예로 신소설 중 최고의 작품으로 평가하는 『은세계』를 다루면서 그 작품에 나오는 民擾의 부분을 『춘향전』과 관련시켜 논의하는 곳을 보기로 하자. 여기서 임화는, 두 작품의 중요한 부분이 구조적으로 일치하여 이를테면 "최병도의 이야기는 『춘향전』의 뒷 과정을 집중적으로 발전시킨"[482] 측면에 관심을 기울이는 것이 아니라, 소박하게 작품에 반영된 사실을 비교함으로써 시대의 변화만을 추출하고 있을 뿐이다. 그러니까 가정 소설과 신소설의 관련성을 거론하는 태도와 비교해 보면 사실을 인식하는 관점이 판이하게 다름을 알 수 있다. 다시 말하면 신소설이 구소설을 긍정적으로 발전시킨 측면에는 눈을 돌리지 않고 있는 것이다.

---

480) 신승엽, 「이식과 창조의 변증법」, 『창작과 비평』, 1991 가을. 그런데 이글은 이식문학론의 원리적 측면에서 이식과 창조의 변증법을 해명한 데 의의가 있으나, 이러한 변증법이 실제의 문학사에서 구체화되고 있는가에 대해서는 해명하지 않고 있을 뿐만 아니라 원리의 측면에서 나온 결과를 이식문학론 자체의 성격으로 이해하는 문제점을 드러내고 있다.

481) 「속 신문학사」(2회).

482) 최원식, 「은세계 연구」, 『민족문학의 논리』, 창작과비평사, 1982, 57쪽.

만일 이야기를 다시 『춘향전』과 비교해서 논한다면, (『춘향전』에서 - 인용자) 하느님전 등장이라는 것과 관명을 帶한 사령들을 때려죽이자는 (『은세계』의 - 인용자) 행동의 사이에는 전술한 『춘향전』 시대와 『은세계』 시대의 이조 정치기구의 부패도의 차이가 반영되었던 것이다. 이러한 의미에서도 이 두 소설은 구소설 시대와 신소설 시대의 사회생활과 시대 의식을 대표하는 작품이라고 말할 수가 있다.[483]

이러한 관점, 즉 전통을 극복해야 할 부정적인 유산으로만 파악하는 태도에는 이식문학론을 규정하는 아세아적 정체성이라는 명제가 깊이 각인되어 있다. 결론적으로 방법론적인 측면만 관찰하면 이식문학론에서 전통단절론이나 식민사관을 찾는 것은 부당하지만 실제의 문학사 서술에서 드러나는 이식문학론에는 식민사관의 성격, 다시 말하면 자생적인 근대화의 움직임을 무시하는 태도를 보였다는 점을 부정할 수 없다고 생각한다. 앞에서 반복하여 말한 대로 긍정적으로 발전시킬 요소를 전통에서 발견하지 못하고 있는 것이다.

지금까지 토대와 관련하여 실제의 문학사를 예로 들면서 몇 가지의 측면을 검토하였다. 토대 항목에 대한 원리적인 설명을 더 보기로 하자. 토대를 설정한 것은 이것이야말로 상부 구조의 하나인 문학이 "생성하고 발전한 배경이 되고 기초가 되고 나아가선 그것을 존립을 제약한 근본적인 동력"을 이루기 때문이다. 그리고 이 토대는 각 문화 형태의 근원적인 동일성, 즉 근대정신을 설명하는 열쇠가 된다. 문학사를 한 분야로 포함하는 문화사의 목표는 이 일반성을 발견하는 것인데, 그렇다면 토대의 연구는 필수적인 작업이 된다(823쪽). 물론 조선 신문학사의 토대는 "봉건적 사회관계의 와해와 시민적 사회관계의 형성"으로 요약된다(824

---

483) 「속 신문학사」(20회).

쪽). 그런데 임화는 토대와 신문학을 직접 연결시키지 않고 그 사이에 매개 개념으로 시대정신을 설정하고 있다. 물론 이 시대정신을 신문학사에 적용하면 근대정신이 된다. 결국 신문학사의 연구는 궁극적으로 그 정신적 배경을 이루는 근대정신을 탐구하는 일이 된다. 임화는 이처럼 토대와 상부 구조의 연관성을 강조함으로써 사적 유물론에 입각하여 신문학사를 서술하려고 했다. 위에서도 밝혔듯이 신문학의 절충성은 이 토대에 바탕을 두고서 해명한 것이다. 임화는 조선 후기 사회의 내재적인 동력을 파악할 수는 없었고 그 결과로 전통을 부정적인 유산으로 읽었다는 점은 앞에서 지적했다.

아세아적 정체성으로 특징지어진 사회에서 외국 문학의 영향, 즉 문학의 '환경'을 문학사의 중요한 과제로 설정하는 것은 당연하다. "신문학의 생성과 발전의 각 시대를 통하여 영향 받은 제 외국 문학의 연구는 어느 나라의 文學史上의 그러한 연구보다도 중요성을 띠는 것으로 그 길의 치밀한 연구는 곧 신문학의 태반의 내용을 밝히게 된다"(827-8쪽). 그런데 이 '환경' 가운데서도 임화는 "일본 문학 내지 명치, 대정 문학사의 상세한 연구의 필요"를 강조하고 있다. "신문학이 서구 문학을 배운 것은 일본 문학을 통해서"였기 때문이다(828-9쪽). 그런데 실제의 문학사를 보면 방법론에서 그렇게 강조했던 이식성이 구체적으로 해명되지 않고 있다. 신소설과 구소설의 관련을 문제 삼는 것과 사뭇 다른 것이다. 임화뿐만 아니라 당대의 문학자들에게는 너무나 분명한 사실로 받아들여지는 것이어서 객관적인 거리를 두기가 어려웠기 때문일 것이다. 신문학사를 이식 문학의 역사라고 전제해 놓고서는 그에 대한 구체적인 해명을 결여한 것은 임화 문학사의 중대한 문제점이라고 하겠다.

앞에서 이식문학론의 성격을 검토하면서 말했듯이 이식은 전통의 축적이 없으면 불가능하고 전통은 창조의 기반을 이룬다. 그러므로 이식으로 특징지어지는 문학사라고 할지라도 전통을 설정하는 것은 너무도 당연하다. 그리고 이 항목의 설정으로 소박한 유물론, 즉 상부 구조에 대한 토대의 영향만을 강조하는 태도에서 벗어나 유연성을 획득하는 일이 가능하기도 하다. 즉 상부 구조의 독립성을 부여할 수 있는 방법이기도 한 것이다. 물론 임화는 토대의 동일성이 전통을 이용하도록 하는 점에 대해서도 주목을 하고 있다. 그런데 전통이나 '환경'의 설정을 두고 유물사관에서의 일탈이라고 평가하는 견해가 있다.[484] 이 항목들을 토대와 분리하여 설정하고 있기 때문이라는 것이다. 그러나 임화는 외래 문학의 전통의 교섭을 매개하는 것으로 인간을 들고 있다. 이때 인간이라 함은 생산 관계 즉 토대에서 파악된 인간을 가리킨다. 그러니까 문화의 주체가 외래의 문화를 이식하고 전통을 재창조하는 일은 토대가 허용하는 조건에 맞추어 그렇게 하는 것이다.

> 그런데 여기서 우리가 주의할 것은 외래문화와 고유문화의 유산의 교섭이 인간을 매개체로 하고 있다는 점이다. 즉 행위에 의하여 매개된다. 그런데 행위자의 지향은 문화 의향만이 아니다. 그들의 계층적 성질, 혹은 그들의 실질적 기초가 제약한다. 다시 말하면 그들의 물질적 지향이 외래 문화와 고유문화와의 문화 교류, 문화 혼화에서 새로운 문화 창조의 형태와 본질을 안출한다. 그러므로 문화 교섭의 결과 생겨나는 제삼의 자라는 것은 기실 그때의 문화 담당자의 물질적 의욕의 방향을 쫓게 된다. 그 의욕은 곧 그 땅의 사회 경제적 풍토다.(832-3쪽)

간명하게, 생산 관계 속에서, 즉 계급으로 파악된 인간이 문화적 주체

---

484) 성진희, 「임화의 신문학사론 연구」, 서울대 석사논문, 1992, 61-3쪽.

가 될 때 마주치는 객관적인 조건을 지적하고 있다. 앞에서 말했던 신소
설의 절충적인 성격도 이 주체의 사회적 조건을 반영한 것이었다.

전통의 항목에서 지적할 것은 원리적으로는 전통에 바탕을 둔 제삼의
자를 강조하고 있지만 실제로는 부정되어야 할 유산으로서만 인식되고
있다는 점은 이미 강조했다. 이것은 위에서 말한 것처럼 아세아적 정체
성이라는 명제에 사로잡혀서 토대에서 자생적으로 자라 나오는 근대적
인 것을 보지 못한 탓이다.

지금까지가 문학사를 쓰는 데 관련되는 사항이라고 한다면 양식과 정
신은 문학사의 대상이 되는 작품의 성질을 파악하는 문제와 결부된 것
이라고 하겠다. 앞에서 신문학사의 대상은 근대정신을 내용으로 하고
서구 문학의 장르를 형식으로 한 문학이라 한 규정을 보았다. 여기서 내
용과 형식이 각각 정신과 양식으로 바뀐 것이다. 물론 그렇다고 하여 임
화가 내용과 형식의 변증법적인 관계를 무시한 것은 아니다. 신소설의
절충주의를 지적한 것을 그 증거로 제시하면 될 것이다. 낡은 형식에 새
내용을 담은 것 자체가 내용의 개량주의적 성격을 의미하는 것이다. 임
화는 내용과 형식의 이러한 관계를 존중하면서도 형식에 대한 내용의
우월성을 강조하고 있다. 각 작품의 개성을 관통하는 "그 시대의 고유한
어떤 문예상의 개성"(836쪽) 즉 양식을 결정하는 것이 근대정신이기 때
문이다. 문학사는 양식의 역사지만 그것으로 그치면 속류 문학사에 지
나지 않는다. 양식의 근원을 이루는 근대정신의 발견으로 나아가야만
진정한 문학사가 되는 것이다(837쪽). 그러므로 "정신은 비평에 있어서
와 같이 문학사의 최후의 목적이고 도달점이다. 양식의 역사를 통하여
하나의 정신의 역사를 발견함으로써 문학사는 정신문화사의 한 분과로
서 확고한 지위를 차지한다."(838쪽).

　그런데 신문학사에서 시대 양식의 핵심을 이루는 것은 리얼리즘이다. 따라서 신소설에 나타나는 리얼리즘의 양식적 요소와 새로운 의식 내용이 신소설의 가치를 평가하는 기준이 된다.

　　　현대 소설이 역사적으로 신소설에 대신한 후 신소설은 자연히 그 시대적인 생명을 현대 소설에 빼앗기고 형해만 남아 있는 때문이다. 그 형해라는 것은 계모 소설의 양식이나 가정 소설의 양식과 같은 구소설적 형식이요 시대적인 생명이라고 할 것은 형식적으로는 신소설 가운데 구소설 형식과 더불어 병존했던 현대 소설의 양식적 붕아인 리얼리즘 형식이요, 내용적으로는 새 시대의 의식이다.
　　　그러므로 리얼리즘적 형식과 새로운 의식이 현대 소설에 의하여 통일되고 발전되면서 (하략－인용자)[485]

　신소설을 구소설과 구분하는 특징으로 "첫째 문장의 언문일치, 둘째 소재와 제재의 현대성(혹은 신시대성), 셋째 인물과 사건의 실재성(혹은 사실성)"[486]을 들고 있는데, 리얼리즘 양식과 새로운 의식으로 요약할 수 있는 것들이다.

　지금까지 신문학사의 방법론에서 설정한 항목을 그 논리적 구조와 실제 문학사 서술에서의 적용에 초점을 맞추어 정리했다. 결론적으로 임화의 문학사 방법은 사적 유물론의 방법에 의해서 리얼리즘 양식과 근대정신을 기준으로 신소설을 평가하고 있다. 그러나 토대에서 근대로의 자생적인 동력을 보지 못함으로써 전통의 부정적인 영향만을 강조한 결과가 되었다. 그리고 이것이 이식문학론의 원리인 이식과 창조의 변증

---

485)「속 신문학사」(13회).
486) 위의 글(3회).

법을 구체화하는 데 실패케 한 원인이 되었다. 그 밑바탕에는 아세아적 정체성이라는 명제가 놓여 있다.

5 결론

지금까지 1930년대 임화의 문학론을 크게 세 분야로 나누어 리얼리즘론, 소설론, 문학사론을 살펴보았는데 그 내용을 요약하면 다음과 같다.

첫째로 리얼리즘론의 전개 과정과 그 성격을 정리하면 아래와 같다.

먼저 '「물」 논쟁'은, 유물변증법적 창작 방법을 수용한 다음에 사회주의 리얼리즘론이 거론되기 시작하는 단계에서, 작품을 평가하는 관점과 리얼리즘론에서 핵심적인 위치를 지니는 원리를 둘러싸고 벌어졌다. 임화와 김남천이 논쟁을 벌이면서 가졌던 기본적인 관점은, 전자가 창작에 대한 세계관 혹은 이론의 규정성을, 후자는 작가의 정치적 실천의 규정성을 각각 그 핵심으로 하고 있다. 김남천의 실천관에 대해서 임화는 먼저 작품과 작가의 실천을 무매개적으로 연결함으로써 예술의 특수성을 문제 삼지 못하며, 둘째로 김남천의 실천 개념 자체가 그 역사성과 사회성을 몰각하여 문학의 정치성을 올바르게 이해하지 못하게 된다는 점을 지적했다. 사회주의 리얼리즘론을 수용함으로써 이런 비판이 가능했다. 비평의 객관성과 당파성의 문제에 대해서 임화는 객관성을 주체의 주관과 독립적으로 존재하는 현실의 운동 과정이라고 정의하고서 이 객관성을 인식하기 위해서 당파성이 요구된다는 점을 강조했다. 논쟁 과정에서 보인 임화의, 미학의 원리적인 범주에 대한 이해가 추상적인 상태에 머물고 있지만, 당시로서는 가장 높은 수준에 이른 것으로 평가할 수 있다.

임화가 형상에 주목한 것은 이것이야말로 문예의 특수성을 보여주는 결정적인 요소라고 생각했기 때문이다. 한편으로는 프로 문학에서 이탈하려는 움직임을 보이고, 부르주아 문학과 프로 문학의 형상을 도식적이고 정태적인 방법으로 구분하는 것에 대해 비판한다는 의도가 깔려 있기도 하다. 여기서는 전자의 측면, 즉 형상의 원리에 대한 탐구라는 점에 초점을 맞추었는데, 논의의 대상이 지니는 성질을 감안하여 「물」 논쟁 시기에만 한정하지 않고, 그 이후의 글도 함께 검토했다. 임화는 형상을 검토하기 위해서는 '역사적인 동시에 논리적인 방법'이 필요하다고 했다. 논리적인 방법을 통하여 형상의 성격(물질적, 감성적 가상)과 인식 일반의 문제로서 주객 변증법을 해명하고, 역사적인 방법으로서 역사·사회적인 조건에 따른 형상의 변화를 검토한다는 것이다. 전자에서 형상화에서 세계관의 역할을, 후자에서는 프로 문학의 형상의 우월성을 강조했다. 형상의 특수한 범주로서 전형에 대한 이해는 시기에 따라 변화를 보였는데 초기의 형상론에서 프로 문학의 형상만을 전형으로 파악함으로써 문학 유산에 대한 적극적인 평가를 결여했다면, 낭만주의론을 주장하던 시기에는 이상적인 인물을 전형을 파악하는 주관주의적 편향을 드러냈다. 「사실주의의 재인식」(1937. 10)에 이르러서 이러한 주관주의를 자기비판하여, 전형이 현실의 본질의 반영이라는 점을 분명히 하고, 프로 문학의 공식주의나 결함을 비판한다고 하면서 개별성만을 강조하는 편향을 올바르게 비판할 수 있었다.

다음은 본격적으로 사회주의 리얼리즘론을 전개하는 단계로 카프 해산을 전후로 한 시기부터 1930년대 말까지이다.

임화가 낭만주의를 제창하게 된 직접적인 계기는 박영희의 전향 선언으로 대표되는 객관적인 상황의 악화였다. 탈정치주의에 대한 비판으로서 주관적 계기를 강조하게 된 것이다. 내적으로는 '「물」 논쟁'을 통하여 얻은 당파성에 대한 이해와 관계가 있다. 그가 제창한 '낭만적 정신'은 당파성의 다른 이름인데, 이것을 사회주의 리얼리즘의 본질을 이루는 것으로 파악했다. 그런데 문제는 이 주관적 계기를 강조하는 나머지 '낭만적 정신'을 '사실적인 것'과 분리하는 데 있다. 이 때 사실적인 것은 그가 비판해 왔던 관조주의의 의미를 지니며, 사회주의 리얼리즘은 주관적인 것, 즉 혁명적 낭만주의와 관조주의의 절충으로 나타나게 된다. 그러므로 문제를 바르게 해결하기 위해서는 인식에서 주관의 작용을 무조건적으로 전제한 다음에 이 주관이 객관적 현실을 얼마나 충실하게 반영하고 있는가를 살펴야 하는 것이다. 즉 '사실적인 것'과 '낭만적 정신'에는 모두 주관이 개입하고 있는 것으로 파악하고, 그 주관적 계기의 질 -특정한 역사적 단계가 허용하는, 현실 인식에서의 객관성의 정도- 을 문제 삼아야 했던 것이다. 그런데 객관과 분리된 주관으로서의 '낭만적 정신'은 상황이 점점 악화됨에 따라 그 합리적 핵심, 즉 현실 인식에서의 주관적 계기의 중요성에 대한 강조가 객관적 현실과의 변증법적 관계를 상실하는 방향으로 나아가게 됨으로써 주관주의적 편향을 강하게 드러내게 된다. 낭만주의론을 제출하게 된 근본적인 이유와 관련하여 얘기하면, 현실에서 오는 위기의식을 객관적인 현실과 관계없이 일면적으로 주체의 신념만을 강화함으로서 극복하려 했던 데 문제가 있었다. 요컨대 나중에 검토하게 될 주체 재건론에는 생각이 미치지 못하고, 소박하게 주체의 신념만을 내세웠던 것이다. 그러나 이러한 문제점이 있지만 당시 사회주의 리얼리즘을 둘러싼 논쟁에 참여한 비평가들의 낭만주의에 대한 이해와 견주어 보면 임화의 낭만주의론이 가장 높은 수준을 보이고 있다는 점을 확인하게 된다.

위에서 본 대로 낭만주의론은 현실과 교섭하지 않고 일방적으로 주관만을 강조함으로써 주관적인 성격을 보였다. 이제 임화는 주체의 패배에 대해서 낭만주의적인 방식으로 주체를 강화하는 것이 아니라 리얼리즘을 바르게 인식함으로써 주체 재건의 방법을 마련하려고 했다. 이것이 낭만주의론 이래 전력을 기울여 모색한 리얼리즘론의 핵심이다. 그가 사회주의 리얼리즘을 논의하는 과정을 정리하면 다음과 같다. (1) 먼저 '오해된 리얼리즘'을 청산하는 작업이 요구된다. (2) 이것은 리얼리즘을 올바르게 이해하는 일이기도 하다. (3) 이것을 통하여 주체 재건의 방법을 구체화할 수 있는데 이 때 지침이 되는 것이 '리얼리즘의 승리'라는 엥겔스의 명제이다. (4) 주체를 재건하기 위해서는 현실이 지니는 의의를 파악하는 일이 매우 중요하다.

(1) 먼저 '오해된 리얼리즘'이라는 측면과 관련하여 임화는 주관을 배제하고서도 현실을 인식하는 일이 가능하다고 생각하는 관조주의적 경향과, 자신의 낭만주의론으로 대표되는 주관주의를 비판했다. 후자에 대해 검토하면서 「사실주의의 재인식」(1937. 10)보다 먼저 발표된 「작가의 '눈'과 문학의 세계」(1937. 6)가 낭만주의론을 극복하는 데 차지하는 중요성을 강조했다. (2) '오해된 리얼리즘' 즉 객관주의와 주관주의를 변증법적으로 지양할 수 있는 예술 방법이 사회주의 리얼리즘이다. 임화는 사회주의 리얼리즘에서 나타나는 주객 변증법을 '현실의 모사로서의 의식'이라는 명제로 정리하였는데, 이것은 (모사되는) 현실과 (모사하는) 의식의 변증법적 통일이라는 뜻을 함축하고 있다. 결국 이것이 당시의 '문

학적 현실'을 비판적으로 검토하고 그 극복을 모색하는 과정에서 얻어낸 '사실주의의 재인식'의 결산서인 셈이다. (3) 그러나 아직은 리얼리즘이 '주체화의 방법'이라는 원리의 확인에 불과하고 어떤 방법으로 세계관을 주체화하여 객관적인 현실을 예술적으로 반영할 것인가 하는 문제는 해명되어 있지 않다. 더구나 지금까지의 논의에서는 생활 실천을 통하여 주체를 재건한다는 일이 불가능한 객관적 현실 조건을 충분히 고려하지 않았다. 이러한 문제를 해결하려고 내놓은 것이 생활 실천과 세계관을 매개하는 예술적 실천이라는 개념이다. 이 예술적 실천은 리얼리즘의 방법을 뜻하는 것인데, 이 방법을 논의하는 데 엥겔스의 '리얼리즘의 승리' 명제를 그 지주로 삼고 있다. 임화는 이 명제를 세계관에 대한 리얼리즘 방법의 승리로 해석하고, 승리의 원천으로서 선입견에서 벗어나 현실을 객관적으로 인식하려는 작가의 고매한 정신을 들면서 선입견에서 벗어나 주관에 구애되지 않고 현실을 탐구해야 한다는 점을 강조했다. (4) 따라서 이제 주체를 재건하는 데 가장 필요한 것은 현실의 의의를 재인식하는 것이다. 현실은 주체의 성질을 분석하는 시금석이고 성격의 운명을 결정하는 객체라는 막중한 의미를 지니기 때문에 현실과 죽음을 걸고 싸우는 기백이 필요하다고 역설하였다. 그러나 현실의 의의에 대한 설명이 당대의 식민지 현실에 대한 것이 아니라 일반론에 머물고 있어서 추상적이라는 느낌을 주는데 「사실의 재인식」(1938. 8)에 이르러 내세운 '기정사실의 인정'에서 이 점을 뚜렷하게 볼 수 있다.

이러한 현실 인식이 당시의 주체 재건의 실패를 가져오는 한 원인이 된 것은 물론이지만 결정적인 것은 당시의 객관적인 상황 자체에 있다. 실상 그도 '리얼리즘의 승리'를 이루기 위한, 주체 재건이 가능한 전제 조건으로 새 세계를 지향하는 집단의 실천이 있어야 한다는 점을 알고 있었다. 그는 위대한 리얼리스트의 작품에서 볼 수 있는 작가의 의도에 반하는 세계는 작가의 직관 작용을 초래한 현실이 스스로 만들어 낸 질서임을 밝히고 있는데 낡은 세계를 지양할 수 있는 가능성이 현실에 존재해야만 그 세계에 바탕을 둔 세계관에 대하여 리얼리즘이 승리할 수 있는 것이다.

결론적으로 주체 재건에 실패했는데도 리얼리즘을 높은 수준에서 재인식하여 당시의 편향을 극복하려 했고, 주체 재건의 문제를 '리얼리즘의 승리'와 연관하여 끈질기게 풀어 나가면서, 추상적이라는 점에서 한계를 드러냈지만 현실의 의의를 강조한 것은 오늘에도 여전히 유효한 업적이다.

김남천의 고발문학론도 임화의 논의처럼 사회주의 리얼리즘을 구체화하고 주체를 재건하기 위한 의도로서 개진된 것이었다. 임화도 이 점을 의식하여 고발문학론에 대해 깊은 관심을 표명했고 김남천도 임화의 논의에 관심을 가지기는 역시 마찬가지였다. 그래서 그들의 논의 과정을 주체 재건 논쟁이라고 불렀다. 이 논쟁의 과정을 그들의 발표한 글의 차례를 따라 정리하면 다음과 같다.

(1) 김남천은 사회주의 리얼리즘을 조선의 현실에 적용시킨 고발 문학이라고 하면서, 이 리얼리즘의 실천에 의하여 소시민성을 극복하고, 사상의 주체화가 가능하다고 주장했다. 그런데 그의 리얼리즘에 대한 이해는 객관주의적 편향을 보였다. 인식 활동 일반에서 주관이 개입한다는 점을 옳게 이해하지 못한 탓이다. (2) 임화는 고발문학론이 사회주의 리얼리즘을 구체화함으로써 주체 재건의 방법을 모색했다는 점을 높이 샀으나 현실을 고발하겠다는 의도를 가졌지만 현상에만 주목함으로써 주관주의와 객관주의의 두 편향이 공존하는 현상을 드러내고 말았다

는 점을 비판했다. 그는 이런 오류의 근본적인 원인으로 주관의 개입, 다시 말하면 세계관의 의의를 무시했다는 점을 지적하고 있는데 김남천의 리얼리즘론이 지니고 있는 문제점의 핵심을 찌른 것이다. (3) 김남천은 주체 재건의 방법으로서 '주체성에 있어 문제를 제출한다'는 명제를 제출하는데, 작가의 소시민적인 성격, 즉 '유다적인 것'을 고발함으로써 재건의 길을 찾을 수밖에 없다는 것이다. 그런데 임화는 주체의 재건을 말하면서도 주체 자신의 문제를 회피하기 때문에 주체화의 문제를 해결할 수 없다고 비판했다. 요컨대 세계관 이전에 주체 자신의 문제, 예를 들어 자기 분열을 고발하는 일이 필요하다는 것이다. (4) 임화는 김남천의 주체 재건의 방법론인 '주체성'론을 문제 삼아 그것을 심리주의로 비판하면서 주체의 자기 분열을 현실의 분열로 파악해야 한다는 점을 강조했다. 현실의 의의에 대한 탐구를 내세운 것이다.

지금까지 주체 재건 논쟁을 검토하였는데, 당대에 임화만큼 김남천의 고발문학론에 대해 주목한 비평가는 없었다. 이러한 사실은 사회주의 리얼리즘의 구체화에 대한 깊은 관심을 보여주는 또 하나의 증거가 된다.

김남천의 고발문학론에 대한 관심과 함께 임화는 백철의 휴머니즘론의 주관적인 성격에 대해 지속적으로 문제 삼았다. 그러므로 인간 묘사론으로부터 시작하여 휴머니즘론에 이르기까지의 백철 비평의 전개 과정과 그에 대한 임화의 비판을 간단하게나마 살피고, 그 다음에 본격적으로 휴머니즘론을 검토했다.

백철이 '인간'을 내세우기 시작한 것은 사회주의 리얼리즘이 문제되기 시작한 시기였는데, 그 의도는 이 창작 방법을 구체화한다는 것이었다. 그는 인간 묘사를 내세우고 프로 문학만이 이것을 완수할 수 있다고 주장했지만 이러한 구체성을 동반한 논의는 아니었다. 임화는 인간 묘사론이 인물 형상의 중요성만을 일방적으로 강조한 데 대해 주관적인 관념론이라고 평가했다. 주관과 독립적으로 존재하는 객관적 조건을 고려하지 않았기 때문에 주관주의를 드러낼 수밖에 없었다는 것이다. 이러한 지적은 휴머니즘론을 주장하던 때의 문제점을 선취한 것이라고 하겠다. 임화의 비판을 받고나서 백철은 프로 문학의 진실한 능동적 리얼리즘을 강조하기도 하지만, 동시에 개별성에만 집착함으로써 형상론 가운데서 개성화만을 일방적으로 과장했다. 그런데 이러한 문제점은 프로 문학을 부정하게 될 때 전면에 내세워진다. 휴머니즘론의 본질적인 성격의 하나는 바로 이 개성 강조에 있다.

출옥 후부터 본격적인 휴머니즘 문학론 시기라고 할 수 있는데, 이것은 앞 단계와의 부분적인 단절이면서 또 위에서 지적했던 문제점을 확대재생산하는 것이기도 하다. 임화는 휴머니즘론을 제창하는 백철의 중간계급성에 초점을 맞추어 지식계급이 동요하는 현상으로서 콤뮤니즘이나 시민적 자유주의, 또 파시즘으로 접근해 가는 과도적인 단계로 파악한다. 임화의 관점을 따르면 휴머니즘론은 지식인의 동요를 막아 줄 통일적 원리의 수립이라는 의도로 제출되었다. 즉 그것은 프로 문학 이후의 주류로서 설정되었던 것이고, 그만큼 과거 프로 문학의 오류를 그 자체의 본래적인 결함으로 확대해석하여 그것을 부정하게 됐다는 것이다. 공식주의에 대한 해결책이 개성을 극단적으로 강조하게 된 궁극적인 원인은 바로 여기에 있었다. 임화가 휴머니즘론이 겉으로 드러내고 있는 진보적인 의의에 부정적인 평가를 내리면서 파시즘 사상과의 친근성을 경계한 것도 휴머니즘론이 프로 문학, 또 그 창작 방법론인 리얼리즘을 부정하는 태도 때문이었다. 따라서 임화가 휴머니즘론이 지니고 있는 주관주의를 비판하면서 노동자 계급의 당파성과 현실주의적인 태도를 강조하여 진정한 휴머니즘이야말로 리얼리즘을 통해서만 가능하다고 한 것은 수긍할 수 있는 견해라고 생각한다.

본격소설론 앞 단계까지의 소설 비평에서 두드러지는 것은 작가의 계급적 관점의 중요성과 문학을 다른 상부 구조와 구별하게 해 주는 특수성으로서의 형상에 대한 강조이다. 임화는 반복하여 등장인물을 개체로 파악함으로써 소설이 다루는 문제가 사회성과 역사성을 상실하고 있다는 점을 지적하고 있다. 또 추상적인 슬로건으로 구체적인 묘사를 대신하는 주관주의의 문제를 형상을 강조함으로써 전형적인 상황 속의 전형적인 인물을 그림으로써 극복할 수 있다는 점을 강조했다. 결국 임화에게 중요한 것은 현실의 본질을 탐구하려는 작가의 고매한 정신이었다. 임화는 이러한 소설 비평을 통하여 리얼리즘론의 원리를 확립해 가고 있었다고 할 수 있다. 이러한 점을 염두에 두면 김남천의 「남매」에 대한 비평은 매우 중요한 뜻을 함축하고 있다.

본격소설론으로 수렴되는 일련의 소설론의 성격과 그 문제점은 다음과 같다.

먼저 사회주의 리얼리즘론과 소설론의 관계를 보면 본격소설의 핵심적인 성격인 '성격과 환경의 조화'라는 명제는 주체 재건을 모색하는 과정에서 부각된 '현실의 의의'를 탐구하는 과정에서 얻은 결과이다. 그런데 그 현실은 당시의 구체적인 현실이 아니었다. 그렇기 때문에 원래 매개 개념으로 전제되었던 예술 실천이 생활 실천에서 독립하여 자립적인 범주로 나타나게 되고, 이것이 소설론에서 중대한 문제점을 낳게 한 원인이 된다.

「본격소설론」은 당대의 현실적인 조건 때문에 경향 문학이 퇴조함으로써 성행하게 된 세태와 내성 소설의 대안으로 본격소설을 당면의 과제로 제시하고 있다. 본격소설의 성격은 '성격과 환경의 조화'라는 명제로 요약할 수 있는데, 이것은 먼저 리얼리즘에 대한 엥겔스의 명제를 염두에 둔 것으로, 다른 하나는 객관적인 여건과 주체적인 욕구 사이의 갈등과 조화의 변증법적 통일로도 해석할 수 있는데 소설론의 전체 맥락에서 보면 후자의 파악 방식이 일관되게 적용되고 있음을 알 수 있다. 골드만이 소설의 특수한 내적 형식으로서 주인공과 세계의 구성적 대립성과 그 둘의 적절한 공동성을 든 것과 흡사한데 일단은 소설 갈래의 본질을 통찰하고 있다고 평가할 수도 있다.

그런데 임화는 당시의 현실에서는 주체의 적극성이 허용될 수 없음을 인정하면서, 다시 말하면 세태와 내성 소설 발생론적 근거를 긍정하면서도 그 대안으로서 본격소설의 인물에게는 현실을 이상으로 전화시키는 오묘한 능력을 부여해야 한다고 주장한다. 그러나 주체의 능동적인 작용이 허용되지 않은 당대의 현실에서 주체가 세계에 대해 작용을 가하고 그에 대해 세계가 호응하기도 하고 적대적인 힘으로 나타나기도 하는 일반적이고 원론적인 주객 관계를 운위하는 것은 비현실적인 현실 인식이다. 그렇다면 본격소설은 반영론의 문제의식과 거리를 둔 것으로밖에 평가할 수 없다. 다시 말하면, 본격소설은 작품 밖의 현실과 관계없이 다만 내적 형식의 관점에서만 그 존재의 가능성이 주장될 뿐인 것이다. 그러므로 그가 현실을 돌아보자마자 본격소설의 추상성을 인정하고 현실의 여건이 본격소설의 창작을 불가능하게 한다는 점을 고백하는 것은 당연하다 하겠다. 이처럼 본격소설이 현실 대응력이나 실제 창작에서 무력했던 것은 무엇보다도 사회주의 리얼리즘 논의에서 강조된 '현실의 재인식' 과정에서 드러낸 '현실' 개념의 추상성 때문이다. '현실'이란 말속에 단지 적응만을 허용하던 당시의 상황에 대한 인식이 들어가 있지 않은 것과 마찬가지로 본격소설이 전제하고 있는 주객 관계도 당시의 현실적 조건을 담고 있지 못한 것이다. 그래서 위에서 말한 대로 구체로 나아갈수록 본격소설의 추상적인 성격을 인정하게 되고 그것의 가능성을 부정하게 된 것이다. 결론적으로 본격소설은 당시의 현실과 그곳에서 일상적인 생활을 영위하는 무력한 주체를 인정하고 싶지 않은 주관적인 원망의 표현이었고 따라서 구체적인 대안이 될 수는 없었다. 소설사를 검토한 후에도 토대의 미숙성에다 정치·사회적 조건이 건너뛸 수 없는 장애물로 가로놓여 있어서 본격소설이 불가능하다는 점을 설명하면서 동시에 그것을 당면의 과제로 제시하는 모순을 드러내고 있다.

본격소설을 척도로 하여 당시의 소설 현상을 분석하고 있는 「세태소설론」(1938. 4)에서도 임화는 작가의 사상 혹은 의도가 본격소설에서만 제대로 구현된다는 점을 전제하고 있다. 그러니까 임화는 무력한 인물을 그리고서는 작가의 사상을 표현할 수도 없거니와 근본적으로 소설 자체가 성립할 수 없다는 점을 소설론의 부동의 전제로 삼고 있는 것이다. 그러므로 세태나 내성의 소설에서 참된 의미의 사상이나 어떤 윤리를 발견하지 못하고, 그 대신에 세계에 대한 보복 심리와 같은 소극적인 태도만을 읽게 되는 것은 당연하다. 그러나 그가 논의의 대상으로 삼고 있는 세태와 내성의 소설이 당대 상황의 불가피한 산물이었다면 현실적인 대안을 마련하는 일은 원리론에 머물 것이 아니라 비록 본격소설에는 미달하지만 당대의 소설에서 긍정적인 요소 — 현실을 올바르게 반영하고 있는 측면을 찾아내어 이런 것이 어떻게 가능한지를 밝혀 줌으로써 작가들에게 도움을 준다는 문제의식을 가지는 데서 가능한 것이다. 시대적인 상황 자체가, 주체 재건을 모색하면서 그 자신이 말한 바대로

'비근하고 가능한 일로부터 시작'하기를 요구하고 있었던 것이다. 이러한 문제의식을 철저히 지녔더라면 소설론의 바탕에 깔려 있는 비관주의로부터도 어느 정도는 벗어날 수 있었을 것이다. 임화의 세태 소설에 대한 분석에서 두드러지는 것은 반영론의 관점을 결여하여 소설 내부의 문제에만 주목하고 있다는 점이다. 본격소설의 관점을 적용하는 한 당연한 일일 수밖에 없다.

임화가 「조선신문학사론 서설」을 서술하게 된 배경은 다음과 같다. 첫째로 그는 목적의식적으로 비평과 문학사를 통일하는 문예과학을 추구하고 있었다. 둘째로 프로 문학뿐만 아니라 조선 문학 전체가 위기에 봉착해 있다는 인식이 문학사에 대한 관심을 절박한 것으로 만들었다. 셋째로 문학사를 서술함으로써 사회주의 리얼리즘을 둘러싼 논쟁이 드러내는 이론 편향을 정정해야 한다는 의도를 갖고 있었다. 따라서 문학사 연구는 무엇보다도 사회주의 리얼리즘을 구체화하려는 원대한 계획의 일환이었다. 마지막으로 박영희의 이원론이나 이것을 비판한 신이원론자들의 관점을 정정함으로써 프로 문학의 역사적 정당성을 해명하려는 의도가 자리 잡고 있다.

이러한 배경을 가진 문학사 연구가 법칙성을 탐구하는 과학을 지향하는 것은 당연한데, 구체적으로 토대와 상부 구조의 내적 관련의 문제를 전자의 규정적 역할을 전제한 가운데서 해명하는 사적 유물론의 원칙을 내세웠다. 그렇다고 하여 상부 구조의 상대적 독립성을 무시한 것은 아니었는데 토대의 규정성을 강조하면서 동시에 문학적 경향의 변화가 지니고 있는 내적인 관련성을 밝히려고 했다.

이 문학사의 문제점은 박영희적 경향과 최서해적 경향을 설정한 곳에서 나타난다. 이 두 경향은 각각 '낭만적인 것'과 '사실적인 것'이라는 일반적 범주의 특수한 역사적 형태인데, 이러한 구도를 낳게 한 궁극적인 원인은, '낭만적인 것'과 '사실적인 것'을 이원적으로 분리하고, 결국에는 이 둘을 통일되어야 할 것으로 파악하는 그의 낭만주의론이다. 또 다른 문제점으로 박영희적 경향에 대한 해석에서는 세계관의 관념적 성격이 그대로 작품에 반영되어 예술성의 저하를 결과했다는 점을 분명하게 말하지 못하고 동요하고 있다는 점을 들 수 있는데, 그가 비판했던 신이원론자들의 한계, 즉 예술성과 사상성을 분리함으로써 둘을 변증법적으로 설명하지 못한 오류에서 그 자신도 전적으로 자유롭지 못한 셈이다. 이런 점에서 낭만주의론의 문제점이 문학사의 구도뿐만 아니라 그 내용에까지 각인되고 있다는 사실을 확인하게 된다.

결론적으로, 「조선신문학사론 서설」이 문학사적 연구의 의의를 분명하게 의식하여 문학사 서술에 사적 유물론의 방법을 적용함으로써 신경향파 문학, 나아가 프로 문학의 역사적 정당성을 해명하는 데 어느 정도 성공했고 그만한 정도의 역사적인 개괄을 해낼 수 있었다는 사실만으로도 당시의 수준을 고려하면 높이 평가할 수 있으나, 낭만주의론의 문제점, 즉 사회주의 리얼리즘을 혁명적 낭만주의와 관조주의의 절충으로 이해하는 방식이 문학사의 구도와 내용에 영향을 미침으로써 사회주의 리얼리즘을 구체화한다는 의도를 충분히 살리지는 못했다.

임화가 '신문학사'를 서술하게 된 배경으로는 그의 근대에 관한 관심을 들 수 있을 것이다. 이식문학론의 틀을 드러낸 「본격소설론」(1938. 5)에서 본격소설을 완성하지 못한 이유로 근대적 전통의 결여를 문제 삼았던 것이다. 그러니까 당시 임화에게 가장 중요한 일은 근대의 성격을 해명하는 작업이었다. 그것을 통하여 우리 근대문학의 성격을 올바르게 조감할 수 있고 또 문제점을 극복할 수 있다고 생각했던 것이다.

임화는 신문학사가 염두에 두어야 할 항목으로 대상, 토대, 환경, 전통, 양식, 정신을 들었다. 먼저, 신문학사의 대상은 근대정신을 내용으로 하고 서구 문학의 장르를 형식으로 한 문학이 된다. 이렇게 대상을 규정함으로써 한국의 신문학사는 이식문학사라는 점을 기본적인 전제로 했다. 그런데 신문학사가 전통과 완전히 단절된 것은 아니다. 그러므로 신문학사는 서구적 형태의 문학이 성립하고 발전한 역사를 중심으로 하고 조선문학사의 전통과의 교섭을 천명하는 것을 과제로 삼아야 한다고 주장했다.

그런데 임화가 이식문학론을 내세운 것은 토대의 미숙성을 전제했기 때문이다. 그 바탕에는 아세아적 정체성이라는 명제가 자리 잡고 있다. 그러나 이식문학론에서 전통단절론을 읽어 내는 것은 옳지 않다. 문학사 서술에서도 전통과의 연관성을 특히 주목하고 있거니와 원리적인 측면에서도 이식과 전통의 변증법적 관계를 강조하여 창조의 기반으로서 갖는 전통의 의의를 분명히 하고 있다. 그런데 실제의 문학사 서술에서 전통은 부정적인 유산으로서만 그 가치를 지니고 있는 것으로 파악된다. 다시 말하면 신소설이 구소설을 긍정적으로 발전시킨 측면에는 눈을 돌리지 않고 있다. 이러한 관점에는 이식문학론을 규정하는 아세아적 정체성이라는 명제가 깊이 각인되어 있다. 결론적으로 방법론적인 측면에만 한정하여 관찰하면 이식문학론 자체에서 전통단절론이나 식민사관을 찾는 것은 부당하지만 실제의 문학사 서술에서는 식민사관의 편린을 드러내고 말았다고 할 수 있다.

그런데 임화는 토대와 신문학을 직접 연결시키지 않고 그 사이에 매개 개념으로 근대정신을 설정하고 있다. 그렇다면 궁극적으로 신문학사는 근대정신을 탐구하는 일이 된다. 임화는 이처럼 토대와 상부 구조의 연관성을 강조함으로써 사적 유물론의 방법에 입각하고 있다. 전통과 환경을 토대와 분리하여 사적 유물론에서 벗어났다는 견해도 있지만 매개로서 계급으로 파악된 인간을 설정한 것을 보면 이러한 주장은 옳지 않다.

아세아적 정체성으로 특징지어진 사회에서 외국 문학의 영향, 즉 문학적 '환경'을 한 항목으로 설정한 것은 당연하다. 그런데 실제의 문학사 서술을 보면 방법론에서 그렇게 강조했던 이식성이 구체적으로 해명되지 않았다. 신문학사를 이식문학사라고 전제해 놓고서는 그에 대한 구체적인 해명을 결여한 것은 문학사의 중대한 문제점이라고 하겠다. 이식으로 특징지어지는 문학사라 할지라도 전통을 설정하는 것은 너무도 당연하다. 전통의 항목에서 지적해야 할 것은 원론적으로는 전통을 창조의 기반이라고 하면서도 실제로는 부정되어야 할 유산으로만 인식되고 있다는 점이다.

마지막으로 양식과 정신은 대상의 성격을 일반화하는 문제와 관련된다. 그런데 양식을 결정하는 것이 근대정신이기 때문에 문학사는 양식의 역사이지만 궁극적으로는 근대정신의 발견으로 나아가야만 진정한 문학사가 된다고 강조했다. 신문학사에서 시대 양식의 핵심을 이루는 것은 리얼리즘이다. 그러니까 신소설에 나타나는 리얼리즘의 양식과 새로운 의식 내용이 신소설의 가치를 평가하는 기준이 된다.

결론적으로 신문학사는 사적 유물론의 방법에 의해 리얼리즘 양식과 근대정신을 그 기준으로 신소설을 평가하고 있다. 그러나 토대에서 근대로의 자생적인 동력을 보지 못함으로써 전통의 부정적인 영향만을 강조한 결과가 되었다. 그리고 이것이 이식문학론의 원리인 이식과 창조의 변증법을 구체화하는 데 실패하게 한 원인이 되었다. 그 밑바탕에는 아세아적 정체성이란 명제가 완강하게 자리 잡고 있다.

서울대 박사학위 논문, 1993. 8.

제4장

임화의
1940년대 전반기 문학비평 연구
전망의 상실과 관련하여

1

서론

  임화는 카프가 해체되고 난 뒤 자신들의 패배를 인정한 바탕 위에서 그 패배한 주체를 재건하는 문제를 논리적으로 해명하기 위하여 혼신의 노력을 기울였다. 그 해결책으로 제출한 것이 바로 리얼리즘의 창작 방법이다. 그는 이것을 통하여 현실을 재인식하고 사상을 주체화할 수 있다고 생각했다. 그러나, 결과적으로 말해서 그 방법은 성공하지 못하였다. 무엇보다도 리얼리즘의 창작 방법과 현실이 너무나 동떨어진 거리에 있었기 때문이다. 다시 말하면 시간이 흐를수록 파시즘 체제가 강화됨으로써 현실에 대한 주체의 적극적인 개입이 점점 더 불가능한 상황이 됐기 때문이다. 그래서 불가피하게 임화는 대략 1938년 후반부터 현실이 마르크스주의 이념에서 주장해 왔던 것과는 다르게 진행되고 있다는 점을 인정하지 않을 수 없었다. 물론 이러한 태도는 현실을 긍정하거나 그것에 영합하는 것과는 질적으로 다르다. 오히려 현실을 객관적으로 인식해야 한다는 리얼리즘의 요구에 따르는 것이라고 할 수 있다. 그러나 1930년대 후반에 나타나는 임화의, '기정사실'의 수용은 동시에 전망의 상실이라는 의미를 갖는다는 데 문제가 있다. 따라서 이러한 상태에서 참다운 문학론의 개진은 무망하다고 하겠다. 그렇기 때문에 여기에서는 이 시기 임화 문학론의 구체적인 전개 과정을 살피기보다는, 현실을 수용하는 것 이외에는 전망을 가질 수 없었던 암흑기를 사는 문학인 혹은 지식인의 정신적 태도에 초점을 맞추려고 한다. 문학론 자체가 항상 현실에 대한 일정한 태도를 함축하고 있는 만큼—특히 임화의 경우에는 의식적으로 이러한 측면을 강조했다[1]—오히려 이 시기에는 위와 같은 문제의식이 더욱 쓸모 있는 것이라고도 할 수 있다.

카프에 속했던 작가나 비평가의 전향에 대한 연구는 김윤식의 선구적인 업적[2]을 바탕으로 하여 진행되고 있다.[3] 이 가운데 임화의 전향에 관해서는 김윤식[4]과 김용직의 논의[5]가 있다. 전자는 임화의 현실 인식

---

1) 신세대 작가들의 "아이디얼리즘(이른바 리얼리즘에 대립하는 창작 방법으로서가 아니라 정신으로서의)의 결여"를 비판하고 있는 「소설과 신세대의 성격」(『조선일보』, 1939. 6-7), 「작가 기질론」(『청색지』, 1938. 8) 같은 글을 볼 것. (인용은 「소설과 신세대의 성격」, 『문학의 논리』, 학예사, 1940, 486쪽.)
2) 대표적인 것들만 들면 다음과 같다.
   『한국근대문예비평사연구』, 일지사, 1976.
   『한국근대문학사상사』, 한길사, 1984.
   『임화연구』, 문학사상사, 1989.
   「1930년대 후반기 카프 문인들의 전향 유형 분석」, 『한국학보』, 1990 여름.
3) 김동환, 「1930년대 한국 전향소설 연구」, 서울대 석사학위 논문, 1987
   권보드래, 「1930년대 후반의 프롤레타리아작가 소설 연구」, 서울대 석사학위 논문, 1994.
   김외곤, 「전향문학과 근대의 극복」, 『외국문학』, 1995 봄.
4) 『임화연구』.

에서 전향의 논리적 근거를 추출하고 있는데, "임화는 시민계급의 몰락을 인식하고 새로운 역사의 방향성으로 파시즘을 보"았다고 주장하면서[6] 비평과 시 작품에서 그 근거를 제시하고 있다. 그런데 앞으로 논의하겠지만 임화가 파시즘을 역사의 진보적 방향으로 확신한 것은 아닌 것 같다. 이런 측면은 최재서나 백철의 맹목적인 신념과 비교하면 좀더 분명해진다. 김용직은 임화 친일 행적의 소극적인 성격을 강조하고 있다.

　이 글은 이들의 연구를 참고하면서도 당시 임화의 현실 인식에 나타나는 복잡한 양상에 주목하고자 한다. 먼저 전망의 상실로 나타난 문학관의 성격을 설명하기 위해서는 임화의 경우 마르크스주의에 대한 그의 관점의 변화를 살피는 것이 가장 중요하다고 생각했다. 마르크스주의에 대한 관점이 변함에 따라 임화는 '기정사실'을 인정하는 태도를 보이는데, 친일적인 성격의 글은 이런 태도에서 나온 것이었다. 이런 성격을 검토한 후에 이것과는 대립되는 양상에 대해서도 논의하려고 한다. 이런 양상이야말로 임화의 1940년대 전반기 비평의 착잡한 성격을 이루는 것이라고 하겠다.

「1930년대 후반기 카프문인들의 전향 유형 분석」.
5) 『임화문학연구』, 세계사, 1991.
6) 김윤식, 『임화 연구』, 554쪽.

2

현실관의 변모

1. 마르크스주의에 대한 관점의 변화

이 시기 임화 문학론의 성격을 한마디로 규정한다면 '高度의 상실'이라고 할 수 있을 것이다. 이 표현은 임화가 당시 비평의 일반적 성격을 가리키기 위하여 쓴 것인데,[7] 그 자신도 이러한 성격에서 자유롭지 못했던 셈이다.

그러나 평단의 최근 추세를 본다면 평론이나 비평이 작품과 작가를 알게 된 대신 작품과 작가 이외의 아무것도 몰라 가지고 있는 게 사실이다. 작품과 작가에 대한 지식만으로 비평은 과연 건전히 제 기능을 발휘할 수 있을까? 비평의 고도란 것은 본디 작품과 현실 양자의 위에 있는 것으로 현대 비평은 兩脚에서 一脚을 버리고 외다리로 걷고 있는 셈이다.

우리는 현대 비평과 평론의 성격을 논함에 무엇보다도 사회적, 정치적 내지는 사상적 고도의 상실을 지적하지 아니할 수가 없다.[8]

---

7) 비평에서 원리의 상실을 다룬 문제적인 글로는 이원조, 「비평 정신의 상실과 논리의 획득」(『인문평론』, 1939. 10)을 볼 것. 이원조의 글을 여기에서 언급하는 것은 임화가 「창조적 비평」(『인문평론』, 1940. 10)이라는 글에서 거론하고 있어서 각자의 현실관을 비교할 수 있는 좋은 자료가 되기 때문이다. 임화가, 이원조의 글에서 나타나는 관점과 자신의 태도를 구별하는 것에 대해서는 3절에서 논의하려고 한다.

8) 임화, 「비평의 고도」(1939. 1), 『문학의 논리』, 701쪽.
참고로, 인용하거나 참조한 글 제목 바로 다음에 나오는 괄호 안의 숫자는 원래 지면에 발표됐던 연 월을 표시하는 것이다. 앞으로는 일일이 언급하지 않고 이런 임화가 전개한 사회주의 리얼리즘론과 주체 재건론에서 중요한 위치를 차지하는 글인 「의도와 작품의 낙차와, 비평」(1938. 4.)에서 그는 이 '고도'가 비평에서 하는 핵심적인 역할을 논리적으로 점검한 바 있다. 즉 비평은 "작가의 의도가 의식하지 않고 직관으로 초래한 잉여의 세계"의 "가치를 승인하고 나아가 그 존재와 성장의 가능성을 증명"[9]함으로써 작가의 창작에 도움을 주는 데 그 중요한 임무가 있다는 것이다. 그러므로 비평이 이러한 임무를 충실하게 이행하기 위해서는 "작품과 현실 양자에 대하여 한 가지로 고도를 유지"할 수 있어야 한다.[10] 다시 말하면 비평가는 현실에 대한 역사적인 전망을 지닐 수 있어야 한다는 것이다.

그런데 경향문학이 퇴조한 것과 함께 이러한 고도를 상실하여 소설에서는 세태소설이나 내성소설, 통속소설 등에서 보는 바와 같이 '사상성의 감퇴' 현상을 뚜렷이 드러내고, 비평에서도 "일체의 원리론"이 "잠적"하여 "비평이나 평론이라기보다 해석"에 만족하고 있었다.[11] 임화는 이러한 변모의 단적인 예로 문장의 종결이 '하지 않으면 안 된다'에서 '하다' 또는 '한 것이다'로 변화한 것을 들고 있다.

> 지금 우리의 평론을 읽으면 '하지 아니하면 아니 된다'는 말을 어미에 달아 쓰는 사람은 전연 없어지고, 동시에 이 말이 현대에 와서는 완전히 死語가 된 것이 사실인데, (중략 − 인용자)
> '하지 아니하면 아니 된다'는 말은 조선 문예비평의 기백과 용기와 결단을 표징하는 생생한 언어였다.
> 그러던 것이 우리의 시대, 현대 조선문학이란 것의 세대가 문단의 주류

방식을 사용하기로 하겠다.
 9) 임화, 「의도와 작품의 낙차와, 비평」(1938. 4), 『문학의 논리』, 718쪽.
10) 임화, 「비평의 고도」, 699쪽.
11) 위의 글, 702쪽.

에 올라서면서 이 말은 어느 틈엔가 소멸하고 '하다' '한 것이다'라는 식의
보고적 내지는 설명적인 어미가 일반화하였다.[12]

이러한 점은 실제로 임화의 비평 활동을 보면 그대로 나타난다. 아래
의 인용에서 보듯이, 글의 내용도 정확하게 무엇을 주장하는지가 분명하
지도 않거니와 결론에서도 구체적인 가치 판단을 유보하는 글을 쓰고
있는 것이다.[13]

　　　로젠베르그의 의도와 같이 20세기의 세계 신화를 창조한다는 것이 나
　　치스의 문학사상이다. 이것이 세계문학 가운데 무엇을 가져오느냐는 것은
　　물론 역사만이 판단할 일이다.[14]

　　　우리도 지금 새 학교(전쟁 - 인용자)에 들어가려 하고 있으며, 학교는
　　새 학생을 낳을 것이다. 어떠한 졸업생이 나올 것인지? 그것은 우리 역시
　　상상할 수 없는 일이다.[15]

물론 어느 시대에서도 미래의 성격을 정확히 아는 것은 불가능한 일
이다. 그러나 역사가 인간들의 의도와 계획의 산물이라는 점도 역시 부

---

12) 임화, 「창조적 비평」, 『인문평론』, 1940. 10, 30쪽.
13) 임화의 글에 대하여, 논리성을 결여한 신념으로 신체제론을 밀고나간 최재서가
　　다음과 같은 불만을 말한 것에서 이 시기 임화 비평의 기본적인 성격을 어느 정
　　도 짐작해 볼 수 있다.
　　　"임화씨의 「일본 농민문학의 동향」(1940. 1)은 內地 농민문학을 소개하면서 전
　　시하 국민생활이라는 전체적인 퍼스펙티브 하에서 농민문학을 보았을 뿐 아무런
　　논책도 포함하지 않았고, 더욱이 조선 농민문학에 대하여 한마디도 언급이 없었
　　다는 것은 유감이었다. 그리고 씨의 「생산소설론」(1940. 4)은 부제('극히 조잡한
　　각서' - 인용자) 그대로 노트에 지나지 못하였다는 것이다."(최재서, 「전형기의 평
　　론계」, 『인문평론』, 1941. 1, 14쪽)
14) 임화, 「전체주의 문학론」(1939. 2-3), 『문학의 논리』, 769-70쪽.
15) 임화, 「19세기의 청산」(1939. 5), 『문학의 논리』, 783쪽.

인할 수가 없다면, 미래를 예측하는 것이 어느 정도 가능한 것도 사실이다. 그러므로 임화가 역사에 판단을 맡기는 것은 결국 주체의 의도와 계획이 세계에 대하여 아무런 힘도 발휘할 수 없었던 상황의 반영일 것이다. 이러한 때에 미래에 대한 전망이 서지 않을 것임은 너무나 당연한 일이다. 그렇다고 하여 혼란된 상태로나마 현실에 대한 일정한 태도가 이 시기라고 해서 없을 수는 없을 것이다. 주관이 관여하지 않고서는 미래 전망은 물론이거니와 현재에 대한 관찰조차도 불가능한 것이기 때문이다. 그러므로 여기서는 먼저 문학론의 바탕을 이루고 있는 현실에 대한 임화의 태도를 살펴보기로 한다.

그런데 임화의 경우, 현실에 대한 그의 태도를 살펴보기 위해서는 무엇보다도 마르크스주의에 대한 관점의 변화를 그 기준으로 삼는 것이 유용할 것이다. 말할 것도 없이 임화는 마르크스주의를 진리로 믿어온 사람이기 때문에 이 사상에 대한 그의 태도야말로 현실관을 살피는 데 시금석으로 작용할 수밖에 없는 것이다.

1938년 초까지만 하더라도 임화는 마르크스주의의 진리성을 의심하지 않았던 것 같다. 「사실주의의 재인식」(1937. 10)을 비롯한 일련의 사회주의 리얼리즘론들은 실천에서의 패배를 인정하고 있으면서도 전망의 지침으로서 마르크스주의에 대해서는 분명한 관점을 보여주고 있는 것이다. 몇 가지의 예를 들어보면, 리얼리즘 일반이 아니라 "소셜리즘적 리얼리즘, 그것이 유일한 리얼리즘"이라고 주장하거나,[16] 김남천의 고발문학론에 대해서 고발정신에는 "소셜리즘적 의식"이 존재하지 않는다는 점을 비판하고 있으며,[17] 또 "자기 분열의 극복이 통일된 자기의 완성이

---

16) 임화, 「사실주의의 재인식」(1937. 10), 『문학의 논리』, 94쪽.
17) 임화, 「주체의 재건과 문학의 세계」(1937. 11), 『문학의 논리』, 64쪽.

라면 이 힘은 새 세계의 지성(마르크스주의─인용자)으로 자기의 내부를 채우는 데 있다"[18]고 강조하고 있는 것이다. 무엇보다도 주체의 '재건'[19]을 말하는 것 자체가 과거 카프 문학운동의 정신을 되살리려고 하는 것이었다.

그러나 점차로 파시즘 체제가 강화되어가자 현실과 이념 사이에 놓인 거리를 인식하기 시작한다.[20] 처음에 이 거리감은 현실에서 발생한 사실을 우연으로 돌리고 그 본질은 여전히 마르크스주의와 일치한다는 믿음으로 나타난다. 그의 말을 빌리면 "우리는 현대의 사실과 지적인 것의 통일을 인정할 수 있으나 지금에 있어서는 단지 그것(20세기의 지성, 즉 마르크스주의─인용자)은 이론적으로 인정될 따름이고 실천적으로 부정되기 때문에 문제는 지성의 패퇴에 있다느니보다 본질적으로 육체의 패배에 있다 아니할 수 없다."[21] 그래서 그는 이 '우연적인 사실'을 필연성으로서 오해하지 않기 위해서는 '지혜와 더불어 인내력' 같은 정신적인 자세가 필요하다고 주장하는 것이다.

> 우리가 항용 시대라고 부르는 것이 실상은 어떤 커다란 사회의 곡절 많은 추이, 변천의 한때 한때 한 부면 한 부면에 지나지 않는다.
> 시대란 결국 사회를 형성하는 형형색색의 이해를 서로 달리한 인간군의 각각으로 변하는 힘의 관계의 표현이다.
> (중략─인용자) 사회적 변천에 시대란 예측할 수 없는 장면, 결국 성과

---

18) 임화, 「현대문학의 정신적 기축」(1938. 3), 『문학의 논리』, 116쪽.
19) 주체 재건의 방법으로서 제시한 리얼리즘론에 대해서는 이훈, 「1930년대 임화의 문학론 연구」(서울대 박사학위 논문, 1993. 8)를 볼 것.
20) 참고로, 중일전쟁 발발 이후 문학인들이 전망을 상실함으로써 드러낸 환멸과 허무주의에 대해서는 류보선, 「환멸과 반성, 혹은 1930년대 후반기 문학이 다다른 자리」(『민족문학사』 4호, 1993)를 볼 것.
21) 임화, 「사실의 재인식」(1938. 8), 『문학의 논리』, 126-7쪽.

와 비겨본다면 정반대의 장면을 왕왕 연출하는 것이다.

그러므로 진실로 명석한 혜지란 이 장면만을 믿지 않는 것이며, 여러 장면의 되어가는 품의 종합에서 그 필연의 성과라는 것을 알아내는 것이고, 혹은 다만 한 장면을 통해서라도 능히 끝까지에 과정의 필연성을 암시받는 것이다.

여기엔 지혜와 더불어 인내력, 인내력과 더불어 용기와 정열을 필요로 하는 것이다.[22]

그러나 이러한 주관적인 자세의 정립으로만 문제가 해결되는 아니다. 이 주관주의에 대해서는 임화 그 자신이 사회주의 리얼리즘을 논의하면서 서슴하여 비판했던 것이다. 그러니까 객관적인 사실을 자기의 주관과 맞지 않는다고 하여 우연으로 돌리는 것은 참다운 리얼리스트의 태도가 아닌 것이다. 엥겔스가 내세운바 잘못된 세계관에 대한 '리얼리즘의 승리'[23]는 무엇보다 "그의 당파적인 견해에 비추어볼 때 불쾌한 사실"[24]을 흔쾌하게 인정하는 엄정한 태도 때문에 가능한 것이다. 루카치의 표현을 빌면, "자신의 확고한 신념이 현실의 객관적 변증법 속에서 무화되는 것을 조금도 개의하지 않은 위대한 예술가의 정직성"[25]이 리얼리즘의 승리를 가져오게 오게 하는 원동력이 되는 것이다. 임화도 이와 꼭 마찬가지의 얘기를 거듭하여 강조했다. 예컨대, "협소한 자의식과 하등의 관계없이 현실이 발전해가는 역사적 대도를 조명하려는 작가의

---

22) 임화, 「문단적인 문학의 시대」(1938. 7), 『문학의 논리』, 265쪽.

23) F. Engels, "Letter to Margaret Harkness"(1888. 4), Marx and Engels, *Literature and Art*, New York, International Publishers, 1947, pp.41-3.

24) 막스 베버, 이상률 역, 『직업으로서의 학문』, 문예출판사, 1994, 41쪽.

25) G. Lukács, *Writer and Critic*, London, Merlin Press, 1978, p.84. 또 G. Lukács, *Studies in European Realism*, New York, Grosset & Dunlap, 1964, p.11도 볼 것.

고매한 정신"[26]을 내세웠던 것이다. 그래서 임화는 그 다음 단계로 자신들의 패배가 실천상의 패배일 뿐 아니라 이론적으로도 새 사실을 파악하지 못한 무능력을 솔직하게 인정해야 한다는 점을 강조하게 되는 것이다.

> 그러기(새 사실을 요리하는 방법을 발견하기 – 인용자) 위하여 우리는 먼저 우리 자체가 가졌던 지적 재산의 전 목록을 상세히 또한 신중히 검토하지 않으면 안 된다.
> 그것은 19세기적 지성과 20세기 사실과의 구할 수 없는 모순을 인정할 뿐더러 20세기적 지성이 20세기적 사실에게 격퇴당한 또 하나의 사태가 반성되어야 한다. 그러나 전자를 단순히 지성의 패배라 하고 후자를 또한 육체의 패배라고 돌려버림은 피상론이다.
> 여기엔 일반적으로 지성의 공통된 약점이라는 것을 생각하지 않으면 안 된다.
> 무엇보다 지성적인 것의 옹호에 열중하는 나머지 문화의, 사실로부터의 유리를 경계하지 않으면 안 된다. (중략 – 인용자)
> 이 점에선 시민적 지성이나 20세기의 새 지성이나 何者를 물론하고 지나치게 제 논리의 자율성에 칩거함을 경계치 않을 수 없다.[27]

따라서 이제는 기정사실을 인정함으로써 "그 사태를 기초로 하여 자기 발전의 확고한 현실적 노선을 발견"하자는 데로 나가게 됨은 필연적인 경로라고 하겠다. 그러나 이런 태도가 "새로운 사실의 논리, 새로운 사실 가운데 있는 새로운 문화의 정신의 발견으로 낡은 우리의 문화를 수정하고 신선하게 고쳐가는 길"[28]로서 추천될 때 리얼리즘의 정신은

---

26) 임화, 「사실주의의 재인식」, 77-8쪽. 또 임화, 「주체의 재건과 문학의 세계」, 64 쪽과 임화, 「현대문학의 정신적 기축」, 117쪽도 볼 것
27) 임화, 「사실의 재인식」, 129쪽.

훼손되지 않을 수 없다. 이를테면 '기정사실의 인정'론이 이르는 곳은
"현실 대신에 맞이한 부득이한 세계로서의 생활이 아니라 역시 소중히
해야 할 것으로의 생활, 혹은 그것을 긍정하고 그 속에서 무슨 새 의의
를 찾아보려는 세계로서의 생활"[29]이 될 가능성이 농후한 것이다. 다음
에 검토할, 친일적인 성격을 드러내는 글들[30]은 바로 이러한 태도에서
나온 산물이라고 할 수 있다.

2. '기정사실의 인정'론

이제 친일적인 성격을 드러낸 글들을 간단히 검토할 차례이다.

먼저 「농민과 문학」(1939.10)을 보면 두 가지의 특징이 눈에 띈다. 그
하나는 과거 경향문학이 드러낸 약점을 과장하고 있다는 점이다. 이른
바 청산적인 태도이다. 구체적으로 과거의 농민문학이 독자로서의 농민
을 무시했다고 하면서 '예술적으로 소화되지 아니한 정론성이나 계몽성'
을 문제점으로 거론하고 있다.

> 이(문학을 민중에게 접근시키는 일 - 인용자) 가운데 제일 중요한 것은

---

28) 위의 글, 131쪽.

29) 임화, 「생활의 발견」(1940. 1), 『문학의 논리』, 338쪽. 참고로 이 글의 원래 제목
은 「리얼리즘의 변모 - 혹은 생활의 발견」(『태양』, 1940. 1)이다. 여기서 생활이
란 "일상성의 세계"이다. 이 "생활에 비하면 현실이란 현상으로서의 생활과 본질
로서의 역사를 한꺼번에 통합한 추상물이다."(위의 글, 334쪽)

30) 「농민과 문학」(1939. 10), 「일본 농민문학의 동향」(1940. 1), 「생산소설론」
(1940. 4) 등을 들 수 있다. 그 외에 문학론은 아니지만 중요한 자료로 總力聯
盟의 문화부장 矢鍋永三郎과의 대담 (『조광』, 1941. 3)이 있다. 참고로 총력연
맹은 "40년부터 45년까지 전후 6개성상에 걸쳐 유례없는 거대한 조직과 강력한
실천력으로 일본의 장기전 수행에 수반하는 銃後 활동의 제반문제를 처리해나간
단체"(임종국, 『친일문학론』, 평화출판사, 1966, 110쪽)이다.

> 경향문학이 일찍 대중화를 주장하면서도 스스로 대중의 길을 저지한 결함
> 인 노골적인 정론성, 형상화되지 아니한 계몽성의 반성의 필요다. 이렇게
> 미처 예술적으로 소화되지 아니한 정론성이나 계몽성은 문학이 농민에게
> 주는 문학의 미적 愉樂性을 빼앗는다.[31]

과거의 성취를 과소평가하는 태도가 뚜렷하다. 논의 자체가 양극단－
노골적인 정론성과 미적 유락성－을 대비하는 방식을 취함으로써 과거
의 긍정적인 요소를 무시하고 있는 것이다. 물론 결론으로서는 "정론과
계몽이 유락과 미감을 통해서만 완전히 독자를 감화하는 경지에서 매료
할 수 있는 것임을 몇 번 명기할 필요가 있다"[32]고 하고 있지만 '정론'에
는 전혀 무게가 실려 있지 않다. 이 점은 이 글이 드러내는 두 번째의
특징을 보면 알 수 있다.

둘째로 "농민과 문학에 대하여 그 전과는 다른 하나의 감상을 적어
봄도 무의미한 일도 아니"라면서 그 구체적인 예로 "최근 내지 문단에서
대두하고 있는 '흙의 문학'"을 드는 데서 나타나는바 현실을 수용하고 있
는 태도를 들 수 있다. 여기서 '그 전'이라고 하는 말은 민촌의 『고향』,
춘원의 『흙』, 심훈의 『상록수』에서 보는 바와 같이 "작가가 비교적 강
한 사상성의 입장을 유지"하는 경향, 또는 미리 준비된 관념을 가지고
쓰는 경향을 의미하는 것이다. 이런 경향과는 대조적으로 "순수히 사실
적인 입장에서 농민과 농촌 생활을 향수"함으로써 "미리 준비된 관념이
전제되지 않고 정확한 반영과 표현만이 문제되"는 농민문학이 바로 '내
지' 문단에서 나온 '흙의 문학'이라는 것이다. 낭만주의론의 문제점으로
등장하고 사회주의 리얼리즘론 단계에서 정정된 주관성과 객관성의 이

---

31) 임화, 「농민과 문학」, 『문장』, 1939. 10, 159쪽.
32) 위의 글, 159쪽.

원론33)이 다시 등장하고 있음을 본다. 물론 낭만주의론을 제창할 때는 주관성에 초점이 가 있었지만 이제는 주관을 결여한 객관성을 강조한다는 점에서 다르고, 그만큼 이 당시의 임화가 전망을 상실하고 있음을 말해주는 것이라고 하겠다. 위에서 '정론성'에는 그에 상응한 무게가 주어지지 않았다고 한 것은 이런 맥락에서 이해할 수 있을 것이다.

임화가 장래의 농민문학의 진로로서 참고하려는 '흙의 문학'은 농민의 "생산적인 건강성"과 "농민의 고유한 습속" 등을 그리고 있다는 것인데, 이 문학의 밑바탕에는 "자연성"을 상실하여 "너무나 인위화되고 일상화된" "도회생활과 그것을 태반으로 한 문학에 이러한 점이 없었던 결과의 한 반동"이라고 하는 태도가 깔려 있다는 것이다. 그러니까 일본 파시즘의 특징 가운데 하나인 농본주의 이데올로기34)와 멀리 있지 않은 것이다. 그런데 그는 이런 성격을 무시한 채 이 문학에는 "예비된 관념이 없"고 "따라서 주제가 적극성이 없고 미약하"여 "하나의 초목과 같은 자연으로서 농민과 농촌생활을 관조하고 있"다고 평가한 것이다.35)

위에서 '흙의 문학'이 국책에 부응한다는 측면을 무시했다고 했는데 그가 이런 점에 맹목이었다는 것은 아니다. 그러니까 그 글에서 이런 측면을 거론하지 않은 것은 이미 파시즘 체제를 현실로서 수용하고 있음을 말해주는 것이라고 할 수 있다. 「일본 농민문학의 동향—특히 '土의 문학'을 중심으로」(1940. 1)을 보면 농민문학에 대한 관심이 "총후에 대한 성실을 반영한 것"이라는 점을 분명히 하고 있다.36) 그는 "문학에 있

---

33) 이훈, 앞의 글, 44-50쪽, 57-63쪽.
34) 마루야마 마사오, 「일본 파시즘의 사상과 운동」, 신경식 역, 『현대 일본 정치론』, 고려원, 1988, 263-79쪽.
35) 임화, 「농민과 문학」, 160-1쪽.
36) 임화, 「일본 농민문학의 동향」(1940. 1), 『문학의 논리』, 806쪽.

어서 국가, 국민 혹은 사회 전체의 문학적 정신적 입장"이 요구될 때 농민문학이 문제된다고 주장한다.

> 그것은 어떠한 때냐 하면, 어떠한 형태로든 국민 전체라는 전체적인 의식이 문학 가운데서 자각될 때이다. 이러한 때에 정치나 문학은 잊어버렸던 고향을 생각하듯이 농민문학이라는 것을 생각하게 된다.
> 이러한 때란 어떻게 보면 비상한 시기이고, 또 어떻게 보면 정치나 문학이 구태를 벗고 약진하려는 시기이기도 하다.
> 좌우간 정치나 문학이 부쩍 정신을 차리는 시기이다.[37]

'지금'은 퇴조해 버린 경향문학파에서 주장했던 농민문학도 이 점에선 마찬가지라고 하면서, 일본에서 농민문학이 발흥하게 된 것도 "국가가 전 운명을 賭하여 외적과 싸우기 시작하고 국민이 모든 힘을 합하여 이 싸움에 당하고 있는 사변 뒤의 일"이라는 것이다. 다시 말하면 중일전쟁 이후에 관심을 끌기 시작한 농민문학은 "총후문학"[38]의 일환으로 이해되었던 것이고 이것은 "총후의 큰 문제로서 농촌"[39]을 인식하고 있었던 당시의 분위기의 반영이었다. 이런 설명을 호의적으로 읽으면 당시의 일본 농민문학에 대한 객관적인 해석으로 생각할 수도 있을 것이다. 그러나 글의 끝에 가서 '여담'으로 덧붙여 놓은 부분을 읽으면 그렇게만 읽을 수 없다는 점을 확인하게 된다.

> 이것은 여담 같으나 조선도 농민이 인구의 8할 이상이요, 따라서 농민문학 문제가 항상 큰 문제인 만큼 평판한 '시골'적인(또는 그런 의미로 속

---

37) 위의 글, 802쪽.
38) 위의 글, 805쪽.
39) 위의 글, 811쪽.

된 도회적인) '土'의 문학을 넘어서는 데 금후의 농민문학이 농업국의 대
문학이 되는 길이 있지 않은가 한다.
　(중략) '그것(농민문학─인용자)을 시국 내지 시대와의 긴밀한 관련 가
운데 개척해 나가야 하는 데 금일의 농민문학의 새로운 또한 중대한 문제
가 있다' 함은 이러한 의미에서일 것이다.[40]

여기서 평판적이고 속된 '흙의 문학'은 "농촌과 도회를 기계적으로 구
별하여 생각하는" 것인데, "이것을 초월하여 전체적인 입장에서 보는 태
도와 정신만이 비로소 도회에 향할 때는 진정으로 도회적일 수가 있고,
농촌에 향하면 진정으로 농촌적일 수가 있는 것이다." 이 '전체적인 입
장'이란 "더 높은 국민 전체에의 무엇을 의미"한다.[41] 이제 볼 「생산소
설론」(1940. 4)의 관점도 여기에 입각해 있다.

생산소설이라는 것은 말 그대로 "소설의 취재를 생산에 국한"하는 것
이다. 생산이야말로 "모든 것의 원천이기 때문"에 "생산적인 지점에 작
가의 관심이 돌아간다면 현실을 단순히 전체에 있어서 볼 수 있을 뿐만
아니라 실로 근원에 있어서 볼 수 있게 된다"고 주장한다. 여기서 '전체'
라든가 '근원'이라고 하는 것은 구체적으로 말하면 '국책'이란 말로 표현
되는 전체주의 혹은 국가주의를 뜻하는 것이다.

　생산과 그 결과와를 연결하는 일련의 과정이 기실은 사회적인 체계를
이루고 있는 것으로 우리는 그것이 지방과 국가와 최고로는 현대의 세계
라는 큰 자리를 형성하고 있음을 알게 될지도 모른다.
　(중략─인용자) 생산소설에서 이 점을 이야기함은 실로 생산은 모든 것
의 원천이기 때문이다.

---

40) 위의 글, 815쪽.
41) 위의 글, 815쪽.

　　국가란 것에 생각이 도달할 제, 우리가 생산의 결과란 것을 생각했을
때 불가피적으로 경제를 생각한 것처럼 정치를 생각하게 될 것이다. 국책
이라든가, 전쟁이라든가, 혹은 기타의 제반 정치적 사실 내지는 정치적 기
구라는 것을 따로이 깨닫게 될 수도 있다.[42]

　아직 적극적인 가치판단을 유보하고 있는 것 같지만, 그러나 이 생산
소설이 "최근 조선소설에 있어서 작가의 정신능력의 쇠퇴"를 치유할 수
있는 계기가 될 것이라는 희망을 피력하는 것을 보면 "이미 새로운 오늘
날이란 시대의 현실"에 "중대한 의미"를 부여하고 있다는 점을 읽을 수
있다.

　　그러므로 생산소설 가운데 기대할 것은 작가들이 市井을 지배할 능력
을 얻게 함과 동시에 그것으로 일반 작가들의 정신능력의 부활과 제재에
대한 지배력의 재생의 계기를 삼자는 데 있지 않은가 한다.
　　요컨대 시정 생활 가운데 沈溺해버린 低徊하는 리얼리즘의 한 타개책
일 것이다.[43]

　생산소설이 위에서 본 대로 일본 제국주의의 국책문학의 일종이라면,
이러한 것을 통하여 소설의 침체를 타개하겠다는 논리에서 참다운 비평
정신을 찾기는 어려울 것이다. 식민지 파시즘 체제를 적극적으로 받아
들이려는 자세를 보이고 있기 때문이다. 그런 점에서 「생산소설론」은
임화 문학론의 한 극단을 보여주는 글이라고 하겠다.

---

42) 임화, 「생산소설론」, 『인문평론』, 1940. 4, 11쪽.
43) 위의 글, 9쪽.

3
문학의 순수성에 대한 강조

「생산소설론」 등에서 나타나는 극단적인 방향의 반대편에는 그러한 적극성에 반대하는 태도가 자리 잡고 있기도 하다. 한마디로 하여 문학의 순수성을 강조하는 관점이 그것이다. 여기서는 이러한 성격을 살피려고 한다.

앞에서도 잠깐 거론한 바 있는 「창조적 비평」(1940. 10)에서는 비평이 그 기준 혹은 고도를 상실하여 "보고적, 설명적 성격"을 드러냈다고 하면서, 이원조가 「비평정신의 상실과 논리의 획득」(1939. 10)이라는 글에서 그 해결책으로 내세운 '제3의 입장'을 검토하고 있다.

이원조는 당시의 평단이 비평의 정신을 상실했다고 하는 것이 누구에게도 분명해졌다면서, "비평의 기능이란 영도적이요 재단적"인데, "그러면 비평정신의 상실이란 비평의 재단성과 영도성을 상실했다는 것과 동의어"라고 주장한다.[44] 그러므로 "비평이란 영도적 지위에서 그 위신을 보장하려면 가장 필요한 것은 먼저 설복력을 가져야 할 것이며 이러한 설복력을 가지자면 어떠한 의미에서든지 제3의 입장에 서 있지 아니하면 안 되는 것"이라고 주장한다. 여기서 '제3의 입장'은 "역사적인 시대의식 또는 사회의식"을 말하는 것인데,[45] 추상적이고 막연한 규정에 지나지 않는다. 이것은 이 '입장'을 구체화하지 못하고 아직은 모색의 단계

---

44) 이원조, 「비평정신의 상실과 논리의 획득」, 『인문평론』, 1939. 10, 19쪽.
45) 위의 글, 20쪽.

에 있다는 것을 말해주는 것이다. 그러나 그 귀착지가 신체제론이 될 가능성이 농후한 것도 부인할 수 없는 사실이다.[46]

> 그러므로 우리들끼리 私談으로나마 전체주의에 대한 논의가 종종 일어나는 것은 결코 심상한 일이 아니어서 한 개의 새로운 논리의 획득을 위한 암중모색이 있는 모양이나 여하간 우리의 심리적인 리베랄한 교양이 점점 무력화해가는 것만은 사실이며 따라서 그러한 교양이 짜내는 논리란 도저히 현대의 착종한 사실을 수습하지 못하는 것도 사실이다.[47]

임화는 '제3의 입장'으로서 '시대정신'이나 '사회의식'을 설정하는 것에 대해서 "그것이 서 있는 시대와 사회를 떠나서는 가치의 평가가 심히 달라지"기 때문에 "상대적인 것"이라고 주장한다.[48] "따라서 문학이 소위 제3의 입장, 즉 공인된 입장과 일치한다는 것은 비평의 기준이 될 만한 철칙이 아니다." 그렇기 때문에 "시대와 동화한 작가가 위대할 수 있는 것처럼 사회에서 유리한 작가도 위대할 수 있다면—사실 많은 작가가 자기의 시대에서 고독했다!—결정적인 것은 제 1의 입장이다."[49] 여기서 '제 1의 입장'이라는 것은 "시대와 사회의 정신과 의식을 통하"거나, "그것을 넘어서" 나타나는 "고차의 진실"을 의미하는 것인데, 그 구체적

---

46) 이와 같은 관점에서 이원조의 이 글을 중요하게 다룬 것으로는 김윤식, 『한국근대문예비평사연구』, 일지사, 1976. 406-7쪽을 볼 것. 또 김윤식, 「이원조론—부르조아저널리즘과 비평」, 『한국학보』, 1991 가을, 20-3쪽과 김윤식, 「1930년대 한국평단의 문예시평과 문학이념의 관련양상에 관한 연구」, 『한국학보』, 1992 여름, 20-7쪽도 볼 것. 한편으로 이동영, 「이원조 문학비평의 변모」(『한국학보』, 1993 봄)는 이원조가 거론한 '제3의 입장'을 적극적인 현실 대응 논리로 보아야 한다고 주장하고 있다.
47) 이원조, 앞의 글, 23쪽.
48) 임화, 「창조적 비평」, 33쪽.
49) 위의 글, 34쪽.

인 규정은 중요한 것이 아니다. 그러니까 임화가 내세우는 입장이라는 것은 상대주의와 이것과 연결되는 정치주의 내지 실용주의에 대한 반대 명제로서 그 의의를 갖는 것이다.

> 비평이 제3의 입장을 입장으로 하여 가지고 시대정신이나 사회의식의 힘, 즉 여론의 힘을 빌어 작품을 재단하고 평가하고 영도하려는 경우가 있을 수 있으나, 그것은 우연히 비평의 정신이 시대의 정신 가운데 반려를 발견할 때에 한하는 일이다.
> 그렇지 않고 비평이 단순한 제3의 입장의 대변자임에 그치는 때는 그것은 문학비평이 아니라 다른 어떤 비평의 소박한 연장에 지나지 않는다.
> 우리 비평사의 어떤 시대가 이러한 결함이 불소하였다는 것을 우리는 반성할 수 있는 시기다.
> 그러므로 현대비평의 低迷를 다시 무조건한 제3의 입장의 도입으로 해결하려는 기도는 충분히 경계하지 않으면 아니 된다.[50]

임화는 이 고차의 진실을 탐구하는 비평을 창조적 비평이라고 하는데, 시대적인 것이나 정치와는 독립하여 존재할 수 있는 문학의 독자성에 초점이 놓여 있는 것이다. 이것은 "시대정신 혹은 사회의식이란 것을 넘어서 보다 본질적인 어떤 것"을 추구하는 것이고, 따라서 시대의 조류를 거스르는 데서 오는 '고독'을 인내해야 하는 자세를 요구하는 것이기도 하다.

> 훌륭한 철학처럼, 훌륭한 예술처럼, 모든 것에서 떼어놓아도 능히 독행할 수 있는 비평, 그러한 비평은 독자적일 뿐만 아니라 창조적이다. 창조의 길에서 고독을 두려워 할 필요는 없다. 나는 이 고독이 시인이나 철학

---

50) 위의 글, 35쪽.

자에게만 있는 것이 아니라 비평가에게도 있는 것이라 생각한다.[51]

실용주의에 대한 경계와 더불어 문학의 순수성에 대한 옹호는 김남천의 소설 「麥」(1941. 2)과 「등불」(1942. 3) 등을 각각 다루고 있는 「여실한 것과 진실한 것」(1941. 3), 「소설의 인상」(1943. 1)에서도 읽을 수 있다. 임화는, 「맥」이 "'나를 위해서 살아야 한다'든가 '살기 위해서는 수단을 가리지 말아야 한다'는 일종 상식화된 마키야벨리즘, 어떻게 보면 프래그마티즘" 때문에 진실하지도 여실하지도 않다고 비판하고 있다.[52] 이 소설 자체로만 놓고 보면 김남천의 생각을 극단적인 방향에서 받아들이고 있음이 분명하다. 「맥」에서 주인공 최무경은 그의 애인 오시형이 다원사관에 근거하여 전향을 하고 친일적인 태도를 노골적으로 드러내면서 자신을 떠나가자 "나도 나의 생활을 갖자!"[53]며 새 출발을 다짐하고 있는 것이다. 그런데 최무경의 미래 지향은 고작해야 시대의 대세가 되어가고 있었던 신체제론의 수용을 유보한 것에 지나지 않는다.[54] 최무경의 결심은 현실로 나타나지 못하고 단지 삶의 방향을 머리속에서 추상적으로 모색해 본 것일 뿐이다. 그런데 이 결심이 일상의 생활로 나타난 것이 「등불」의 세계이다. 이런 맥락에서 본다면 「등불」은 「경영」

---

51) 위의 글, 35쪽.
52) 임화, 「여실한 것과 진실한 것」, 『삼천리』, 1941. 3, 252쪽.
53) 김남천, 「맥」(1941. 2), 『맥』, 기민사, 1986, 146쪽.
54) 권보드래, 앞의 글, 37쪽. 참고로, 이 시기 김남천의 글 가운데서 미래에 대한 적극적인 판단을 유보하는 태도를 잘 드러내는 구절을 하나 인용한다.
"전환기를 가운데로 하여 우리가 서 있는 차안은 여러 사람들의 분석에 틀림없다 하여도, 차안으로부터 건너 뛰어갈 피안의 구상이란 어떤 것일까─이러한 모든 것은 오랜 동안 많은 사람에 의하여 기도되었으나 모두 명확성을 띤 것으로 나타나 있다고 말할 수는 없을 것이다. 적어도 지금의 나에게는 명백히 되어 있지 아니하다."(김남천, 「전환기와 작가」, 『조광』, 1941. 1, 259쪽)

(1940. 10), 「맥」 연작과 내적인 관련을 맺는 작품이라 할 수 있고, 따라서 「맥」에서 마키아벨리즘을 읽었을 뿐만 아니라 그 후의 변화까지도 예측하고 있는 임화의 날카로움을 확인하게 된다.

「등불」이 말하고자 하는 것은 "주어진(부여된) 환경 속에서 최선을 다하여 살아간다는 성실"[55]이다. 그래서 작중 화자는 "숙련의 아름다움이라는 것을 생각해보"고,[56] 자신이 회사원으로서 일을 능숙하게 처리하지 못하는 것을 부끄럽게 여기기도 한다. 물론 마음 한 구석에는 "양심도 체면까지도 마멸된 한 사람의 저급한 장사치가 되는 것이 아닐까"[57] 하는 의구심이 남아 있지만, 결국 작중 화자가 도달하는 곳은 성실하게 일한 데서 오는 "가벼운 피로"[58]와 가장으로서의 만족감이다. 시대의 대세에 대한 최무경의 유보는 결국 평범한 생활인에로의 귀환이었던 셈이다.

임화는 이 작품에 대하여 그의 태도를 직설적으로 드러내고 있다. 예컨대 "이 소설이 읽는 사람으로 하여금 혐오의 정을 일으키게 하고 불쾌한 인상을 느끼게 한"다는 구절에서 볼 수 있는 것과 같이 단정적인 어조로 일관하여 "예술의 정신을 완전히 내버린 것"을 질타하고 있는 것이다.[59] 임화가 이 작품에 대해서 '혐오의 정'과 '불쾌한 인상'을 가지게 된 이유는 주인공인 소설가가 "요컨대 상인이 되는 길은 곧 문학하는 정신과 통한"다는 주장을 하고, "작자가 주인공의 무가치하고 비열한 행위를 찬미하고 있기 때문이다." 요컨대 예술가가 문학과 상업에서 성공하기 위해서는 "귀중한 한 가지" 즉 "인간을 상실하고 인생을 희생"하는 결과

---

55) 김남천, 「등불」, 『국민문학』, 1942. 3, 112쪽.
56) 위의 글, 109쪽.
57) 위의 글, 114-5쪽.
58) 위의 글, 121쪽.
59) 임화, 「소설의 인상」, 『춘추』, 1943. 1, 136쪽.

를 치러야 한다는 점을 무시하고, 그 결과로 "목적과 수단의 관계를 모호하고 불분명하게 만들"었기 때문이라는 것이다.

> 「등불」의 주인공도 이러한 환경 가운데서 문학을 키워 나가려면 문학에 대한 '우월감'과 '자부심'과 '사명감'을 갖지 아니하면 안 된다고 말했는데, 아마 전편을 통해서 가장 바른 말에 속하는 말일 것이다.
> 그러나 이러한 자부심과 긍지를 가진 사람은 「등불」의 주인공과 같이 비굴해서는 아니 된다. 주인공은 타인의 사업, 즉 장사에 대해서 깊은 양해와 존경을 표시할 수 있는 겸허한 마음을 가지라고 말했는데 사실은 반대로 질투와 부러움과 비굴된 허영을 가지고 있는 것이다. 이것은 인생에 대한 주인공의 깊은 오해의 소산이거나 작자의 명백한 허위로밖에 보이지 않는다. 왜 그러냐 하면 어떠한 환경 가운데 처해 있음을 물론하고 소설가의 최선의 생이라는 것은 예술의 완성을 위한 辛苦라든가, 그것을 통하여 기여하려는 인생의 지고한 목적을 위한 노력의 圈外에 있을 수는 없기 때문이다.
> 모든 것은 이 두 가지 노력과, 그것들이 결합되어 있는 단일한 목적에 종속되지 아니하면 아니 되는 것이다.[60]

위의 인용문에서 '장사'라는 말을 '정치'로 바꾸어 읽어도, 더욱이 주인공이 마르크스주의에서 전향한 보호관찰 대상자라는 점을 고려한다면, 커다란 문제는 없을 것이다. 오히려 이러한 독법이야말로 임화가 내심 요구하고 있던 것일지도 모른다. 결국 임화는 무력하게 현실에 영합해 가는 전향 지식인들을 비판하고 있었던 셈이다. 그렇다면, "문학의 비정치성의 주장"이 "일본 제국주의의 선전문학이 됨을 거부하는 소극적 수단이었"다고 해방 후에 술회한 바 있는데,[61] 그러한 발언에 내포된 일면

---

60) 위의 글, 134쪽.
61) 임화, 「조선 민족문학 건설의 기본 과제에 대한 일반 보고」, 조선문학가동맹편,

의 진실을 부인할 수는 없을 것이다.

4
결론

지금까지 1938년 후반부터 1940년대 초까지 임화가 지녔던 현실관의 변모를 개관해 본 셈이다. 마르크스주의에 대한 신념과 회의 사이에서 고민하다가 그것이 파시즘 체제가 승리하고 있는 '사실'을 제대로 설명할 수 없다는 이유로 '기정사실의 인정'을 내걸고 결국에는 국책문학을 통하여 당시 소설의 침체 현상을 해결하려는 생각을 하는 데 이르렀다. 물론 당사자에게는 이러한 전개 과정이 논리적인 일관성으로서 자각된 것은 아니었을 것이다. 무엇보다도 점차 강화되어 가는 파시즘 체제가 현실관의 변화를 강요한 측면이 강하기 때문이다. 따라서 위에서 요약한 현실관 내지 문학관의 변화라는 것은 일정한 경향을 추출한 것이라고 하는 편이 좋을 것이다. 서로 모순되는 방향에 있는 사고가 당시의 임화―그뿐만 아니라 파시즘 체제를 적극적으로 수용할 수 없었던 지식인들―의 내면에 동시적으로 존재하고 있었다고 하는 것이 당대의 현실에 걸맞은 해석일 것이기 때문이다. 그러므로 「생산소설론」 등에서 현실을 적극적으로 수용하려는 자세를 보인다고 했지만 그것은 한 극단일 뿐이고 임화의 사고에서 중심을 이루는 것은 오히려 그러한 적극성에 대해서 일정한 거리를 취하는 태도라고 할 수 있다.

『건설기의 조선문학』, 백양당, 1946, 39쪽.

결론적으로 임화가 파시즘 체제를 현실로서 수용한 것은 부인할 수 없는 분명한 사실이나 거기에 적극적으로 가담한 것은 아니었고, 한편으로는 오히려 실용주의나 정치주의를 경계하여 문학의 순수성을 강조하기도 했다. 이광수나 최재서, 백철 등의 적극적인 신체제론자들[62]과 견주어 보면 이러한 점은 분명하게 눈에 띈다. 적어도 임화는 일본 제국주의 파시즘 체제가 승리할 것같이 전개되는 현실을 두고 최재서처럼 비합리적인 '결단의 윤리'를 내세우거나[63] 아래 인용에서 보는 바와 같이 백철이나 김기림처럼 '흥분'하지는 않았던 것이다.

> 직접 지금 동양의 현실을 두고 볼 때에도 이번 사실이 문학자나 지식인 앞에 결코 무의미한 것만이 될 수는 없는 일이다. 우선 그런 의미에서 한편으로는 이번 사변(중일전쟁 - 인용자)을 크게 평가하여 동양사가 비상히 비약한다는 일가견을 가지고 있다. 사실 나는 이번 사변에 의하여 북경, 상해, 남경, 서주, 한구 등이 連次 함락되는 보도와 접하고 또는 實寫 등을 통하여 지나의 모든 봉건적 성문이 함락되는 광경을 눈앞에 볼 때에 우리들의 시야가 훤하게 뚫려지는 이상한 흥분이 내 일신을 전율케 하는 순간이 있다. 여기서 지식인이 눈앞에 보는 '사실'에 멎어서 부정적인 요소만을 보는 것은 한 개의 사실주의에 떨어진 근시안적인 판단인 줄 안다.[64]

> 이런 의미(근대의 파산이라는 의미 - 인용자)에서 우리는 오늘을 단순

---

62) 이들의 신체제론에 대해서는 임종국, 『친일문학론』(평화출판사, 1966)과 김윤식, 『한국근대문예비평사연구』(일지사, 1976)를 볼 것. 최재서의 전향 전과 후의 논리적 연관성에 대해서는 김흥규, 「최재서 연구」(『문학과 역사적 인간』, 창작과비평사, 1980)를 볼 것.

63) 최재서, 「전형기의 평론계」, 『인문평론』, 1941. 1, 17-8쪽.

64) 백철, 「시대적 우연의 受理 - 사실에 대한 정신의 태도」, 『조선일보』, 1938. 12. 6. 밑줄은 인용자가 강조하기 위해 표시한 것임.

한 서양사의 전환이라고 부르지 않고 보다 더 함축 있는 의미에서 세계사의 전환이라고 형용한다. 또 원리의 발견이라는 세계사적 계기는 반드시 구라파만의 당면한 특권이 아니다. 왜 그러냐 하면 종점에서는 선후의 구별 없이 한데 모여 서게 되는 것이고 동시에 새로운 출발점에서는 한 列에 설 수 있는 때문이다. 우리의 초조와 흥분은 실로 여기 유래하는 것이다. (중략-인용자)

　　조선은 근대사회를 그 성숙한 모양으로 이루어보지도 못하고 근대정신을 그 완전한 상태에서 체득해 보지도 못한 채, 인제 〈근대〉 그것의 파국에 좋든 궂든 다닥치고 말았다. 벌써 새로이 문화적으로 모방하고 수입할 가치 있는 것을 구라파의 전장에서 기대할 수는 없다. 또 다시 불구한 상태 그대로로서 창황한 결산을 해야 하게 되었다. 그것은 어찌보면 미증유의 창조의 시기 같기도 하다.[65]

　중일전쟁이나 독일군에 의한 파리 함락을 두고서 이런 유의 말을 하는 것을 들으면 과연 이들이 식민지 체제 속에 살고 있다는 사실을 의식하고나 있을까 하는 의문이 드는 것을 금할 수가 없는 것이다.

　그런데 신체제론자와 임화가 뚜렷이 구별되는 것은 무엇보다 후자의 '신문학사' 서술에서 나타나는 탐구적인 태도 때문이다. 위의 인용문에서 보듯이 다른 사람들이 쉽게 근대의 파산을 말할 때, 앞에서 검토한 것처럼 그도 이런 흐름에 동참하기는 했지만 한편으로 그는 식민지에서의 근대가 무엇인가를 끈질기게 질문했던 것이다. 그 질문에 답하기 위하여 내놓은 것이 바로 미완의 「신문학사」이다.[66] 근대를 해명해야 근대 이후를 바르게 전망하는 일이 가능하다고 한다면, '근대 이후' 혹은 '근대의 초극'이라는 허상의 실체인 일본 제국주의의 침략성을 호도하기 위

---

65) 김기림, 「조선문학에의 반성-현대 조선문학의 한 과제」, 『인문평론』, 1940. 10, 44-6쪽. 밑줄은 인용자가 표시한 것임.
66) 임화, 「신문학사」, 『조선일보』(연재), 1939. 9-1940. 5.

한 大東亞共榮이라는 이데올로기에 맹목적으로 달려들지 않고 차분하게 근대의 성격을 문제 삼고 해명하려고 한 임화의 태도는 높이 평가되어 마땅하다.

"물론 친일이나 민족적 절조를 지키는 일은 상대적 개념은 아니다."[67] 특히 문학자에게는 더욱 그러하다. 그렇다고 하여 그들을 섬세하게 읽고, 그 차이를 구별하는 작업이 불필요한 일은 아닐 것이다. 이 글은 이런 전제를 염두에 뒀는데, 이제 1940년대 전반기 임화 문학론의 공과는 어느 정도 분명해진 셈이다.

---

67) 김용직, 『임화문학연구』, 세계사, 1991, 132쪽.

참고문헌

【제1장 임화의 초기 문학론 연구】

고 은, 『이상평전』, 민음사, 1974.

김기진, 「변증적 사실주의」, 『동아일보』, 1929. 2. 25-3. 9.

김남천, 「임화에 관하여」, 『조선일보』, 1933. 7. 22-25.

김윤식, 『한국문학의 근대성과 이데올로기 비판』, 서울대 출판부, 1987.

＿＿＿, 『임화연구』, 문학사상사, 1989.

신승엽, 「이식과 창조의 변증법」, 『창작과 비평』, 1991 가을.

오생근, 「초현실주의의 현실 인식」, 『문학과 지성』, 1976 봄.

＿＿＿, 「앙드레 브르통과 초현실주의적 혁명의 의미」, 『세계의 문학』, 1983 가을.

이북만, 「최근 日本문단 조감」, 『조선일보』, 1927. 9. 8-17.

이 훈, 「1930년대 임화의 문학론 연구」, 서울대 박사논문, 1993.

임 화, 「근대문학상에 나타난 연애」, 『매일신보』, 1926. 1. 1.

＿＿＿, 「문학상의 2월 25일」, 『매일신보』, 1926. 3. 27.

＿＿＿, 「풀테스파의 선언」, 『매일신보』, 1926. 4. 4-11.

＿＿＿, 「근대문예잡감」, 『매일신보』, 1926. 5. 23.

＿＿＿, 「정신분석학을 기초로 한 계급문학의 비판」, 『조선일보』, 1926. 11. 22-24.

＿＿＿, 「무산계급문학의 장래와 문예작가의 행정」, 『조선일보』, 1926. 12. 27-28.

＿＿＿, 「자본주의 사회에 在한 문학운동의 전개 경향」, 『조선일보』, 1927. 3. 30-4. 2.

＿＿＿, 「분화와 전개」, 『조선일보』, 1927. 5. 16-21.

＿＿＿, 「김기진군에게 답함」, 『조선지광』, 1929. 11.

＿＿＿, 「6월 중의 창작」, 『조선일보』, 1933. 7. 12-19.

＿＿＿, 「역사적 반성에의 요망」, 『조선중앙일보』, 1935. 7. 5-16.

＿＿＿, 「어느 청년의 참회」, 『문장』, 1940. 2.

＿＿＿, 『문학의 논리』, 학예사, 1940.

최두석, 「임화의 시세계」, 『사회비평』, 1989 여름.

최원식, 「농민문학론을 위하여」, 백낙청, 염무웅 편, 『민족문학의 현단계 Ⅲ』, 창작과
　　　　비평사, 1984.

나도, 모리스, 민희식 역, 『초현실주의의 역사』, 고려원, 1985.

뒤플레시스, 이본느, 조한경 역, 『초현실주의』, 탐구당, 1983.

루카치 외, 홍승용 역, 『문제는 리얼리즘이다』, 실천문학사, 1987.

Jay, Martin, *The Dialectical Imagination*, Little, Brown and Company, Boston,
　　　　1973.

【제2장 임화의 1920년대 중반~1930년대 초 문학론 연구】

권윤환, 「무산예술운동의 瞥顧와 장래의 전개책」, 『중외일보』, 1930. 1. 10-31.

권 환, 「조선예술운동의 당면한 구체적 과정」, 『중외일보』, 1930. 9. 2-16.

김기진, 홍정선 편, 『김팔봉 문학전집』(1, 2권), 문학과지성사, 1988.

김남천, 「문학시평」, 『신계단』, 1933. 5.

_____, 「임화적 창작평과 자기비판」, 『조선일보』, 1933. 7. 29-8. 4.

김윤식, 『한국근대문학사상사』, 한길사, 1984.

_____, 『임화연구』, 문학사상사, 1989.

김화산, 「계급예술론의 신전개」, 『조선문단』, 1927. 3.

_____, 「뇌동성 문예론의 극복」, 『현대평론』, 1927. 6.

_____, 「속, 뇌동성 문예론의 극복」, 『조선일보』, 1927. 7. 19-23.

류보선, 「1920-30년대 예술대중화론 연구」, 서울대 석사논문, 1987.

박성구, 「일제하(1920년대 중반-1930년대 초) 프롤레타리아 예술운동에 관한 연구」,
    한국사회사연구회 편, 『일제하 한국 사회계급과 사회변동』, 문학과지성사,
    1988.

박영희, 「문예운동의 목적의식론」, 『조선지광』, 1927. 4.

신유인, 「문학창작의 고정화에 抗하여」, 『조선중앙일보』, 1931. 12. 1-8.

_____, 「예술적 방법의 정당한 이해를 위하여」, 『신계단』, 1932. 10.

안 막, 「조선 프로예술가의 당면의 긴급한 임무」, 『중외일보』, 1930. 8. 16-22.

_____, 「조선프롤레타리아예술운동 약사」(일문), 『사상월보』, 1932. 10.

유문선, 「1930년대 초반 '유물변증법적 창작방법' 논의에 대하여」, 『관악어문연구』15
    집, 1990.

윤기정, 「계급예술론의 신전개를 읽고」, 『조선일보』, 1927. 3. 25-30.

이 훈, 「1930년대 임화의 문학론 연구」, 서울대 박사논문, 1993. 8.

_____, 「임화의 초기 문학론 연구」, 『국어국문학』 111호, 1994. 5.

이북만, 「사이비 변증론의 배격」, 『조선지광』, 1928. 7.

임 화, 「분화와 전개」, 『조선일보』, 1927. 5. 16-21.

_____, 「착각적 문예이론」, 『조선일보』, 1927. 9. 4-11.

_____, 「각서」, 『조선일보』, 1927. 10. 2.

_____, 「탁류에 항하여」, 『조선지광』, 1929. 8.

_____, 「김기진군에게 답함」, 『조선지광』, 1929. 11.

_____, 「시인이여! 일보 전진하자!」, 『조선지광』, 1930. 6.

_____, 「1931년간의 카프예술운동의 정황」, 『조선중앙일보』, 1931. 12. 7-13.

_____, 「1932년을 당하여 조선 문학운동의 신계단」, 『조선중앙일보』, 1932. 1. 1-28.

_____, 「6월 중의 창작」, 『조선일보』, 1933. 7. 12-19.

_____, 「『예술운동』 전후」, 『조선일보』, 1933. 10. 5-8.

장준석, 「왜 우리는 작품을 쉽게 쓰지 않으면 안 되는가?」, 『조선지광』, 1928. 5.

조남현, 「한국근대문학의 아나키즘 체험 연구」, 『한국문화』 12호, 서울대 한국문화연
　　　구소, 1992.12.

조선프롤레타리아예술동맹, 「무산계급 예술운동에 대한 논강」(본부초안), 『예술운동』,
　　　1927. 11.

조중곤, 「비마르크스주의 문예론의 배격」, 『중외일보』, 1927. 6. 18-23.

한설야, 「무산 문예가의 입장에서 김화산군의 허구 문예론, 관념적 당위론을 駁함」,
　　　『조선일보』, 1927. 4. 15-27.

_____, 「1928년의 대중간의 문예 관계는 어떻게 진전될까」, 『조선지광』, 1928. 1.

藏原惟人, 김영석 외 역, 『예술론』, 개척사, 1948.

루카치, 김혜원 편역, 『루카치 문학이론』, 세계, 1990.

욘, 에르하르트, 임홍배 역, 『마르크스―레닌주의 미학 입문』, 사계절, 1989.

【제3장 임화의 1930년대 문학론 연구】

1. 기본 자료

임　화, 『문학의 논리』, 학예사, 1940.

그 외 식민지 시대의 각종 신문, 잡지 등에 실린 글들은 각주로 대신함.

2. 논저

강영주, 『한국역사소설의 재인식』, 창작과비평사, 1991.

구재진, 「1930년대 안함광 문학론 연구」, 서울대 석사논문, 1992.

권영민, 『한국민족문학론 연구』, 민음사, 1988.

_____, 「백철과 인간탐구로서의 문학―1930년대 휴머니즘문학론 비판」, 『소설문학』,
　　　1983. 8-10.

권희선, 「1930년대 예술방법론 연구」, 서울대 석사논문, 1991.

김영민, 『한국비평논쟁사』, 한길사, 1992.

김외곤, 「'물' 논쟁의 미학적 연구」, 『외국문학』, 1990 가을.

김용직, 『임화문학연구』, 세계사, 1991.

김윤식, 『한국근대문예비평사연구』, 일지사, 1976.

_____, 『한국근대문학사상사』, 한길사, 1984.

_____, 『한국문학의 근대성과 이데올로기 비판』, 서울대 출판부, 1987.

_____, 『임화연구』, 문학사상사, 1989.

_____, 『해방공간의 문학사론』, 서울대 출판부, 1989.

김윤식, 정호웅 편, 『한국리얼리즘 소설 연구』, 탑출판사, 1987.

_____, 『한국 근대 리얼리즘 작가 연구』, 문학과지성사, 1988.

김재용, 「중일전쟁과 카프 해소·비해소파」, 한국문학연구회, 『1950년대 남북한 문

학』, 평민사, 1991.

김재홍, 「낭만파 프로 시인, 임화」, 『한국문학』, 1987. 6-7.

김팔봉, 홍정선 편, 『김팔봉 문학전집 Ⅰ』, 문학과지성사, 1988.

김현주, 「1930년대 후반 휴머니즘 논쟁 연구」, 연세대 석사논문, 1990.

나병철, 「임화의 리얼리즘론과 소설론」, 한국문학연구회, 『1930년대 문학 연구』, 평
민사, 1993.

남기혁, 「임화 시의 담론구조와 장르적 성격」, 서울대 석사논문, 1987.

류보선, 「1920-30년대 예술대중화론 연구」, 서울대 석사논문, 1987.

류양선, 「1930년 전후의 한국농민문학론 연구」, 서울대 박사논문, 1990.

문영진, 「김남천의 해방전 소설 연구」, 서울대 석사논문, 1989.

문학 예술연구소 편, 『현실주의 연구 Ⅰ』, 제3문학사, 1990.

민경희, 「임화의 소설론 연구」, 서울대 석사논문, 1990.

백 철, 『문학자서전』(전편), 박영사, 1975.

성진희, 「임화의 신문학사론 연구」, 서울대 석사논문, 1992.

신두원, 「임화의 현실주의론 연구」, 서울대 석사논문, 1991.

신승엽, 「이식과 창조의 변증법 – 임화의 '이식문학론'의 정당한 이해를 위하여」, 『창
작과 비평』, 1991 가을.

오세영, 『20세기 한국시 연구』, 새문사, 1989.

오현주, 「임화의 문학사 서술에 대한 고찰」, 『현상과 인식』, 1991 봄·여름.

_____, 「임화의 문학사 서술의 추이에 관한 연구」, 『실천문학』, 1992 봄.

유문선, 「1930년대 창작 방법 논쟁 연구」, 서울대 석사논문, 1988.

_____, 「1930년대 초반 '유물변증법적 창작 방법'에 대한 논의에 관하여」, 『관악어문
연구』15집, 1990.

이상경, 「임화의 소설사론과 그 미학적 근거에 대한 비판적 검토」, 『창작과 비평』,
1990 가을.

_____, 「「서화」 재론」, 민족문학사연구소, 『민족문학사 연구』, 1992.

이양숙, 「해방직후 임화의 민족문학론 연구」, 『문학과 논리』, 1992.

이주형, 「1930년대 한국 장편소설 연구」, 서울대 박사논문, 1983.

이태숙, 「임화 시의 변모양상에 관한 고찰」, 서울대 석사논문, 1991.

이현식, 「1930년대 후반 사실주의 문학론 연구 – 임화와 안함광을 중심으로」, 연세대
석사논문, 1990.

이 훈, 「역사소설의 현실 반영」, 『문학과 비평』, 1987 가을.

임규찬, 「임화 '신문학사'에 대한 연구 (1)」, 『문학과 논리』, 1991.

_____, 「임화의 문학사를 바라보는 최근의 관점과 비판 – 임화 '신문학사'에 대한 연
구」, 『한길문학』, 1991 가을.

임홍배, 「사회주의적 현실주의 성립기의 쟁점들」, 『창작과 비평』, 1988 여름.

전승주, 「임화의 신문학사 방법론에 관한 연구」, 서울대 석사논문, 1988.

정재찬, 「1920~30년대 한국 경향시의 서사지향성 연구」, 서울대 석사논문, 1987.

조선문학가동맹편, 『건설기의 조선문학』, 백양당, 1946.

조정환, 『민주주의문학론과 자기비판』, 연구사, 1989.

채호석, 「김남천 창작 방법론 연구」, 서울대 석사논문, 1987.

최두석, 「임화의 시세계」, 『사회비평』, 1989 여름.

최원식, 『민족문학의 논리』, 창작과비평사, 1982.

최유찬, 「1930년대 한국리얼리즘론 연구」, 연세대 박사논문, 1987.

하정일, 「30년대 후반 휴머니즘논쟁과 민족문학의 구도」, 이선영편, 『1930년대 민족
문학의 인식』, 한길사, 1990.

＿＿＿, 「1930년대 후반 사회주의 리얼리즘론의 발전과 반파시즘 인민전선」, 『창작과
비평』, 1991 봄.

한기형, 「임화의 문학사 서술에 대한 관점의 몇 가지 문제 - 신경향파소설을 중심으
로」, 김학성, 최원식 외, 『한국근대문학사의 쟁점』, 창작과비평사, 1990.

현길언, 『한국소설의 분석적 이해』, 문학과비평사, 1990.

까간, 진중권 역, 『미학강의 Ⅱ』, 새길, 1991.

드레이퍼, 정근식 역, 『계급과 혁명』, 사계절, 1986.

로젠타리 外, 홍면식 역, 『창작 방법론』, 문경사, 1949.

루카치, 이영욱 옮김, 『역사소설론』, 거름, 1987.

＿＿＿, 홍승용 역, 『미학서설; 미학범주로서의 특수성』, 실천문학사, 1987.

＿＿＿, 김혜원 편역, 『루카치 문학이론』, 세계, 1990.

맑스·엥겔스, 만프레드 클림 엮음, 조만영·정재경 옮김, 『맑스·엥겔스 문학 예술
론 Ⅰ』, 돌베개, 1990.

욘, 에르하르트, 임홍배 역, 『마르크스 - 레닌주의 미학입문』, 사계절, 1989.

홀거 지이겔, 정재경 역, 『소비에트 문학이론』, 연구사, 1988.

코프닌, 김현근 역, 『마르크스주의 인식론』, 이성과현실사, 1988.

Goldmann, Lucien, *Towards a Sociology of the Novel*, London, Tavistock
Publications, 1975.

Jay, Martin, *The Dialectical Imagination*, Boston, Little, Brown Company, 1973.

Lukács, Georg, *Studies in European Realism*, New York, Grosset & Dunlap,
1964.

＿＿＿＿＿＿＿, *Realism in Our Time*, New York, Harper & Row, 1971.

＿＿＿＿＿＿＿, *Writer and Critic*, London, Merlin Press, 1978.

Marx and Engels, *Literature and Art*, New York, International Publishers, 1947.

Parkinson, G. H. R. ed., *Georg Lukács*, London, Weidenfield and Nicolson, 1970.

【제4장 임화의 1940년대 전반기 문학비평 연구】

권보드래, 「1930년대 후반의 프롤레타리아작가 소설 연구」, 서울대 석사학위 논문, 1994.

김기림, 「조선문학에의 반성 - 현대 조선문학의 한 과제」, 『인문평론』, 1940. 10.

김동환, 「1930년대 한국 전향소설 연구」, 서울대 석사학위 논문, 1987.

김남천, 「전환기와 작가」, 『조광』, 1941. 1.

_____, 『맥』, 기민사, 1986.

_____, 「등불」, 『국민문학』, 1942.3.

김외곤, 「전향문학과 근대의 극복」, 『외국문학』, 1995 봄.

김용직, 『임화문학연구』, 세계사, 1991.

김윤식, 『한국근대문예비평사연구』, 일지사, 1976.

_____, 『한국근대문학사상사』, 한길사, 1984.

_____, 『임화연구』, 문학사상사, 1989.

_____, 「1930년대 후반기 카프 문인들의 전향 유형 분석」, 『한국학보』, 1990 여름.

_____, 「이원조론 - 부르조아저널리즘과 비평」, 『한국학보』, 1991 가을.

_____, 「1930년대 한국평단의 문예시평과 문학이념의 관련양상에 대한 연구」, 『한국학보』, 1992 여름.

김흥규, 『문학과 역사적 인간』, 창작과비평사. 1980.

류보선, 「환멸과 반성, 1930년대 문학이 다다른 자리」, 『민족문학사』 4호, 1993.

백 철, 「시대적 우연의 受理 - 사실에 대한 정신의 태도」, 『조선일보』, 1938. 12. 2-7.

이동영, 「이원조 문학비평의 변모」, 『한국학보』, 1993 봄.

이원조, 「비평 정신의 상실과 논리의 획득」, 『인문평론』, 1939.10.

이 훈, 「1930년대 임화의 문학론 연구」, 서울대 박사학위 논문, 1993. 8.

임종국, 『친일문학론』, 평화출판사, 1966.

임 화, 『문학의 논리』, 학예사, 1940.

_____, 「작가 기질론」, 『청색지』, 1938. 10.

_____, 「신문학사」, 『조선일보』 연재, 1939. 9-1940. 3.

_____, 「농민과 문학」, 『문장』, 1939. 10.

_____, 「생산소설론」, 『인문평론』, 1940. 4.

_____, 「창조적 비평」, 『인문평론』, 1940. 10.

_____, 「여실한 것과 진실한 것」, 『삼천리』, 1941. 3.

_____, 「농촌과 문화」, 『조광』, 1941. 4.

_____, 「소설의 인상」, 『춘추』, 1943. 1.

_____, 「조선 민족문학 건설의 기본 과제에 대한 일반 보고」, 조선문학가동맹편, 『건설기의 조선문학』, 백양당, 1946.

임　화·失鍋永三郞(대담), 『조광』, 1941. 3.

최재서, 「전형기의 평론계」, 『인문평론』, 1941. 1.

마루야마 마사오, 신경식 역, 『현대 일본 정치론』, 고려원, 1988.

막스 베버, 이상률 역, 『직업으로서의 학문』, 문예출판사, 1994.

Lukács, Georg, *Studies in European Realism*, New York, Grosset & Dunlap, 1964.

_____, *Writer and Critic*, London, Merlin Press, 1978.

Marx and Engels, *Literature and Art*, New York, International Publishers, 1947.

저자 약력 이 훈

1955년 제주에서 출생
서울대학교 국문학과 학사·석사·박사과정 졸업
목포대학교 국어국문학과 교수
『책 속으로 난 길』(제이앤씨)과 논문 『「풍금이 있던 자리」자세히 읽기』
외에 몇 편 있음

임화의 문학론 연구

초판인쇄 2009년 3월 10일   **초판발행** 2009년 3월 18일

저자 이 훈
발행처 (주)제이앤씨
등록번호 제7-220

주소 서울시 도봉구 창동 624-1 현대홈시티 102-1206
전화 (02) 992 / 3253
팩스 (02) 991 / 1285
URL http://www.jncbook.co.kr / 제이앤씨북
E-mail jncbook@hanmail.net
책임편집 조성희

ⓒ 이훈 2009 All rights reserved. Printed in KOREA

ISBN 978-89-5668-697-4 93810   **정가** 19,000원